人民共和國文化與文學叢書

三 編

李 怡 主編

第 **1** 冊

中國當代文學中的歷史敘事
——海德堡講稿(修訂版)

張 清 華 著

花木蘭文化出版社

國家圖書館出版品預行編目資料

中國當代文學中的歷史敘事——海德堡講稿（修訂版）／張清華
著 — 初版 — 新北市：花木蘭文化出版社，2016〔民105〕
序 8+ 目 2+266 面；19×26 公分
（人民共和國文化與文學叢書 三編；第 1 冊）
ISBN 978-986-404-648-5（精裝）
1. 中國當代文學 2. 文學評論
820.8   105012604

特邀編委（以姓氏筆畫為序）：

吳義勤　孟繁華　張　檸
張志忠　張清華　陳思和
陳曉明　程光煒　劉福春
（臺灣）宋如珊
（日本）岩佐昌暲
（新西蘭）王一燕
（澳大利亞）鄭　怡

ISBN- 978-986-404-648-5

9 789864 046485

人民共和國文化與文學叢書
三 編 第 一 冊
　　　　　　　　　　　　　ISBN：978-986-404-648-5

中國當代文學中的歷史敘事——海德堡講稿（修訂版）

作　　者　張清華
主　　編　李　怡
企　　劃　北京師範大學民國歷史文化與文學研究中心
　　　　　四川大學現代中國文化與文學研究中心
總 編 輯　杜潔祥
副總編輯　楊嘉樂
編　　輯　許郁翎、王　筑　美術編輯　陳逸婷
印　　刷　普羅文化出版廣告事業
出　　版　花木蘭文化出版社
社　　長　高小娟
聯絡地址　235 新北市中和區中安街七二號十三樓
　　　　　電話：02-2923-1455／傳真：02-2923-1452
網　　址　http://www.huamulan.tw 信箱 hml810518@gmail.com
初　　版　2016 年 9 月
全書字數　235171 字
定　　價　三編20 冊（精裝）台幣36,000 元

中國當代文學中的歷史敘事
——海德堡講稿（修訂版）

張清華　著

作者簡介

張清華，1963 年生，文學博士，北京師範大學文學院教授，中國現當代文學專業博士生導師，北京師範大學當代文學創作與批評研究中心主任，中國當代文學研究會常務理事。曾任教山東師範大學，主要從事中國當代文學研究與批評，在《中國社會科學》、《文學評論》、《文藝研究》等雜誌發表學術論文三百餘篇，出版《中國當代先鋒文學思潮論》、《天堂的哀歌》、《文學的減法》、《存在之鏡與智慧之燈：中國當代小說敘事及美學研究》、《猜測上帝的詩學》、《隱秘的狂歡》、《穿越塵埃與冰雪》等著作和批評文集 10 餘部。曾主持和參與國家社科基金項目多項，獲省部級社科成果一等獎、南京大學優秀博士論文獎、華語文學傳媒大獎 2010 年度批評家獎。2000 年秋至 2001 年春應邀客座講學德國海德堡大學古代學與東方學學院一學期，講題爲「中國當代文學中的歷史敘事」，此書即爲該題講義的整理稿。

提　　要

　　該書是根據作者 2000 年秋至 2001 年春在德國海德堡大學古代學與東方學學院講述的「中國當代文學中的歷史敘事」的專題課程的講稿整理而成。

　　該書回顧了中國傳統歷史敘事、革命歷史敘事的流變與特徵，全面系統地梳理了當代文學中的新歷史主義敘事的產生基礎、歷史觀念、敘事方法與詩學特徵。將 1980 年代以後的歷史敘事劃分爲 ·X 歷史主義敘事、新歷史主義敘事與遊戲歷史主義敘事，系統闡述了各個時期的演變關係，特別是對當代新歷史主義的四種形態也做了歸納和分析。除此之外，該書還以莫言、余華、蘇童、格非、王安憶等作家爲例，分析了他們的敘事中新歷史主義觀念的構成，在其作品中的具體表現以及各種變化。同時還具體分析了王朔、張煒等一些作家的作品，用精神分析的方法分析了部分先鋒小說。

　　該書在大陸先後由河北花山文藝出版社、北京大學出版社於 2004 年、2012 年出版，本次提交的書稿爲 2012 年北京大學出版社出版的修訂版。

謹以此書鳴謝
Thanks Formally:

蘇姍妮・魏格林教授
Prof. Dr. Susanne Weigelin-Schwiedrzik

安德麗婭・雷曼施乃特教授
Prof. Dr. Andrea M. Riemenschnitter

正在成爲「知識」建構的中國現當代文學研究——「人民共和國文化與文學叢書」三輯引言

李　怡

一

　　回顧自所謂「新時期」以來的中國現當代文學研究的發展，我們會明顯發現一條由熱烈的思想啓蒙到冷靜的知識建構的演變軌跡：1980 年代的鋪天蓋地的思想啓蒙讓無數人爲之動容，1990 年代以來的日益冷靜的學科知識建構在當今已漸成氣候。前者是激情的，後者是理性的，前者是介入現實的，後者是克制的，與現實保持著清晰的距離，前者屬於社會進步、思想啓蒙這些巨大的工程的組成部分，後者常常與「學科建設」、「知識更新」等「分內之事」聯繫在一起。

　　當文學與文學研究都承載了過多的負荷而不堪重負，能夠回返我們學科自身，梳理與思索那些學科學術發展的相關內容，應當說是十分重要的。很明顯，正是在文學研究回返學科本位之後，我們才有了更多的機會與精力來認眞討論我們自己的「遊戲規則」問題——學術規範的意義，學術史的經驗，以及學科建設的細節等等。而且，只有當一個學科的課題能夠從巨大而籠統的社會命題中剝離出來，這個學科本身的發展才進入到一個穩定有序的狀態，只有當旁逸斜出的激情沉澱爲系統的知識加以傳播與承襲，這個學科的思想才穩健地融化爲文明體系的有機組成部分。從這個意義上說，正在成爲「知識」建構的中國現當代文學研究，是我們學科成熟的眞正標誌。

　　當然，任何一種成熟都同時可能是另外一些新的危機的開始，在今天，當我們需要進一步思考學科的發展與學術的深化之時，就不得不正視和面對這樣的危機。

二

當中國現當代文學研究在日益嚴密的「學術規範」當中成為文明體系知識建設的基本形式，這是不是從另外一個方向上意味著它介入文明批判、關注當下人生的力量的某種減弱，或者至少是某些有意無意的遮蔽？

學術性的加強與人生力量的減弱的結果會不會導致學科發展後勁的暗中流失？例如，在 1980 年代，中國現當代文學研究的曾經輝煌在很大程度上得之於廣大青年學子的主動投入與深切關懷，在這種投入與關懷的背後，恰恰就是中國現當代文學研究的人生介入力量：中國現當代文學與廣大青年思考中、探索中的人生問題密切相關。在這個時候，中國現當代文學的存在主要不是作為一種「學科知識」而是自我人生追求的有意義的組成部分。在那個時候，不會有人刻意挑剔出現在魯迅身上的「愛國問題」、「家庭婚姻問題」乃至「藝術才能問題」，因為魯迅關於「立人」的設想，那些「任個人而排眾數，搯物質而張靈明」的論述已經足以成為一個「重返人性」時代的正常的人生的理直氣壯的張揚。同樣，在「五四」作家的「問題小說」，在文學研究會「為人生」，在創造社曾經標榜「為藝術」，在郭沫若的善變，在胡適的溫厚，在蔡元培的包容，在巴金的真誠，在徐志摩的多情，在蕭紅的坎坷當中，中國現當代文學不斷展示著它的「回答人生問題」的能力，而中國現當代文學研究則似乎就是對這些能力的細緻展開和深度說明。今天的人們可能會對這樣的提問方式及尋覓人生的方式感到幼稚和不切實際，然後，平心而論，正是來自廣大青年的這份幼稚在事實上強化了中國現當代文學的魅力，造就和鞏固了一個時代的「專業興趣」。今天的學術界，常常可以讀到關於 1980 年代的批判性反思，例如說它多麼的情緒化，多麼的喪失了學術的理性，多麼的「西化」，也許這些反思都有它自身的理由，然而，我們也不得不指出，正是這些看似情緒化的中國現當代文學研究方式，不斷呈現出某些對現實人生的傾情擁抱與主體投入，來自研究者的溫熱在很大的程度上煽動了青年學子的情感，形成了後來學術規範時代蔚為大觀的學術生力軍。

從 1980 到 1990，從「人生問題」的求解到「專業知識」的完善，這樣的轉換包含了太多的社會文化因素，其中的委曲非這篇短文所能夠道盡。我這裏想提到的一點是，當眾所週知的國家政治的演變挫折了知識分子的政治熱情，是否也一併挫折了這份熱情背後的人生探險的激情？當知識分子經濟地位的提高日益明顯地與專業本位的守衛相互掛靠的時候，廣大的中國現當代

文學工作者的自我定位是否也因此已經就發生了根本性的改變？

而這些自我生存方式的改變是不是也會被我們自覺不自覺地轉化爲某種富有「學術」意味的冠冕堂皇的說明？

如果眞是這樣，那麼，作爲今天的文學研究者，我們不僅要保持一份對於非理性的「激情方式」的警惕，同樣也應該保持一份對於理性的「學術方式」的警惕。

三

在中國現當代文學研究日益成爲知識建構工程的今天，有一種流行的學術方式也值得我們加以注意和反思，這就是「知識社會學」的研究視野與方法。

知識社會學（sociology of knowledge）著力於知識與其它社會或文化存在的關係的研究。其思想淵源雖然可以追溯到歐洲啓蒙運動以來的懷疑論傳統和維科的《新科學》，首先使用這一詞彙的是 1924 年的馬克斯·舍勒，他創用了 Wissenssoziologie 一詞，從此，知識社會學作爲一門獨立的學科確立了起來。此後，經過卡爾·曼海姆、彼得·伯格和托馬斯·盧克曼的等人的工作，這一研究日趨成熟。1970 年代以後，知識社會學問題再次成爲西方社會科學研究中的焦點。據說，對知識的考察能夠從知識本身的邏輯關係中超越出來，轉而揭示它與各種社會文化的相互關係，乃是基於知識本身的確在一個充滿了文化衝突、價值紛爭的時代大有影響，而它所置身的複雜的社會文化力量從不同的方向上構成了對它的牽引。

同樣，文化的衝突與價值的紛爭不僅是 1990 年代以降中國知識界的普遍感受，它們更好像是中國近現當代社會發展過程的基本特徵。中國現當代文化的種種「知識」無不體現著各種文化傳統（西方的與古代的）、各種社會政治力量（政黨的、知識分子的與民間的、國家的）彼此角逐、爭奪、控制、妥協的繁複景象，中國現當代文化的許多基本概念，如眞、善、美，「爲人生」、「爲藝術」、現實主義、浪漫主義、現當代主義、古典主義、象徵主義、生活等等至今也沒有一個完全統一的解釋，這也一再證明純知識的邏輯探討往往不如更廣闊的社會文化的透視，此種情形聯繫到馬克思「社會存在決定社會意識」這一著名的而特別爲中國人耳熟能詳的觀點，當更能夠見出我們對「知識社會學」的強大的需要。事實是，在西方知識社會學的發生演變史上，馬

克思的確就是爲知識社會學給出了一條基本原理，即所有知識都是由社會決定的。正如知識社會學代表人物曼海姆所指出的那樣：「事實上，知識社會學是與馬克思同時出現：馬克思深奧的提示，直指問題的核心。」〔註1〕

今天的中國現當代文學研究，正需要從不同的角度揭示出精神的產品背後的複雜社會聯繫。這樣的揭示，將使我們的文化研究不再流於空疏與空洞，而是通過一系列複雜社會文化的挖掘呈現其內部的肌理與脈絡，而這樣的呈現無疑會更加的理性，也更加的富有實證性，它與過去的一些激情式的價值判斷式的研究拉開了距離。近年來，學術界比較盛行的關於現當代傳媒與現當代文學關係、現代社會體制與現當代文學關係、現代政治文化與現當代文學關係、現代經濟方式與現當代文學關係等等的探索都是如此。

當然，正如每一種研究方式都有它不可避免的局限一樣，知識社會學的視野與方法也有它的限度。具體到中國現當代文學的闡釋當中，在我看來，起碼有兩個方面的局限值得我們加以注意。

其一是「關係結構」與知識創造本身的能動性問題。知識社會學的長處在於分析一種知識現象與整個社會文化的「關係」，梳理它們彼此間的「結構」，這樣的研究，有可能將一切分析的對象都認定爲特定「結構」下「理所當然」的產物，從而有意無意地忽略了作爲知識創造者的各種能動性與主動性，正如韋伯認爲的那樣，把知識及其各種範疇歸併到一個以集體性爲基礎的潛在結構之中容易導致忽視觀念本身的能動作用，抹殺人作爲主體參與形成思想產品的實踐活動。關於中國現當代文學的研究也是如此，一方面，我們應該對各種社會文化「關係網絡」中的精神現象作出理性的分析，但是，在另一方面，卻又不能因此而陷入到「文化決定論」的泥沼之中，不能因此忽略現代中國知識分子面對種種文化關係之時的獨立思考與獨立選擇，更不能忽視廣大知識分子自身的生命體驗。在最近幾年的中國現當代文學與現當代文化研究當中，我以爲已經出現了這樣的危險，值得我們加以警惕。

其二便是知識社會學本身的難題，即它學科內部邏輯所呈現出來的相對主義問題。正如默頓指出的那樣，知識社會學誕生於如下假定，即認爲即使是真理也要從社會方面加以說明，也要與它產生於其中的社會聯繫起來，因爲不僅謬誤、幻覺或不可靠的信念，而且真理都受到社會（歷史）的影響，這種觀念始終存在於知識社會學的發展中。西方批評界幾乎都有這樣的共

〔註1〕曼海姆：《知識社會學導論》中譯本97頁，臺灣風雲論壇有限公司1998年。

識：知識社會學堅持其普遍有效性要求就意味著主張所有的知識都是相對的，所以說全部知識社會學都面臨著一個共同的相對主義問題，知識社會學止步於真理之前，因為這門學科本身即產生於用一種對稱的態度看待謬誤和真理。應該說，中國現代文化的發展本身是一個「尚未完成」的過程，包括今天運用著知識社會學的我們，也依然置身於這樣的歷史進程，作為一個時代的知識分子，並且必須為這樣的過程做出自己的貢獻，因而，即便是學術研究，我們也沒有理由刻意以學術的所謂中立性去消解我們對真理本身的追求和思考，我們不能因為連續不斷的「關係結構」的分析而認為所有的文化現象都沒有歷史價值的區別，在這裏，「公共知識分子」的精神應該構成對「專業知識分子」角色的調整甚至批判，當然，這首先是一種自我的反省與批判。

總之，知識社會學的視野與方法無疑有著它的意義，但是，同樣也有著它的限度，在通常的時候，其研究應該與更多的方法與形式結合在一起，成為我們思想的延伸而不是束縛。

在中國現當代文學研究日益成為「知識化」過程一部分的時候，我們能夠對我們所依賴的知識背景作多方面的追問，應當是一件富有意義的事情。

序　言

一、關於題目

　　蘇姍妮・魏格林（Susanne Weigelin-Schwiedrzik）教授和安德麗婭・雷曼施乃德（Andrea Riemenschnitter）教授爲我出的課程題目，叫做「新歷史主義文學在中國」，我想這種理解角度可能是比較「西方化」了一些。它的含義應該是——產生在當代中國的、以敘述歷史爲內容的、具有某種「新歷史主義」意識傾向的、然而又與西方的「新歷史主義」文化思潮並無直接影響關係的文學，但它又是或多或少可以與西方新歷史主義近似或比附的文學。更委婉一點，則可以理解爲「當代中國文學中的歷史敘事，及新歷史主義意識」。我非常喜歡這樣一個題目，不僅因爲它包含了豐富的文學與歷史文化的內容，更因爲中國傳統上是一個歷史理念、歷史敘事以及歷史詩學特別發達的民族，文學中的歷史因素特別強大，而且在當代文學中也同樣蘊涵了豐富的歷史要素。瞭解這一題目，不但有助於瞭解當代中國的文學特徵，而且還有助於理解中國的歷史、文化、詩學和美學，更有助於理解當代中國的歷史。

　　中國當代文學中能夠與「新歷史主義」發生關係的，大約有這樣兩類：一是比較明顯地瓦解和拆除「舊歷史主義」（指政治化、意識形態化的歷史敘事）的文學，二是吸收了西方存在主義、精神分析學、結構主義和解構主義等方法與觀念的歷史敘事的文學。前者是因爲對舊式意識形態化歷史敘事的拆解，而不自覺地變成了一種「新歷史主義」的解構實踐，因爲實際上在中國，更「舊」的傳統的歷史敘事觀念中，反而蘊涵了更多更「新」的、與當

代西方的新歷史主義理論相溝通的東西，這是一種不期然的「暗合」；後者則更容易理解些，存在主義、結構主義這些東西從八十年代就開始陸續進入中國並產生影響了，像詩歌中的「非非主義」就是一個例證，非非主義在 1986年前後就已經是非常成熟和典範的「本土性結構主義」的文學實踐了，但那時在中國學界，結構主義還是叫人感到很陌生的「知識」。像非非主義一樣，「當代中國的新歷史主義文學」實踐，很可能就在學界還不知其為何物的情況下，提前在中國當代的文學敘事中「自動生成」了。也就是說，它變成了一種在當代中國「原產的本土性的新歷史主義」，而非對西方新歷史主義理論的直接借鑒和挪用。

　　這是特別值得提出的一點。「中國當代文學中的新歷史主義」首先不是一個舶來的概念，也不是一個簡單的比附性的說法，它是有本土依據與獨特屬性的歷史敘事與歷史理念。簡單地說，它是在當代中國的歷史與文學語境中自然誕生的現象，是對於此前政治化的革命歷史敘事採取了拆解和顛覆的、對於中國傳統的歷史敘事有所修復和傳承的、作為當代中國的人文性文化實踐的、在方法的來源上受到了西方現代這些與文化理論的一定啓示和影響的文學現象或寫作潮流。

　　這一題目所指涉的文學現象主要有這樣一些：尋根小說、尋根詩歌——這是新歷史主義意識萌發的源頭，我把產生這些文學現象的時期，即八十年代的中期，叫做「啓蒙歷史主義階段」；新潮小說、先鋒小說、第三代詩歌中有關歷史敘事的部分——這是新歷史主義寫作的核心部分，產生和持續發生的時間是從八十年代後期到九十年代前期，我稱之為「新歷史主義時期」；再者是先鋒小說的末流——這種說法比較牽強，因為原來覺得它已經是「末流」了，可還是有新的優秀作品出現，只是不那麼集中而已，這或許可以看作的一個「新歷史主義的衰變期或餘緒期」。另外，在一些並未劃歸到「先鋒文學」範圍之內的作家作品中，也隱含了某些解構原有的陳舊歷史敘事的因素，也接近於一種歷史敘述中的解構實踐，因此我們也可以將他們看做是這一現象的構成部分。上述它們共同彙成了當代中國的一股「新歷史主義文學思潮」。〔註1〕

〔註 1〕　筆者《中國當代先鋒文學思潮論》一書（江蘇文藝出版社，1997 年 6 月版）和《十年新歷史主義文學思潮回顧》（《鍾山》1998 年第 4 期）一文中首先提出了這一概念。

二、相關概念

　　新歷史主義來源於結構／後結構主義對歷史研究的啓示，這已屬常識，它本身是一種「敘事詩學」、「文化詩學」或「文本理論」，但正像薩特曾強調「存在主義是一種人道主義」一樣，結構主義的歷史主義對歷史「文本」的懷疑、對歷史主體的追問，對「邊緣化」、「個人性」、「民間化」和「反宏大敘事」的歷史敘述的追求，也同樣是一種新的人文思想的閃耀——形象一點說，它是在歷史領域的一種眞正的「人本主義」和「民主化思想」的體現。它著眼於歷史敘事的討論，但在根本上則指向現實和政治，是一種對於「誰的歷史」、「誰敘述的歷史」的追問和思考。確認這一點非常重要，它是我們論題的合法基礎和出發點，也是這一敘述的詩意的根基和來源。

　　我是這樣一個意義上確立關於「中國當代文學中的歷史敘事」這一學術課題的。

　　很顯然，在任何一個時代，對歷史的重新敘述，都是對現實的一種重新命名和改造的努力，克羅齊所說的「一切歷史都的當代史」的眞正用意應該是在這裡。雖然不能肯定在當代中國，新歷史主義的思想和意識一定是首先出現在「文學敘事」中的，但可以肯定地說，絕不是在歷史學和社會學研究領域。悉心梳理這一過程不難發現，是在中國當代文學的敘事中，首先出現了類似「新歷史主義」的敘事實踐。或者也可以說，是文學的敘述中最先擔承了「變革歷史意識」的重任，體現出了更加豐沛和強烈的人文主義與啓蒙主義歷史觀。

　　因此，我試圖從根部來解釋中國當代文學中所體現出的新的歷史意識。在二十世紀中，中國的歷史敘事發生了幾度大的轉折，這些轉折都敏感地反映在文學的敘事中，這當然不奇怪，在中國的漫長的歷史中，一直存在著「文史一家」，文與史互爲評價的參照尺度——用「史詩」來評價文學敘事，用「詩史」來評價歷史敘事的傳統，所謂「史家之絕唱，無韻之離騷」。歷史意識的變革往往最先、也最徹底地體現在文學的歷史敘述中。中國人本來就有特別敏感和強烈的歷史意識——比如在漢語詞彙中「歷史」即有許多不同的類別，不同的敘述結構與風格：「官史」、「正史」、「稗史」、「野史」、「外史」、「秘史」、「史話」、「演義」，還有相應的「史傳」、「正傳」、「別傳」、「外傳」、「志」、「誌異」，更有許多「佚聞」、「秘記」……在中國古代的小說中又有專門的「講史小說」，「二十四史演義」；再加上二十世紀的「革命」所帶來

的歷史新觀念——馬克思恩格斯對巴爾扎克的小說、列寧對托爾斯泰的小說的稱讚，都體現著「歷史」作為一種評價要素的重要性，俄蘇文學中的「史詩結構」也對中國現代小說的構思模式以深刻影響；再者就是由革命帶來的理想主義、民粹主義與小資熱情等等因素，結合派生出了一個「關於歷史的形而上學」的概念，並由此派生出「人民創造歷史」、「人民是歷史的主體」一類歷史信念。但事實上正像德里達所反對的那些「關於存在的形而上學」一樣，「歷史」、「人民」、「時代」、「真理」等等一類宏大的詞彙，究其實質不過都是一些「沒有所指的能指」罷了，人民是歷史的主體，這應該是一句真理，但「人民」又應該在具體的時空裏體現為某一個具體的「單個的人」，如果不是這樣，「人民」可能就只是一個空洞而無所指的詞語而已，在這方面，倒是存在主義者真正體現了人文主義的思想，除了「單個的個人」——克爾凱戈爾所說的「that individual」以外，根本不存在作為「群眾」的主體，因為這種集合概念往往是「虛妄」的「虛構」。

　　所以我們所習慣的宏偉歷史模式，在很多情況下可能正是真正「剔除了人民」的模式，它的汪洋恣肆和冠冕堂皇的歷史敘事中間的所有生命體的個人內涵與經驗都被刪除了。剩下的只是對權力政治和偉人意志的膜拜。也許我這裡可以引用上世紀四十年代詩人馮至曾講過的一個故事：在1750年左右，瑞典中部的一個叫做法隆的地方有一個青年礦工，他與一個少女相戀，約好了白頭偕老，但有一天這青年卻突然不見了。少女日夜思念，期待她的未婚夫的歸來，從少女等到中年，最後變成了一個白髮蒼蒼的老處女。直到1809年，改造坑道的工人從地下挖出了一具年輕人的屍體，完好如初，看起來就像一小時之前剛剛死去一樣——這正是半個多世紀之前那位失蹤的青年。原來，他意外地被一種含有防腐性的液體浸泡了，所以不曾有半點腐爛。這件事轟動了遠近各處的人們，那飽經滄桑的老太太也趕來了，她一眼就認出這正是她五十多年前失蹤的愛人。這個讓人震驚的戲劇性故事後來傳遍了歐洲，有的作家還把它寫成了小說和戲劇。一位叫做彼得・赫貝德（Peter Hebeld）的作者，在他的一篇題為《意外的重逢》的小說中，用他的神來之筆填補了那青年從失蹤到重新被發現的五十年間的空白，他寫道：

　　　　在這中間，葡萄牙的里斯本城被地震摧毀了，七年戰爭過去了，……耶穌會被解散了，波蘭被瓜分了，……美國獨立了，法國

和西班牙的聯軍沒有能夠佔領直布羅陀，……瑞典的國王古斯塔夫
征服了芬蘭，法國革命和長期的戰爭也開始了，……拿破崙擊敗了
普魯士，英國人炮轟了丹麥京城，農夫們播種又收割，磨麵的人在
磨麵，鐵匠去打鐵，礦工們不斷地挖掘……〔註2〕

但是這一切對那青年來說都已經停止，這一切對那個少女來說也已經完
全沒有意義，人們記住了這些重要的歷史，但卻各自活在自己的內心和各自
的命運裏，有誰知道那少女的內心？歷史能否展示她所經歷的一切？原來歷
史就是這樣一個東西：它不是完成人們對歷史的記憶，而是完成對它的遺
忘，各自對生命的封閉。這又使我想到了王蒙在上世紀八十年代之初的一篇
小說《蝴蝶》，那位軍管會的副主任張思遠，他用他的無比「革命」的口吻
和宏偉話語，來掩飾自己作爲父親的過失——他年輕的妻子海雲剛生下不久
的兒子因爲肺炎而死，而這與張思遠忙於他的「國家大事」而耽擱了給孩子
治療有直接關係——他用了看起來無比高尚的邏輯，篡改了孩子母親的錐心
之痛，他說：「你不能只想到你自己，海雲！我們不是一般的人，我們是共產
黨員，是布爾什維克！就在這一刻，美國的 B29 飛機正在轟炸平壤，成千上
萬的朝鮮兒童死在燃燒彈和子母彈的下面……」這眞是奇怪的邏輯，難道兒
子的死，相對於遠在千里之外的朝鮮兒童的死，一定是某種必要和必然的代
價嗎？

歷史是什麼——德里達啓示人們反對的那些「關於存在的形而上學」，當
然也包含了「歷史」，但離開了單個人的主體，所謂宏大的歷史就可能是一種
無關痛癢的虛構，就像上面那個感人的愛情故事中所揭示的，對於那一對生
死兩界的戀人——蒼老的活人和死去的青年來說，那些宏大的國家大事與他
們又有什麼關係？對那位一直等到耄耋之年的女性來說，那是一個怎樣的五
十年？那些按照宏偉事件構建起來的「歷史」，何曾反映過他們的內心世界？
那麼文學需要做的又是什麼？正是要寫出這些被忽略的人，寫出他們的內心
與所經歷的苦難，對於歷史而言，它要更加接近「眞實」而不只是某種「宏
偉的修辭活動」的話，只有更加親近每一個血肉之軀的生命，他們個人的經
驗本身。我之所以肯定「新歷史主義」的基本敘事原則，是從這個價值方向
出發的，它體現了歷史領域中最大可能的生命關懷與人文傾向。

美國的新歷史主義理論家海登・懷特在他的一篇題爲《作爲文學虛構的

〔註 2〕 馮至：《這中間……》，《馮至選集》第二卷，四川文藝出版社，1985 年版。

歷史本文》的文章中，曾經有一個極有深意的追問：歷史上「到底發生了什麼」〔註3〕？這樣的追問當然首先是一個「哲學的追問」，一個關於「存在」的命題——在「歷史的存在」與「歷史的敘述」之間，究竟存在不存在一種對等的關係？換句話說，誰能夠「通過文本再現歷史」？因為「作為存在的歷史」一旦消逝就不再可能是「自明」的，它必須要以一定的文本形式來敘述和呈現。也就是說，可能根本不存在「先驗的歷史」和「絕對客體的歷史」，而只存在「作為文本的歷史」和「被解釋的歷史」，而任何「文本的歷史」又不免都是一個「敘述的結構」和一個「關於歷史的修辭想像」。所以，所謂「歷史」在其本質上只是一種話語活動，一種關於歷史的修辭，一個有限的文本對無限的歷史客體的「比喻」或者隱喻。這也就意味著不存在一個獨立於文本解釋之外的永恒和終極真實意義上的歷史，而只有不斷被做出新的解釋的歷史——克羅齊也正是在這樣的認識基礎上，說出了他的那句名言：「一切歷史都是當代史」。因此，歷史也成了一種「詩學」，對歷史的敘述本身包含了「類似文學」的東西，不同的人依據不同的歷史觀念與文本風格、修辭方式，不斷對歷史進行新的改寫，這正是新歷史主義者對歷史的認識起點。這和以往的「舊歷史主義」認為歷史具有某種絕對的客觀性、歷史必然性的觀念，就構成了鮮明的區別。

而這實際上也就是提出了一個新的命題：所謂「歷史」是靠不住的。因為很明顯，即使是一個人的「記憶」也是靠不住的，每一個人的記憶都是按照「對自己有利」的原則來實現的，精神分析學的理論告訴我們，人們每一次對記憶的喚起，實際上都是一次對記憶的修改，而當記憶被敘述——被寫出的時候，它也就又一次被敘述本身限制和修改了。美國的解構主義理論家保羅·德曼正是從這個意義上對盧梭的《懺悔錄》進行了解構主義的解讀，指出其不是真正的懺悔而是「辯解」的實質。〔註4〕這樣，一個「關於歷史的形而上學」，在精神分析學、存在主義、結構主義和解構主義等理論的滲透參與下，便很自然地被瓦解了。

但結構主義的立場只是新歷史主義的起點，它的人文主義性質隨後就顯示出來了：對原有歷史文本的懷疑，使它構成了一種對原有「歷史解釋權」

〔註3〕 張京媛主編：《新歷史主義與文學批評》，北京大學出版社，1993年版，第163頁。

〔註4〕 保羅·德曼：《解構之圖》，中國社會科學出版社，1998年版，第263頁。

的挑戰，米歇爾・福科式的「歷史編纂學」正是在這樣的意義上誕生的，它基於結構主義的形式主義，但最終卻指向了知識分子的人文主義，它是歷史領域裏面的「民主革命」。爲什麼對歷史的敘述一定要由宏大的事件來構成？一定要成爲一種「國家敘事」、「皇權的敘事」、「上流社會的大事記」、「英雄和偉人的大事記」？爲什麼不能變成一種「小人物的歷史」、「私人空間的敘事」、「邊緣化的事件」、「碎片化的歷史修辭」？歷史本身被以往的權威歷史敘事省略了的無限豐富性，爲什麼不能通過一種反權威的、民間的、異端和邊緣化的編纂方式呈現出來呢？

顯然，新歷史主義在西方是一種「左派」的理論，然而在東方就有點奇怪——變成了對「舊左派」的歷史觀念的一種反駁，這種情形非常有意思，許多在西方是「左派」的東西，在東方恰恰就變成了「右派」或「自由主義」的東西。在我們那裡，從八十年代以來，在人文學科的各個領域裏也發生了許多變革，但關於歷史理念的變革，迄今卻並未真正發生在主流的歷史研究領域，而是發生在文學領域裏。這並非是誇張。

三、一個問題

前面已經提到了，但仍需強調，當代中國的新歷史主義和西方的新歷史主義之間是不能劃等號的，儘管它們有共同的路徑和橋梁——結構主義與後結構主義。因爲即使是結構主義的理念，也並非只有西方才有，在中國古代的文獻中，早就孕育了久遠深厚的結構主義、甚至解構主義的思想，老子的《道德經》就是例子。所謂「道可道，非常道；名可名，非常名」中，就已經包含了「對於存在和語言之間的不對位關係」的警惕與追問，「對於名與物、言與義、能指與所指之間的不對位關係」的自覺與區分。就文學而言，被解構主義理論家所討論過的「寄生性的寫作」〔註5〕在中國傳統文學中可以說比比皆是，《金瓶梅》本身便是在《水滸傳》的敘事中嫁接出來的、對《水滸傳》的「腰斬」或「續作」，對《紅樓夢》的各種「危險的增補」〔註6〕，都是具有解構主義實踐性質的「文學行動」。甚至中國古代的文學批評、各種經典的詮釋、校注、評點，因爲其文字大都採取了與正文「並置」或「插

〔註5〕　希利斯・米勒：《重申解構主義》，中國社會科學出版社，1998 年版，第 96～100 頁。
〔註6〕　德里達：《文學行動》，中國社會科學出版社，1998 年版，第 42 頁。

入」的抄印方式，也形成了各種「奇怪的文學建制」〔註7〕。在新文學中也同樣早有典範的例證，富含解構主義理念的經典作品有《圍城》，富有「對歷史的戲擬」意味的例子則有魯迅的《故事新編》，還有施蟄存的《將軍底頭》、《石秀》等等。這些顯然與西方的新歷史主義之間沒有任何干係，都是中國人自己創造的「解構主義敘事」或「新歷史主義敘事」的範例。所以某種意義上，我們用西方的新歷史主義理論來解釋中國當代的文學現象，只是說明問題和溝通對話的需要。西方文化中的許多觀念無疑對當代中國作家產生了影響，但這種影響是滲透性、綜合性和潛移默化的，是啓示而不是直接的引導。因為就許多作家的「知識背景」而言，他們和西方的「新歷史主義」之間根本就沒有什麼關聯。

　　所以說，我們必須避免一個陷阱，即對當代中國文學中的「新歷史主義」問題作一種單向的西方化的「對照式」理解，那樣將會使我們陷入被動，像中國古代成語中所講的「刻舟求劍」或「削足適履」的笑話一樣。

〔註 7〕德里達語，見《文學行動》中《訪談：作爲一種奇怪的文學建制》一文，中國社會科學出版社，1998 年版。

目

次

上篇　理論探討

第一講 中國文學中的歷史敘事傳統

　　一般來說，中國人喜歡凡事要找一找傳統，這也沒什麼不好。談到「文學中的歷史敘事」，或者文學與歷史的關係，我們尤其要梳理一下傳統。中國既是歷史觀念特別發達的民族，又一直有「文史一家」、「文史哲不分」的傳統，有特別多的史書，也有特別多的「野史」，或者「史傳文學」、「演義」，後代人讚美杜甫的詩歌，言其為「詩史」；而魯迅讚美司馬遷的《史記》，是「史家之絕唱，無韻之離騷」。在中國人這裡，詩與史，可以說互為修辭的。讚美歷史著作寫得好，就說是「像詩一樣」；而如果肯定詩歌寫得好，就說是「書寫了歷史」。直到現在，「史詩」這個詞語在漢語裏的意思，也主要是一個「美學」意義上的形容詞，而不是「體裁」意義上的名詞。所以，我們今天要想談論清楚當代中國的歷史敘事，必須要從中國文學中的歷史敘事傳統開始談起。

一、中國文學中「歷史敘事」的淵源

　　中國的小說和其它民族的小說在發源上有所差異，一般民族的小說主要源自神話、寓言和民間故事，而對中國的小說而言，還有另一個重要的源頭，這就是歷史。中國最早的「小說」是從歷史中分離出來的。「史」——「傳」——「演義」——「小說」，這是一個基本的脫胎發展的軌跡。南朝齊梁間的著名文藝批評家劉勰（465？～520？）在《文心雕龍‧史傳》中曾詳論「史」的起源：「史，使也。」「使」即使用之義。不難看出，劉勰眼裏的歷史除了「良史」，也暗指「被朝廷使用或指派」的文牘和文案之人。這應了現代人的一句話，所謂歷史不過是一個任人打扮的奴婢罷了，它必須服從權力的意

志。但這也只是說法的一種，更早的東漢許慎的《說文解字》中則說，「史，記事者也，從又持中。」這個「持中」很重要，「中，正也」。也就是公正，求真，所以「良史」和「良史之筆」，又是中國歷史學中常見的佳話。歷史在中國發源甚早，自軒轅黃帝時即開始設立了「史官」，史官裏有倉頡，主管文字的職務，遂有了傳說中倉頡造字乃有文字記事的說法。《禮記‧曲禮上》說，「史載筆」，即史官所到之處要帶著筆墨。史官就是供奉君王左右的記錄者，其分工為，左史記事，右史記言。記言的書成為「經書」，如《尚書》，記事的書便成為「史書」，如《春秋》。至周時，周公旦制定了曆法，國家大事更得以紀年的形式連貫地編寫出來。這樣就有了完整和系統的史書，東周春秋時，史官「太師」（太史）做了《春秋》。各國都有自己的史官，如司馬遷就叫太史令。

有了「史」以後，又有了「傳」，傳，轉也，流轉流傳之意。傳者對史書又加了自己的研究和理解、闡釋和想像，對所謂「春秋筆法」的合理增益與文學化。這就開始出現了「描寫」、「刻畫」、「引語」、「連綴」甚至「曲筆」等等敘事因素，這樣小說的諸多敘事功能就開始借助史傳得以發育。在與孔子同時代的左丘明氏的《春秋左氏傳》中，歷史敘述已展現了很強的文學魅力。現在我們通常所講的「先秦文學」，除了《詩經》和《楚辭》之外，主要就是指「諸子」的哲學或歷史著作，他們同時也是中國最早的經典的文學文本。

西漢時代司馬遷的《史記》，在史書中是一個特例，也是一個極其重要的傳統，因為它寫歷史的方式，不是按照時間或編年的線索來展開的，而是以人物為核心展開的。「本紀」、「世家」、「列傳」是其按照不同地位和類型的人物設置的體例，一切敘述則圍繞著人物的生平與命運展開。簡言之，它所採用的歷史敘事是一種「人本的歷史視角」，或者可以叫做是「人本主義的歷史觀」。這是它開闢了中國式的歷史敘事的一個重要原因，也是使它具有了濃鬱的文學性、使作者在成為了一個偉大的歷史學家的同時、也成為了一個不朽的文學家的原因。如果我們要尋找文學與歷史的親緣關係，《史記》是一個繞不過去的源頭。

現代研究中國小說史的大家魯迅認為，小說的出現乃是「史的末流」。他在《中國小說史略》中說，「自唐人始有意為小說」，唐傳奇是真正意義上的小說的開端。但小說的原始胚胎的發育卻很早，在先秦諸子的多數著作中都有很多「寓言」，這些寓言在文體特點上，即很接近原始的故事和小說。「小

說」一詞最早出現於莊子筆下，《莊子‧外物》中說，「飾小說以干縣令，其於大達亦遠矣。」意思是說，以淺陋的言辭和小道理去謀求高遠的前途名聲，距離太遠了。在這裡，「小說」的意思是「小道理」和淺陋之見。這離後來的「小說」本意，顯然有一定差距。可是它也「暗示」出中國人對「小說」這一文類的「原發性的歧視」。眞正將「小說」視爲文體，是始於東漢史家班固，他在《漢書‧藝文志》中列出了「小說」一類文體，還專就「小說家」的概念作了闡釋：「小說家者流，蓋出於稗官（下層官員），街談巷語，道聽途說者之所造也。」其中一是強調了寫小說的主體地位之「低」，二是強調了小說本身作爲「街談巷語」的傳言性質。即是傳言便有虛構性，「致遠恐泥」，漸不可信。這還是以史度文，以眞實訴求質疑虛構功能的看法。不過，它的貶抑性的定義雖然降低了小說的「歷史價值」，但卻也表明了其更接近於「虛構」（fiction）的「文學」特性。而且班固還引用了孔子的話說，「雖小道，必有可觀者焉。」〔註1〕

　　粗略來說，中國古代的小說敘事有四個大類：一是「神魔小說」，它的出現大約最早，從遠古的「神話」演變爲六朝的「志怪」，後又和佛道宗教題材產生密切關係，最典型的例子是《西遊記》。在「唐傳奇」和明清的「筆記小說」中，又有與世情生活相接近的趨勢，《聊齋誌異》是這種結合的產物，還有與歷史小說結合的產物，如《封神演義》之類。順便說一句，中國古代文人的主流觀念裏，一般不太認同「白話小說」，而認同文言「筆記」，而「筆記小說」大都與神怪題材有關；二是「世情小說」，這類可能成就最大，它的出現比較晚，典型的例子是話本與白話小說，最早大約出現於宋代，以明代擬話本小說爲最典型，長篇小說的成就可謂最高，先有「第一奇書」《金瓶梅》，後有中國文學的集大成者《紅樓夢》，再後來是其末流，明清之際的「才子佳人小說」，這似乎也是中國小說傳統中和世界其它民族文學最爲接近的部分；三是「俠義小說」，這一類比較難說清楚，它似乎比較「邊緣化」，和歷史小說有密切的關係，其代表性的例子是《水滸傳》，晚近些的有《七俠五義》一類，至當代又有「新武俠小說」，如金庸、古龍等。但《水滸傳》似乎也可以歸到歷史小說中，魯迅在《流氓的變遷》一文中，曾戲談及「俠」的源流，認爲源自墨子之徒，最早的俠是「墨者的末流」，其忠誠勇敢乃至「以死爲終極的目的」，但後來則慢慢淪落到「盜匪」和「流氓」的邊緣，變成了「奴才」。

〔註1〕《論語‧子張》。

〔註2〕俠義小說在中國也是長盛不衰的一個品種，這同樣很值得研究；四是「講史小說」，它起源同樣很早，而且就數量而言無疑是最多的。如前文所述，班固的《漢書・藝文志》中所記的「稗官」所作的「小說」，即屬於中國人習慣上講的「稗史」一類。宋元以後，隨著「說話」這種通俗文藝傳播形式在城市的流行，講史小說漸漸成為一種都市的日常文化消費，《三國演義》和《水滸傳》都是在這樣的傳播背景下漸漸成形和成熟的，他們是文人和一般市民階層共同創造的產物。隨後在明清之際，講史小說大量出現，以至於所有的中國古代的「二十四史」都出現了「演義」之作。「歷史的消費」，可以說是中國文化中的一個特殊的現象，它說明，中國人的歷史意識是特別強烈、發達和豐富的，其中所蘊涵的「歷史美學」也是特別豐富和複雜的。另外，即便是《紅樓夢》這樣的世情小說，也可以看作是另一類型的歷史小說——它和現代意義上的「家族歷史敘事」之間有很多相通之處，當然也可以屬於廣義的歷史敘事。

二、歷史小說的各種典範類型

上述幾個大的小說類型，如果從語言與敘述特徵上看，又有「文言」和「白話」兩種不同形式，當然更多的時候，是很難將二者嚴格區分開來。從時間上看，白話小說產生比較晚，宋元話本和明代擬話本，以及明代而下出現的大量長篇小說，也就是所謂「奇書」，是比較典範的白話小說。但一直到清代，文言小說在文人創作中依然佔據重要的地位，因為它看起來更接近於「正統」的文學，而白話小說就比較「民間」了。

關於「講史小說」，在中國的小說傳統中是最為複雜豐富的，它的類型之多，足以見出中國人在歷史美學和史傳文學方面的意識的豐富與概念的發達：一是「演義」，如《三國演義》、《封神演義》、《二十四史演義》等等；再如「外史」，如《儒林外史》（晚近的還有張恨水的《春明外史》）；「全傳」，如《說岳全傳》；「後傳」，如《水滸後傳》；「遺事」，如《大宋宣和遺事》；「豔史」，如《隋煬豔史》；另外特別常見的還有「記」和「志」之類，有「雜記」「雜咀」、「偶記」、「瑣言」、「閒談」、「佳話」、「漫記」、「隨筆」、「談薈」、「類鈔」、「筆記」、「雅集」、「清談」、「搜奇」、「異編」、「贅言」、「叢話」、「便覽」、「私記」、「述略」、「語林」……各種說法林林總總不下百種。這還是比較靠

〔註2〕《三閒集》，《魯迅全集》第四卷，人民文學出版社，1981年版。

近「文人」趣味的，而民間的，就更有各種「秘史」、「野史」、「稗史」、「小史」、「誌異」、「外傳」、「別傳」……不一而足。這也更進而證明了中國傳統小說兼具歷史和文學兩種品質的特點，所謂「文史一家」即是這個意思。中國人正是在對歷史的「敘述」中，發現了「詩」的東西，從中感受到嚴肅意義上的「良史」——也即由於對「歷史倫理」的終極價值的追求而產生的神聖情懷；同時也感受到一種「人生」的經驗處境，感慨生命意義上的歷史的經驗內容；第三，還可以獲得一種一般意義上的「娛樂」，茶餘飯後的消費談資。某種意義上，對歷史的消費，這種行為背後所隱含個體和集體潛意識，是一種「我說故我在」的情境，這在本質上也是獨屬中國人的一種古老的「存在意識」，「前不見古人，後不見來者」，通過這種對世俗意義的歷史與小人物的蹤跡的不斷講述和演繹，能夠使普通人感受到世俗之歡、體驗到存在之樂，有「江山留勝蹟，我輩復登臨」的幸運感和在場感。我想這大概是一種很難解釋的民族文化心理。

從黑格爾到科林伍德，到巴赫金，歐洲學者曾對「歷史詩學」的概念作過非常豐富的討論，而歷史詩學的理念，也是當代「新歷史主義」理論的基礎。但所有這些，我以為都不難在中國人傳統的歷史概念中找到。上述很多類型都有著與西方新歷史主義理念相通的東西，比如「野史」和「稗史」中所隱含的非主流或反正統的歷史構造的理念，在「演義」、「外史」、「誌異」、「秘史」、「別傳」等等中所包含的完全「文學化」了的虛構和想像對「正史」的補充，還比如在「仿寫」和「續寫」的「寄生性寫作」（希利斯·米勒語）與「危險的增補」（德里達語）的習慣中所蘊含的「解構主義」理念，包括俞萬春改《蕩寇誌》、金聖歎「腰斬」《水滸傳》，還有在四大奇書和《紅樓夢》之後產生的大量仿作、偽作、續作等等，它們本身就構成了一種「解構主義」的活動與景觀。所有這些，都同當代的新歷史主義理念之間構成了內在和廣泛的「巧合性」的聯繫。某種程度上，中國傳統小說中的歷史敘事，更像是一種「古老的新歷史主義敘事」。

三、中國傳統小說中的歷史（時間）觀

（一）詩歌中的時間觀

詩歌是中國傳統文學的「核心」，因此，瞭解詩歌中的歷史觀，有助於我們理解中國人的歷史哲學與詩學。

　　中國人的歷史觀與西方人的歷史觀的最根本的不同在於，其「歷史紀年」不是一以貫之的，而是經常「重複開始」的，這不是一個一般的小問題。每個朝代都要換一個「國號」，而每一個皇帝上臺都要換一個「年號」，甚至一個皇帝還會三番五次地換來換去。每換一次，都是一次重新開始的循環。直到中華人民共和國成立之後，才採用了世界通用的公元紀年，看起來僅僅是使用了一個世界通行的「年號」，但其中包含的潛在意義卻十分深遠，它表明，中國人在經過對傳統歷史與近代悲劇的反思之後，決心加入現代世界（西方）共同的「時間敘事」的鏈環之中——特別是，它也是對西方「進化論時間觀」的再次認同。

　　「進化論」是源自西方的一種時間觀，它從生物學界演化到社會學領域，產生了現代世界的基本價值觀念——所謂「現代化」、「現代性」。包括中國人相信的馬克思主義歷史唯物論，也是進化論思想的產物。這一點我們的後面將詳細討論。但中國人原產的時間觀，卻是一種以人的個體生命爲本位的「循環論」，它以個人的存在爲價值起點，生命呈現爲一個斷裂又重複的「圓」。

　　中國人傳統的時間概念，主要曾呈現了兩種解釋特點：一方面，時間和歷史是無始無終的，另一方面又是循環論的，而且與人生還是同構的。這兩種解釋，在整個民族的歷史中幾乎是一直存在的，但又大致以秦漢爲界，發生過前後不同的重大改變。在秦漢之前，中國人基本上是有限論（人生）與無限論（宇宙）的結合，有限順從而不是對抗於無限，因而人們能夠實現對有限人生的從容接受，對宇宙大道規律的認同。一如老子所說，「天長地久，天地所以能長且久者，以其不自生，故能長生。所以聖人後其身而身先，外其身而身存。」〔註3〕莊子也說，「朝菌不知晦朔，蟪蛄不知春秋」，而「楚之南有冥靈者，以五百歲爲春，五百歲爲秋；上古有大椿者，以八千歲爲春，八千歲爲秋」，「眾人匹之，不亦悲呼？」〔註4〕這都是告戒人們，不要以個體生命的尺度來丈量無限，以自尋煩惱，反過來要以認同自然的態度取得寬解，才是明智的選擇。

　　先秦時代的個體生命的時間觀，大抵不離這樣一種樂觀而樸素的認識，這就使先秦時代的思想者在寫作中，絕少流露其個人的生命憂慮，而多是以自信和宏大的個體形象，作關於宇宙、存在、歷史、哲學、倫理、社會等等

〔註3〕《老子·七章》。
〔註4〕《莊子·逍遙遊》。

問題的思考，而對個人的存在問題，則保持了謹慎的迴避。如孔子對學生的關於「死」的問題的回答是，「未知生，焉知死？」其自述人生情趣爲，「樂以忘憂，不知老將至」云云。儘管莊子也曾因做了一個關於蝴蝶的夢，而引發了近似「我是誰，我從哪裏來」之類的追問，但他們與西方哲學家對於存在的思索、特別是海德格爾式的「存在是提前到來的死亡」的認識，仍然有著根本的不同，因爲這裡並沒有關於死亡與生命的焦慮。

　　然而在此之後，另一種「生命本體論」的時間觀出現了，這種觀念大約始表現於漢末（如果把秦始皇求「長生不死之藥」看作是一個標誌，也許要從秦時算起，但從文學中看，對個人生命的憂慮卻是始顯於漢代）。對比漢末以前和以後的詩歌，就可以看出，先秦時期雖然也有《楚辭》的浪漫悲愴，有《詩經》的世俗詠歎，但就主題內涵來看，卻沒有感傷主義的個體生命觀。屈原之憤而投江，非是出於對個體人生的絕望，而是出於對國家命運的悲悼，他的死是一種以身殉國的英雄壯舉，而無關個人的生命感恨。在《楚辭》中很難找見對個人生命的憂慮，相反，對獻身理想的英雄壯舉的讚美倒是隨處可見。這種情形至漢代初年，也還沒有特別明顯的改變，在高祖的《大風歌》和武帝的《秋風辭》中，雖隱約可以看出一種蒼涼凄美之韻，但仍看不到明顯的生命感傷主義的主題。而到東漢無名氏的《古詩十九首》中，情況即陡然爲之一變，人生短促的焦慮和絕望，幾乎成爲一個最核心的主題：「生年不滿百，常懷千歲憂」。人的一生作爲宇宙間基本的時間單元，開始成爲人們衡量一切價值的核心尺度。這種觀念到魏晉南北朝時期，成爲普遍的意識，即便在多雄才大略、更兼「梗慨多氣」的曹操那裡，也毫不掩飾地表達了他對個人生命短促的憂心與焦灼：「對酒當歌，人生幾何」？成爲他著名的追問。這種由於個體人生概念的突然彰顯所帶來美學與價值觀的變化，在初唐詩人陳子昂筆下，可謂發揮到了極至，他的「前不見古人，後不見來者，念天地之悠悠，獨愴然而涕下」，令古往今來多少文人墨客百感交集！生命的感傷主義體驗，由此成爲中國人生命哲學的基點與原點，人生的短暫與宇宙的無限之間無望的懸殊對比，也成爲了中國歷代詩人永恆的生命情結，成了他們觀照歷史、追問宇宙的認識基點。

　　究竟是什麼原因，導致了漢末之前與之後如此迥然的不同，這裡不擬展開討論。然而單個生命的丈量尺度，由此成爲了中國人基本的宇宙觀、價值觀，並促成了他們的美學觀和歷史詩學，卻是一個不爭的事實。就像張若虛

的一首《春江花月夜》中所表達的，有限對無限的遙望，個體人生的脆弱對永恆自然的追慕，成了文學中最普遍的母題：「江畔何人初見月，江月何年初照人？人生代代無窮已，江月年年只相似。」無論是「傷春」、「問月」、「飲酒」、「悼物」，所有的主題最終都歸於一個，人世的倏忽、生命的無常、個體存在的虛惘，變成了他們感受並解釋一切的基本標尺——一個生命本體論的感傷主義。

順便說一句，這種生命本體論的時間觀念，把中國的詩人都提升成爲了「詩哲」。在某種意義上，一個三流的中國詩人，也常常近乎一個詩哲，因爲他的命題似乎永遠也離不開這樣一個角度——以自身生命經驗與生命歷程，對自然和歷史予以反觀投射，也就是說，他們理解自然和丈量歷史，往往是以個體生命爲標尺和刻度的。這樣的時間觀，注定要將中國人的歷史敘事變成他們生命意識的折光，並成爲他們評價歷史的起點。

（二）人本主義歷史觀與生命本體論詩學

上述生命本體論的時間尺度與價值理念，必然也在敘事文學中有所體現。先秦時代的「史傳」傳統演變至西漢時期司馬遷的《史記》，開始逐漸充分顯形了。《史記》作爲一部影響千古的歷史著作，可以說是一個標準的「人本主義的歷史敘事」，而不是一個「時間本體的敘事」。這反映了中國人關於歷史的基本概念，不是關於「歷史大邏輯」的建構，也不是關於「歷史眞相」的窮究極問，而是對於「歷史處境的人」的命運與道德踐行的關懷與追尋。《史記》中幾乎所有的篇章都是以人物傳記的形式出現的，「本紀」、「世家」、「列傳」各體的敘事處理，都是以人物爲核心爲結構的，它在關於人物的事跡的記述中，摻入了明顯的文學色彩，甚至在局部還具有許多「細節虛構」的成分，並且因此充滿了現場性與情境感。類似「鴻門宴」中那樣的細節與人物神態的敘述，簡直已經與小說無異。

人本主義的歷史敘事必然指向一種對於歷史的道德與生命關懷，而不是僅僅敘述朝代的更迭與所謂大事記，因此，中國人的歷史概念中充滿了「文史不分」的傾向，歷史敘事中充滿了精神的悲憫與人格的見證衝動。正如司馬遷在《報任安書》中所自況的，「大抵聖賢發憤之所爲作也」，「此人皆意有鬱結，不得通其道，故述往事，思來者」，「以舒其憤，思垂空文以自見」。歷史成爲了寫作者自身的生命體驗與人生境況的一種折光或鏡象，成爲抒寫苦難與憂憤的一種方式。

　　上述人本主義歷史觀，比如也在唐代以後逐漸發達的小說敘事中表現出來，並成爲一種特定的「歷史中的時間修辭」。首先一個表現是，從「史傳」到「演義」歷史小說，其歷史與美學觀念，經歷了從一個「良史之直筆」的觀念的形而上學，到一種人本主義的人生體驗與「笑談」式的生命審美論的轉變。試比較一下劉勰與羅貫中的歷史觀的微妙不同：

　　　　蓋文疑問則闕，貴信史也。然俗皆愛奇，莫顧實理。傳聞而欲
　　偉其事，錄遠而欲詳其跡。於是棄同即異，穿鑿傍說……析理居正，
　　唯素臣呼！……史之爲任，乃彌綸一代，負海內之責，而贏是非之
　　尤。……若任情失正，文其殆哉！〔註5〕

　　　　滾滾長江東逝水，浪花淘盡英雄。是非成敗轉頭空，青山依舊
　　在，幾度夕陽紅？白髮漁樵江渚上，慣看秋月春風。一壺濁酒喜相
　　逢，古今多少事，都付笑談中！〔註6〕

　　前者，顯然是一種「身在其外」的客觀歷史意識，強調史家的「信史」與「良史」態度，歷史的某種終極客觀性，認識方法的終極眞理性，以及書寫者的「負海內之責」的人格準則。雖然活在司馬遷之後數百年，但劉勰仍然突出了「信史」的原則，對於「傳聞而欲偉其事，錄遠而欲詳其跡」的處理有所批評。不過我以爲這與司馬遷的歷史觀念並不矛盾，劉勰強調了歷史敘述中的正義性與道德感、「客觀性」與可信度；而司馬遷則是在可信度的基礎上更有所人格或情感的寄託，兩者顯然是互相補充的，只是從文字上看，劉勰的說法更凜然居正，作爲觀念的表述更「正確」罷了。然而，在小說家羅貫中那裡，歷史已然變成了純粹審美的對象，它所強調的，不再是歷史的終極客觀性，而是一種人生的折光與生命的體驗，它的時間維度是「單個人」的一生。離開了個體生命經驗這樣一個認識與價值的角度，所有的關於歷史的認識與敘述，都難以獲得意義。是因爲人生的短暫，才導致了歷史所謂的永恆意義的消解，導致了「是非成敗轉頭空」、「不以成敗論英雄」的認識角度與價值理念，才有了「青山依舊在，幾度夕陽紅」的感傷與喟歎。在這裡，眞實與「笑談」已經失去了界限，因此，所謂歷史的「必然論」與終極性（即絕對性），在中國人這裡是早就受到了質疑的。作者也因此才有了一份物外的超然。畢竟單個人的時間與綿延的歷史、永恆的宇宙時間之間，只是一種無

〔註5〕　《文心雕龍・史傳》。
〔註6〕　《三國演義》開篇之《西江月》詞。

望的傷懷與絕望的超然交相混雜的情境與體驗。但反過來，也畢竟只有個人才是歷史的真正主體，捨此還有其它的抽象的和形而上學的「主體」嗎？現代中國人喜歡以「人民」作爲歷史的主體，不錯，「人民」是歷史的創造者，但「人民」最終還需要落實爲「具體的個人」，否則它就是抽象的，當代中國的主流歷史敘事，以及政治化的歷史模型，常常是以「人民」的主體名義，使歷史的敘述抽象化了，從而失去了其真實性。而在這點上，正是中國人傳統的歷史敘述才更接近真實，正是中國人的這種以個體生命爲本位的歷史觀，才使得他們能夠更深邃地觸及到歷史的深處與經驗的神髓，也正是這樣一種歷史觀，才更加接近一種「歷史的詩學」，使中國成爲一個歷史文學與歷史觀念特別發達的民族。

而且——順便說一句，這種個體生命的主體意識，似乎同當代西方的「新歷史主義」之間，也有著一種天然的親和關係。關於這一點，在後文討論歷史意識的章節中還將涉及。

（三）悲劇本質的歷史美學

以個體生命爲本位的時間觀，在小說敘事中表現的另一個特徵，是一個悲劇化的結構理念，即所謂「沒有不散的筵席」的敘事觀念。個體生命的短暫，以及由此引發的生命焦慮與悲劇意識，個體時間的「寄蜉蝣於天地」一般的迅疾的「生—死」對立模型，在敘述的過程中，便演繹爲一個「盛極而衰」的修辭與結構模式。當然，它可以是「大江東去，浪淘盡千古風流人物」的悲壯，也可以是「人面不知何處去，桃花依舊笑春風」的感傷，還可以是「好一片白茫茫大地真乾淨」的悲呼的絕望，但很明顯，個人生命的經驗角度，是他們結構歷史和完成敘事的基本視角，如同一個人的生命從被給予（從「無」到「有」），到經過了少年的蓬勃和盛年的極頂，最終又歸於衰老和死亡的「無」一樣，所有的時間概念，實際上不是一條沒有止境和盡頭的「線」，而是無數個獨立又連環在一起的「圓」。「天下之物生於有，有生於無。」〔註 7〕所以「無—有—無」，便成了宇宙大道的基本規律，這樣的理念，構成了中國傳統小說基本的敘事框架與結構模式，《紅樓夢》中的由「盛」及「衰」、《金瓶梅》中的由「富」而「敗」、甚至《水滸傳》中從「聚」到「散」，其在整體上都是「無—有—無」式的結構，一個近乎於「夢」的經驗

〔註 7〕《老子‧四十章》。

過程，一支「曲終人散」、「天下沒有不散的筵席」、「落了片白茫茫大地眞乾淨」的悲歌旋律。題目在敘述風格甚至審美特徵上是如此不同，但在敘事的基本結構上卻是如此地一致，在美學的神韻上是如此地接近。

　　「夢」是中國傳統小說的一個最形象和最具美學意義的命名，也難怪《紅樓夢》這樣的作品會成爲中國古典小說的一個最高典範，它是一個人生經驗的形象比喻，「人生如夢」典型地表現著中國文人的生命觀念與價值意識，它投射到歷史的認知中，便產生了倏忽如夢「是非成敗轉頭空」的悲劇體驗；而反過來，歷史作爲「人化」的生命經驗的對應物，當然也折射和隱含了人生。

（四）「中性」立場與非主流道德的歷史循環論

　　上述時間觀念還引申和表現爲一種歷史的循環論。中國古典小說中的歷史觀，與文人的生命意識是同構的，因而歷史從未呈現爲一種「發展觀」和「進化論」形態，而總是一種重複，「人生代代無窮已，江月年年只相似」、「江山留勝蹟，我輩復登臨」、「人世有代謝，往來成古今」。時間和歷史本身，並沒有目的和意志，它只是在一種自在狀態中進行著自身的矛盾循環。如同《三國演義》開篇第一句所說的「話說天下大勢，分久必合，合久必分」，《水滸傳》開篇序詞中所說的「興亡如脆柳，身世類虛舟」、「雯時新月下長川，滄海桑田變古路」一樣，這是一種「中性」的時間觀。它像歷史中的個體存在一樣，也只是按照一定的節奏繁衍代謝而已。這也決定了中國傳統小說的「歷史美學」的重要特點：它不是僅僅指向「未來」一極的，也不是以所謂「新」爲價值指歸的，在時間的縱向坐標上，不存在一個倫理化的二元尺度，沒有「過去與未來」、「進步與反動」的二元對立，而所有的是與非、成與敗，也都將隨著時間的推移、人世的代謝，化爲烏有，成爲笑談。循環論使得許多古典小說作品在結構與美學理想上，都呈現了近似的特徵，每一個作品都呈現了一個完整和自閉的由「興」而「衰」、由「始」而「末」的時間結構，一個與人生軌跡同構的「圓」。

　　上述「中性」的道德判斷，當然不意味著主流歷史價值的完全被排除在外。以《三國》和《水滸》爲例，兩者都刻意突出了「正統」和「主流」的道德觀，即「忠」的思想。在《三國演義》中表現爲「揚劉抑曹」，在《水滸傳》中則表現爲將「聚義廳」改爲「忠義堂」。突出「忠」字，是要體現「官史」的歷史觀，體現孔子所說的「君君臣臣父父子子」的禮制秩序。「忠」的

關係是垂直的，這是使小說從官方那裡獲得合法性認可的必要條件。但在這同時，小說家所真正張揚的，卻是另一種非主流的民間的東西，即「義」。「義」中和了「忠」，因為它所要體現的，是一種「平行」的尺度，「平等」的關係，正如《水滸》英雄所夢想的「四海之內，皆兄弟也」，「大碗喝酒，大塊吃肉，論稱分金銀，論套穿衣服」，以「義」的名義，大家就可以不分你我，甚至不論道德，矮腳虎王英是一個卑鄙的好色之徒，但在意氣的名義下也被宋江收為兄弟。「義」還幾近成為了一種神話，李逵每次都免不了好人幹壞事，輪著兩把板斧，「所砍的盡是看客」，但誰還會因為他錯殺了幾個人而對他興師問罪呢？《三國演義》應該說比之《水滸傳》要更「主流」一些，但它也同樣張揚了作為民間道德的「義」，它甚至把劉備與關羽、張飛的「君臣」關係改造成了「兄弟」關係，試圖在表現對正統皇權思想的尊重的同時，更張揚民間式的「桃園結義」的神話。如開篇第一回的題目，即是「宴桃園豪傑三結義，斬黃巾英雄首立功」，前一半講的是「義」，後一半講的是「忠」，兩相中和，小說最終所呈現的歷史觀，便具有了雙重的合法性，並巧妙地民間化了。

中國人的上述的時間觀與歷史意識，當然也存在著巨大的陷阱，即在一種時間緯度上的價值空缺，最終導致了其在另一種空間維度上的倫理判斷——即對「忠」與「奸」的對立模式的無限誇張，這種模式，構成了中國小說美學的另一個基本構架。不過，這裡我們的目的不是對這種美學觀念作什麼評判，而只是為了提供一個背景和參照，來觀察當代中國小說中時間觀念的變化，以及它給小說的修辭方式、結構方式與美學特徵帶來的變化。

第二講　當代紅色敍事中的歷史觀

美國的新歷史主義理論家海登‧懷特在他的一篇題爲《作爲文學虛構的歷史本文》的文章中，曾經有一句耐人尋味的追問，即，歷史上「到底發生了什麼」？[註1] 在他看來，任何「歷史」不過都是一種文本的修辭活動，是一種「修辭想像」，因爲在「歷史的存在」和「歷史的本文」之間，永遠不存在一種眞正的對應關係，而只能是一種隱喻關係。所有能夠看到的歷史，實際都是作爲文本的歷史，而「文本」不但取決於客觀的歷史，更是取決於敍述者的修辭，取決於其敍述方式、解釋角度與價值立場。同樣一個事件，可能因爲立場的不同，所作出的解釋就是完全不一樣的。

所以，「歷史上究竟發生了什麼？」這不是一個一般的追問，而是一個帶有根本性的哲學命題。它延伸出兩個方面的問題：一是任何文本都不是完全可靠的，它必然是敍述者的修辭想像的產物，都是有「先天缺陷」的，它與眞正的歷史存在之間，都只是一種「文學性的比喻」關係；第二，它又從另一個方面承認了歷史文本的修辭想像的合法性，既然歷史本身在本質上是無法企及的，那麼，某種更合理的隱喻、或者想像，就是無法避免、而且是很有必要的。歷史就這樣處在了被反覆「重寫」的過程中，意大利的哲學家克羅齊，也是從這個意義上說出了那句很有名的話，「一切歷史都是當代史」；法國哲學家米歇爾‧福科的邊緣化和反主流正統的「歷史編纂學」，也是在這樣的認識基礎上誕生的。

[註1] 見張京媛主編：《新歷史主義與文學批評》，北京大學出版社，1993 年版，第163 頁。

一、「紅色歷史編纂學」的由來

紅色歷史敘事的認識論基礎是「紅色歷史編纂學」。而「紅色歷史編纂學」在產生的早期，也可以視爲是一種特別「新」的「歷史主義」，它和革命的暴力是一同產生的，其目的顯然也是爲革命行爲本身尋找合法解釋。現在通行的「中共黨史」或「中國革命史」，就是按照這樣理念來敘述的。而這樣的理念也有一個更爲深遠的基礎，即來自毛澤東的《新民主主義論》，來自馬克思、恩格斯關於人類社會由低級形態向高級形態發展的理論，關於無產階級革命的理論，來自以黑格爾爲哲學基礎的辯證唯物主義，來自黑格爾的歷史必然論和歷史進步論，來自達爾文以及更早的赫胥黎的生物進化理論。總之，是近代以來的工業革命促成了進化論和黑格爾的歷史觀，而這兩者又派生出最早的「現代性」理念和話語，派生出革命理論。

在現代中國，這一譜系大致是這樣一個順序：最早在魏源（1794～1857）的《海國圖志》中孕育了求知西方、探尋現代世界大勢的思想；在嚴復（1854～1921）的《原強》以及其所翻譯的赫胥黎的《天演論》中發明了「宗天演之術，以大闡人倫治化之事」和「物競天擇，適者生存」的現代思想，這應該是現代性話語在中國最早的出現；之後是鄒容（1885～1905）在《革命軍》一文中據此提出了「革命者，天演之公例也」的革命理論，革命理論顯然是進化論思想的產物；再隨後就是上世紀初孫中山（1866～1925）的革命理論；「五四」前後共產黨人的革命理論，延安時期以後毛澤東的革命理論。由毛澤東（1893～1976）的《新民主主義論》等著作爲範本，1949年以後逐漸發育出了當代性的政治話語譜系和紅色歷史的敘事框架。我們把這種敘事構架與規則成爲「紅色歷史編纂學」。

拋開題材內容和主題差異不論，單從敘事方式與結構模式上看，中國當代小說與傳統歷史敘事之間，即發生了巨大的變化。這種變化首先是源於時間觀念的改變。類似《紅樓夢》式的古典敘事中永恆與循環的理念、人本主義與生命感傷主義的時間尺度，均被革命進化論、政治歷史階段論的理念所替代。粗略地看，構成當代紅色敘事的「歷史模型」的主要來源有兩個：一個是上述西方近代的進化論觀念，以及在這種觀念基礎上產生的「現實主義」作家的歷史理念，如巴爾扎克式的歷史編年史式的敘事，特別是又被俄蘇作家強化了的「劃時代」、「分水嶺」以及「多部曲」的歷史概念；另一個則是來源於革命政治敘事本身「創造歷史」的時間觀，作爲對革命政治的合法性闡釋的

最重要的理論邏輯，時間必然被按照新與舊、黑暗與光明、過去與現在（未來）、反動與革命等等「倫理化」的對立模態，分割成若干份，時間的縱向維度被前所未有地誇張出來，並被賦予了鮮明的政治色調與方向感、目的性。比起前者來，這種敘事的規定與裹挾力量，顯得更加強大而不可違拗。在這樣兩個觀念影響下，當代小說的結構與美學形態，便發生了根本性的變化。

首先是時間的區段化。在十九世紀的作家那裡，這種意識就已經相當明顯，如巴爾扎克在談到英國作家司各特的小說意義與局限時就說，一個偉大的作家，應該將自己的作品「聯繫起來，編寫成為一部完整的歷史，其中每一章都是一部小說，每一部小說都描寫一個時代」。〔註2〕司各特沒有做到，而現在他自己要力圖這樣做。很明顯，在歷史與人生之間、在「歷史的美學」和「小說的美學」這兩類概念之間，現實主義作家完全傾向了前者。這種「時代觀」，大大強化了政治學或社會學意義上的「階段性歷史」在小說敘事中的作用。列寧對托爾斯泰作品的最高評價，作為「俄國革命的一面鏡子」的「鏡子說」，其核心意思也在於肯定其小說的時代感。隨後列寧大致又說，在最近的十年中，屬於托爾斯泰這樣的特別的榮譽就不再存在了，因為「歷史的那一頁已經翻過去了」。由於這樣的理念，蘇聯的作家紛紛傚仿《戰爭與和平》那樣的多卷本模式，並竭力造成對「一個時代」的「史詩」性的修辭效果。這種結構形式深刻地影響了當代中國作家的藝術趣味與結構觀念，像梁斌的《紅旗譜》、《播火記》、《戰寇圖》三部曲，柳青的《創業史》，歐陽山的《一代風流》五部曲（《三家巷》、《苦鬥》、《柳暗花明》、《聖地》、《萬年春》），周而復的《上海的早晨》（四卷本）、李雲德的《沸騰的群山》（四卷本）等，都基本上是按照時間的順序區段來結構的，在一些單卷本的作品如《紅旗譜》本身，還有一些成長主題或者有較長時間跨度的小說，如《青春之歌》等，也體現出鮮明的歷史階段性。

上述理念的另一個依據，是政治歷史敘事對文學敘事的規定性作用。這方面的最高的典範應該是《新民主主義論》。在此文中，毛澤東以革命家的巨筆，將現代中國的歷史劃分成了斷裂又聯繫的幾個區段：一九一九年「五四運動」以前，是資產階級領導的舊民主主義革命，而在這之後，便是由無產階級領導的新民主主義革命時期了。由中國的現實所決定，「中國革命必須分

〔註2〕巴爾扎克：《〈人間喜劇〉前言》，伍蠡甫主編《西方文論選‧下卷》，上海譯文出版社，1979年版，第167頁。

為兩個步驟，第一步，改變這個殖民地、半殖民地、半封建的社會形態，使之變成一個獨立的民主主義的社會。第二步，使革命向前發展，建立一個社會主義的社會。中國現時的革命，是走在第一步」。之後，文章又依據其政治內涵，劃分了更細的四個階段，「第一個時期是一九一九年到一九二一年兩年，第二個時期是一九二一年到一九二七年的六年，第三個時期是一九二七年到一九三七年的十年，第四個時期是一九三七年到現在的三年」（即一九四零年）……這些劃分，涇渭分明地梳理了現代中國歷史的階段性內涵，也成為此後所有當代中國政治、歷史與文學敘事的權威性的劃分界限（自然，他的這些觀念也是來源於他在該文中徵引的斯大林的紀念十月革命和論民族問題的文章）。這種規定性十分典型地體現在《紅旗譜》一類「史詩性」結構的小說中，它的三部曲式結構，分別對應著中國共產黨誕生以前農民的自發鬥爭，第一次國內革命戰爭，共產黨獨立領導的土地革命戰爭，以及日本入侵中國、民族危機爆發這樣幾個時期。由此使小說敘事，變成了政治敘事的別一表現形式和其中的一部分。正如作者自己所說，因為他「親身經歷」和「親眼看到」「黨自從誕生以來……領導我們在各個時期貫徹了階級鬥爭，領導我們從一個勝利走向另一個勝利」，他要將這樣一個過程「深刻地反映」出來〔註3〕，必然要遵照上述時間區段的劃分，並使之成為自己的結構、修辭與美學的唯一參照尺度。

紅色敘事的第二個重要的時間模型，是「斷裂式」。同上述「區段性」觀念相聯繫，斷裂式時間修辭更加強調了各個時間區段的差異性，它找出了許多標誌式和分水嶺式的的政治事件，這樣的事件，成為歷史和人的觀念的分界點，就像胡風獻給新中國的頌詩是《時間開始了》一樣，一個重大的事件的意義，總是首先體現在它對一個「新紀元」的開闢上，所有的敘事都被納入到這樣一個框架中，新的時間區段同舊的時間區段，表現出截然對立的價值指向與美學性質。正像周揚代表新政權所指示的，「作家必須站在人民的先進的行列，和人民一道，為擁護新事物和反對舊事物而鬥爭。他不能置身於這個鬥爭之外，對於這個鬥爭採取中立和旁觀的態度。他必須抱有爭取新事物必勝的決心，對新事物具有敏銳的感覺和高度的熱愛，而對於舊的落後的事物則絕不調和妥協……」〔註4〕在這裡，以一個時間臨界點為分野的「新」

〔註 3〕 梁斌：《紅旗譜・代序》，中國青年出版社，1958 年版。
〔註 4〕 周揚：《1953 年 9 月 24 日在中國文學藝術工作者第二次代表大會上的報告》，

與「舊」，被賦予了水與火一樣不能相容的關係，成為提醒和警示一個作家確立其寫作原則的標誌性符號。其實，這類關於時間的敘事，不只是出現在政府的公文中，在建國初期作家們的言論中，它幾乎也是隨處可見的，請看早在 1950 年丁玲的一段話：「由於時代的不同，戰鬥的時代，新生的時代，由於文藝工作者思想的進步，與廣大群眾有了聯繫，因此新的人物，新的生活，新的矛盾，新的勝利，也就是新的主題不斷地湧現於新的作品中⋯⋯這正是新的作品的特點，這正是高於過去的地方。」〔註5〕在這裡，時間的「新」與「舊」，顯然已經變成了修辭的中心，在類似的時間分界點之前與之後的敘事，被賦予了完全不同的美學與政治內涵。它控制了小說的敘事節奏，發展進程，也規定了小說的藝術氛圍的風格基調，比如說，在該寫得比較灰暗的時段裏，如果寫得明朗了，那就不僅僅是一個藝術節奏把握不准確的問題，而是一個政治覺悟與立場的問題；相反，如果在應該寫得比較光明樂觀的時段，你還寫得十分暗淡的話，那同樣是對革命或對黨的一種惡意詆毀與犯罪。1949 年以後的小說敘事中所有批評與暴露的主題，所有表現人性和抒情的主題，所有多樣化的藝術風格都逐漸被批判和剔除，與此是有直接關係的，因為時代已然是新的時代，那麼新的時代還能夠允許與此「不相稱」的東西存在嗎？

斷裂性的時間修辭，給小說敘事的美學特徵帶來了深刻的規定性。比如，所有革命歷史敘事的作品，還有包括反映「合作化」進程的作品，其敘述的終結點，都必須是革命的勝利或者階段性任務的完成。這樣，就使得作品呈現了強烈的喜劇化、壯劇化的風格。這種敘述結構與美學傾向，其實早在新中國建立以前就已經現出端倪了，周立波的《暴風驟雨》就是如此，這部作品分了一、二兩部，第一部寫的是土改的初步勝利，第二部寫的是農會權力被壞人篡奪、土改成果幾乎喪失之後，經過廣泛發動群眾，取得了最後勝利。結尾是在農民真正分到了土地，並且踊躍參軍，在解放全國的革命高潮馬上就要到來的時刻結束。這樣的結尾，顯然是在高點上的終止，它決定了小說的美學特徵必然是明朗的。《紅岩》也一樣，儘管這部小說所寫的內容，是革命志士在監獄中與即將崩潰的國民黨政權之間的鬥爭，情節是十分慘烈的，

引自《文藝報》1953 年第 19 期。

〔註 5〕丁玲：《跨到新的時代來——談知識分子的舊興趣與工農兵文藝》，1950 年《文藝報》第 2 卷第 11 期。

但由於作者是按照「黎明前的黑暗」這樣的概念來敘述的，同樣是以全國解放這樣一個喜劇的時間背景作爲敘事環境的，所以它不但不顯得悲傷和殘酷，而且還要更爲壯觀和激情高揚。

但「革命敘事」本身並非是一種「簡單的敘事」，這樣說有兩層意思，一是革命敘事不是憑空出現的，它很暴力地改造了傳統敘事，但又自覺和不自覺地承接了來自傳統敘事、西方文學敘事、中國現代啓蒙主義敘事的諸多因素，是一個各種敘事因素還沒有來得及融和的「夾生」著的混合體；二是，革命敘事在小說中很多時候只是一種合法「僞裝」，它眞正兜售的還是文學本身的東西，因此它對各種「舊式」的敘事因素，有時是一種出於本能和潛意識的借用。這種情形在《青春之歌》、《紅旗譜》、《林海雪原》、《烈火金剛》，甚至在《紅岩》中，都有著生動而豐富的表現。不過從整體上來說，它內部的矛盾也很突出，比如：它的敘事的時間觀念的原型，是來自西方的（可參見巴赫金對希臘古代敘事模型的分析），但卻聲稱是「民族主義」的；在美學上是講「中國做派」的，但骨子裏卻是反對中國的美學與話語傳統的（就像林道靜在最初是喜歡吟誦唐詩的，「革命」以後則喜歡上了現代體詩）；看上去是比較「青春」和「現代」的，但骨子裏的趣味卻是非常陳舊的……總之，研究它是非常有意思的。

二、「紅色官史小說」的一般特徵

由於是按照主流歷史觀念構造的敘事，我們可以把出現自五六十年代的有關歷史題材的小說稱之爲「紅色官史小說」。這些小說的一些一般性的特徵是非常近似的，比如都是表現了革命意識形態的主題：歷史就是階級鬥爭史，是進步與倒退、革命和反革命的鬥爭史；再者具有強烈的「觀念的形而上學」色彩，「歷史」具有了先驗的目的性、必然性，構造出了大量的倫理化和終極性的詞語，如類似於被德里達所質疑的那類詞語——「人民」、「革命」、「解放」、「眞理」、「階級」、「犧牲」、「幸福」等等。這些特徵都是普遍性的。

但有一些特徵是需要討論的，比如一個很常見的情形是，「把個人敘事裝飾爲革命敘事」，這個問題是兩方面的，一方面，作家是有「私心」的，他要把自己個人或家族的故事「合法化」，另一方面，這又是革命的需要，作家是不得已的，如果他不把這樣的故事裝飾爲革命敘事，他的作品將不能得到承認。因此，我們就看到了一些非常有意思的現象，比如寫《紅旗譜》的梁

斌就是一個例子，他從早年的一個短篇小說《夜之交流》，到後來的劇本《千里堤》，再到後來的長篇小說《紅旗譜》，都是他自己所身歷的「高蠡暴動」的同一個題材的延展。梁斌的一生其實也就是只圍繞著這一個題材進行寫作的，是對同一個記憶的不斷加工和美化，產生了這部被稱為「史詩」的作品。這與其說是作者寫作能力上的局限，還不如說是他一生的一個「情結」——只有在敘事上充分提升了自己家族的歷史，才能確立他自己人生歷史的正確和合法。小說中的江濤，無疑是作者自己的影子，小說對這一人物的「美化」，當然有著明顯的潛意識動機。另一條農民與地主之間的階級鬥爭的線索，則也同樣有「把家族矛盾鬥爭裝飾為階級鬥爭」的嫌疑。稍有鄉村生活經驗的人都知道，在這個小農社會中，農民之間的利益糾紛是極為常見的，解決這些糾紛的手段極為有限，只能靠宗法關係來抗衡和調解，有的則成為世代相傳的家族仇恨。瞭解這一情形的讀者，不難從中察覺到朱嚴兩家農民與地主馮家父子之間矛盾的底色，這本來很可能是一個平常的家族矛盾，但卻被作者在描寫的時候做了「道德化」的改裝，馮家父子被妖魔化了，而朱老忠則被神性化。連作者本人也說，「書中的故事即使有現實根據，也決不等於生活中原來事件的再現。……是經過集中、概括、突出和提高了的。」〔註6〕

如果上述說法是有「猜測」之嫌的話，另一種「偽歷史寫作」則可以來證明一種「現實主義」敘事的虛偽性。柳青為了寫表現合作化題材的《創業史》，自願從北京來到陝西長安縣的皇甫村安家落戶，從 1952 年始一住就是十四年，這樣的例子恐怕在古今中外是絕無僅有的。誰也不能說柳青的心不誠，甚至也不能說他的文學能力不強——至少《創業史》的某些章節還表現了很高的藝術功力，但在整體上，我們卻不能不說柳青寫了一部「不真實」的作品，儘管他遵守了「現實主義」，有大量「真實」的生活體驗，但因為他完全採用了政治化的歷史敘述模型，導致了他的敘述的虛假，所有的人物都是按照毛澤東的《中國社會各階級的分析》那樣的概念來歸類的，財產的多少決定了人物的政治立場，其階級的屬性決定了其在現實中的表現：貧雇農最革命，中農有時候動搖，富裕中農自私自利，富農興風作浪反對合作化，地主最陰險，總是在背後煽風點火。從這樣的概念出發，人物就喪失了鮮活的

〔註 6〕梁斌：《漫談〈紅旗譜〉的創作》，《作家談創作經驗》，中國青年出版社，1959年版。

個性和生命力，變成了概念的傀儡。這樣的作品比起上一種情況來，更具有悲劇的意味。因爲它浪費了作家的才華、時間和精力。

不過，紅色小說中的敘述也不是一無是處，有一些作品還是很有魅力的。但考察其中的活力所在與成功要素，卻不難發現，起作用的其實是非常出人意外的因素——它並非是其革命的內容，而可能就是非常「舊式」的東西。人們比較喜歡的一些作品，像《林海雪原》中的「傳奇性」敘事，其實是包含了中國傳統小說中的某種關於「匪」與「盜」的傳奇敘事的內核，喜歡《紅旗譜》、《紅岩》、《鐵道游擊隊》、《烈火金剛》的也一樣；比如人們喜歡讀《青春之歌》，其實是喜歡這部小說中所蘊含著的「才子佳人」與「英雄美人」的故事，喜歡其中所描寫的不無曖昧的「三角戀」、「婚外戀」、「未婚而先同居」的故事；甚至一些人喜歡《苦菜花》這樣的作品，在潛意識裏也許是因爲其中夾雜了較多的通姦與性暴力的描寫。關於這些複雜的敘事因素在紅色歷史敘事中所起的作用，我們也許會在下面的個案分析中獲得更感性的認識。

三、《青春之歌》：一個個案分析

紅色敘事中最典型的，要數一部表現知識分子命運的小說——《青春之歌》。因爲別的作品大都因爲題材內容的關係，不得不受到外在因素的許多制約，因而有時似不能說明問題，而這部作品的整個故事結構，基本上是圍繞著一個核心的女性人物展開的，其題材相對較「小」一些。另一方面，它在結構上可以和一些古典世情小說或愛情小說對照起來看，因爲它從整體上，是對一段人生歷程的較爲完整的敘述，是一個比較完整的結構。但與傳統敘事的時間修辭不同的是，它不是按照那種經典的「盛—衰」模式、「聚—散」結構，按照一個「夢」的經驗方式，一個完整的人生的概念，去進行悲劇性的、將終點落於衰敗和死亡的、「好一似食盡鳥投林」的、「天下沒有不散的筵席」式的、「花落人亡兩不知」的敘事；相反，是將終點嘎然截止在「階段性勝利」之時，終結於林道靜尚未終結的「青春」時代。這樣，小說呈現出來的，當然就是一個「王子和公主從此過著幸福快樂的日子」式的充滿生機、浪漫和活力的「青春敘事」與「童話敘事」，而不是一個充滿衰敗與感傷的「死亡敘事」或「末日敘事」。試想，如果作者沿著林道靜的人生軌跡一直寫下去，寫到她後來的婚姻生活，寫到革命成功，再寫到建國以後，那時她已人到中年，還可能由於她的「小資產階級」出身，而在後來的歷次運動中受到衝擊批判，說不定還會落一個很悲慘的下場，那還會是一部高昂激揚的「青春之歌」嗎？

　　當然，那時這一切都還沒有來得及發生，但是如果小說不是截止三十年代，而是繼續向前延伸到四十、甚至五十年代，延伸到主人公變成一個中年女性，小說的美學風格也會根本改變。顯然，時間在這部小說中扮演了重要的角色，時間的斷裂，使得敘事忽略和刪掉了後來的一切，一切都停止在尚且年輕的時代——這就像《紅樓夢》中所寫的寶黛愛情一樣，它終結在「黛玉之死」這一時間點上，林黛玉作為一個青春少女的死亡，使得她與賈寶玉的愛情成為了永恆的憾恨，讓人哀惋痛惜。然而假定林黛玉不是這麼早地棄世而去，如果她與賈寶玉結了婚，而且還一直勉強地活了下來，直至人到中年、老年，那時讀者看到的，將不再是一個冰清玉潔的林黛玉，而是一個有肺癆的、面黃肌瘦呼吸上氣不接下氣的、長著一副孱弱病容的林黛玉，那他們的愛情，還是那麼令人羨慕的千古絕唱般的愛情嗎？《紅樓夢》還是《紅樓夢》嗎？在這部作品裏，作者所使用的敘述方式，與白居易的長詩《長恨歌》一樣，是兩個時間概念，其中一個「時間」結束了，另一個「被拋棄的時間」仍然孤獨地前行，這樣就造成了「上窮碧落下黃泉，兩處茫茫皆不見」的感人悲劇。而革命的紅色敘事，卻全部是在一個高點上截止，勝利和成功，同時終結了「當事人」和「追憶者」存在的必要，構成了一切都將在省略中「幸福快樂」下去的幻象。

（一）從一個「精神分析」的例證開始

　　之所以要把《青春之歌》當作「文學作品」來讀，是因為在它比較多地蘊涵了故事的因素、特別是暗含了許多來自傳統敘事模型的敘述形式。這也正是它能夠在革命或紅色敘事文本中，能夠保持相當的文學魅力的原因。即便在革命的年代，對一般讀者來說，他閱讀小說也不是受著其「革命動機」的驅使，而是受著「無意識動機」的支配，《青春之歌》為什麼吸引他們？不是因為它突出了多麼高大的主題，而是因為它寫了浪漫動人的愛情故事，甚至是特別抓人的「三角戀愛」的故事。事實上，無論過去還是現在，對讀者來說，這部小說的魅力正是來自它講述林道靜、余永澤、盧嘉川之間的「三角關係」的部分，這絕非是偶然的。這裡的衝突，表面上看是「進步與落後的衝突」、「革命與不革命的衝突」，但內裏實際上卻是「感情與道德的衝突」，是林道靜在「丈夫」和「情人」之間何去何從的矛盾。為了達到她擺脫丈夫而重新選擇的目的，同時又擺脫由此帶來的道德上的犯罪感、心理上的自我譴責，她就在「丈夫」和「情人」身上，分別打上了「革命者」和「守舊派」

的記號。換句話說，她是借了革命的名義，來滿足自己的私念的，用了革命的動機，來掩蓋自己的情慾動機的。這樣一個掩蓋看起來是很巧妙的，天衣無縫的，不料卻在「無意識」中暴露無遺。

這就是林道靜那個非常有意思用來「修改記憶」的「夢」〔註7〕。很奇怪，革命敘事本來是排斥無意識內容的，因為革命者要體現的主要是正確的意志、原則、黨性等等，屬於非理性的潛意識自然在壓抑和刪除之列。而《青春之歌》中卻出人意外地寫到了夢境。這表明，它有「不得已」的難處。因為無論如何，余永澤作為林道靜的救命恩人這一點是難於更改的，而林道靜與盧嘉川的「革命友誼」怎麼看都有「婚外情」或「第三者插足」的嫌疑。這就使作家再面對這一矛盾的時候，不得不動用無意識描寫，來實現一個轉換，以減輕主人公的道德壓力。

還有一點，楊沫在小說《後記》中曾專門表白說，盧嘉川這一人物「完全是」「想像出來的」，但對於林道靜這個人物的性格邏輯來說，則是十分自然和真實的。她其實很早之前在第一次見到盧嘉川的時候就已經閃電式地愛上了他，只是礙於自己的道德感，才不得不先投入了余永澤的懷抱，但這一切彷彿都是為了她與盧嘉川走到一起做準備。而在這個過程中，「投身革命」成為了一個再好不過的理由，因為投身革命即是投身盧嘉川。同時，貶低余永澤的人格與道德狀況，也是一個必須的策略，因為小說中這個人物除了「守舊」以外，並無致命的缺點，相反他還顯示出了非同尋常的修養——在面對盧嘉川的「競爭」時，顯得溫和、理性而有耐心。這樣，女主人公便不得不用心設計了與他的種種摩擦，包括在對待討飯的魏三大伯的態度上不同「階級立場」（余永澤給了他一塊錢，而林道靜卻給了他十塊錢——不過那還是余永澤的錢），來誇張他們之間的根本分歧。但這一切都還不夠，她必須要通過徹底的「修改記憶」，來解脫自己的負罪感，於是就有了這個象徵著「願望的達成」的夢。

請注意，「做夢」之前，林道靜有一個心理背景和準備：「剛一睡下，她就被許多混沌的惡夢驚醒來。在黑暗中她回過身來望望睡在身邊的男子，這難道是那個她曾經敬仰、曾經熱愛過的青年嗎？他救她，幫助她，愛她，哪一樣不是為他自己呢？……驀然，白莉蘋的話跳上心來。——盧……革命，勇敢……『他，這才是真正的人。』想到這兒她笑了。」這個動機是再明確不

〔註7〕見《青春之歌》，人民文學出版社，1962年12月「北京新1版」，第176頁。

過的，他正經歷著見異思遷的自我譴責，和自我寬恕的思想鬥爭，因而在潛意識中，她就要試圖了結這一矛盾，以緩解自己的精神壓力，所以——

這夜裏她做了一個奇怪的夢。

在陰黑的天穹下，她搖著一葉小船，飄蕩在白茫茫的波浪滔天的海上。風雨、波浪、天上濃黑的雲，全向這小船壓下來，緊緊地壓下來。她怕，怕極了。……她驚叫著，戰慄著。小船顛簸著就要傾覆到海裏去了。她掙扎著搖著櫓，猛一回頭，一個男人——她非常熟悉的、可是又認不清楚的男人穿著長衫坐在船頭上向她安閒地微笑著。她惱怒、著急，「見死不救的壞蛋！」她向他怒罵，但是那人依然安閒地坐著。她暴怒了，放下櫓向那個人衝過去。但是當她扼住他的脖子的時候，她才看出，這是一個多麼英俊而健壯的男子呵，他向她微笑，黑眼睛多情地充滿了魅惑的力量。她放鬆了手。這時天彷彿也晴了，海水也變成蔚藍色了，他們默默地對坐著，互相凝視著。這不是盧嘉川嗎？她吃了一驚，手中的魯忽然掉到水中，盧嘉川立刻撲通跳到海裏去撈櫓。可是黑水吞沒了他，天又霎時變成濃黑了。她哭著、喊叫著，縱身撲向海水……

這毫無疑問是一個不經意的告白。它完完全全地袒露了林道靜的潛意識，即，她寧可希望余永澤是一個「見死不救的壞蛋」，她在難以擺脫這個人的同時，早已喜歡上了更加「英俊而健壯」的盧嘉川，但這種背叛的動機，使她充滿了犯罪感，所謂驚濤駭浪即是這種心態的隱喻。這個夢的實際作用是，她可以使得自己對余永澤充滿感恩色彩的記憶被修改。這就像當代法國女作家瑪格麗特·杜拉斯在她的一篇訪談中所談到的，她在一次昏迷的夢境中同她的本來「彼此欣賞的好朋友」克羅德·雷吉「鬧翻了」，因為她夢裏依稀聽到，他在說她的「壞話」，她醒來再三打電話逼問他的時候，她的朋友當然感到莫名其妙，可她卻堅持認為「他們之間是完了」，「這種幻覺根深蒂固，我整整六個月都沉浸在被侵犯的感覺裏」。〔註8〕同理，林道靜要在感情上真正產生對余永澤的「恨」，這個可以幫助她修改記憶的夢無疑是非常有效的。

無獨有偶，還有一個「白日夢」也不可忽視，林道靜在去定縣農村後，有一段非常酸澀的「墓地抒情」。背景是江華來到她在鄉村的住處，林道靜此

〔註8〕 杜拉斯：《我把真實當作神話——杜拉斯訪談錄》，《杜拉斯文集·寫作》，曹德明譯，春風文藝出版社，2000年版，第170頁。

時已經在盤算著怎麼才能「忘記過去」，與另一個革命青年江華「開闢未來」了。不要說所愛的人還屍骨未寒，此時她連盧嘉川已經犧牲的消息也根本不知曉，如何才能「忘記過去」，越過這一道新的心理與道德屏障？如果說拋棄余永澤她還可以容易地找到理由，還可以說得過去的話，那面對盧嘉川呢？她這時內心鬥爭的激烈可想而知。雖說與江華之間的感情，不像她與盧嘉川的愛情那樣如火如荼，刻骨銘心，但她也不願意為了一個已經看來沒有什麼希望的盧渺愛情再苦等下去了，她決定要再次棄舊圖新、捨理想中的盧嘉川而取現實的江華了。然而在潛意識中，這種再次背叛的罪惡感又在折磨著她，怎麼辦？她不由自主地來到了田野的一座墳墓面前——我相信這決不是巧合，我們的前輩女作家還是比較淳樸的，楊沫沒有意識到，恰恰是這個細節把林道靜的潛意識暴露無遺——她實際上是將這座無名的墳墓，在潛意識中當成了盧嘉川的墓地，她試圖在心理上提前確認：盧嘉川已經死了，我現在把一束鮮花放在墳前，也算是舉行一個簡短的「告別」或「了結」儀式了，這儀式一過，她便獲得了選擇的自由。

　　……走在一座孤墳前，她低聲唱起了《五月的鮮花》。因為這時她想起了盧嘉川——自從江華來到後，不知怎的，她總是把他們兩個人放在一起來相比。為這個，她那久久埋藏在新地的憂念又被掀動了。為了驅走心上的憂傷，她伸手在道邊摘起野花來。在春天的原野上，清晨刮著帶有寒意的小風，空氣清新、涼爽，彷彿還有一股沁人心脾的香氣在飄蕩。她一邊採著一叢叢的二月蘭，一邊想著江華的到來給她的生活帶來許多新的可貴的東西，漸漸她的心情又快活多了。

　　這實在是一個精神分析的絕佳例證。「願望的達成」在林道靜這裡，甚至已經變成了典型的白日夢，讀者自會體味其中的妙處，我想已無須再饒舌了。林道靜的許多「小資」伎倆，可以瞞得過五、六十年代質樸的讀者，但卻實在經不起現今人們輕輕地這麼一碰——這不是要刻意在道德上貶低林道靜和《青春之歌》這部小說，也不是對作家進行道德審判，相反，這樣的分析實際是要表明，這部作品所達到的那個年代文學所能夠具有的最大的心理與精神深度。毫無疑問，沒有哪一部十七年的小說能像《青春之歌》這樣，有著幾乎挖掘不盡的潛在意蘊，以及關於一個時代政治、語言與意識形態的廣泛輻射力。

（二）小布爾喬亞敘事怎樣變成了革命敘事

有了上述的分析，「推翻」《青春之歌》原有的敘事裝飾，也就變得簡便而順理成章。僅僅兩個夢，便足以暴露了林道靜在「革命」名義和理由下所隱含的個體動機，表明它「革命敘事」的合法僞裝實際是完全經不起檢驗和剖析的。

但這樣說還不夠，要完整地解讀《青春之歌》，找出之所以有這樣奇怪的敘事改裝的深層政治與文化原因，必須還要進行更客觀和「本體」的分析，要有耐心對其內部的「潛敘事」作逐層的深入解剖，這將是一個十分有趣的過程。

就敘事的內部結構而言，《青春之歌》顯然具有這樣幾個基本的層次：

1. 最基本的層面，是非常傳統的「才子佳人加英雄美人」的敘事，簡單點也可以說，是一個常態的「私人經驗」敘事，形象點說，即是「一個女人和幾個男人的悲歡離合」。這是小說眞正具有原始的敘述動力和閱讀魅力的基本原因。

2. 比較接近寫作者自身經驗的，是一個女性自我的個人生活敘事，或者也可以稱之爲一個「小布爾喬亞的敘事」，這是對作者來說最眞實的一個層面，它所敘述的故事，非常接近楊沫個人生活的經驗。

3. 一個從五四以來新文學中的「女性敘事」中脫胎的「革命女性故事」，因爲它的核心人物如丁玲筆下的沙菲一樣，是一個不安分的知識女性，一個追求所謂個性解放的女性。但作者把這樣一個過程又作了延伸式的處理，她從追求個性解放，走上了追求革命的道路。但即使這樣，小說的「女性主義」思想痕跡仍然是明顯的，因爲傳統的男權主義敘事，往往是寫「一個男人和幾個女人的故事」，而它正好反過來，女人變成了敘述的中心，變成了「一個女人和多個男人的恩恩怨怨」。

4. 一個常態的「人性敘事」。其實《青春之歌》的故事，也完全可以像張愛玲的城市女性小說那樣，不帶有什麼政治的色調，林道靜的情感生活本身，就極具戲劇性的結構力量與敘述動力，可以作爲一個純粹的、甚至是消費型的現代小說來處理，或者一個比較「知識分子」的、但又不那麼「革命」的小說，一個與錢鍾書的《圍城》相近的主題，隱含著關於知識者愛情婚姻的某種困境的思考，即，林道靜究竟應該選擇怎樣的愛情模式，是余永澤的「無風險」式的生活模式呢，還是盧嘉川的理想主義的「冒險模式」？林道靜從

一個男人跳向另一個男人的過程，其實可以看作是一個通常的因「圍城內外」而見異思遷的人性弱點的表現。

5. 一個「啓蒙主義敘事」的變體，它體現了五四知識分子「爲人生」的文學理想的一個延伸，即爲了所謂「解救勞苦大眾」而獻身的道德理想，這一點已經被顯著地弱化和扭曲，但依然可以看到其蹤跡。

6. 作者最終試圖要達到的，是所謂的「革命敘事」，「要使她從一個小資產階級知識分子變成無產階級戰士的發展過程更加令人信服」〔註9〕，表現主人公經過了人生的痛苦探求與選擇，終於認識到只有接受黨的領導，與工農群眾相結合，才能眞正找到出路。這是楊沫最想展示給讀者的一個層面，也是在小說問世的年代唯一具有合法性的敘事主旨，是過去讀者解讀這部小說的唯一角度。

以上，是在《青春之歌》這部小說中實際所蘊含著的幾種敘事結構，這幾種敘述的層面在今天看來，都是不難讀出的。但如果不考慮太多的政治、美學或文化傳統的因素，就這部小說而言，與其「革命文本」最接近的敘事原型是哪一個呢？顯然是其「小布爾喬亞的敘事」。究其實，林道靜不過是一個略顯狂熱的「小資產階級」女性，正像楊沫所說的，「是一個充滿小資產階級感情的知識分子」〔註10〕，如果這裡的「階級定性」不具有什麼政治動機和偏見的話，我願意借用這種說法——用現今時髦的省略用語，可以簡稱爲「小資」。如果我們剝去她身上的革命油彩，就會發現，她不過是一個天生的「不安分」的女性而已。作者楊沫刻意在她的「出身」上作文章，即暴露了其「小資」的心態，她不是一般地出身「勞動人民」，而只是有一個出身佃戶人家的做女傭的母親，這樣她就有了一半的「黑骨頭」；但另一方面她又有著一個士紳和官僚身份的父親，有著另一半雖屬「非法」、但在潛意識中卻讓她感到自豪的「白骨頭」，〔註11〕前一個血統使她獲得了在政治方面的優越感，後一個血統，卻滿足了她作爲一個「小資」的虛榮心。這樣，她就同時具有了政治和經濟兩種優越和高貴。

從林道靜生活經歷看，是一個十足的「小資」故事，「革命」只是一層附著其上的薄薄的油彩。雖然一開始楊沫竭力突出她的悲慘遭遇，但她的生活

〔註 9〕 楊沫：《青春之歌‧再版後記》，人民文學出版社，1962 年版。

〔註10〕 楊沫：《青春之歌‧再版後記》。

〔註11〕 此說「出自俄羅斯民間傳說，白骨頭代表貴族，黑骨頭代表奴隸和勞動人民。」見原注，《青春之歌》，第 267 頁。

理想和趣味，卻完全是「小資產階級」的：

　　——她不喜繼母給他安排的嫁給權貴胡局長的出路，而是有一個事先形成的、按照表兄張文清自由戀愛的生活而制定好的模式，所以她就「出走」北戴河，去找表兄去了；

　　——當在北戴河意外地尋表兄不遇，險遭小人暗算時，她又失望之極，欲投海自殺，就在這時遇到了當地士紳的兒子、正在北大讀書的「新青年」余永澤。余眷戀她的美麗和身上所帶的浪漫氣質，傾力相救並愛上了她，而林道靜在這種處於「弱勢」的情況下，也就不那麼挑剔，況且余永澤還用他的「知識優勢」、用朗誦海涅的愛情詩的浪漫打動了她。此時他們之間互相的印象是：在林道靜的眼裏，余是「啊！多情的騎士，有才學的青年」，在余永澤的眼裏，林是「含羞草一樣的美妙少女，得到她該是多麼幸福啊」——如果小說到這裡，就以「有情人終成眷屬」而結束，顯然便是一個很沒有什麼新鮮感的舊「才子佳人」的老套路；

　　——可是林道靜注定不是一個安分的女性，這就使得小說又獲得了繼續向前的動力，就在余永澤剛剛離開北戴河之後，林道靜就又愛上了另一個更優秀的青年盧嘉川。與余相比，盧除了同樣是北大學生，而且人才更加出眾，也更加具有冒險精神，他正在為喚起民眾宣傳抗日而到處演講，林道靜與他第一次相見，實際就已墜入了情網，在那一刹，她就已經大大地懊悔了，按照她的性格，她真正愛的必然是盧而不是余，可是事情總要有個「先來後到」，余不但是先到，而且還對她有救命之恩，怎麼好背叛他呢？所以也只好先把這愛情埋在心底，然後再尋找機會。然而，林道靜畢竟是林道靜，她決心要使自己的命運再次發生重大改變，付出再多代價也在所不惜——實際上，小說正是在這裡，才產生了真正的戲劇性魅力，獲得了新的敘事動力。林道靜藉口楊莊的險惡，也來到北京，她先是和余永澤大膽地「同居」了（相信這是她應該付出的代價），但很快，她就與同在北大讀書的盧嘉川掛上了勾，並屢屢以「找茬」的方式尋找余永澤的過錯，這樣就有了上面我們所分析的那個「夢」。其實，細想林道靜與盧嘉川的關係，實際已接近一種「婚外戀」，每次談「革命道理」的情景，實在是一種顯然的尋找「出軌」時機的藉口。這樣余永澤當然就要反對，反對則必然會在他和她之間產生更大的裂痕，最後不可避免的就是分道揚鑣了；然而，為了繼續推進小說的情節發展，楊沫又設置了曲折與延宕，即盧嘉川的被捕，並且把他被捕的責任加在余永澤的頭

上，這樣就可以使他代本來應受譴責的林道靜「受過」，並使主人公通過「黨的指引」繼續前進。

——但這個「緩衝」式的波折，並沒有掩蓋住林道靜「小資」的感情方式，她在還未獲知盧嘉川犧牲的消息時，就已經急不可待地投入到了江華的懷抱。雖說整個小說中最富戲劇性和最動人的愛情描寫要數林盧之間，可作者還是和林道靜一起背叛了這段愛情，而且還文過飾非地尋找各種合法理由。看看林道靜與江華在「革命」名義下匆促的媾和，實在是像前文分析的那段「墓地抒情」的白日夢一樣「欲蓋彌彰」，在為他們的私欲「遮掩」的同時，又完成了對他們的「暴露」。在經過了一番煞有介事的「革命工作」（江華和林道靜之間的「接頭」聯繫有著明顯做作的痕跡）的忙碌之後，江華終於打開天窗攤出了底牌，他說，「道靜，今天找你來，不是談工作的。我想來問問你——你說咱倆的關係，可以比同志的關係更進一步嗎？……」林道靜便用了「溫柔的安靜的聲音回答他」：「可以，老江。我很喜歡你……」然後是江華的「得寸進尺」：「（今天晚上）我不走了……」林道靜則「激動地」「慢慢地低聲說」：「真的？你不走啦？……那、那就不用走啦！」真是猶抱琵琶半遮面，一個「志同道合」的面具下「假公濟私」的絕好例證。

可以照此推斷，隨著「革命」的發展，林道靜的愛情也會一直不斷地「更新」下去，借了這樣的不乏浪漫與驚險色彩的機會，主人公小布爾喬亞的感情需求與趣味，會不斷得到滿足。這動機本來沒什麼可隱瞞的，可以直接將故事按照其固有的邏輯來寫，但作者硬是要並不高明地把這個小布爾喬亞的敘事改成了革命敘事。這個掩飾的過程，簡直可以說是破綻百出。楊沫何以會如此「辛苦」地費盡心機？答案很簡單：因為「小資敘事」不具有現實的合法性，必須經過修飾和偽裝之後才能出現。但是，更值得人們深思的問題是，這種必須的改裝意味著什麼呢？「革命敘事」必須要代替「小布爾喬亞敘事」的潛臺詞顯然是更為豐富的，這不是一個僅關涉到形式的小問題，而是一個隱含了二十世紀中國知識分子命運的根本性問題。它昭示了一條從最初革命的思想啟蒙者，到跌落為革命的「同路人」乃至「革命對象」的悲劇性道路。這樣一個命運的轉折所導致的，就是知識者不得不「自願」放棄自己的知識優越感，放棄自己的敘事方式乃至語言的結果。這結果不但使他們失去了原有的自信、自尊，而且似乎使他們的敘事能力與智性也發生了問題，這不能不說是一個悲劇。當然，這結果不是一下子出現的，而是有一個漫長

的從「自覺」到「自虐」、從「受虐」到「被虐」、最後發展為「集體潛意識」
的過程。

（三）「英雄美人」打敗了「才子佳人」

從最基本的小說敘事結構與效果上看，《青春之歌》無疑是一部有吸引力
和可讀性的小說。原因何在？我以為不是別的，而是因為它在革命政治的敘
事外衣下，依然「無意識」地借助了中國傳統小說敘事中「才子佳人」和「英
雄美人」兩種古老模型。這正如結構主義敘事學理論所揭示的，小說的故事
和人物可以千變萬化，但故事的結構方式與敘述功能卻總是那麼有限。《青春
之歌》無意中契合了中國人非常熟悉的、也非常「俗」的閱讀習慣和審美心
理，因為它的故事講述，是按照中國古典和民間俗文學的敘述模式來演繹的。
對作者來說，這可能是無意之中落了「窠臼」，但對整個作品來說，它卻恰恰
得益於這個俗套。因為對五六十年代的讀者來說，真正使他們感到喜愛和可
能為之激動的不是別的，正是這種舊套路所演繹的悲歡離合與恩怨情仇。這
一點應該是作品中最重要、最顯見、也最容易被忽視的。

首先看「才子佳人」，小說在開始時所敘述的林道靜與余永澤之間的愛情
故事，是一個典型的舊套路。余永澤的書生身份和少許的浪漫情調，是最吸
引「落難少女」的地方。當然，作者在這裡有意地「誇張」了他身上的浪漫
氣質——因為後來的事實證明這是假的——他不無做作地給林道靜朗誦了海
涅的愛情詩，以此來打動少女因為落難而變得脆弱了的感情。在特殊的地方、
特殊的情景、特殊的人物遭遇等等這些條件下，一個「含羞草」般的少女，
和一個帶著「騎士」氣質的書生之間所發生的，是一個毫無新鮮感的故事。
應該說，在對待這個故事的態度上，作者和讀者的心理是不一樣的，作者欲
說還休，稍作了些許矯飾和誇張，又要為後面「更優秀」的人物的登場作鋪
墊，所以她投入的熱情是比較虛偽的，而讀者可能就比較真誠，加上這樣的
一種關係也十分接近中國人傳統的欣賞習慣，雖然是俗了一些，但還是免不
了讓讀者為之神往和激動。

在隨後關於林道靜與盧嘉川之間的曖昧情感，及其悲歡離合的故事，是
作者自己最衷情的。楊沫自己在《再版後記》中也忘情地說，「在全書中我愛
他和林紅超過任何人」。這一個故事很像是一個「英雄美人」的故事，女主人
公還是那一個，「佳人」和「美人」其實只是不同的說法，而「才子」和「英
雄」之間就差別甚大了。盧嘉川與余永澤之間的不同，大概主要在於這樣幾

點：一是盧的氣質更適合林道靜，因爲她眞正喜歡的，是一種有歷險色彩的生活，余在這一點上是無法滿足她的，余永澤雖說也曾有過一時的浪漫，但骨子裏卻持重世故，還有幾分怯懦，這是天性浪漫和富有「小資」式的理想主義情調的林道靜所無法忍受的；二、余永澤所沉浸的，乃是一種個人化和書齋式的生活方式，而林道靜卻喜歡「戰鬥的」和「火熱的生活」，盧嘉川正好可以滿足她這一點，他從不以個人的生活爲談話的主要內容——形象些也可以說，余永澤所講的，是一種軟弱和渺小的「個人話語」和「私人敘事」，而盧嘉川所操的，卻是一種充滿暴力與強勢色彩的「國家話語」與「宏偉敘事」，兩相比較，盧當然顯得更高大，更具有權力色彩和優勢，因而也就比余更具征服力；第三、一個很隱蔽的然而也許是很重要的原因是，盧與余相比是更「英俊和健壯」的，可以說是林道靜想像中的眞正的「白馬王子」，而寫到余永澤時則有意無意地強調他的「黑瘦」和「小眼睛」。而且更重要的是——這可以算作第四點，林道靜與盧嘉川之間的接觸，還充滿了「出軌情人」之類似「偷情」的快樂，盧嘉川每次來到林道靜家的時候，給她帶來的激動都是相當具有隱秘色彩的。而這一段寫得最好、最令人喜歡，大概也有著這方面的原因。很明顯，在這裡「美人」與「英雄」的結合，比起「佳人」與「才子」的存續更具有的魅力。

然而作者在敘述過程中之所以拋棄「才子佳人」模式，其中除了推進故事的需要之外，還有一個「秘密」，就是這一模型在現代以來的局限性，即，它不容易「改裝」爲一個革命敘事；而「英雄美人」則可以十分便捷地就完成這種改裝。這是有先例的，早在上個世紀初期，以才子佳人爲基本模型的「鴛鴦蝴蝶派」小說，就曾經受到批判，因爲它和啓蒙敘事之間存在著難以逾越的障礙；可是隨後產生的革命敘事，即「革命加戀愛」的模式，卻顯然是脫胎於古代俠義小說中「英雄美人」的模型。因爲從「英雄」到「革命者」只有一步之遙，即便是草莽英雄，也僅需稍加裝扮而已，而從文弱書生到革命者就不那麼容易了，歐陽山的巨製，長達五部的《一代風流》通過一百數十萬字的篇幅，才完成這一過渡，還受到那麼多尖銳的批評，而且連這樣的例子在整個現代當代文學中也不是很多。這也從另一個方面佐證了現代中國知識分子在革命過程中的曲折命運。

一個非常有意思的對比，是在余永澤和盧嘉川之間展開的：余迷戀的是求知，而盧熱衷的則是革命；余講述的是個人生活的小敘事，而盧操持的是

暴力的大敘事；余在林道靜面前的形象是一個個人和書生，盧在她面前的形象則是一個英雄和群體……他們兩個人較量的結果是：暴力戰勝了知識，革命打敗了詩，宏偉敘事戰勝了個人敘事。當然，相貌的好壞是一個因素，如果盧嘉川不是一個「英俊而健壯的男子」，而換成余永澤，那結果就不一樣了。但轉折在這裡面有身不由己的一面，革命是主張「新戰勝舊」的，那麼余自然會輸給盧，包括在相貌上。連阿 Q 都知道革命會增加他選擇女人的優勢，何況盧嘉川呢。

（四）女性主義與仿男權敘事

《青春之歌》中隱含了一個「女性主義」的敘事，這是這部作品的另一個值得稱道之處。因為在十七年小說中，類似「一個女人和幾個男人的悲歡離合」式的敘事差不多是絕無僅有的。雖然在一些男性作家如孫犁等的筆下，尚能夠關注女性人物的命運，但以女性作為整部小說的核心的作品，畢竟是不多的。其實前面說它是一個「小資敘事」，其中也包含了它同時是一個「女性敘事」的意思。但這個作品中間有一個矛盾，即一方面作者要寫一個居於中心地位的女性的主人公的經歷，其中所有男性人物都是她的「配角」；另一方面她又要寫一個革命者的故事，而革命的敘事必然是暴力的，英雄主義與權力本位的，這本都是十分典型的「男權主義」敘事。這樣楊沫需要在其中進行調和，並要注定犧牲其中一些女性化的東西。其表現：一是林道靜由「精神的核心」下降為「結構的核心」，她只能成為小說眾多人物關係和情節發展的中心，而在性格和政治素質上，則必須是「不成熟」的，要不斷地接受群眾和組織的再教育；二是林道靜所持的話語方式，就由本來應該具有的強勢變成了弱勢，作為小布爾喬亞的話語，只能是她個人的缺點和局限所在，是一種必須不斷被拋棄和改造的的語言。這是很有意思的，「隱性的女性敘事」和「顯性的男權敘事」，在這個小說中尤其顯得尤其不和諧。小說的最後不得不這樣處理來作為結局──經過革命的鍛鍊，原來的小資產階級知識分子的林道靜，終於放棄了小資的話語，而變成了像盧嘉川、江華一樣的操著成熟的革命話語的戰士──她由「女人」變成了「沒有性別」的人，也就實現了最終的成熟。

不過，這個過程中作者自己仍然把「被強迫」的不滿，隱含在了小說的敘事中。很明顯，林道靜在接受江華的愛情時所依據的，是她的革命者的「理性」，而不完全是出於感情的選擇，當她說「可以啊，老江，我很喜歡你」

時，除了感到這結合是「革命的需要」，還有特殊環境下人的自然肉欲，而絕
對沒有她和盧嘉川之間那種激情式的互相吸引。爲了掩飾（也可能是另一種
「暗示」）這一點，她又在盧與江兩個人的出身上作文章，把江華寫成是「工
人階級的後代」，儘管他本人也和盧一樣是北大的學生，但這個出身，卻可能
是導致林道靜對他懷了某種「冷靜」和說不出的矛盾的深層原因。當然，這
可能只是存在於潛意識中的問題，不好作過多的推測。但的確，林道靜對江
不像對盧那樣情願。因爲盧對她的內心世界的「改造」，還停留於比較浪漫的
階段，還沒有明顯地帶上「工農群眾」對她這樣一個「小資」的直接和強力
的改造的意味。也就是說，在和盧戀愛的時候，林道靜的「改造」可能還處
在感到神秘並非常「自願」的階段，而到了與江華結合時，則是到了「別無
選擇」的時候。這樣，在她的心中所產生的反映必然很不一樣。從某種意義
上，這兩段愛情也可以隱喻和解釋現代中國歷史上知識分子與工農群眾以及
革命意識形態之間的關係，解釋現代知識分子話語「逐漸淪落」的一個微妙
過程。

第三講　啓蒙歷史敘事的重現與轉型

　　粗略看來，在古典小說的「民間歷史主義」、當代革命小說的「紅色歷史主義」之後，尋根文學的歷史觀基本上可以稱爲是「啓蒙歷史主義」。從當代中國的現實條件看，八十年代前期經歷了「概念化歷史」的有限反思——在這一過程中曾經產生過所謂「傷痕／反思文學」——但稍後，隨著文化視野的獲得，知識分子的人文主義思想視野的逐步擴展，同時更兼有新一輪的「文化民族主義情緒」的突然高漲，反思歷史的角度與視野則發生了轉移。

　　從觀念與方法上看，在尋根小說的敘事中，已經包含了許多接近於「新歷史主義」的因素，諸如對正統歷史敘述模型的放棄與瓦解，對傳統文化的邊緣化、民間化與反主流的解釋，還有類似於結構主義的歷史認知方法，由民俗學的認識視角所導致的類似於「文化系統中的共時性文本」〔註1〕的特點等等。但在價值論的層面上，仍然具有某種德里達所說的「關於存在的形而上學」性質：對歷史的追問與敘述中，仍隱含了某種「必然論」的理解，隱含了認爲其可以對當代中國的思想現實產生某種具體影響的「目的性」。所以，儘管它有「去歷史化」和「去主流文化」的特徵，但某種程度上也可以認爲，它是這個年代裏啓蒙主義思想實踐的一個部分。

　　但尋根文學的歷史敘事中，也隱含了根本性的悖論，這就是「敘述的對象」與「敘述的目的」之間的矛盾。很明顯，與中國現代作家的文化立場不同，尋根作家們對中國傳統文化的態度，不是「五四」式的背棄與批判，而

〔註 1〕　參見海登・懷特：《評新歷史主義》，張京媛主編《新歷史主義與文學批評》，
　　　　　北京大學出版社，1993 年版，第 95 頁。

是一次對傳統文化的「重新發現」——甚至在某種程度上還持有「浪漫主義」式的「讚美」情緒。只是當作家們懷著重釋和發現中國傳統文化的激動，去湘西的密林裏、古老商州的盆地中，還有太行山的溝壑邊、葛川江被污染的江流上……去尋找古老文化的生機或者神髓，並試圖「釋放現代觀念的熱能，來重鑄和鍍亮這種自我」〔註2〕的時候，他們所能找到的答案，卻未免令人失望。可以說，這是一次「文化民族主義」情緒的失敗的體驗：無論是韓少功筆下的「丙崽」、李杭育筆下的福奎，還是阿城筆下的王一生，他們身上被發掘出來的那些「文化」品質，都無法成為「現代性」思想與精神的源泉。這樣，「作爲精神資源的反現代性」，就從根本上消解了「尋根目的的現代性」，削弱了其啓蒙主義意義，而只能逼使其向著「審美現代性」的功能過渡，同時將其歷史敘事的目的予以「降解」——這樣，啓蒙歷史主義就從兩個方面必然通向「新歷史主義」：一是尋根文學「試圖進入文化中心」的努力的落空，致使其以更邊緣化的立場來審視歷史；二是在尋根文學思潮的文化人類學思想方法中，本身也孕育著「民間」的文化理念，以及「文化詩學」的方法要素，當它們向前延伸，並開始追求「敘事的長度」的時候，自然就會過渡爲反倫理學的、非社會學立場的「人類學的歷史敘事」，而相比「社會學的歷史敘述」，「人類學的歷史敘事」也可以視爲是一種典型的新歷史主義敘事了。

一、尋根文學的出現與歷史文化意識的高漲

這裡說的「尋根文學」概念顯然要略爲寬泛一些，包含了所有八十年代前期到中期超越了社會學視野的、具有「文化」品質的敘事——初期的「風俗文化小說」，先於小說中的尋根運動而出現的「文化詩歌運動」，前者是「尋根小說」的雛形，後者則是它某種意義上的精神先導，尋根小說直接接受了一些來自它的思想方法與價值觀念的影響。

當然，導致尋根文學運動出現的原因，還有八十年代中期全社會領域中思想方法的變革，文化學視野對庸俗社會學的取代，人類學思想對簡單階級論和道德論的取代，還有宗教學、神話學、民俗學、發生學、「文化圈」理論、地理環境說等等文化學理論，以及尼采、薩特的存在主義哲學、弗洛伊德的精神分析學、榮格、弗萊等人的集體無意識與原型理論、還有結構主義理論

〔註 2〕韓少功：《文學的「根」》，《作家》1985 年第 4 期。

等等，都漸次對這個年代的文學發生了影響。甚至在興奮中有的學者還把系統論、控制論、信息論以及「模糊思維」等自然科學方法也引入到文藝領域，進行「聯姻」的實驗，「他們認爲：新的科技革命已經衝擊到人類生活的各個領域，『三論』的引進勢在必行，社會科學和自然科學還在走向一體化，數學和詩最終要統一起來……」這些後來被證明是言過其實的說法，可以從反面來佐證一下，這個「方法熱」的年代裏文學觀的極大的開放性。對於文學中出現風俗文化主題熱，人們的理解和評價則是「作家們不滿足於僅僅對人物的心靈作橫向的時代概括之後而試圖將其與縱向上的歷史追索結合起來的產物」。〔註 3〕可見人們已經逐漸意識到了「縱向上的歷史」這一維度在文學敍事中的重要性。

（一）八十年代前期歷史敍事的民俗學趣味

這是一個重要的過渡。構成七八十年代之交「主流」的「傷痕」與「反思」主題的文學，當然也可以視爲是一種「歷史敍事」，它們對有限的概念化了的政治歷史的反思，雖然在政治上推動了社會的思想解放，但它們自身卻始終未擺脫尷尬的困境。比如其主題的延伸必須左顧右盼地看著政治的風向標，其話語方式又一直沒有擺脫社會政治話語的限定，藝術上缺乏持久的生命力，等等。追究根本原因，這種爲政治概念所限定的歷史敍事，實際上仍然是「當前政治敍事」的一個折射，它不但沒有真正接近歷史本身，而且還在刻意宣揚一種「歷史的假識」，因爲它實際上是又重新宣稱了一次「時間的斷裂」，與意識形態的時間敍事一樣，「不幸的過去」的已經永遠結束，「光明的未來」又再一次重新開關。在與紅色敍事完全如出一轍的時間修辭中，完成了對歷史的遺忘。

從這個意義上說，當代文學的「主流」的變革歷程，幾乎還沒有開始。而真正的變革實際是在這個主流思潮的背後悄悄進行的，它是始自一場規模不大但卻意義深遠的悄悄的「搬家」——這就是非常邊緣化的「風俗文化小說」的出現。當 1980 年前後，鄧友梅、汪曾祺、陸文夫等人的「京味小說」和「蘇南風情小說」，稍後賈平凹的「商州系列小說」和馮驥才的「津味小說」等相繼問世的時候，人們感到了它們異類的新鮮，但對其出現的意義卻不知所措，估計不足。

〔註 3〕 參見潘凱雄：《1985 年文藝理論批評綜述》，《文藝理論研究》1986 年第 3 期。

　　與主流的政治歷史敘事不同，在風俗小說中，我們甚至看不到「歷史」概念的痕跡，因爲它們似乎根本就沒有去凸顯故事中的歷史長度和時間特徵，「歷史」在他們的筆下不是一條「流動的河」，而是一汪「靜止的水」。歷史應有的那些具體的「背景性」也刪除淨盡了——這當然不是後來的先鋒新歷史小說中的那種刻意刪除背景的「寓言」式的筆法，而是其「民俗學趣味」所決定的。這個道理不難理解，「歷史」所關注的是河水，而「風俗」所留心的則是河床，它是那些「歷史的遺留物」，按照八十年代初的文化思想史家李澤厚的理論，即是「積澱」。民俗顯然是歷史的某種積澱物，如果作家把目光對準了民俗，那麼他就有可能「忽略」歷史——儘管他是在另一意義上觸及了歷史。事實上，也許正是因爲這些作家有意要規避在政治視野中的歷史敘述，才選擇了如此邊緣的民間民俗題材。與傷痕和反思文學比較，他們反而不那麼「注重歷史」。

　　但這場「搬家」的意義仍然是深遠的，它也是一次「回家」。文學通過這個小小的實驗，終於回到了它自身，它的古老的「常態」和永恆的母題。因爲很顯然，文學與什麼有關？它是和恒常的人性與生存有關，這本是常識，但幾十年的外部政治干預卻把這個常識壓抑了，遮蔽了。這次搬家的意義就在於，它們表明，在當前化語境下和當前題材空間的寫作，很難擺脫社會學政治學的「現實主義」的困境，而進入「民俗文化」與「民間風情」的寫作，則會成功地規避上述困境。而且一切竟是這樣輕而易舉地迎刃而解。

　　從上述的角度，風俗小說或者民俗題材本身的意義，無論怎麼評價都是不過分的，但是思想資源的匱乏卻限制了這些作家。在這個年代，作家單一的知識背景使他們很難獲得對其小說題材的處理深度，汪曾祺的《受戒》、《大淖記事》中所含納的，除了對某個類似「世外桃源」的傳統的文人情趣的傳達，似乎很少還能有別的什麼東西。當了和尚還可以娶媳婦，女孩子「失了身」也不會受歧視——這樣的地方在這個以禮教和禁忌聞名的國度裏是否存在，大約還值得懷疑——似乎並無新鮮玩意。連作家自己都說，《受戒》其實是記錄了「四十年前的一個夢」，既然是夢，那我們也就只能將這理解爲是作家對自己的「私人經驗」的一種美化了，原來只是作家「希望」有這麼一個「自在的去處」罷。八十年代的批評家將這評述爲「歷盡劫難之後的清朗心境」，其「整體的明朗色彩與樂觀的時代意識相通」，「從作品的字裏行間可以看出作者對民族文化深摯的感情，然而……對民族傳統文化的取捨極爲自

覺」。〔註 4〕這樣的評價多少有些一相情願的味道，其實汪曾祺小說的價值何嘗在於作家在「文明與愚昧的衝突」之間做了多少「選擇」，其真正的意義，是在於通過對情節場景和人物的有效簡化，而與中國傳統的美學——如「性靈」、「神韻」諸說——之間發生了聯繫，並延伸出比較複雜的美學與藝術的問題罷了。

鄧友梅大約是這些作家中最早嘗試寫「風俗」的一個，他的《話說陶然亭》是發表於 1979 年，之後又有《那五》（1982）和《煙壺》（1984）等作品問世，寫老北京的三教九流、風物人情是鄧友梅的所長，但除了極盡繁縟細密地寫這些人物的生活情態，寫這些「稀世之物」的流轉變遷，作家似乎還缺少處理它們的文化意識與深層思考，這大約也是無奈，是一種求全責備了。在新的思想理論與文化意識能夠深入影響知識界之前，很難要求這些已屆中年的作家們提供出新的思想方法與精神資源。同樣的問題也出現在更年輕的一批作家身上，在賈平凹的《商州初錄》和之後的「商州系列」中，關注習俗和流於渲染習俗也是共同的問題。農家小夫妻接待山外來的遊客時晚間發生的故事，拿扁擔在女人和遊客同睡的土炕上劃出「界限」；還有鄉野郎中為狼療傷，狼傷好後叼了一個孩子的銀項圈來答謝，老人自知救了狼卻害了人，愧悔之下投崖自盡的故事，大約都屬於純然的「傳說」罷了。還有《雞窩窪人家》中的「換妻故事」，也不能不說是有渲染「老婆是人家的好」這樣一種舊式的「男權主義無意識」的嫌疑。

當然還有陸文夫、馮驥才等人的作品，他們的意義和問題大致也都是相同的。之所以會出現這種情況，歸根結底是因為這個年代文化視野的窄狹和思想方法的匱乏，尚不能為作家提供對這些民俗現象進行深層的精神燭照與文化透析的必要支持，所以其寓意的曖昧、內容的虛飄與單薄就是不可避免的了。但是有一點必須強調：這是把風俗文化小說放在整個當代文學之歷史意識的「進變過程」中來考察的，它並非小說藝術的普遍性標準，即使不用什麼思想和文化哲學意識來處理類似的民俗內容，它們也仍然可以構成小說的題材，換句話說，它們仍然是「有意思的小說」。更何況，在實際上所謂「風俗文化小說」與「尋根小說」之間並沒有明確的界限，一些作家像馮驥才、李杭育、鄭義、賈平凹、鄧剛、甚至阿城、張承志等，他們的寫作都跨越了

〔註 4〕李紅真：《文明與愚昧的衝突——論新時期小說的基本主題》，《中國社會科學》1985 年第 3、4 期。

1984 年之前與之後，在這之前他們是「風俗小說作家」或「知青小說作家」，在這之後他們又成了「尋根小說作家」，他們的作品中的文化自覺意識是逐漸加強的。

（二）「文化民族主義」的突然高漲：「尋根詩歌」中的歷史文化意識

與小說界的情形不同，詩歌中的文化主題一出現就具有了相當的「理論自覺」與高度。如果說八十年代初的小說家們是通過本能和無意識，還有文學自身不由自主的「回家」的趨勢，而不期然地觸及了歷史和文化主題的話，文化主題的詩歌，在 1982 年前後從「朦朧詩」的政治啓蒙主題中的剝離，卻是立刻顯現了文化啓蒙的思想宗旨，以及寬闊的文化哲學視野。

從 1982 年開始，楊煉等人就開始了宏大的系列文化組詩的創作，這一年四川的一些詩人也對歷史發生了濃厚的興趣，如宋渠和宋煒兄弟就提出了「這是一個需要史詩的時代」的口號，呼籲「對傳統需要作出新的判斷，歷史上被忽略了的一切都應該重新得到承認」。詩人如果不能完成「自己對歷史軌跡和民族經歷的突入，就不可能寫出屬於全人類的不朽的史詩」。〔註 5〕稍後，江河也在一篇隨筆中發出了對史詩的呼喚，「爲什麼史詩的時代過去了，卻沒有留下史詩？」他呼喚人們要從根部而不是表面上重新關注歷史，「那些用古詩和民歌的表現方法來衡量詩的人，一味強調民族風格的人，還是形式主義者。民歌的本質在於民族精神，這才是我們該探求的地方，其中包括對民族劣根性的批判」。〔註 6〕這裡可以明顯地看到作者的文化批判與文化啓蒙意識。大約在 1984 年，詩歌界的文化運動與「史詩情結」，就已達到了沸點。在成立於四川的「整體主義」小組那裡，甚至已經接近於「原創」了一種「中國式的結構主義文化學」的思想方法。從 1982 年到 1985 年，楊煉相繼發表了《諾日朗》、《敦煌》、《天問》、《半坡》等大型組詩，還在 1984 年發表了詩論《智力的空間》，強調要將「自然本能、現實感受、歷史意識和文化結構」「融爲一體」於詩中〔註7〕。另外，歐陽江河、廖亦武、石光華，還有江河等，都相繼寫下了許多結構或體式龐大的文化主題的長詩。他們共同構成了這個年代的一個陣容壯觀的的「詩歌文化運動」。

〔註 5〕見《青年詩人談詩》，北京大學「五四」文學社編，1985 年，第 23 頁。
〔註 6〕見《青年詩人談詩》，第 23 頁。
〔註 7〕見《磁場與魔方‧新潮詩論卷》，北京師範大學出版社，1993 年版，第 122頁。

　　尋根詩歌的出現，表明在當代知識界一旦獲得了文化學視野之時一種急切的實驗心態，他們急於要從文化而非政治的層面上，來重新解釋中國人的歷史與傳統。而重解歷史正是爲了確立當代的新思想與新方法的合法性，並以之替代和更換陳舊的意識形態。這裡面包含的感情是複雜的：一方面，他們對一切新的思想充滿了熱望與興奮，甚至還沒有看清窗外面的景物到底是什麼的時候，他們就開始「攀比」起來，這是長期的文化封閉所導致的一種衝動。在這個意義上，尋根詩歌的出現首先是精神的興奮與方法的「急切的嘗試」；另一方面，當他們開始看見外面的一切時，一種矛盾的「民族主義情緒」就出現了，這種情緒不同於毛時代政治意義上的民族主義，甚至也不同於五四新文化運動時期守舊派的民族主義，它對外來文化不是一種排斥的情緒，而是一種強烈的「羨慕和攀比」，什麼叫「需要史詩的時代」？與其說充滿了「新的發現」，不如說是「希望」有新的發現。但是歷史的教訓，還有對剛剛結束的狹隘民族主義時代的警惕與本能反感，使尋根詩人的文化民族主義難免會感到「氣虛」。所以在這樣的矛盾心理下，他們不得不又把尋根的宗旨「虛化」了——變成了一場方法的變革與實驗，急於要利用這些新的思想，來燭照一下自己民族的歷史，看看能找出什麼新東西來。

　　所以，在「整體主義」詩人和楊煉的一些關於文化主題詩歌寫作的言論中，我們就看到了這樣的說法：楊煉說，「詩人不斷以自己所處時代中人類文明的最新成就『反觀』自己的傳統，於是看到了許多過去由於認識水平原因而未被看到的東西，這就是『重新發現』。」〔註8〕那麼，這個新的視野是個什麼樣的「空間」呢？楊煉隨後又說，「……它是歷史的，可假如昨天只意味著傳統故事，它說——不！它是文學的，但古代文明的輝煌結論倘若只被加以新的圖解和演繹，它說——不！」這個空間是「融爲一體」了的「自然本能、現實感受、歷史意識和文化結構」。〔註9〕關於「文化結構」，也許楊煉還沒有太清楚的認識，在「整體主義」詩人石光華那裡，就有比較明晰的答案了，「在一彎月亮、一脈清風、一片青草、一聲蟬鳴中，感受了發現了無限和永恆」〔註10〕這是強調在文化的結構性中認識歷史文化和一切精神現象。這種以朦朧的「結構主義」與文化人類學的思想來重新審視民族文化的衝動，和稍後 1985

〔註8〕楊煉：《傳統與我們》，見《青年詩人談詩》，第72頁。

〔註9〕楊煉：《智力的空間》，見《磁場與魔方・新潮詩論卷》。

〔註10〕石光華：《企及磁心・代序》，見《磁場與魔方・新潮詩論卷》，第 127～134 頁。

年在學術界出現的民俗學熱、文化學熱之間，形成了互爲影響、互爲滲透和驗證的關係。

　　然而從詩歌寫作的實踐看，整體主義的作品卻似乎是不那麼成功的，對此已有徐敬亞等人的比較公允和切中要害的批評，因爲其黏稠的思想理念和駁雜的文化對象之間，並沒有實現交融，所以他們那些體積相當龐大的「現代大賦」——最典型的是在 1985 年 1 月由萬夏等人自費出版的《現代詩交流資料》上登載的石光華的《嚙鷹》、宋渠宋煒兄弟的《靜和》、黎正光的《臥佛》，還有此前見於老木編的《新詩潮詩集》中的宋氏兄弟的《大佛》等，都顯得非常滯澀和擁擠。甚至包括江河力圖寫成「民族史詩」的《太陽和他的反光》在內，也有理念過於裸露、思想流於堆砌的問題。這當然有具體原因，比如可資利用的中國古代神話資源的相對匱乏，使他似乎不得不把相當的篇幅用來對古代傳說進行復述和演繹，還有作爲詩人主體的「知」與「識」的局限，使他無法從綜合的文化視野中，來理解民族的歷史文化與種族命運。似乎「有心無力」是這些詩人共同的困境。

　　相比之下，楊煉的尋根主題詩歌是較爲成功的，主要表現在他擅長從「二律悖反」的角度，對歷史文化的遺存進行闡解，這使他既避開了「五四」式的激進主義的批判，也沒有像其它人的尋根詩歌那樣陷於對歷史文化的幼稚的讚美——他所闡釋出的傳統的「宏偉」和「悲壯」的一面，可以滿足這個年代中普遍洋溢著的「文化民族主義熱情」，可以使一般讀者從中得到「正面」教益和精神安慰；他所挖掘的文化的「荒謬」和「僵死」一面，則可以使他的寫作獲得文化認知的深度，以及詩歌本身的悲劇美學品質。比如他寫《大雁塔》，是「我被固定在這裡／山峰似的一動不動／墓碑似的一動不動／記錄下民族的生命」；他寫《半坡‧神話》，是「俯瞰這沉默的國度／站在懸崖般高大的底座上／懷抱的尖底瓶／永遠空了」；他寫《敦煌‧飛天》，是「我飛翔，還是靜止／升，或者降（同樣輕盈的姿勢）／朝千年之下，千年之上？」……都是價值的正與反的悖謬。不過寫得多了也難免有重複之嫌，使那些本來還有幾分深沉和悲壯的抒情變得浮泛了。

　　也可能是爲了解決上述矛盾和困境，楊煉在八十年代中期的寫作不得已導向了玄學的陷阱，開始以《周易》思想來演繹作品。從文化和歷史走向哲學，這當然也可以視爲是一種有益的探求，但極度抽象和不免空泛的鋪排，更消解了原來尚存的活力，使他的寫作變成了與生命完全無關的「玄想」與

「禪機」。以《易》入詩，可謂既是詩的極境，也是絕境——這是由傳統文化的結構性陷阱導致的，它看似玄妙的智性，實際上是完全排斥經驗的玄學，與生命和人本意義上的詩歌漸行漸遠。楊煉的困境，可以說是整個文化詩歌運動的困境的集中反映。

二、尋根小說中的啓蒙歷史主義意識

關於「尋根小說」流變的一般常識，在這裡不再展開討論。來自文化界思想方法的變革熱、詩歌界文化運動的直接啓示、還有拉美作家的成功的激勵所喚起的類似「後殖民主義」的文化幻想，導致了從 1984 年到 1986 年短暫的兩三年中，小說界的一場更大規模的文化民族主義運動。

如果要考察尋根小說作家的歷史觀念，會發現這樣幾個傾向：

首先是試圖以「民間模式」來改造「權力模式」的思想，以對歷史的「邊緣解釋」來取代「正統解釋」。邊遠的地域文化、封閉的民俗文化成爲作家們最感興趣的對象，這當然是民俗學和文化學研究視野所直接導致的。但在韓少功、李杭育等人的言論中，可以隱約看出他們的「非中原文化立場」的自覺，看出他們對「鮮見於經典，不入正宗」、「還未納入規範的民間文化」〔註 11〕的推崇，對迥異於儒家「籠罩著實用主義陰影」的「少數民族文化」〔註 12〕的關注。如果再加上馬原和札西達娃對西藏民俗、藏傳佛教與神秘主義文化的描寫，莫言在 1986 年陸續問世的「紅高粱系列」對洋溢著「酒神精神」民間「匪盜」式英雄的禮贊，可以見出尋根作家試圖爲中國文化尋找「多個源流」的努力。雖然其中眞正涉及「歷史」的敘事還顯稀少，但從理念上看，其試圖重新清理中國歷史文化、揭示其多元化構造的宗旨卻是很清晰的。李杭育在他的文章中還有一段闡述中國文化的「四大形態」的話，雖然並不嚴密和準確，但還是有啓發性的——

> 本來，春秋時的四大氏族集團，黃河上下的諸夏和殷商，長江流域的荊楚和吳越，代表著那個時代的中華文明。殷商既成規範做大，其餘三種形態的文化便處在規範之外（當然不是絕對的），那在外的，很有些精彩的節目，有發源於西部諸夏的老莊哲學（實在比孔孟精彩多了！），有以屈原爲代表的絢麗多彩的楚文化，有吳越的

〔註11〕韓少功：《文學的「根」》，《作家》1985 年第 4 期。
〔註12〕李杭育：《理一理我們的「根」》，《作家》1985 年第 9 期。

幽默、風騷、遊戲鬼神和性意識的開放、坦蕩……哪一個都比那個規範美麗……我常想，假如中國文學不是沿著《詩經》所體現的中原規範發展，而能以老莊的深邃，吳越的幽默，去糅合絢麗的楚文化，將歌舞劇形式的《離騷》、《九歌》發揚光大，作爲中國文學的主流發展到今天，將是個什麼局面？

恐怕是很不得了的呢！〔註13〕

它表明，當代作家開始嘗試從根部來「推翻」原來被定於一尊和權威歷史模型，而這個歷史構造，在過去是在兩種悖反的意義上被解釋和確立的：一是按照中國傳統主流觀念確立的、以儒家思想爲價值尺度構造的一個正統歷史；二是它的另一面，即由「五四」新文化所界定的「吃人」的作爲「封建禮教」的歷史。而尋根作家則把中國歷史做了邊緣化、多元化和民間化的解釋，不只從根本上「修改」了傳統意義上的歷史構架，而且也從「五四」式的激進主義思想與歷史虛無論中解脫出來，可謂一箭雙雕。這使它作爲一次審視自身民族文化的再啓蒙，既具有了當代的新意，同時又鑒於現實的條件，而打了「必要的折扣」。

二是嘗試確立「生命本體論」的歷史觀念。不錯，中國人的美學、包括中國文學中的歷史敘述的詩學，都是一種生命本體論的內核，但中國人主流歷史觀的核心，卻是「忠君」和「王道」思想，是按照儒家的國家和人格理念來建立的；革命歷史敘事和紅色文學敘事，雖然摧毀了傳統歷史觀念的外表，但卻又按照原來的內核將之改裝成了「偉人」和沒有具體所指的「群眾」所創造的歷史，將歷史的解釋更加權威化了，連作爲傳統主流歷史敘事之補充的民間的「歷史消費」權利也盡行剝奪了。革命的「道德本體論」，善與惡、進步與反動、光明與黑暗、剝削階級和被剝削階級、正確路線與錯誤路線……這一系列的二元對立，構成了歷史敘述的基本架構。而相應地，作爲個體的「人」的生命與血肉的基本內涵就被取消了，自由意志屈從於理想信念，生命本能服從於道德律令，人性、自然、一切非政治倫理的因素，都被從歷史的正面剔除了。尋根作家正是試圖找回這些被剔除的東西：在韓少功的「湘西」，非理性的民族精神、浪漫主義的思維方式、被中原文化壓制和遮蔽了的信鬼崇巫的楚文化，被再次擺上神聖的祭壇；在李杭育的「葛川江」，與大自然和諧一體的漁家之樂、與天地同在的古老的生存方式、地僻野荒帝奈我何

〔註13〕李杭育：《理一理我們的「根」》。

的逍遙精神，以「吳越文化」的名義，被解釋爲中國文化的另一重要源頭；在賈平凹的「商州」，比之中原漢人的狡黠和好利，山裏人的淳樸、善良、重情、率眞、厚德和好義被解釋成了中國文化的「古風」；在莫言的「高密東北鄉」，反道德和反倫理的生命意志，成爲生存的本質與意義所在，也成爲民間歷史創造的眞正原動力。總之生命的內核作爲審美的要素和價值的依託，正在取代道德而成爲歷史的核心。

稍後，這種生命本體論的歷史意識演變成了「人類學的歷史觀」。

三是由「道德的二元對立」變成了「文化的二元依存」，以此來解釋中國文化的構成與歷史的演化動因。在韓少功的《爸爸爸》中可以看出，白癡「丙崽」是一個帶有「文化原型」性質的人物，他「一生下來就衰老了」的特徵，使之在某種意義上成爲了作家對傳統文化的一種想像和評價載體。他有母無父，人見人欺，有人說這是「母系社會」殘存的痕跡，但其實也是中國社會的一般病狀，正如魯迅在《阿Q正傳》中所寫的阿Q的命運一樣。他一開口說話，就先學會了「罵人」，平時只會說兩句「爸爸爸」和「×媽媽」，這似乎暗示了中國人的世俗文化之惡，也揭示了其「進化」之緩慢的原因：一開始就已蒼老，而後又缺少進化的智慧和動力。然而還是這兩句話，一換到「信鬼崇巫」的語境下，語義就發生了奇妙的變化。當雞頭寨的人們要與雞尾寨「打冤」，以爭奪「風水」的時候，他們要殺一個人祭神，殺誰呢？只有殺無人保護的白癡丙崽。可正要舉刀，天上突然湊巧打了一個響雷，於是就想，這丙崽如此怪異，是不是神人？有了這樣一個疑問，竟越看越像，把他的兩句話也當成了神仙的「陰陽二卦」，眞是奇思妙想。當丙崽又嘟噥了一句「爸爸」之後，他們就以爲這是一個「陽卦」，陽卦即勝卦，於是全村出動去打架，結果大敗虧輸，死傷無數。最後村裏人按照古老的風俗，大鍋分吃了包括敵人在內的死者的肉，分喝了有劇毒的草藥，剩餘的青壯年則集合起隊伍，唱著古老的歌謠，向著山林的深處進發。只有丙崽，卻還坐在斷垣殘壁上，咕噥著那句「爸爸」。這篇小說的用意中不難看出一個矛盾：一方面作家希望能夠渲染出湘西文化的神秘和浪漫，寫出山民的淳樸與好古之風；但在渲染這一切的時候，又無法繞過這裡的封閉與愚昧，無法掩飾它集神秘主義與蒙昧主義於一身的矛盾。將最簡單的東西（罵人）解釋爲最神秘的東西（咒語），將偶然的事物（打雷）解釋爲必然的事物（神示），是典型的「原始思維」的特徵。

　　韓少功自覺不自覺地影射到了中國文化的根本弱點：看似玄妙，包含了神秘和深邃的哲學，卻實在是百無一用。作為「湘西文化」的產物，丙崽所暴露的，是這個文化內部最原始和敗落的一面。很明顯這不是作家的初衷，但卻是他寫作中難以迴避的。人們不禁會問，這難道就是韓少功所要尋求的「燦爛的湘西文化」？這樣的文化對今天的重建，對改造我們的有缺陷的中原文化，究竟有什麼作用呢？不過，這只能算是「動機的失敗」，並不意味著作品本身是失敗的，而且某種程度上也是好事，它表明，簡單地肯定或者否定傳統文化，用一種「實用主義」的眼光來「選擇」，都不是明智的做法。它會導致人們從「結構性」的角度來看待傳統：它的優勢同時即是它的劣勢，它的長處同時即的它的短處。

　　在鄭義的《老井》、王安憶的《小鮑莊》還有莫言的《紅高粱》系列中，似乎也表達了同樣觀念。愚昧的意識和堅韌的生存，好義的品性和因之無法擺脫的困頓，還有匪性與英雄之氣互為依存難以分拆的關係，這都表明尋根作家對歷史的認識具有了「文化結構」的眼光。

　　第四是與李澤厚的「積澱說」相關聯的歷史意識，它同時也和西方學者如榮格和弗萊等人的「集體無意識」理論有某些內在關係。即相信「歷史」與「文化」並不在遙遠的古代時空，而就積澱在在當代人的心理之中。其實這和魯迅所描寫的阿 Q 身上的那種「國民劣根性」也有繼承關係，但似乎「態度」已經大不一樣。魯迅對種族的集體無意識所抱的是絕望和批判，而阿城則是抱了欣賞，甚至他還刻意將之「玄學化」了。在他的《棋王》中，主人公王一生之所以能夠在艱苦的最低生存條件下，把日子過得津津有味，是因為他身上有一種道家的出世情懷；他能把象棋藝術修煉到爐火純青的地步，是緣於受了隱於民間的「高人」的指點，這隱者和古代小說中經常渲染的那樣，是幾近乞丐和瘋癲的人物，但卻是真正的智者。他靠揀賣廢書舊報過活，但卻精通一套人生智慧，他給王一生講的「棋道」不在於下棋本身，而是《周易》中的哲學，是做人之道、陰陽之理，是中國人傳統的「人生哲學」。王一生正是從這裡面悟出了棋道的精髓，並漸入化境，能夠在最後舉行的象棋大賽中同時擊敗九個棋手，而且是用了「下盲棋」的方式，他彷彿與宇宙天地之氣彙於一體，吐納自如，游刃有餘，征服了在場的所有觀眾。這還不算，當最後那位棋界長老與他求和時，王一生更是顯現了寬容和「中和」的胸襟——這實在是棋中至境，人生的至境。王一生能夠如此懂得收斂鋒芒的人生之

道，可謂悟得了莊老哲學的精髓。

　　阿城是在什麼樣的動機下寫了《棋王》，又是由於什麼原因，得以把一個原本的「知青小說」寫成了一個「文化尋根小說」，其中有許多奧秘似乎至今仍然是難以全解。主人公王一生所生存的年代正逢「革命文化」掃除一切的時代，何以竟會有這樣神機妙玄的思想境界？這表明，歷史文化同樣也可以映現在當代人的身上，作爲「歷史無意識」或者「文化無意識」形式留存下來，成爲一種典型的「文化人格」，這與弗萊所說的「種族記憶」應該是同一種東西。用李澤厚的說法，則是一個民族歷史與傳統在當代人身上的「積澱」。

　　如《棋王》這樣典型地體現著傳統文化在當代人無意識中的遺存的作品當然不多，但在那些比較靠近當代生活的作品，像賈平凹的「商州系列」，還有王安憶筆下的「小鮑莊」人的意識中、鄭義筆下「老井村」人的意識裏，也都可以看出傳統文化的複雜沉澱。韓少功甚至還表現出了比較自覺的意識，「哪怕是農舍的一梁一棟，一簷一桷，都可能有漢魏或唐宋的投影……」〔註14〕這幾乎是「結構主義文化學」的理論了，只是關於這種「投影」的具體的文化內涵與特徵，他們一時還很難說的清楚。

　　最後一個是與文化學中的「板塊理論」——即與「地理文化圈」學說相關的歷史意識。在西方的代表人物有德國的施賓格勒和英國的湯因比，他們不同於黑格爾式的「歷史進步論」學說，不是按照總體化的時間鏈條來研究歷史，而是把歷史橫向地分成若干個文明——湯因比是把人類六千年的歷史劃分爲二十六個文明，其中時間完全是交錯著的；施賓格勒把歷史分爲八個獨立的文化，每一個文化都有自己的觀念，彼此被鴻溝隔開。〔註15〕這種理論極大地改變了歷史學中的敘述規則——按照時間順序來構造邏輯線索和演化脈絡的模式，轉而把注意力轉向空間性的個案文明。不知道這是否也是對「西方中心論」歷史觀的一種否定？對於中國當代的小說家們來說，他們當然不會是先受了這些理論的影響，才發起了他們「跑馬佔地」式的「地域文化寫作」，憑空構造出「商州」、「葛川江」、「湘西」、「太行山」、「異鄉」（鄭萬隆）、「高密東北鄉」……當然還有馬原和札西達娃筆下的西藏，但他們一下子發

〔註14〕韓少功：《文學的「根」》。

〔註15〕見莊錫昌等編：《多維視野中的文化理論》，浙江人民出版社，1987年版，第170～203頁。

掘出這麼多的「未曾溶化」於主流歷史構造之中的「文化板塊」，顯然卻是有某種不謀而合，要爲修改原有中國歷史與文化的結構，製造出一個關於中國文化的「多元構想」而進行嘗試。通過「修訂傳統」進而影響當代的社會與政治，對他們來說，這個動機雖然不便於說得很明晰，但在主體意識中無疑是明確的。

最後還要強調的是，尋根文學雖然涉及「文化」比涉及「歷史」的動機要強烈，但文化是歷史的核與質，隨著小說家門開始追求「敘事的長度」的時候，他們自然會轉向歷史的廣袤空間。這也是在 1986 年之後，尋根運動雖然漸趨停頓，但眞正有分量的作品卻逐漸浮出水面的原因。再者，上述所有新的歷史觀念，都表現了影響現實的強烈責任感和使命感。畢竟所有的新的思想資源，在這個特定的時期都具有啓蒙的功能和性質──就像五四時代的「拿來主義」一樣。

三、向新歷史主義過渡

以文化社會學和民俗學爲思想動力和基本方法的尋根文學中，始終包含了一個深刻的矛盾：一方面，它們試圖影響中國當代主導性文化的走向，是一次試圖進入「中心」的文化運動；另一方面它所採取的「文化策略」又是十分「邊緣」的，深山、高原、盆地、邊域，一切偏僻之地的文化，還有爲正統所不容的那些異類的思想資源，構成了作家們所孜孜尋求的「根」。從韓少功和李杭育等人的對傳統文化的新解釋中，我們就已經看到了他們試圖「逼擠正統的顚覆性的衝動」〔註16〕和必然「通向新歷史主義」的趨勢。沉重和宏大的目的，很快就使他們在尋根之路上陷入了疑惑與迷惘，非常「中心的目的」和十足「邊緣的內容」之間的矛盾，使得他們不得不調整寫作姿態，使其歷史空間中寫作的目的「下移」和「降解」。

當寫作者們意識到這樣一個困境時，他對歷史的介入姿態馬上也會「縮小」──即，他不再是當代民族文化實踐的當仁不讓的主體，不再是這個年代文化重建的靈魂附體的智者化身，因此，他們自認爲可以洞穿歷史的某種理性判斷力也瓦解了，他變得孤立、渺小起來，而他面對的歷史和曾經設想的形而上學和終極意義上的「根」，也忽然可疑起來，歷史變成了一團謎一樣的

〔註16〕弗蘭克·倫特里契亞：《福柯的遺產──一種新歷史主義？》，見王逢振等編《最新西方文論選》，灕江出版社，1991 年版，第 465 頁。

煙霧。由此也就不難理解，爲什麼在莫言的《紅高粱家族》中出現了一個作爲「兒童」的歷史敘述者，這個兒童的出現也許不是偶然的，他對歷史的經驗方式，充滿了想像的壯觀和不可窮盡的感歎。但與祖先相比，這個歷史的追尋者卻顯得空前的孱弱和渺小，用莫言自己的話說，就是「我眞切地感到種的退化」。這種「主體的縮小」和「感知能力的弱化」當然帶來了兩方面的敘述效果：一是歷史的「終極眞實性」變得模糊和不可靠，二是歷史的客體突然變得「大」起來，關於「祖先」的敘事變成了一種英雄「傳奇」和「神話」，歷史由此也變成了一個「衰微」的過程，而不是一個「進步」的過程，民族的歷史與文明譜系變成了一個「降冪排列」的邏輯，進步論的歷史概念在這裡被完全顛倒了。

這樣，《紅高粱家族》就幾乎成了新歷史主義敘事的一個發端性作品。這個結論不是我得出的，小說家和批評家王彪 1993 年在他編選的一本《新歷史小說選》中，即指出了《紅高粱家族》「作爲新歷史小說濫觴的直接引發點之一」〔註 17〕的意義。他同時還強調了喬良的《靈旗》等作品的作用。這應該是一個相當睿智的發現，但疏漏還是在所難免——他忽略了另一個不應該忽略的作家，這就是札西達娃，他早在 1985 年問世的西藏系列小說中，有的已經十分類似新歷史主義敘事了，他的《西藏，隱秘歲月》即是例子。在這個小說裏，他用完全不同於「現代歷史」的思維方式，用藏族人特有的「輪迴」的時間觀與生命意識，敘述了藏族人自己的經驗與記憶方式，以及由此構造的 20 世紀的歷史。所以在此意義上，「濫觴」也許應該是從 1985 年的札西達娃開始的。

「向新歷史主義的過渡」是一個難以描述的狀態，在這裡，我只能採用抽樣分析爲這種過渡提供個案的例證。

（一）例證之一：札西達娃的《西藏，隱秘歲月》

札西達娃也許是 1985 這個年份中唯一追求敘事的「時間長度」的作家。因此他可以視爲是一個試圖「講述歷史」而不是「論述文化」的作家。在《西藏，隱秘歲月》中，他試圖敘述西藏在整個二十世紀中的歷史，他使用了「編年史」的形式作爲敘事的外部線索，一個敘事的外觀；但他所眞正要記錄和表明的，卻是藏人自己概念中的歷史，他使用了與「現代文明」的主流歷史

〔註17〕王彪：《新歷史小說選・導論》，浙江文藝出版社，1993 年版。

敘述完全不同的時間概念，一個「圓形的歷史」，而不是像「現代史」那樣的「線性」的「進化論」的時間概念。這當然不只是一種「敘述的策略」，它表明，札西達娃真正認同的是藏人自己的歷史與時間觀，也就是在現代歷史變動中不變的古老邏輯——「永恆輪迴」的本質。就像小說的結尾處借「隱身」的修行大師所說的：每一個女人都是次仁吉姆，次仁吉姆是每一個女人，廓康永遠不會荒涼，總有人在。對於任何生活在「現代性」或者「進化論」時間情景中的人來說，這都應該是一種無比強烈的震撼。它表明，完全可能有「另一種歷史」，它不但是對一個民族「過去的秘史」和現在的解釋，而且還構成了他們的信仰，是他們的「心靈史」。很明顯，永恆輪迴的理念使脆弱的廓康、使生存條件至為艱難的藏民族擁有了不可戰勝的信念，作為民族生存與文化的象徵，它最終將挺住現代文明在二十世紀以來的挑戰，因為它永遠沒有「現代性的焦慮」，也不相信「進化」的歷史價值——雖然它在很多時期，也不得不對現代文明的侵犯作出某種反應。

很明顯，廓康的歷史可以看作是一個「標本」，通過這個小村三個時期的變遷，札西達娃幾乎寓言化地書寫了西藏整個二十世紀的歷史。他並未和這個年份中的一些尋根作家那樣，把文化尋根看作是一個用邊緣文化顛覆正統文化的過程，那些作家一方面寫出了偏遠地域的文化風俗，另一方面也把它們「醜化」和簡單化了，那種解釋多是帶了「他者」的偏見和「獵奇」的心理的。而作為藏族作家的札西達娃，則非常準確地使用了他自己民族的歷史認識方式，並且通過這種方式與現代文明之間的衝突，來體現其民族的命運，書寫其頑強的生存意志與精神傳統。從這個意義上說，他的「反現代的歷史觀」所表明的內涵是極為豐富的。

1910～1927 是小說中所寫的第一個時期。這時期廓康的村民按照他們古老的風習、生活方式與價值觀念，在原始和惡劣的條件下頑強地生存著。一切彷彿無始無終，但危機卻日益顯露，年輕人開始遷居到更適合生存的地方，小村的居民一天天減少。誰將堅持到最後？作家寄予了深深的憂患。因為這意味著藏民族原始的生活方式，正在遭受前所未有的挑戰。他在這裡突出了精神與信仰的力量，一對年老夫婦，七十多歲的米瑪和察香選擇了留下來，因為察香還要繼續她的使命——供奉隱居在村旁山洞裏修行了幾代的大師，她雖然從未見過大師的面容，但她確信他是存在的，在先代的一個老人供奉了他一生之後，察香也已經供奉了他四十年。海德格爾說「諸神正離我們遠去」，

實際是對現代人類信仰危機的一種「比喻」，神的是否存在，首先決定於人自身的信念。由於神的存在，人才不會孤獨地居住在大地上。當他們最後的鄰居，旺美一家遷走（臨走時旺美給一雙老人留下了一個兒子達朗爲伴）時，察香竟然奇跡般地有了身孕，並且在「兩個月」之後生下了一個女兒——次仁吉姆。次仁吉姆是在小村即將消亡的危機中誕生的，她一出生就面臨著巨大的生存挑戰，然而這個女孩卻顯示出了種種非同凡人的跡象：

> ……她沒事就蹲的地上劃著各種深奧的沙盤。米瑪不知道女兒劃得就是關於人世間生死輪迴的圖騰（？）。剛會走路就會跳一種步法幾乎沒有規律的舞，她在沙地上踩下的一個個腳印正好成爲一幅天空的星宿排列圖，米瑪同樣不知道這是一種在西藏早已失傳的格魯金剛神舞，她從「一楞金剛」漸漸跳到了「五楞金剛」。

很顯然這是一個「神秘主義解釋學」的問題。所有這些非凡跡象，實際上不過是一種刻意的「誤讀」，因爲按照藏傳佛教的神秘觀念，這些「天眞無邪」的孩童舉止，當然也可以理解爲是「神的意志」的顯現。然而接下來的事情就更具荒誕意味，次仁吉姆的這些非凡天資，因爲一個遠道而來的英國軍人的親吻，而變得無影無蹤。這裡札西達娃顯然是隱含了一個寓意，即古老的藏文化是無法與所謂「現代文明」接觸的，任何形式的接觸都會給她以傷害。後來她得了一種奇癢的怪病，直到她穿上了那個英國人所贈的軍褲之後，奇癢才止住（這又意味著什麼？），但從此就再也脫不下來了。後來，次仁吉姆長大了，早已成年的達朗欲娶她爲妻，不想米瑪和察香一對老人在去世之前，卻讓次仁吉姆皈依了三寶——出家爲尼，侍奉洞中修行的大師。

第二個時期是1929～1950年的歷史。次仁吉姆成了廓康唯一的居民，因爲她的出家，苦等了她十八年的達朗一氣之下去了更加荒涼的山頂。後來他搶了一個因爲生了三個死胎而被認爲是「妖女」而被處死刑的女人，這個女人爲他生了三個兒子。達朗有時來看望次仁吉姆，並且力勸她搬走，他先是告訴她，那個洞中的所謂「大師」實際上不是別人，而是他本人，後來他還把次仁吉姆的房子也燒掉了，次仁吉姆幾乎就要動搖了，但此時神靈卻自天上告訴她，「足下原來是瑜珈空行母的化身啊。」就在這時，孤獨而封閉的廓康與現代歷史之間，有了一次戲劇性的「相遇」：另一個行駛在天空中的「化身」出現了——一架從印度起飛執行盟軍支持任務的美軍運輸機，因爲故障想

降落在這裡，達朗誤以爲那是一個魔鬼，對著天空射擊，致使它試圖在遠處迫降時失事墜落。之後，達朗救了一個被土匪打劫的馬幫商人，他爲了報答達朗一家，給他的三個兒子送來了一個女人。達朗覺得她非常像年輕時代的次仁吉姆，對她的身份感到十分驚異。也就在那個時候，老次仁吉姆看到了山下一塊不斷移動的「紅布」——解放軍已經進軍西藏了。

在山頂，小次仁吉姆和達朗的三個兒子和睦相處，但終於有一天她和老二札西尼瑪一起下山換商品時，就沒有再回來。過了些時日，次仁吉姆回來了，但卻不記得自己曾是這裡的人，她說自己是第一次來——這已是第三個「次仁吉姆」了。

第三個時期是 1953 年～1985 年的廓康。三年後解放軍來到了這裡，達朗收到了札西尼瑪的信，他說自己和妻子次仁吉姆將一起去內地上學讀書，並寄來了他們的照片（這也反證，確實有第三個「次仁吉姆」）。大兒子札西達瓦下山當了貧協主任，他經過老次仁吉姆的小屋時看到，她依然生活在自己堅定的信仰裏。後來，當了公社書記的「札西達瓦」帶領人們修了水庫，廓康再也沒有昔日的安寧了。到了八十年代，外來的大學生開始不斷光顧這裡，有人發現了大師隱居的山洞，但伸手觸摸卻像受到了電擊；有人發現了奇異的有古怪圖案的石頭，還據此說這裡曾是史前時代外星人飛船的降落場，要把石頭拿回去做研究，老達朗劈手奪過石塊，將其扔進了湖裏——這隱喻著傳統的信仰力量與文化觀念，同日益進逼的現代文明之間正作著頑強的抗爭。達朗終其一生就是這種與現代文明對峙的力量的象徵。兩種截然不同的認識觀念與對世界的解釋方式，將決定著他們古老的生存方式和文化傳統能否存續下去。

老達朗要下山去看看另一個老人——他年輕時代的戀人次仁吉姆，但在山路上踩空掉了下去，那時他在幻覺中彷彿看見了他與次仁吉姆結合的景象。最後，老次仁吉姆也死了，札西達瓦和達朗的曾孫，還有一個從拉薩來的不久將赴美國留學的年輕女醫生一起，爲老人處理了後事。女醫生在老次仁吉姆的遺體前，似乎感受到一種神秘的啓示，她終於走進了大師的洞穴，看到多年來若有還無的大師，早已化成了一副與岩石連接在一起的「迦趺狀」的骷髏骨架。就在她感到驚奇的時候，空中掉下了一串佛珠，而且有一個聲音在召喚她：「次仁吉姆」，這聲音對她說，「廓康永遠不會荒涼，總有人在」。她正要申辯說「我不是……」的時候，卻下意識地脫口回答了這召喚。這聲

音告訴她，這一百零八顆佛珠的「每一顆就是一段歲月，每一顆就是次仁吉姆，次仁吉姆就是每一個女人」。

小說在最後揭出了作品真正的寓意：在札西達娃看來，藏族文化雖然在二十世紀裏經受了外部世界的重大變遷所帶來的影響，特別是經受了現代科學和所謂「文明人」的思想方式的挑戰與衝擊，但她的精神信仰與思想內核，她的堅忍的民族意志與生存方式，將永遠存續下去。這一切的關鍵，在作家看來，不在於物質文明有多大意義上的改善，而根本上在於精神與信念的力量。甚至札西達娃還表達了這樣的憂患：物質文明的某些進步和現代社會與文化的種種力量，將會無情地摧毀藏民族文化賴以傳承的神秘主義哲學與宗教信仰，毀滅他們古老的思維方式、對世界的認識解釋方式，從而根本上改變他們生存和歷史。因為事實上任何神秘主義的「反現代」的文明，在現代人類的歷史上，已經被屢次證明了其脆弱。印第安文明的滅亡就是例子。但儘管如此，作家還是寄予了自己對本民族文化的深切關懷與精神認同。

小說中的次仁吉姆，無疑可以看作是藏族精神信仰與文化血脈的化身，她的「輪迴」出現，既是藏民族生命觀念的體現，也是作家信仰的表達。儘管她歷經了現代社會的重大變遷，相繼受到了各種強勢文化的染指，並且在當今還要不可抗拒地加入到一個已然「全球化」了的文化格局之中──小說中最後一個次仁吉姆將要去美國加州大學留學，就是一個隱喻式的信號──這是這個民族繼續生存的必然趨勢，因為不接受現代世界的潮流是不行的。但「每一個女人都是次仁吉姆」的神啓寓言，卻從另一個方面說明，藏民族文化與信仰的血脈傳承是不會中斷和消亡的。從一定意義說，次仁吉姆是藏民族母體的一個象徵，一個種族的女神，其生命力的化身。

在一個篇幅並不很大的中篇小說裏，札西達娃構造了我們在其它的當代歷史敘述中從未見到過的歷史，它是個案的，但也是整體的；是象徵的，也是非常真實的。它會有助於我們對一種生存和歷史予以正確的理解，而這是任何「他者」眼光的作家都無法做到的。但這還不是全部。《西藏，隱秘歲月》所表現出來的相當「新」的歷史意識，至少還表現在這樣幾個方面：

一是它啓示讀者，兩種不同的敘述方式會導致出現兩部完全不同的歷史。反過來，「現代」意義上的人類歷史，與完全不同於此的「永恆的輪迴」中的藏族人的歷史，只有在不同的敘事方式中才會被區分開來。在這裡，表

面上看作家使用的是現代人類的「公元紀年」時間，但實際在敘述過程中他所真正依循的，卻是達朗和次仁吉姆所生存和理解的時間。他們的輪迴的生命觀和永恆「靜態」的時間意識，是他們之所以能夠保護自己的世界和信仰免遭毀滅的唯一支柱。所以，除了從兩種完全不同的世界觀和歷史觀上來理解這篇作品，別無正確的方法。札西達娃也正是這樣的意義上才真正寫出了屬於自己民族的歷史，創造了不同於「現代歷史」的敘事形式。這是對由強勢文明和其它因素所形成的各種「中心主義」的歷史敘事的反抗和逃避。

其次是「編年史」與「寓言化」敘述的結合。與 1985 年所有的尋根小說家都不一樣，札西達娃表現出了對歷史長度的追求，他用了編年史的形式，演繹了廓康小村將近一個世紀的歷史，寫法上接近於一個客觀的「實錄」，但在本質上卻是一個「寓言」，是用了一個「個案」來暗示一個民族所承受的巨大變遷的歷史境遇，以此來預示她的危機和命運。但另一方面，其中輪迴的時間觀，又在實際上取消了「編年史」的具體意義，而將歷史展現為另一種重複的「共時態」的景觀，這樣就使得他小說中的人物與歷史，得以逃脫現代意義上的歷史的吞噬與整合，成功地保持了獨立的歷史記憶方式。

與此相應的，是小說的另一個特點，也即兩種時間概念形成的「歷史的合奏」的效果。兩個時間在這裡出現了戲劇性的「並置」，因此歷史在這裡也呈現了雙解，分裂又黏合。它在非常個人化的完全封閉的生存場景中，插入了現代世界的重大事件，比如十三世達賴的流亡，英國探險者的出現，抗戰飛機的失事，解放軍進西藏，人民公社修水庫、八十年代西藏熱等等，這些重大事件只是隱隱一閃，卻像一隻隻無形的巨手，影響著廓康的命運。所以它在頑強地固守著西藏人歷史的同時，也影射出一個「兩種歷史的關係」的主題，即「現代和文明的世界」正在日益深刻地侵犯處於弱勢和邊緣位置的民族的歷史。由此，札西達娃也表達了對自己民族前途的深切憂患，這是在更深的層次上逼近了歷史本身和人的命運。

很顯然，札西達娃的敘事，已經接近於一種非常「新」的歷史敘事，一個寓言化的、非線性時間的、反現代的、復合（調）式的、有著豐富文化啟示的歷史敘述，使我們在「尋根」的熱潮中看到了一個不可多得的特例，它沒有太多人類學的、結構主義和存在主義的思想，但卻有著滲透於歷史之中的宗教信仰的思考，沒有太多的歷史的懷疑論，但卻又閃現著許多發人深省

的追問。讀這篇小說，會不禁使人聯想起本納德多·克羅齊的預言：「就是這樣，歷史的偉大論著現在對我們來說是編年記錄，許多文獻目前是默默無聲，但是等到時來運轉，生命的新的閃光又會從它們的身上掠過，它們又回重新侃侃而言……」〔註18〕

（二）例證之二：莫言的《紅高粱家族》

作爲過渡性的歷史敘述，《紅高粱家族》保留了尋根小說中普遍存在的強烈的文化啓蒙意識，其標誌，一是洋溢著的歷史激情，體現了八十年代知識分子特有的主體意識，以及獲得對歷史獨立敘述與評判權利之後的激動，還有對歷史「再發現」的驚喜。這使得莫言的歷史敘事充滿了熱烈的抒情氣氛。而與此形成鮮明對照的是，八十年代後期的新歷史敘事基本上的冷態的，情感熱度降爲零；二是還有「目的論」意識的參與，雖然並不認爲歷史本身是「進步」和「有目的」的，但卻強調敘述本身的目的——是希圖用這些東西「爲中國指一條道路，使中國文化有個大致的取向」。不過又有懷疑：「又覺得這是不可能的，這樣發展下去，又是一個惡性循環，又回到原來的起點上去了」。〔註19〕總之，在「歷史的意義」的設定上，莫言是比較矛盾的。再者，和尋根小說一樣，《紅高粱家族》也採取了逼擠主流道德與「理性／日神文化」、倡導民間的「非理性／酒神文化」的敘述方式，試圖用「生命本體論」哲學來拯救理性壓制下民族精神的頹衰。但在莫言的歷史重構的嘗試中，也包含了更多的人類學因素，更顯現出新的史識。

另一方面，與尋根小說家們熱衷於追尋「風乾」了的「文化風俗」的興趣有明顯不同，莫言在這些作品中表現出了強烈的歷史傾向，對敘述長度與時間跨度的熱衷。可以說，從「文化主題」轉向「歷史主題」，《紅高粱家族》是一個標誌。而且它所講述的民間抗日故事，也是這類小說中第一部刻意與「紅色官史」視角相區分的作品。

作爲具有「新」的歷史主義傾向的作品，《紅高粱家族》的特點，首先表現在對正統歷史的改寫上，這可以簡單地概括爲三個方面：一是人類學視野對社會學歷史觀的徹底取代，作家將一切歷史場景還原爲了人類的生存鬥爭，性愛、生殖、死亡、戰爭、妒忌、仇殺、神秘主義、異化……這些生存

〔註18〕克羅齊：《歷史與編年史》，見田汝康等編《現代西方史學流派文選》，上海人民出版社，1982年版，第344～355頁。
〔註19〕莫言：《我的農民意識觀》，見《文學評論家》1989年第2期。

的原型母題，瓦解了以往正統的道德意義上的二元對立的歷史價值判斷，一個「生命的神話」取代了「進化論的神話」；其次，歷史的主體實現了「降解」，原來的「中心」與「邊緣」實現了位置的互換，「江小腳」率領的抗日正規部隊「膠高大隊」，被擠到了邊緣配角的位置，而紅高粱地裏一半是土匪、一半是英雄的酒徒余占鼇，卻成了真正的主角。對應著這樣一個轉換，「酒神」也取代了「日神」的統治地位成為了歷史的靈魂，莫言因此確立了他的以酒神意志為核心的生命本體論的歷史哲學與美學。這一點和尋根小說熱衷於發掘中國文化中的「非主流」的「地域文化」，可以說是有一脈相承之處，但顯然又超出了「地域文化」的範疇；三是民間歷史空間的拓展，它用民間化的歷史場景、「野史化」的家族敘事，實現了對現代中國歷史的原有的權威敘事規則的「顛覆」。在歷史被淹沒的邊緣地帶、在紅高粱大地中找到了被遮蔽的民間歷史，這也是對歷史本源的一個匡復的努力。

與尋根文學相比，莫言的小說在歷史意識與美學精神上，也體現出了民間化的傾向。這是一個微妙的轉折。在尋根作家那裡，雖然所寫的內容與對象是比較邊緣和民間的，但他們寫作的目的和態度卻相當正統。所以有評論者曾說，尋根文學是當代中國作家「最後一次」試圖集體影響並「進入中心」的嘗試。而莫言小說中所體現的鮮明的反正統道德傾向，則是他告別這一企圖的表現。莫言選擇了民間的美學精神，而且這種精神的方向並不指向對所謂「終極真實」的追求；相反，它所要體現的，是個人生命意志對歷史的投射——用一句常用的話來說就是，他書寫了「個人心中的歷史」和作為「生命美學」的歷史。

在具體的敘述方式上，《紅高粱家族》表現了非常多的「新」意，一是由「兩個敘事人」所導致的「現在與過去的對話」的敘事效果。「父親」這一兒童敘事角色，是以他童年的眼光和角度來看「爺爺」「奶奶」的生活與歷史，既造成了「親歷者」的現場感，同時又留下了「未知」的敘事盲點。另一個敘事者「我」，則是「第二講述人」，一個對話者與評論者，他明明是一個歷史的局外人，但卻充當了一個近乎「全知」角色，他的講述中充滿了對當代文化的憤激的反思、對遙遠的傳統文明的追慕，他隔岸觀火，評述、自省、檢討、抒情……這樣就造成了兩個不同「聲部」的歷史敘事，打通了「現在」與「過去」之間的時間阻隔，將歷史變成了「當代史」。二是類似由「東方主義」與「民族主義」心理驅使下的跨文化概念的歷史敘事，這典型地體

現了八十年代中國作家「西方中心主義」理念加「民族主義神話」的矛盾：刻意地誇大小說內容的民俗文化色調，一方面使用了「巫術」、「儀式」、「習俗」以及「東方傳奇」等內容，來凸顯其民族性與地域性；同時又以「酒神」、「人類學」等跨文化概念暗示出一個國際化（全球化）的背景與語境，雖然八十年代關於「東方主義」、「後殖民主義」、「全球化」等還是相當遙遠的知識概念，但在這裡，作家既要構造出自己民族主義的歷史神話、同時又要造成「與西方文化的對話」、力圖讓西方世界能夠「看得懂」的動機，卻是非常明確的。

　　《紅高粱家族》在一定程度上彌補和矯正了以往專業歷史敘事和文學歷史敘事所共有的偏差。可以說，它提供了我們在以往的文學文本和當代的歷史文本中都無法看到的歷史場景，歷史本身的豐富性在這裡得到了前所未有的復活。它的「野史」筆法、民間場景的雜燴式的拼接，無意中應和了米歇爾·福科式的反正統歷史和暴力化修辭的新歷史主義的「歷史編纂學」，把當代中國歷史空間的文學敘事，引向了一個以民間敘事為基本構架與價值標尺的時代。從這個意義上，說它推動了當代新歷史主義文學敘事的興起，是不為過分的。

第四講 新歷史主義敘事的現象與特徵

　　假如我們把西方新歷史主義的觀念同 1987 年之後的「先鋒新歷史小說」、甚至在此前的「第三代詩歌」中的某些作品加以比較，便會發現它們之間種種驚人的契合之處。這並非巧合，也不純然是出於主觀的誤讀與比附。當然，這些作品不可能在八十年代中國人還不知西方「新歷史主義」理論為何物時，先行受到它的影響，因為新歷史主義是在九十年代之後才逐步譯介到中國的。然而，而是來自當代西方的文化人類學、符號形式哲學、精神分析學、存在主義、特別是結構主義等哲學方法，卻是早在八十年代就次第引入中國的，它們是西方新歷史主義觀念的思想和哲學基礎，在傳入後，當然也會影響到中國文學中歷史與文化意識的更新。因此，某種意義上可以說，當代中國的「新歷史主義文學」是一種帶有「本土性」色彩的文學現象，它是直接生成在中國的文學現象。

　　事實上，當代中國的作家、尤其是詩人，在理論上表現了令人驚歎的直覺與悟性，前文中曾提及的早在 1984 年至 1986 年出現的「整體主義」、「新傳統主義」和「非非主義」等第三代詩歌群體，就已經以「消化」得很好的語言哲學與結構主義理論，來引導他們的語言和文化策略了，尤其是「非非」，他們在「1986 年現代主義詩歌大展」中對其詩歌理論主張的闡述，實在已經遠遠超過了同時期國內理論界對結構主義的認識深度。在 1987 至 1988 年前後，他們的詩學理論與寫作實驗，甚至已經很接近於一種「解構主義」實踐。從這個角度上，說當代中國文學從八十年代中後期已經出現了類似於新歷史主義的敘事、

或者一個具有「新歷史主義」特徵的文學思潮，並不是沒有根據的臆想。

在史學界出現的某些變化，也可以作為上述判斷的一個佐證，如早在 1982 年，上海人民出版社就出版了田汝康等編選的《現代西方史學流派文選》〔註1〕，其中收入了狄爾泰、雅斯貝斯、克羅齊等哲學家和史學理論家的論著，他們的觀念融合了存在主義、精神分析學、結構主義甚至「計量統計學」等各種理論，成為以福科等為代表的當代新歷史主義理論的前引和基礎。這些史學思想同樣也直接和間接地影響到當代中國人的歷史觀念的變化，並進而影響到當代作家的歷史意識與文學敘事。

一、「新歷史主義文學思潮」的現象與軌跡

前文在探討「啓蒙歷史主義敘事」時提到，八十年代初期的文化詩歌運動對尋根小說思潮的發生起了至關重要的引導與啓發的作用。同樣，「新歷史主義意識」在當代中國文學中的出現，大約也首先是表現在「第三代詩歌」寫作中。只是因為詩歌本身的敘事功能不如小說那麼典型，因此這裡不作為重點來論。但其對當代小說中的歷史情懷與歷史敘事的引領推動作用，是不應抹殺的。

但「新歷史主義文學思潮」這個說法是充滿風險的，因為之前並沒有這個說法。在筆者在 1997 年撰寫的《中國當代先鋒文學思潮論》一書中，「貿然」提出了這個概念。在更多的談論者那裡，是採取了一個比較「折中」的說法——即「新歷史小說」，我認為這樣做是明智的，因為除了少量的先鋒作家的一些作品以外，大量的是很難稱做「主義」的那種比較「邊緣」的歷史敘事，一律稱之為「新歷史主義小說」，肯定是不合適的，因為這些作家的知識背景與審美趣味都很不相同，有的很「新」，有的則很「舊」，但與舊的主流歷史敘事的趣味相比，它們又都表現了某種「新意」。所以在總體上，如果作為一種寫作的「思潮」來看待，我認為則可以統稱作「新歷史主義文學思潮」。因為「思潮」顯然不是特指哪一部「作品」，而是指在許多作品背後所隱含著的一個思想的脈絡或線索，它在不同的作品中，可能是或多或少地包含著。

〔註 1〕 田汝康、金重遠選編：《現代西方史學流派文選》，上海人民出版社，1982 年版。據此書前言介紹，該書的編選工作是自 1961 年至 1964 年，中間由於「文革」導致出版時間推遲十幾年。

這無疑要作一些細緻區分。

首先是那些不那麼「新」的歷史小說，即八十年代後期以來出現的一些相對比較邊緣、又比較傳統的歷史小說，如凌力的《少年天子》、楊書案的《孔子》、唐明浩的《曾國藩》、劉斯奮的《白門柳》、吳因易的《唐宮八部》、穆陶的《林則徐》，乃至二月河的「清宮皇帝系列」《康熙大帝》、《雍正皇帝》、《乾隆皇帝》等，從觀念上看，它們的變異與挑戰的色彩不像先鋒小說家們的作品那樣強烈，水平也參差不齊，但畢竟和「十七年」與「文革」期間的「紅色官史」一類歷史敘事有顯著不同。主要表現，一是都以實有歷史人物與事件為素材，試圖在以往的歷史定見之外有新的發現，在評價人物的功過是非與人格時，比以往的簡單化的道德判斷都有所突破或糾偏；二是還原「民間性」的歷史敘述，這一點尤為重要，在歷史的審美趣味、敘事規則上，與中國傳統的歷史敘事，以及民間歷史消費的趣味之間，有了某種內在的神合，諸如「中性」的價值立場，符合大眾消費心理的敘述風格等等，甚至還有對個人在歷史中的處境的體察。這些都和此前姚雪垠的《李自成》一類按照主流歷史觀念架構起來的小說有著明顯不同。這些特點，都意味著「文學的歷史敘事」領域中「民間性」或「古典傳統性」規則與意識的修復。當然，這些作品中也肯定或多或少留下了腐朽的東西，如缺少人文主義思想的靈魂與批判意識的燭照，甚至在「集體無意識」的層面上，還可能宣揚了皇權與專制思想，這應是其問題所在。

以上可以看作是與「舊歷史小說」相區別的「新歷史小說」，它與當代中國文學的「人文主流思潮」基本上是游離的，但也可以當作新歷史主義文學思潮的「邊緣現象」。

在第三講中，我實際上已經對「新歷史主義文學思潮」發生與延展的幾個階段作了劃分：「啟蒙歷史主義時期」，大致是指 1987 年以前以「文化尋根」為宗旨的歷史敘事；「新歷史主義時期」，指 1987 年至 1992 年前後的一段比較集中的、由先鋒小說家所推動的、一個特別具有「實驗」傾向的歷史敘述；「遊戲歷史主義時期」，大致是指 1992 年之後，隨著一批先鋒作家對商業動機的迎合，歷史敘述出現了一個返回和蛻變的趨向，其人文探求的靈魂逐漸被市場的欲求所代替，新歷史主義的思想也就被遊戲的趣味所代替。但是因為寫作的周期等原因，在長篇小說的領域中，仍然不斷有重要和典範的新歷史主義敘事出現，因此從這個意義上，新歷史主義文學思潮仍然處在一個進變與深化的時期。

　　我一直認爲，從 1987 年前後持續到九十年代前期的先鋒小說運動，在其核心和總體上也可以視爲是一個「新歷史主義運動」，因爲其中最典範的作家，從莫言到蘇童、余華、格非、葉兆言，還有方方、楊爭光、北村，還有一個時期的劉震雲（其《故鄉天下黃花》等），他們的代表作品在很大程度上都是一批新歷史主義小說，除他們之外，還有一批早已經成名的作家，像張煒（其《九月寓言》、《家族》等）、王安憶（《長恨歌》）等，也都寫作了相當典範的長篇新歷史主義作品，除此，還有追隨他們的一批青年作家，也都曾熱衷於歷史空間中的敘事。他們大都放棄了尋根時期啓蒙主義的文化理想與歷史美學，將歷史的敘事化解爲古老的人性悲歌和永恆的生存寓言，成爲與當代人不斷交流與對話的鮮活映像，成爲當代人「心中的歷史」。在方法的意義上，他們吸納了八十年代以來的各種新的哲學文化與美學思想，在 1987 年到 1995 年前後，造成了一個最富有變異與轉折色彩和最富成果的「新歷史敘事的運動」。

　　從發生的時間上看，這一時期大致產生了這樣幾個互爲聯繫的現象：

　　一是大量出現在 1987 年到 1990 年前後的，以近現代歷史爲背景空間、以中短篇形式爲主的新歷史小說，我稱之爲「近世新歷史小說」。從 1987 年葉兆言的《狀元境》、蘇童的《1934 年的逃亡》、格非的《迷舟》、余華的《一九八六年》，1988 年葉兆言的《追月樓》、《棗樹的故事》、蘇童的《罌粟之家》、余華的《古典愛情》（這是一個「例外」，是古典題材，後面的《鮮血梅花》也是）、《難逃劫數》，格非的《青黃》，1989 年余華的《鮮血梅花》、《往事與刑罰》、《兩個人的歷史》、蘇童的《妻妾成群》、《紅粉》、格非的《風琴》，1990 年葉兆言的《半邊營》、《十字鋪》、方方的《祖父在父親心中》、北村的《披甲者說》、張永琛的《45 年的秋景》，還有 1991 年以後葉兆言的《日本鬼子來了》、蘇童的《十九間房》、李曉的《民謠》、墨白的《同胞》等，差不多都是以近現代、或近世歷史爲背景的作品，它們或敘述家族歷史的滄桑，或著眼個人命運的變遷，將以往宏偉的主流歷史修辭溶解爲細小精緻的碎片，折射出歷史局部的豐富和逼真。在這些作品中，葉兆言的眞切細微和浮世人生的滄桑感，蘇童的凄切感傷和深入內心的人性力量，格非的撲朔迷離和對歷史的不可知的宿命與規定力量的表現，余華所洞見的歷史的殘酷與生存的苦難，以及他們所共同傳達的如煙如讖的對歷史的「不信任感」，都給人以強烈的震撼。從這些作品的敘事風格看，整體基調的「寓言化」和局部敘述與細

節的寫眞性的結合是最鮮明的特徵。所謂寓言化是說，它們大都有相對逼眞的背景依據和歷史的氛圍，但事件和人物卻是出自虛構，但這並不妨礙作家力求以此對近距離的歷史（大多爲民國以來的歷史），進行探求和拷問的努力。稍微有點「異類」的，是余華的《古典愛情》和《鮮血梅花》等篇章，本來他的寫作興趣似乎一直限於當代歷史，但這兩篇卻更接近「古代」的歷史，只是因爲他處理得比較「抽象」，人物與故事的具體背景全部被抽調，所以更接近於某種「結構主義的歷史寓言」。兩篇小說實際上是關於古典小說中「書生趕考」的才子佳人故事，和「仗劍漫遊」的江湖恩仇記的一種「結構主義戲仿」。因此也可以說，它們以更加「先鋒」的姿態，呈現出「新歷史主義小說」的傾向。

　　另一個現象，是從 1990 年到 1992 年前後出現的第一批長篇新歷史主義小說，主要有格非的《敵人》（1990）、蘇童的《米》（1991）、《我的帝王生涯》（1992）、余華的《活著》（1992），如果標準稍微「寬泛」一點的話，余華的另一部《在細雨中呼喊》（1991）和格非的《邊緣》（1992）也可以進入此列。這是幾部典型的「寓言化」的長篇新歷史小說，它們所涉及的年代基本上都被剔除或虛化了。由此，歷史縱向的流程、事實背景和時間特徵就被「空間化」了歷史結構、永恆的生存情態和人性構成所替代。這與某些西方學者在評述羅蘭・巴特的結構主義批評、羅伯－格里耶和米歇爾・布特的新小說時，所指出的那種「致力於使時間空間化」的特徵，他們「試圖使文學代表人的眞正歷史意識的恢復，介入與世界的本體論對話」〔註2〕的宗旨，是有相似之處的。這些作品都以較大的深度，展示了先鋒小說家對於歷史、生存和世界本體的種種認識。如《敵人》可謂是一篇關於興衰無常的家族歷史的寓言，其中充滿了種族文化中關於復仇、報應、生死、財劫等種種原型主題，充滿了恐懼、猜忌、宿命以及自我暗示等種族的集體無意識，而這些都昭示著民族悠遠的生存時空中代代相因的基本文化結構與歷史內涵。正像格非自己在陳述這部小說的寫作原因時所指出的，它是一種「貫穿了我的整個童年並延續至今」的「年代久遠的陰影的籠罩」，這種「無法被忘記的恐懼」，「從某種意義上來說，它既是歷史，又是現實。」

〔註 2〕威廉・斯邦諾斯語，轉引自漢斯・伯頓斯：《後現代世界觀及其與現代主義的關係》，《走向後現代主義》，王寧等譯，北京大學出版社，1991 年版，第 25 頁。

〔註3〕「既是歷史，又是現實」的說法，可謂是對新歷史主義小說理念的最直觀扼要的說明，它們就是要拆除「定格」在某一時間區限的歷史陳跡，使之成為打破「歷史」與「現實」的界限的、貫透在永恆歷史過程中的風景。這同福科式的「反歷史的歷史學家」強調「對整體歷史的共時性把握」〔註4〕的方法，又可以說如出一轍。這種特點也表現在蘇童身上，與格非相比，蘇童的小說更具感性的飽滿魅力，故事也更自然、細膩和熨貼，但他也同樣「使歷史生存化了」，比如《米》就堪稱是一個關於人的基本生存欲求與人性構成的寓言演示，是一種「歷史的斷面」，時間因素在其中同樣被淡化或廢除了，它展示的歷史「情境」和「結構」，更具有「生存標本」的性質。

蘇童的另一部長篇《我的帝王生涯》，可以看作是一個典型的「暴露虛構的歷史敘事」。對整個古代社會與宮廷秘密的抽象化的「元素提取」，使它近乎變成了一個關於帝王生活的「元虛構」，近乎於一個「理論的探討」。它以第一人稱「我」作為敘述視角——這本身就呈現了「不可能」的性質，而這個「帝王」端白，卻構成了這篇小說的「敘述者和主人公的合一」——敘述遙遠而未有確定時間的「過去」，一個「莫須有」的國家「燮國」（邪國？血國？）國王榮辱浮沉的一生，實質上是對歷代宮廷權力爭鬥的刀光血影與世態炎涼的一個「濃縮」。小說完全懸置了關於「歷史真實」或背景依據的概念，敘述的純粹體驗和遊戲性質，始終向著讀者敞開著，暴露無遺。這是一個信號，新歷史主義小說已經接近呈現出它的「終極形態」，向前一步即滑向無邊的遊戲深淵。

余華是一個「將歷史提取為哲學」的敘事高手，他的《活著》同時向我們展示了兩個世界——一個是純粹傳統情景裏的「農業社會」，一個是被當代主流政治侵犯下的「農村」，講述了其中一個小人物富有哲學啟示的一生。由於對歷史具體性的淡化，他的一生變成了一個「生存與存在的寓言」：前半部分類似中國人古老歷史敘事中的那種「富貴無常」、「禍福相生」的邏輯，即，財富滋生罪惡，然後罪惡又隨著財富的散去而獲得救贖；後半部分則呈現為歷史和哲學的兩個層次——作為「歷史」，福貴的一生，影射了當代主流政治對民間生存的悲劇性侵犯和干預；作為「哲學」，他又把歷史敘事上升到了存

〔註3〕 格非：《格非文集‧寂靜的聲音‧自序》，江蘇文藝出版社，1996年版。
〔註4〕 海登‧懷特：《解碼福科：地下筆記》，《新歷史主義與文學批評》，北京大學出版社，1993年版，第113～114頁。

在的寓言，「活著」在這裡變成了生命和道德的刑罰，一種看不見、然而卻感受得到的「凌遲」，生的希望被一點點剝奪淨盡，生不如死。福貴的一生經歷了一個從「天堂」到「地面」，再到「地獄」的過程，而他的「靈魂」（以及人們對他的評價態度）則經歷了一個反向的、從「地獄」到「地面」再到「天堂」的歷程。福貴在某種意義上是用「活著」完成了「死亡」，而命運則是通過折磨和殺害他人（親人），而實現了對福貴的懲罰。其中的哲學真是太多了。通過《活著》，可以說余華既書寫了另一版本的當代歷史，也書寫了永恆意義上的關於「生命」、「道德」、「人性」和「存在」的歷史。

作為新歷史主義文學思潮的一個「副產品」，在 1990 年到 1993 年的幾年中，還出現了一個「土匪小說」熱。〔註5〕之所以把這類作品也看作是新歷史主義文學思潮的產物，是因為它們也都是依據歷史空間來結構故事的，而且同上述先鋒新歷史小說一樣，它們也並不拘泥於對歷史的某些真實事件進行追述，而是具備了一種很強的寓言自覺，表現出一種更加明顯的對歷史進行「虛構」或「戲擬」的傾向，或者說，是試圖對縱向歷史與人性內容進行「平面式的解構」。在這些作品中，歷史雖然重要，卻是他們所表現的文化、道德與人性內容的載體，或依託容器而已。換言之，歷史本身不是目的，敘述對於人性和政治的怨憤才是目的。顯然，這股小說潮流與八九十年代之交的政治變故，與這個時期的精神背景與道德氛圍有敏感的關係，是一種人性與道德的怨怒情緒的宣泄。

當然，最早的「土匪小說」可以追溯到 1986 年莫言的《紅高粱家族》，其中一半是土匪、一半是英雄的主人公「爺爺」余占鰲，曾給人們傳統的道德化審美觀念以極大震撼，在他身上，「匪性」成為他的人性與生命力的共在要素，其出生入死、縱身於紅高粱密林中「殺人越貨，又精忠報國」的英雄行為與匪性特質，已經完全以二元復合的形式重疊於一體，互為依存、無法分拆了。沒有他的匪性，也便沒有了他高揚的生命活力與輝煌足跡。顯然，莫言在這裡已體現了很具超驗意味的「文化探險」與「人性實驗」傾向，所謂「歷史」和「現在」構成的是一種「對話關係」，相比「爺爺」，「我」輩已然「進化」，再無匪氣，但生命力的衰退和喪失，也使我無法與他比肩而立。

〔註5〕關於這一現象，可參見筆者的兩篇拙作：《近年「匪行小說」抽樣漫評》和《走向文化與人性探險的深處——作為「新歷史小說」一支的「匪行小說」論評》，分見《文學世界》1993 年第 5 期，《理論學刊》1995 年第 5 期。

莫言構造了一個「歷史的神話」，也由此徹底摧毀了當代歷史敘事中根深蒂固的「進化」觀。

在《紅高粱》之後的幾年中，土匪題材似乎沒有引起廣泛回應。直到1990年才一下「熱」了起來。這一年，一向以安分忠厚的商州百姓為描寫對象的賈平凹，一股腦推出了他被稱為「土匪系列」的四個中篇：《煙》、《美穴地》、《白朗》、《五魁》。與之同時，楊爭光也以他的中篇小說《黑風景》而赫然崛起，這篇敘述村莊人同土匪遊寇周旋搏殺的悲劇的作品，同他次年發表的《賭徒》、《棺材鋪》等構成了他令人矚目的土匪系列。之後，構成系列的還有尤鳳偉發表於1992年到1993年的《金龜》、《石門夜話》、《石門囈語》等，除此之外，發表於1991年的朱新明的《土匪馬大》、閻新寧的《槍隊》，1992年到1993年的賈平凹的《晚雨》、劉國民的《關東匪與民》、馮苓植的《落草》、蘇童的《十九間房》、李曉的《民謠》、池莉的《預謀殺人》、劉恒的《冬之門》、季宇的《當鋪》、陳啓文的《流逝人生》、孫方友的《綁票》、蔡測海的《留賊》、廉聲的《月色猙獰》等等，也都是相當典型的土匪小說。大約到1994年，隨著新歷史小說熱的冷卻，土匪小說也隨之漸漸稀少了。

一個顯而易見的疑問是，為什麼眾多的作家要通過「土匪敘事」，來表現他們的某種歷史意識或觀念？顯然，這是解構傳統的道德歷史敘事的需要。「匪性」作為對抗舊式道德的符號，它的文化內涵已被深化，帶上了「江湖」和「民間」歷史敘事的意味，這在《水滸傳》等古典小說中已經得到過很好的證明：即使是江湖匪盜，也仍有「行俠仗義」、「除暴安良」、「劫富濟貧」等民間道德精神，「節義」是不同於「忠君」的另一種道德，它是純粹民間的，而且無損於人性的自然張揚；而後者則是「主流」和「官方」的，經常表現為對個人自由意志的犧牲。因此，「俠盜」或「好漢」的人格光輝，在歷史敘事中更加充滿著某種自由的魅力。在對抗和解構傳統主流歷史觀念方面，它已經成為一個反主流的民間敘事的象徵符號。

將縱向歷史共時化，把歷史壓縮抽取為文化、人性與生存的內容，或者說是將作家對文化、人性與生存的認識，置於一個反主流的民間化了的歷史情境中進行演示，是這些土匪小說的基本特徵。這樣就形成了兩個基本主題：一是關於文化與生存的主題，它們較多地注意揭示人物的生存行為與文化傳統、種族命運之間的隱喻關係，在這方面，不同的作品表現出截然不同的價值判斷。楊爭光的《黑風景》展示了種族文化結構中「匪性」的悲劇宿命，

當一個小村的人們面臨土匪洗劫的危難時，他們不是同仇敵愾，團結禦敵，相反他們緊鑼密鼓地進行的是內部的爭鬥、謀奪、出賣和自相殘殺，他們實際上已經按照古老的文化模式和「種族記憶」的規定，不約而同地進入了同樣的角色——他們本身已經成為另一群「匪徒」。這樣一副情景在民族歷史上顯然是並不鮮見的。賈平凹的《白朗》、《晚雨》和陳啓文的《流逝人生》等與此不同，它們從另一面，反過來揭示了傳統文化模式中「土匪」與「好人」之間界限的模糊與無常，主人公都是既殺人放火又拯救眾生的英雄，從好人變土匪或者從土匪變好人，都出於偶然事件或一瞬之念。這顯然也是對歷史、道德和人性的某種隱喻式的概括。

「土匪敘事」的另一個主題，是更具哲學意味的關於人性的歷史與文化內涵的探討。歷史和哲學範疇中的人性，是神性和獸性（自然人性）的統一，是「中性」的，不同於道德範疇中的以「善與惡」來判斷的人性，這也是一個非常富於歷史感的命題。在人類生存的歷史中，人性究竟是怎樣存在和延續的，以什麼樣的結構、起什麼樣的作用？這也是對歷史的某種「平面式的拆解」，尤鳳偉的土匪系列正是試圖回答這樣的問題。在《石門夜話》中，一個被土匪七爺殺害了丈夫和公爹的女人被擄上山，起初她抱定與土匪不共戴天的仇恨，決心以死抗爭。但在七爺連續三夜溫軟的語言攻勢下，她的意志卻被徹底瓦解，最終成了他的壓寨夫人。七爺究竟是用了什麼招術？一是用「色情」故事摧毀了她關於性和「貞節」的防線；二是用他完全不同於正統道德的「土匪世界觀」，摧毀了她對社會、歷史和人生的原有認識。她開始否定自己，為什麼要為自己的丈夫和公爹守節？對她的生存而言，難道他們與土匪七爺之間還有什麼不同嗎？人世間不也和土匪世界裏一樣充滿著欺壓、殘殺、荒淫和剝奪嗎？甚至反過來，土匪的世界裏反而還顯得有幾分真誠和坦率。這裡，歷史的某種本質，在一種完全「顛覆」了的視點中，反而得以深刻揭示。這和福科式的顛覆正統歷史構造的做法，也許正有不謀而合之處。

不過，究其實質，「土匪小說」只是新歷史主義小說思潮邊緣的產物，它過分脫離歷史客體的虛擬傾向，使它在接受了新歷史主義敘事的觀念啓示的同時，也遠離了它。

1992 年以後，新歷史主義小說似乎進入了一個末期，即「遊戲歷史主義小說」的時期。主要表現在，敘事離歷史客體越來越遠，文化意蘊的設置愈

加稀薄，娛樂與遊戲的傾向愈來愈重，超驗虛構的意味愈來愈濃。事實上，這種傾向在蘇童的《我的帝王生涯》和格非的《敵人》中已經顯示出來，而在 1994 年，以葉兆言的《花影》、還有稍後蘇童、格非、北村、趙玫、須蘭五人差不多同時創作（但發表時間不一）、且被媒體炒作、有「腳本競賣」嫌疑的同題小說《武則天》（蘇童的又名《紫檀木球》，格非的又名《推背圖》，趙玫的名爲《女皇之死》）爲標誌，新歷史小說的「新」，似乎正越來越與無數迎合大眾口味與商業規則的「舊」小說重合，並主動逢迎影視大眾藝術的要求與口味。葉兆言坦然地承認，「毫無疑問，沒有陳凱歌就沒有《花影》」。〔註6〕這種「由電影人出理念、由小說家出勞務」的合作方式，此後逐漸成爲了一個規則和慣例。離商業利益愈近，自然也意味著離歷史與人文愈遠。儘管還不能武斷地說這些作品就一定商業化了，但它們卻預示了一場藝術運動的衰變。

　　但結論還是不要下得太早，「先鋒作家」們陸續淡出了新歷史主義的敘事熱潮，可另一些不那麼「前衛」的作家們，卻寫出了更爲成熟和重要的、某種意義上帶有總結性質的新歷史主義長篇。也許與長篇小說的創作周期有關係，也許是先鋒作家的趣味漸次出現了擴展和波及，新歷史敘事在九十年代的中期和後期，仍呈現了很強的勢頭，如張煒的《九月寓言》（1992）、《家族》（1995）、陳忠實的《白鹿原》（1993）、莫言的《豐乳肥臀》（1995）、王安憶的《長恨歌》（1995）、葉兆言的《1937 年的愛情》（1996）……其中我不能肯定都屬於「新歷史主義」的敘事，但無疑像《豐乳肥臀》、《長恨歌》這樣的作品，應該是新歷史主義敘事的最厚重和最優秀的扛鼎之作。上述作品仍基本上以近世歷史情境中的虛構爲主，不依託眞實的歷史事件和人物，作家對原有主流歷史觀念和「官史文本」的顛覆、解構與重寫的意向十分明確，追索和還原被「宏偉歷史敘事」所遮蔽之下的近現代歷史中民族生存的種種細微的圖景，展現出一部充滿著戰爭與殺戮、偉人與政治「主流歷史」背後的民間社會與底層人民的生命史與心靈史，是這些作品所試圖完成的主題。從這個意義上，我甚至認爲像余華的《許三觀賣血記》（1995）也屬於這類作品。有的評論者依據其敘事的樸素和「寫眞」意味，而稱其回到了「現實主義」的敘事，其實是一種誤解。許三觀以「賣血」爲生甚至賣血成癖的一生，正是民族和芸芸草民卑賤和苦難生存歷史的一個寓言。

〔註 6〕 葉兆言：《花影·後記》，南京出版社，1994 年版。

二、新歷史主義敘事之「新質」

（一）基本尺度問題

有兩種介入歷史的基本形式：一是日常化的「對歷史的消費」，這種消費通常遵循的是一種惰性的歷史意識或者「歷史無意識」，消費者對歷史的某些敘述模型是「逆來順受」的，或者是完全想當然地按照一相情願的意圖來任意虛構──在清代出現的大量的宮廷秘史與演義小說大都屬於此類，通常所說的「民間性的歷史敘事」，如果不是在與「主流政治歷史敘事」對立的意義上，而是在商業和消費的意義上，則有很大一部分會傾向於這樣一種方式；另外的一種則是比較「主動地」介入歷史的方式，這很難區分，也很難斷定正確與否，克羅齊說「一切歷史都是當代史」表明，所有的歷史敘事都是當代人的現實態度在歷史領域中的一種折射或反映。紅色歷史敘事、啓蒙主義歷史敘事、新歷史主義敘事，都是不同的現實立場在歷史領域中的反映。在以上三者中，紅色歷史敘事所遵奉的，主要是主流政治的規定，啓蒙歷史主義敘事所表現的，主要是知識分子的趣味和立場，而新歷史主義敘事則最爲複雜：

──它有傾向於「民間」歷史觀念的一面，相對於主流政治模型的歷史敘事，它常常是以與民間歷史敘事相同的面目出現的，體現了「邊緣化」的或者「曖昧的」立場與趣味，因爲即使是非常「市民化」的民間歷史觀念，也包含了某種歷史的多樣性與豐富性，更何況相對於主流政治的壓抑，民間歷史敘事本身就包含了「反權威」的歷史理念；

──它體現了知識分子的歷史情懷，體現了把歷史「交還於人民」的意志，這是由其人文主義思想內核所決定的，它必然把解構皇權政治、宏偉歷史模型、完全遮蔽了底層公眾的國家歷史敘事當作重要的使命，要把歷史的主體眞正還原到「單個的人」；

──它甚至體現了「消極」的歷史懷疑論、宿命論以及歷史的不可知論等等傾向，它不相信所謂終極的「眞實」意義上的歷史，也不相信形而上學意義上的歷史價值。他們是結構主義者，對歷史的敘述本身懷著深深的疑慮，在構造文本的同時又反省著文本的「虛構性」與「修辭本質」，所以他們的歷史研究和歷史敘述，由「歷史本體論」變成了「認識本體論」或「敘述詩學的本體論」；

──思想方法的多元性，它對歷史的認識深度，由於精神分析學、文化人類學、結構主義和後結構主義等等思想方法的啓示，達到了前所未有的複

雜程度，在其複雜性上，它可以說是民間與知識分子的結合，人文主義與虛無主義的結合，最古老的傳統敘事與最新的歷史理念的結合。

……

毫無疑問，在歷史領域裏人們擁有越多的「民主」的權利，也就意味著人們對現實有著越多的影響的自覺和可能。因此，理解「新歷史主義敘事」，在當代還有一個「靈魂」意義上的問題——它首先還不是一個「形式和方法」的問題，而是一個「非常人文」的問題，在歷史領域中拆除舊式意識形態對人們的思想的禁錮，既是一個「繞道而行」的策略，同時也是根本。當代中國的作家爲什麼「同時」表現出如此強烈的對歷史的興趣？顯然是出於他們對現實的影響的熱忱。從這個意義上，談論「新歷史主義」，我認爲根本上還不是一個「西化的命題」和「方法論的命題」，而是一個非常「本土化的命題」，一個「人文主義的命題」。「當代中國的新歷史主義」，這甚至可以是一個與「西方的新歷史主義」完全不同的概念，這一點必須弄清楚。然而，解釋當代中國的新歷史主義敘事，又無法不參照西方的新歷史主義理論，這種比附當然是出於不得已，但也有另一方面的現實依據，這一點前面已經多次闡述，即它們雖然在完全不同的時空中，卻有著近似和一致的理論基礎——結構主義和後結構主義，以及存在主義與精神分析學等等理論，甚至也有著近似的「解構對象」，即歷史的必然論與進步論、宏偉的國家主義與民族歷史的結構模式等等。因此，在理論的形態與方法的特徵上，他們之間不僅是「神似」的，而且在實際上也非常的接近。

（二）「新」與「舊」的關係

當代中國的新歷史主義敘事之「新」，表現在何處？這需要首先與「舊」的歷史敘事作一番比較。這裡就有一個「舊的」和「更舊的」的問題，「舊的」是指由「進化論—主流—革命—政治」的線索構成的現代歷史敘事，「更舊的」則指中國古代的傳統歷史敘事。當代的新歷史主義敘事在與兩者的關繫上態度顯然是不同的。

首先是與「舊」的關係：新歷史主義敘事與舊的主流歷史敘事之間，首先是一種反撥和矯正的關係，但這種反撥並非意味著簡單的一味否定。在西方，作爲新歷史主義重要理論家的格林伯雷，同典範的「舊歷史主義者」泰納之間，也有許多主張是一致或近似的，比如他們都認爲文學應當是歷史的

特別直觀、感性和「敏感的記錄器」〔註7〕，但他們的區別在於，舊歷史主義者往往都確信歷史的某種主流化存在，而新歷史主義者則意識到這不過是「歷史的假識」，他們在切入歷史的時候，就懷著這種先在的「不可知論」的警覺，去做試圖恢復歷史的那種無數細微的時空連綴起來的破碎和偶然的狀態的努力。這樣，他們在自己的歷史文本中，就刻意採取了徵引「稀奇古怪的、顯然是遠離中心的各種材料，故意違反傳統的文學鑒賞力」的「修辭手段」，〔註8〕以對歷史作出新的描述。這種故意使歷史「邊緣化」的策略，目的是「顛覆」那種由簡單階級論與進化論模式搭建起來的、刪除了真正的個體處境的宏偉歷史構架，它們對歷史的描述是由一系列的政權的更迭、宏大的事件、偉人與英雄的串聯來構成的。這很有意思，當年毛澤東也曾經反對過「帝王將相、才子佳人」的模式，主張「人民，只有人民，才是創造世界歷史的真正動力」，把「歷史的主體」變成「工農兵」群眾，這幾乎也是一種「新歷史主義」了，但意識形態的作用卻使這個「工農兵」完全失去了「單個人」的意義，而變成了一個用多數的名義「專單個人的政」——特別是「專知識分子的政」的工具，變成了一個沒有所指的「詞語的空殼」。這樣，「人」反而在「人民」和「工農兵」的名義下消失了。新歷史主義的敘事正是要把被「工農兵」、「群眾」或者「人民」這樣的「大詞」所遮蔽下的「人」解放出來，把打上了政治與意識形態色彩的歷史事件，恢復到其民間的原初的本來面目。所以，我們所看到的大量的新歷史敘事所描寫的空間，實際上都與原來的主流政治的歷史敘述非常地接近，也可以說是相同的一段歷史出現了完全不同的歷史敘事。用有的評論家的話說，這實際上是對「中國民間社會原初記憶的恢復……意在改變對封建傳統簡單化的價值判斷。對中國文化的內在性進行認真清理，而且這實際上是在傳統經典和意識形態的邊緣對歷史的重寫」。〔註9〕這樣的歷史意識和內容，本身就有某種「新」意，這一點，我們從《白鹿原》、《長恨歌》、《豐乳肥臀》、《家族》甚至《活著》和《許三觀賣血記》中，都能看得出來。它們在重新呈現歷史的圖景時，都是力圖找

〔註7〕弗蘭克·倫特里契亞：《福科的遺產：一種新歷史主義？》，王逢振等編《最新西方文論選》，灕江出版社，1991年版，第464、465頁。

〔註8〕弗蘭克·倫特里契亞：《福科的遺產：一種新歷史主義？》，《最新西方文論選》，第464、465頁。

〔註9〕陳曉明語，見董之林整理：《叩問歷史，面向未來——當代歷史小說創作研討會述要》，《文學評論》1995年第5期。

尋和恢復「民間記憶」──僅僅是「民間」這一點，就足以使之產生了「新意」。

再者是與「更舊的」歷史敘事之間的關係：如同修復民間記憶一樣，當代的新歷史主義敘事同中國傳統歷史小說之間，也是一種修復的關係。最新的恰恰意味著最「舊」。這一點很奇怪。中國本就是一個歷史敘事特別發達的民族，前面我們也已經作了專門的討論，從富有文學特性的史書典籍《史記》起，到《三國演義》、《水滸傳》等經典歷史小說，到《東周列國志》、歷代演義小說、大量的野史著作，主流的「官史」和民間的歷史記憶不但同時受到重視，且互爲滲透影響，尤其民間的歷史觀念對於文學歷史敘事一直起著決定性的作影響，即使是在《三國演義》這樣以王權、戰爭和政治爲主要內容的「宏偉歷史敘事」的作品中，民間的「義」與善的標準，「不以成敗論英雄」、「是非成敗轉頭空」的人本歷史觀念，仍在書中起著主導性的價值趨向，而在《水滸傳》中，民間性的英雄氣節、民俗化的人物描寫，甚至對歷史的恣意虛構等等，更與今日的「新歷史主義」有著驚人的相似。實際上，民間化──這也許就是文學歷史敘事的一個永恆性的敘事原則或基礎。從這點上說，當代的新歷史主義同歷史的傳統之間，只有一步之遙。

三、新歷史主義敘事的類型及特徵

固然很「舊」的歷史敘事也在某種程度上與新歷史主義敘事有密切關係，但畢竟是在寬泛的意義講的。眞正討論當代意義上的新歷史主義敘事，還必須要以西方的新歷史主義理論爲參照。不過，因爲涉及的理論問題過於複雜，所以這裡的類型劃分也只是出於說明問題的方便，其中各種類型之間並無截然的界限，甚至還是互爲交叉的。

弗雷德里克・傑姆遜在他的《馬克思主義與歷史主義》一文中，曾經分別論述過幾種「解決歷史主義困境」的方法，即「文物研究」（antiquarinism）、「存在歷史主義」（existential historicism）、「結構類型學」（structural typology）、「尼采式反歷史主義」（Nietzschean antihistoricism），這四種方法中，「文物研究」顯然有些類似於福柯式的「知識考古學」，「結構類型學」則有點類似於列維－施特勞斯式的結構主義歷史研究，含義比較肯定的是「存在歷史主義」，傑姆遜對此論述得最多，對「尼采式的反歷史主義」，傑姆遜則進而形

象地將其比喻爲「精神分裂症式的歷史主義」。〔註10〕這四種類型，大致可以作爲我們探討新歷史主義敘事類型的參照。當然此外也還有以人類學爲主要方法和視野的歷史敘事。

首先是「結構主義的歷史主義敘事」。這種說法或許牽強，結構主義常常是研究歷史敘事或文學的方法，但直接成爲歷史敘事的自覺意識則可能會相當隱蔽或潛在。不過，所謂「新歷史主義意識」在根本上也即是吸納了結構主義思想的歷史觀，所以，即使作家在「無意識」中對歷史的「結構詩學」或者「敘述方法」有所覺悟，意識到「敘述」（文本）──「對象」（歷史事件）之間的隱喻關係，前者對後者的「修辭」本質，他的歷史敘事都會變得非常帶有結構主義的意味，一如蘇童所說的，「從 1989 年開始，我嘗試了以老式方法敘述一些老式的故事……試圖讓一個傳統的故事一個似曾相識的人物獲得再生」〔註11〕。所謂「老式的」敘述方法、傳統的故事、似曾相識的人物，等等都是一些傳統的敘事因素，這是從結構故事的角度來看的；再者還有敘述對象的角度對「歷史的元素」的提取，將縱向的「歷時性」的歷史過程，提煉成一種由「共時態」的結構來比喻和敘述的歷史構造──按照西方學者的話說，就是「用一種文化系統的共時性文本，來代替一種獨立存在的歷時性文本」。〔註12〕這種重構的歷史，既有歷史的客觀真實性，同時又更具有主體的體驗性與認知性，有更大的和更抽象的「歷史含量」，是永恆的人性與生命經驗在歷史空間中的示演。

結構主義的歷史主義，幾乎適合所有的新歷史主義小說作家，蘇童、余華、格非、葉兆言，他們的寓言性的長篇新歷史小說、近世新歷史小說，在思想方法上都體現了這種特點。最典型的，要數那些比較帶有文化探求意味的作品，它們大都以呈現歷史的某種「內部構造」爲宗旨，或在無意中觸及了某種「歷史的原型」。比如蘇童的《妻妾成群》這樣的作品，由於它設定了一個十分具有傳統文化意味的「一夫多妻制」的家庭生活背景，而分外具有了某種生動可感的歷史氛圍，它可以說是一個典範的歷史模型，對中國人的文化和審美經驗來說，是一個陌生而又熟悉的故事。一個家遭不幸、被迫嫁

〔註10〕見張京媛主編：《新歷史主義與文學批評》，北京大學出版社，1993 年版，第 22～32 頁。
〔註11〕蘇童：《怎麼回事》，《紅粉‧代跋》，長江文藝出版社，1992 年版。
〔註12〕蒙特魯斯語，見海登‧懷特：《新歷史主義：一則評論》，《最新西方文論選》，灕江出版社，1991 年版，第 502 頁。

人爲妾的弱女性，在一個陰森可怖、爾虞我詐的封建家庭中，其悲劇命運似乎是不可避免的，從這一點上說，它不但承接和復活了許多古老敘事的結構與主題——如《金瓶梅》中的家庭生活的格局，在這樣一種充滿了爭風吃醋的生存爭鬥的環境中，人就還原成了生存競爭的動物，道德和所謂廉恥就被完全置之度外了；再者，它的主人公頌蓮的處境與性格，也很像《紅樓夢》中的林黛玉，因爲家道中墜，心理上的創傷自然就使得她格外敏感和脆弱，也就特別容易被傷害。過於頻繁的自我的悲劇性暗示，與各種不利的環境因素相加，很容易構成一種強大的宿命力量，使主人公走向毀滅。《妻妾成群》中可以說充滿了這方面的描寫。另一方面，它還深刻地觸及了中國傳統社會的結構本身，這樣一個家庭既是無數個家庭結構的縮影，同時也影射著整個的男權專制社會的內部構造，某種意義上是這樣的社會構造導致了無數女性的悲劇命運，滋生了無數的罪惡。

結構因素也包含了歷史情境的生動體現，這大概是蘇童最擅長的。《罌粟之家》、《紅粉》、《妻妾成群》、乃至《米》和《我的帝王生涯》，都以其細膩的筆法營造出生動而逼眞的歷史情境，就像在《妻妾成群》中寫到頌蓮和梅珊出於同病相憐，又各懷「鬼胎」的心態，「兩個女人面對面坐著……好像兩棵樹面對面地各懷心事」時，蘇童竟抑制不住地跳出來說——

這在歷史上也是常見的。

陰鬱的氛圍，壓抑的院牆，隔膜的人心，還有那感傷、頹敗、落寞和唯美的基調，都令人想起那些在「在歷史上常見」的、在古人的詩詞和小說中反覆出現的豪門落敗、紅顏離愁的情境。不過在這樣的情境中，蘇童又加入了太多的現代與邊緣意義上的元素，如原罪感、亂倫意識、白日夢、死亡預感、通姦、倒錯、同性戀、嫉妒、詛咒……種種變態的或無意識的心理行爲，都在一個畸形的生存環境中透射出複雜和深遠的悲劇力量。尤其是，當這些內容以一個曾經是知識女性的脆弱而敏感、不幸而多幻想的人物的命運與活動組織起來的時候，更具有了細膩、精緻、鮮活、微妙的特徵，和溫婉彌漫的人性力量。歷史，那種在以往觀念中早已僵滯而冰冷、成爲亡去舊物的歷史，在這裡被生動地復活了。

以上帶有「舉例」的性質，其實所有「寓言」性質的作品，都帶有很強的「結構主義」意味。因爲所謂寓言，即是強調其敘述「要素」的功能，要傳達出其寓意，必然需要那些經過抽象或提煉了的要素。所以，典型的新歷

史主義敘事的作品都具有明顯的寓言特徵，因而從普泛的意義上，它們也都是結構主義的歷史敘事。

　　二是存在主義的歷史主義敘事，毫無疑問這也是一個複雜的概念。還是在同一篇文章中，傑姆遜說，存在主義的歷史主義所面對的，是「經驗主義歷史編纂學所採用的簡單、機械和無意義的事實排列」，它的「意識形態基礎，是從德國生命哲學中衍生出來的」。「存在歷史主義認為，歷史經驗是現在的個人主體同過去的文化客體相遇時產生的。因此歷史經驗的所有方面都可以導向完全的相對主義」。〔註13〕這其中顯然有兩個要點：一是存在主義歷史主義強調「個體主體」作為歷史的唯一記憶載體，所以除了單個人之外，不存在所謂共同的歷史；二、也正是基於此，它對歷史的解釋就導向了多元的相對主義，即歷史會擁有無數解釋的可能。對於歷史學本身來說，這或許是一個神話，也是一個迷津，因為這樣的歷史文本將無法編纂，所以傑姆遜又說它的「實際上是一種歷史和文化的美學」；再者，與此相關的，歷史本身是偶然的，還充滿了無意義的荒誕。正像雅斯貝斯所說的，「歷史不時表現為一團烏七八糟的偶然事件，像急轉的洪流一樣。它從一個騷動或是一個災禍緊接到另外的一個，中間僅間隔短暫的歡樂……一切正如馬克斯·韋伯所說的那樣，一條被惡魔鋪滿了毀壞的價值的道路。」〔註14〕

　　從八十年代以後當代中國文學中的歷史意識看，恰好是近似於經過了一個「從啟蒙主義到存在主義」的過程。對先鋒新歷史小說家們來說，他們大都是一些存在主義者——說他們是一些「結構主義者」未免有主觀之嫌，但說他們是一些「存在主義者」則應該沒有爭議。格非、余華對歷史的理解是最典型地體現著存在主義思想的，格非說，一切表象的現存實際上是「抽象的、先驗的，因而也是空洞的，而存在則包含了豐富的可能性，甚至包含了歷史」。〔註15〕在他的小說中，首先是歷史的本體被置疑，如《大年》、《風琴》和《青黃》等，都揭示歷史存在的某種偶然的「不確定性」與「可懷疑性」，它們迷離飄忽，似有若無，如同歷史的迷霧和「懸案」一樣難以把定。再者，格非總是面對歷史中的個人情境，這樣他筆下的人物總是宿命化的，個人很難把

〔註13〕弗雷德里克·傑姆遜：《馬克思主義與歷史主義》，見《新歷史主義與文學批評》，第28、30頁。

〔註14〕雅斯貝斯：《人的歷史》，見田汝康等編《現代西方史學流派文選》，上海人民出版社，1982年版，第37頁。

〔註15〕格非：《邊緣·自序》，浙江文藝出版社，1993年版。

握自己的命運，像他的長篇《敵人》中的趙少忠家族中的每一個人，都如同那「急轉的洪流」上的一片樹葉，或一葉小舟一樣。甚至他們還無法抵抗來自「無意識」意志的驅使，像《迷舟》中蕭的悲劇即是例子。在這篇小說中，格非突出了「個人的歷史境遇」這樣一個主題，蕭可以說整個是死在了自己和自己親人的手中，作為北伐軍軍官的哥哥與作為軍閥孫傳芳部下的他，處在了一個敏感的對陣形勢中，這首先就置他於一個非常尷尬的和遭猜忌的位置上，縱使蕭對上司忠心耿耿，也已經被置於必死的命運中了。果然，這樣的「預感」變成了支配他行為的潛意識，也變成了他哈姆萊特式的命運，一步步導演了他的死。最後，當他試圖逃脫監視他的警衛員的槍彈的時候，竟然正好趕上母親在院子裏關門捉雞。

強調「作為個人經驗的歷史」也是蘇童小說的特點，在蘇童早期的幾個頗有實驗意味的小說中，他所努力表達的，是這些「記憶的不可靠性」。如《狂奔》和《稻草人》等都很典型。《狂奔》中的主人公男孩「榆」的記憶就發生了問題，他的父親和一個「王木匠」常年出門在外，他的祖母已年老體衰，母親就叫了另一個「木匠」來為他的祖母打製棺材，而期間母親就與「木匠」有染，榆作為一個尚幼的孩子，對發生的一切都很難理解，也無從解釋，後來他聽見祖母對母親的咒罵，又看見母親的深夜折騰，往自己的腹部貼膏藥，他才隱約知道是母親懷孕了。後來他母親喝了劇毒農藥死了，為她舉行葬禮的時候，榆又看見一個木匠從遠處走來，他終於驚呼並在原野上狂奔起來。蘇童完全按照一個兒童的經驗方式來敘述這個故事，根本沒有對之作「成人的加工」，特別是其中還寫到男孩的一段特殊經歷——他不理解「棺材」這東西意味著什麼，木匠告訴他是「住人」的，就跟他開了一個惡作劇的玩笑，把他放了進去，而榆就「暈」了過去。這可能是暗示榆朦朦朧朧地意識到了「死亡」的含義——海德格爾說「存在是提前到來的死亡」，這個小說的敘述之所以呈現了閃爍和模糊的特點，與榆的這番先是模擬死亡、後是親歷母親的死亡的經歷，應該很有關係。死亡震撼了他幼小的心靈，使他對過去產生了難解的疑惑。再者，「木匠」的不斷變換，也給了他的經驗以迷惑，所以乃有了這樣一個敘事。《稻草人》用現實和幻覺、兒童式的想像與經驗倒錯的結合，用類似的方法敘說了一個莫須有的「殺人懸案」，也尤其令人感到歷史「依據於講述」的某種不可靠性。

余華也是一個典型的存在主義者，他對人性原發之惡的判斷是他認識歷

史的出發點，對歷史記憶能力的被刪改都有非常敏感的警惕。關於他的情況，將在後面的第五講中專門進行探討。

　　三是「人類學的歷史主義」。這雖然不屬於傑姆遜所說的幾種情形，但卻是新歷史主義小說的一個重要的方法與特徵，其實最早的新歷史主義——反倫理學的歷史主義在很大程度上就是依照了人類學的方法與視野，這一點在第三講中已經反覆談及。作為新歷史主義的「濫觴」之一的《紅高粱家族》的基本歷史觀念即是人類學。在此後的寫作中，莫言還是延續了他的這種觀念，在他 1995 年的長篇《豐乳肥臀》中，人類學的思想方法也仍然是莫言敘述和理解歷史、并以此來整合被階級論和主流歷史模型所刪改了的歷史、使之恢復統一到「民間與大地」意義上的歷史本然的根本方法。無疑，最典型的人類學的歷史主義敘事例證就是莫言。這一點也將在後面做專門論述。

　　張煒的《九月寓言》，如果可以稱得上是一部新歷史主義小說的話，我以為其主要的歷史視野也是人類學的。當然其中也有存在主義的思想要素，但張煒的存在主義主要是接近海德格爾式的、對「大地」理念的親和與闡解，這與莫言有一致之處，他們都醉心於「民間」詩意的追尋與渲染，只是張煒的人類學與莫言的人類學相比，不像後者那樣奔放和無遮無攔，並裏挾了泛濫的潛意識內容。他的《九月寓言》彷彿是在考察一個農業生存條件下的「部落」——一群被稱作「挺鲅」（有劇毒的一種魚）的人的生存歷史，它們對苦難的歡樂式的理解和承受，對飢餓的體驗與抗爭，他們對傳說和神話的嗜好，他們喜歡奔跑跋涉的意志和始終不肯放棄的部族特徵……張煒詩意地書寫這些的時候，大地上的一曲生存的悲歌、一部農人的生存之詩，一幅超越了他自己始終鍾愛的「歷史／道德對立」主題的巨大的人類學的圖畫，就呈現在了讀者面前。

　　人類學思想與「文化學訴求」會很自然地結合在一起，這就有了文化人類學，從八十年代的尋根開始，韓少功的小說就一直表現了這樣的主題與趣味。他後來的《馬橋詞典》通過考察語言和民俗來「研究歷史」的方式，也可以構成一個例證。但它似乎也有「結構主義語言學」的趣味。

　　人類學的內涵當然還不止是這些，對原始生存以及部落社會的考察，可能更適合有某些「尋根情結」的五十年代出生的作家。但對六十年代以後出生的作家來說，他們更感興趣的，是「用生物學的眼光」來考察人類社會與歷史的內部結構。作為 1959 年出生的作家，阿來的《塵埃落定》似乎具有某

種「過渡性」特徵，他和莫言的寫法有相似之處，承擔敘述者角色的人物具有「弱智」的特徵，這使整個小說的敘述視角變得「生物學化」了，他所講述的西藏土司社會的歷史，就超越了社會學意義上的判斷，而具有了濃鬱的原始風格與藏族人特有的思維特徵。作為六十年代出生的一代，蘇童比之前者就更接近純粹生物學的立場了，他要考察的是原始的欲望作為人類歷史之「前進動力」的實質──這是一個徹底的「反倫理學命題」。在蘇童的筆下，人更接近一些生存競爭著的動物，《米》就是這樣，它寫的是「由本能推動的歷史」──對「食」（米、財）與「色」的貪婪與權力佔有欲，是歷史中一切故事和一切生存搏殺的原動力，人性之惡（貪婪、霸道、妒忌、報復……）的蔓延和膨脹與動物式的本能宣洩，構成了日常生活的基本內容。這一點連女性也不例外，蘇童並沒有給女性以道德的優越權，可以說，男人之「惡」與女人之「賤」是蘇童考察人性弱點時的基本視點。驅動人物去選擇的，只有這樣一些完全與社會學意義上的動機無關的原始本能。在《罌粟之家》中，蘇童甚至把農業社會的歷史縮微成了一部純粹的「亂倫」與「弒父」之書，將其譜系圖做成了一個女性生殖器的形狀，這也是他的「人類學歷史觀」的一個典型例證。

四是傑姆遜所說的類似「精神分裂症式的歷史主義」。這有比附的意思，傑姆遜指的是結合了尼采的狂想式的歷史思維，以及弗洛伊德精神分析學理論的一種歷史體驗，「……尼采式的剩餘和興奮，也加上了完全不同的感覺範圍──暈眩、厭惡、憂鬱、噁心和弗洛伊德式的非淨化過程」，傑姆遜同時還強調它了「強烈的波特萊爾形式」以及「歷史的噩夢」性質〔註16〕。這樣一種歷史意識在當代文學中似乎還難以找到真正的範例，因為它所強調的，是「對歷史的神經質的感覺」，似乎還沒有哪一位作家是專事這種寫作的。殘雪的小說是堪稱精神分裂症式的寫作，但她的小說中卻「沒有歷史」，甚至也沒有「時間」，在此後的一些女性主義作家如陳染林白等人的小說中，也具有明顯的「意識流」傾向和類似神經質的思維特徵，但她們都基本上排斥著「外部歷史」的環境──房間以外的東西。陳染的《私人生活》和林白的《一個人的戰爭》作為「成長敘事」，似乎都打著一些當代歷史的痕跡，但女性主義的追求，又使她們幾乎不約而同地刻意抹掉了這些痕跡。

〔註16〕弗雷德里克・傑姆遜：《馬克思主義與歷史主義》，見《新歷史主義與文學批評》，第 32～33 頁。

　　但還是有比較恰切的例證，莫言的《豐乳肥臀》的下半部，以及上官金童的視角所敘述的當代歷史圖景，堪稱是有「精神分裂症式的歷史主義」意味的敘事，這也有對當代歷史本身之瘋狂和「歇斯底里」的情狀進行諷喻的意思。上官金童的變態、神經質乃至精神分裂，構成了對當代歷史進行觀察的最佳角度，這就像魯迅筆下的「狂人」所隱喻的時代之病的寓意一樣，上官金童的精神病狀映照的正是當代中國社會的畸形病狀。所有翻雲覆雨、黑白顛倒、人獸雜交的景象，都是通過上官金童錯亂的精神與感受來呈現的，當代中國社會的波譎雲詭，頃刻之間相去霄壤的巨大落差與變遷，也除非通過這樣的錯亂和幻覺不能表現。上官金童被視為精神病被拋出歷史，成為徹底的「局外人」，才給了他觀察這一歷史和世界的最佳角度。某種意義上，也因為當代歷史過於接近「現實」，如果不採用這種精神分裂式的敘述，反而不能獲得一種立體的表現的可能。所以，莫言是高明的。

　　余華早期的小說也接近於這樣一種敘述。他的《往事與刑罰》、《一九八六年》是比較典型的例子，在這兩篇小說中，歷史呈現了「錯亂」的形態，主人公的記憶發生了問題，這是當代社會的暴力與專制下所特有的精神創傷和「記憶反映症」，所謂「歷史的噩夢」，差不多也就是這種情形了。在《往事與刑罰》中，陌生人要回到的過去的四個時間點，居然是四種殘酷的刑罰，但這已經很難，因為歷史很快已被掩蓋和遺忘。除非他自己被實行「腰斬」，他已無法看到這四種刑罰所對應著的四種「美景」。《一九八六年》中，乾脆就把過去年代中的「歷史教師」變成了一個流落街頭的瘋子，他是真正的歷史的見證者，而且還「活」在人間，但在其它的人們──包括他自己親人的心中，他早已經死了，即便活著也永遠無法再與他的親人相遇，沒有人再認識他。他因此成為了「活在現實之中的歷史幽靈」。這也再次地讓人聯想到「狂人」的境遇：真正的歷史記憶被排斥在了虛假的「公共記憶」之外，被定義為精神分裂的幻覺。所以，「歷史是什麼」？余華幾乎是在哲學的層次上解答了這樣一個問題──歷史的真實性和歷史的合法性，在根本上就是衝突的。

　　兒童式的視角也會導致歷史記憶的「錯亂」與幻覺狀態，余華的《在細雨中呼喊》具有這種特徵。蘇童的一些兒童視角的小說，在事件的真與幻、發生順序的先與後上，也具有顛倒和錯亂的性質，所以「恐懼」與「疑惑」是其經常表達的主題。《在細雨中呼喊》是余華的一部寫童年記憶的作品，和

一般的「成長主題」不同，余華在其中所表達的，是一種生命的脆弱與幼小的狀態，面對世界和自己「被拋擲」的處境，所產生的無助、迷惘、恐懼與絕望的情緒。一切記憶都產生了「懸浮」和可疑的性質，儘管作者故意刪除了外部歷史的巨大腳步和敏感環境，但透過這些煙與霧一般的個體記憶，歷史的不可復述與無法返回的性質還是纖毫畢現。那些依次產生的事件，彷彿彼此孤立漂浮在水上的東西，具有抓不住的虛幻感，只有一連串的死亡深深地印在孩童的心靈深處。

假如說余華的小說還比較強調客觀的歷史記憶的話，那麼蘇童的《狂奔》和《稻草人》這類小說則更為強調了「兒童記憶的方式」，這兩個小說中，時間和事件的因果，因為順序的喪失變成了夢境一樣的記憶，這正是童年記憶的鮮明特徵。而某種程度上，精神分裂正是「成長的停滯」帶來的後果。用童年的思維方式處理記憶、處事社會、編製歷史，當然會是一種魯迅筆下的「狂人式」的錯亂和分裂的歷史認知。但這種以「吃人」為結論的「精神分裂的歷史觀」，卻具有特別強烈的批判與啟示意義。

最後一種是「女性主義的歷史主義」，我把這也看作典型的新歷史主義的敘事思想。女性主義本身有「反歷史主義」的一面，前文所說的像殘雪、陳染、林白等人的小說，都是採用了刻意取消「時間痕跡」的敘述，因為一旦落入「男權歷史的窠臼」，它們似乎就很難保持其女性主義的特質。但在西方，也仍然有一種試圖從女性主義角度切入歷史的嘗試，美國的理論家朱迪絲·勞德·牛頓就曾專門論述過這一命題，她甚至認為，「婦女運動、女性主義理論以及女性主義學派」是「生長在新歷史主義之上的」「母根」。它同時也反過來對新歷史主義「作了很多工作」。一些婦女著作本身在修辭方面的特點即很像是新歷史主義的，比如她所提到的一本叫做《婦女團結就是力量》（1970）的女性主義著作，就「提出了通常被認為屬於『新歷史主義』的理論」，它的寫法中「對文化文本的並置」，採取了將「滲透在各個學術領域中」的「廣告、性手冊、大眾文化、日記、政治宣言、文學、政治運動及事件」等等這些東西並置拼接在一起的方式，形成了「一幅『交叉文化蒙太奇』的藍圖」。〔註17〕這和福科式的反權威的歷史編纂學至少應該是有異曲同工之妙的。可見在西方學者的概念中，女性主義的意識投射到歷史敘事之中，本身

〔註17〕朱迪絲·勞德·牛頓：《歷史一如既往？女性主義和新歷史主義》，見《新歷史主義與文學批評》，第202～203頁。

就很自然地成爲了「新歷史主義的敘事」。

　　當代中國的女作家們曾經一度在寫作中追求「歷史」，前文中所談到的楊沫的《青春之歌》即是例子，楊沫突出了「歷史」，但卻壓低了「女性」，把一個本來以女性爲結構中心和意義軸心的敘事，改裝成了一個「仿革命╱男權主義的敘事」，這顯然是出於不得已。當代的大部分具有女性意識自覺的作家，爲了規避男權主義在歷史領域中的傳統權威，基本上都把筆觸限制在「房間」之內和「潛意識場景」之中，特別是六十年代以後出生的女作家們，大都拒絕歷史。只有五十年代出生的女作家，才會以比較女性化的視野來介入歷史，追求一定的敘事長度，如王安憶的《長恨歌》和鐵凝的《玫瑰門》，這兩部作品可以稱得上是兩個典型例證，它們分別寫了一個完整地跨越了現代中國歷史的女性主人公的一生，其中的歷史長度與容量，都足以使它們成爲兩部「歷史敘事」的作品，但它們的敘事風格卻有效地避開了中國現代歷史的宏偉模型與「集體記憶」，而基本上恪守了女性主義的意識，將現代中國的歷史縮微成了個人與民間的記憶，寫出了歷史的另一面。其實看看《長恨歌》的起始一章就能夠感覺到王安憶的用心：「弄堂」、「流言」、「閨閣」、「鴿子」⋯⋯還有形形色色的「王琦瑤們」，作家用了很多看似皮厚的閒筆，用意根本就不在什麼環境或者「風俗描寫」上，這其實是在女作家看來的之所以產生王琦瑤、產生這樣一部「長恨」之歌的「歷史情境」，是這些東西，還有之後王琦瑤所置身的小市民日常生活的一切，是它們構成了上海的歷史，上海的「交叉文化蒙太奇」。

　　新歷史主義本身的複雜性和當代文學中歷史意識的綜合性，都決定了不可能用幾種類型就能夠指望將它們一網打盡，而且即使是這幾種概括也有硬性區分之嫌，在具體的作品中它們很可能是混合和交叉使用的。再者，在討論過程中所引的作品也非常有限，實際上接近於一種「抽樣分析」，限於視野和篇幅，對於那些沒有涉及到的作品和現象，只能夠說遺憾了。

中篇　作家例析

第五講　余華的歷史敘事

　　作為「歷史敘事」的作家，余華顯然屬於特例。但他的重要和成就的突出，使我不得不把他放到首位來講。正像大家公認的，余華是一個在總體上「哲學傾向」大於「歷史傾向」的作家，像克爾凱戈爾、陀斯妥耶夫斯基和加繆等作家一樣，堪稱是用小說表達其存在主義哲學思考的作家。他的小說由於取消了「時間的具體性」，所以其歷史敘述往往也被抽象化了——變成了哲學。但在我看來，正由於他對於存在的不懈之思，和對人性與生存的永恆主題的追尋，他同時也成為了一個執著於歷史探尋的作家。因為在他的作品中，「現實」和「歷史」是沒有界限的，他對永恆的講述中同時就充滿了歷史感，甚至「濃縮」而又真切的歷史情境。在這方面，《活著》、《許三觀賣血記》都是成功的例證。而且在我的角度看來，一個秉持了良知與痛感的作家，不可能是一個迴避歷史的作家，細讀余華，不難看出他的這一追求，正像他自己在《活著‧前言》裏所說的，「我感到自己寫下了高尚的作品」。緣何高尚？因為它在進入歷史敘述的時候，體現了一個強有力的良知的意志。

一、兩個時期作品的主要類型

　　如果僅從外部形式特徵看，余華的小說是可以分為前後兩個時期，儘管我不認為它們在實際上有什麼差別。大致以 1990 年的《在細雨中呼喊》為界，八十年代可以說是極力挑戰敘述的複雜性，九十年代則是極力挑戰敘述的單純性——當然，前期的複雜是包含著單純的複雜，後期的單純也是包含著複雜的單純。前期的敘事更傾向於哲學和人性，後期的敘事則更傾向於歷史和生存。這樣說也是相對的，兩個時期並非截然分開的。

　　先看早期。廣義地看，余華早期的許多小說，既是對「現實」的哲學分析，也是對「歷史」的寓言敘述。最早的一篇作品，也是余華的成名作之一的《十八歲出門遠行》（1987）便是例子。通常人們不會想到，這其實是一篇「歷史敘事」的小說，但這篇作品的意義和深度，正在於其作為一個「歷史寓言」的深刻。它其實是以一個少年的角度，對當代歷史進行的追憶，書寫了良知被出賣、被「教訓」，強盜暢行無阻的歷史——這簡直是「卑鄙是卑鄙者的通行證，高尚是高尚者的墓誌銘」了。簡單地看，它可以視為是一個少年的成長歷史，一次看似荒唐、實則是很具普遍性的「成人儀式」。但更遠一些看，它也是一代人共同的歷史記憶。當少年搭上一輛遠行的貨車，他探詢未知世界的人生之旅也就開始了；他忐忑不安，試圖討好那「司機」，其實是表達他對「前途」的無知和擔心；在車子拋錨之後，車上的水果被哄搶，這時作為車主的司機並沒有上前制止，因為面對這樣的行為，他是「成熟」的，他知道制止是沒有用的，而少年卻出於他的「幼稚」，憑了簡單的良知和本能的道德感，上前去阻止哄搶的人們，卻被揍得鼻青眼腫，他遭到嘲笑，背包也被搶走了。這就是他「十八歲出門遠行」所經歷的第一課。十八歲，這是人成年的標誌，少年將因為這一次教訓而走向「成熟」，進入「成人」行列。在這個小說中，余華用刻意簡單的敘事，復活了人們記憶中相似的歷史情境：受騙正是人生的開始，他將因此而成熟，開始地獄之旅。

　　我其實一直為余華的這篇小說所驚駭——「少年化的道德」，這是我們中國人日常生活中的一個令人不可思議的現象：有許多「道德」似乎在未成年人中才是有必要的，在成年人那裡則相反，他需要做的就是要學會放棄和踐踏。我們的少年一直在受著「泛道德化」的教育，而當他們走上社會，這些教育卻被證明是無效和幼稚的。

　　「抽象化」可見是余華對歷史的描述中富有哲學意味的方法。早期余華並不追求敘述中的時間長度和事件的具體性，但他卻非常執著地追求著對歷史的理解深度。有時這種理解甚至還有了某種「理論」的趣味與色彩，《一九八六年》（1987）就是一個例子。這篇小說概括起來，其主旨講的是「歷史是如何被遺忘的」這樣一個問題。一九八六，這個年份離一九六六剛好是二十年，二十年，在中國人的時間概念裏，這恰好是一代人生長所經歷的時間。在這個二十年中，中國人已經成功地完成了對歷史的集體遺忘。余華試圖用他的小說中揭示這個歷史和心靈的秘密。多年前的「歷史教師」被抓走，被

誤認爲已經死了——事實上在現實中他也的確已經「死」了，他變成了一個「瘋子」，他多年前的妻子和女兒在「廢品收購站」發現了他，但這刹那間的相逢，並沒有最終使他們再次走到一起，因爲他們之間已經分別構成了「歷史」和「現實」的溝壑，妻子和女兒隨著「歷史」的腳步走到了「現實」之中，而他卻永遠地留在了昨天。在「歷史教師」的個人記憶和歷史記憶中，「歷史」的核心結構就是「刑罰」，余華用精神分裂症式的語言與敘述方式，描寫了他令人髮指的「刑罰幻想」與恐懼症。而這樣一個人——也就是歷史本身——正在爲今天的生活所誤讀、遺忘、嘲笑和拋棄。

很明顯，《一九八六年》所描寫的不但是歷史本身，而且還是對「社會如何記憶」的某種研究，這幾乎是「結構主義」的思想方法了。只是因爲不得不需要「躲閃」什麼，它才寫得過於隱晦了些，致使解讀它變成了一件艱難和痛苦的事。在另一篇《往事與刑罰》（1989）中，上述意念又獲得了進一步的凸顯，「歷史——刑罰」的基本模型成爲余華歷史認知的核心。而且最令人不可思議的是，這篇小說不但追述了像《一九八六年》中的那種業已被遺忘的歷史，而且還預見了令人震驚的「歷史的循環」——後來發生的事情也被它說中了。它把歷史抽象爲了四個「時間的點」：1958 年 1 月 9 日，1967 年 12 月 1 日，1960 年 8 月 7 日，1971 年 9 月 20 日。顯然這四個時間是非常偶然和「個人化」的，它們並非某些重大事件發生的確切日期，但是又都隱含著某種典範的歷史情境。在「刑罰專家」的描述中，上述幾個日子分別對應著兩種不同的情形，首先是四種酷刑：分別爲——

　　　　車裂，「他將一九五八年一月九日撕得像冬天的雪片一樣紛紛揚揚」；

　　　　宮刑，「他割下了一九六七年十二月一日的兩隻沉甸甸的睪丸」；

　　　　鋸腰，「他用一把鏽跡斑斑的鋼鋸，鋸斷了一九六零年八月七日的腰」；

　　　　活埋，這是他「最爲難忘的」，「他在地上挖出一個大坑，將一九七一年九月二十日埋入土中，只露出腦袋，由於泥土的壓迫，血液在體內蜂擁而出上。然後刑罰專家敲破腦袋，一根血柱頃刻出現。一九七一年九月二十日的噴泉輝煌無比」……

這看起來是荒誕的，但余華正是一反把「歷史」和「人」割裂開來的僞

善做法，真正在這裡「還原了歷史」，「歷史」因此不再是一個沒有主體的空殼，而讓我們想起血淋林的「人」。歷史是如何被遺忘的？余華是試圖回答這個問題。中國人總是用抽象的名詞來作為歷史的替罪羊，用群體的概念來取消個體在歷史中的生命處境。余華在這裡討論的，正是歷史的血跡是如何被塗改的這樣一個問題。因為這四種酷刑後來變成了四種美麗的風景。

他設置了「陌生人」和「刑罰專家」兩個人物，前者所代表的大約是人們對歷史的某種尚存的理解，或者試圖「回到歷史」的探尋欲；而刑罰專家，則可能隱喻了「人文知識分子」對歷史的一種研究和判斷。當陌生人被一封電報要求「速回」（到歷史之中）時，他只能夠回到「煙」這樣一個虛幻的地方，但刑罰專家已經在這裡等候他了──某種意義上「煙」是一個用「空間」來代替「時間」的隱喻。對於陌生人所能夠努力回憶起來的四個時間點，刑罰專家作了兩種解釋，一是前面所說的四種殘酷的刑罰，二則是四種「美景」──四個日期分別是「清晨第一顆露珠」、「雲彩五彩繽紛」、「山中小路上的晚霞」、「深夜月光裏兩顆舞蹈的眼淚」。但這樣的景色，只有當對陌生人施以「腰斬刑罰」的時候才會出現，這也就是意味著：人們只有被閹割了他們的記憶和血肉之軀的時候，血淋林的歷史才會出現美麗的假象；或者也可以反過來：當歷史被解釋得燦若雲霞的時候，也就意味著人們的身體和記憶已經完全地被閹割了。

接下來的敘述簡直叫人難以置信，它幾乎是「預言」了兩三個月之後發生的重大事件，刑罰專家給所有的親友贈送刑罰（叫他們為追尋歷史真相而犧牲？），但真正當事件降臨的時候，他又成了群眾誤解和「控訴」的對象。那時法官的宣判和士兵的槍支都對準了他，他慷慨激昂又屁滾尿流。最後，不知是出於勇敢還是怯懦，他自縊而死，並寫下「我挽救了這個刑罰」的遺言。這意味著，他勉強地繼承了某個士人或者知識分子的傳統，「殺身成仁」，也終於為來者進入歷史提供了一個「入口」。但即使這樣，陌生人和他背後的人們是否就能夠回到歷史？這仍然是一個問號。

上述當然是歷史的嚴峻的思考，但還有另一個余華──他不但在歷史探求中貫穿了人文主義的思想，而且也更貫穿了存在主義的宿命理念。他的這種傾向同時還滲透著中國傳統文化中的許多思想，比如他的《鮮血梅花》（1989）和《古典愛情》（1988），可以說與上述作品同樣有「結構主義」的抽象意味，是對「歷史」和「歷史文本」的二重命題的探討，但它們卻更符

合中國人傳統的「歷史無意識」，這些歷史無意識通過典範的敘事活動，在一些敘述「模型」中被固定和沉澱下來。余華非常傳神地「復活」了它們，並使之煥發出了敏感的歷史內涵。比如《鮮血梅花》對於「江湖恩仇」一類敘事的「戲仿」，懦弱書生阮海闊不願繼續他的父親——一代武林宗師阮進武的打打殺殺的人生方式，他試圖逃避這種永無止境的恩怨輪迴的生活，但殊不知在這種冠冕堂皇的「復仇」名義下的殺來殺去，正是中國人無法擺脫的宿命邏輯。他的殺人無數的父親又終被仇人所殺，母親自焚，逼使他去江湖上尋找殺父仇人，可阮海闊卻無法承擔這一切，潛意識支配著他漫不經心無所事事地游蕩著，故意逃避著那個為「道義」所驅遣的目的，他寧願為江湖上偶然相逢的人打聽事，也不情願真地去找什麼殺父仇人。但後來正是別人因為另外的恩仇糾葛，無意中代他殺掉了仇人，完成了復仇大業，了結了無止盡的冤冤相報。所謂「無為而無不為」，正是阮海闊的「不為」而實現了「為」；反過來，儘管阮海闊逃避「為」，可他還是達到了「有為」——借刀殺了人。這是中國人的宿命哲學和種族無意識。

余華對歷史的敘述，其實大致已經出現了一個結論，即，他是有效地「壓縮了長度」，但也同樣有效地「加大了深度」。他不但探討了歷史本身，還探討了我們對歷史記憶與敘述的方式。這是早期余華業已達到的一個深度，但無可否認，這時余華寫作的哲學興趣是遠大於歷史興趣的，他的敘事中某些「歷史的具體性」被有意無意地刪除了。這還有一個例子，即是他的另一個奇怪的短篇《兩個人的歷史》（1989），這篇小說講述了曾「青梅竹馬」的兩個人——譚博和蘭花跨越了半個多世紀的個人歷史。說它「奇怪」，是因為它刪除了所有外部的歷史事件和背景，只用了約兩千字的篇幅（實則非常像一個長篇小說的「寫作提綱」），就幾乎寫出了一部「巨著」，它不著一字在「歷史」上，卻非常滄桑地折射了歷史的巨變。五個小節裏，余華用淡然的筆法勾畫了五個場景：最初是三十年代的兒時「尿床」經驗的交流；然後是譚博投入到了進步歷史的洪流中，而蘭花卻「沉澱」到了歷史的邊緣；從此譚博和歷史一起浮沉來去，蘭花卻生兒育女，過著尋常人家的生活；她看到了譚博幾次回家的場景：英氣勃勃的文工團長譚博，垂頭喪氣的反革命分子譚博，八十年代離休回家的白髮蒼蒼的譚博。中間幾十年的分道揚鑣天壤差別，現在重又被時間這個東西整合掉了。好像是用了幾張退色的舊照片，余華就完成了一段漫長歷史的敘述。

　　如果用一個直觀的圖示，應該是這樣的：

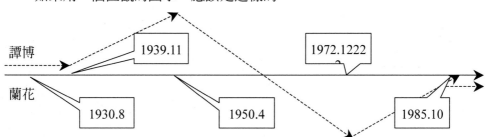

　　置身於民間日常生活的蘭花的命運幾乎是筆直的，而譚博則因爲與「革命」之間的關係而浮沉坎坷，這一簡練而富有形式感的處理，使現代中國的歷史與知識分子命運的軌跡躍然紙上，也使中國現代的歷史的滄桑巨變，獲得了一個形象的解釋。

　　這似乎爲下面余華的「轉折」提供了一個鋪墊。但我們還不能把問題說過頭，余華還是余華，後期他的小說中歷史「眞切的情境感」確顯著地加強了，他強化了對歷史的政治與生存層面的觸及，但仍然保留了他的哲學追問的興趣。

　　不少研究者把 1991 年的《在細雨中呼喊》看作是余華告別前期寫作的一個轉換點，我大致也同意這樣一個看法。但從「歷史敘述」的角度來看，這部可以稱得上是「個人記憶檔案」的作品中，恰恰比較徹底地刪除了「歷史」的情境──我不知道這是有意識還是無意識，余華在這個典範的「個人敘事」中，爲什麼刻意刪除了歷史環境對人的生活、命運與記憶的影響？作爲六十年代初出生的作家，其童年生活中毫無疑問地會充滿了外部歷史暴力的痕跡，但在這部作品中，這些東西卻都令人吃驚地變成了「存在的恍惚」──童年的余華所注意的，不是日常的現實本身的困擾，而是現實最血淋林的結果──死亡所帶來的驚恐和震撼，小說因此變成了一個敏感於死亡的存在追問。所以這裡我不准備把它當作一個「歷史敘事」的作品來看待──儘管它也在另一意義上記載了這個年代的歷史。我要談的，剛好是許多批評家在探討「新歷史小說」這類作品時都忽略了的另外兩部長篇，《活著》（1992）和《許三觀賣血記》（1995）。

　　顯然，《活著》當中對生存與歷史的嚴峻描寫，是使得這部小說能夠成爲一個「高尚的作品」的根本原因。它寫了一個人的一生，一個生活在中國鄉村的農人「下地獄」的一生。這部小說是用了令人吃驚的日常化的敘述，最

簡單和常識化的「自述」來進行講述——以至於有的評論者把它看成是余華「轉向了現實主義」寫作的標誌，但我卻不這麼看，我認為《活著》非但不是現實主義的寫作，而且還是一個寓言寫作的典範；它不但是「簡化的寓言」，而且還是「複雜的寓言」。因為無論是用政治、道德、歷史、生存、哲學，任何一個單一的認識角度，都不足以概括它單純背後的豐厚意蘊。它的確強調了對「特定歷史」情境的凸顯，但也因為對這歷史的適度的刪減，而使得「歷史」本身的內涵具有了更「抽象的長度」和更概括的內涵。也就是說，無論是作為「受難」還是「贖罪」的主題，福貴的一生，都不只是觸及了當代中國的歷史，而是更抽象意義上的永恆的歷史與生存；或者反過來說也一樣——不只是哲學和宿命意義上的歷史，也是特定的當代中國的歷史和現實。從這個意義上來看，余華還是原來的余華。

不過，變化終究還是有的，在《活著》和《許三觀賣血記》中出現了關於「煉鋼」、「飢餓」還有「批鬥會」等一類典型的「歷史場景」的描寫，甚至某種意義上「賣血」也是一個「歷史上常見」的行為，它們使余華的歷史敘述的另一端被具象化了，實現了與當代中國歷史與現實的有效連接。這一點非常重要。它們對「底層人物」的命運的關注，強化了余華小說中的某種「歷史的溫情」，以及經過了「隱形處理」的人文主義內涵，而淡化了早期作品中那種「存在的殘酷」以及刻意張大了的哲學氣質。

有一點可以肯定，《活著》和《許三觀賣血記》兩部作品創造了當代小說中歷史敘事的「另類」典範，它們用最簡化的形式，表達了最豐富的歷史內容，和最富哲學意味的歷史理念。這看起來似乎有悖於常理，但這正是余華的非比尋常之處。或許我的一個「私人」體驗可以用來佐證這一點——我們一家三代都讀了《許三觀賣血記》，我十歲的女兒在暑假裏讀完了它，上小學三年級的她說沒有任何障礙，而且覺得非常好玩，她看完這本小說，對「作文」有了信心；我的當過中學教師、現退休在家的父親母親也同時讀完了它，他們幾乎是你爭我搶地把它看完的——他們同時還讀了《活著》，好些年中他們已喚不起讀小說的興趣了，而他們說，這兩部小說是感人至深的，從中他們讀出了那麼逼真和親近的記憶，吁歎不已；當然，作為專業讀者，我從中讀到的要比他們多一些。可是我們一家三代可以在完全不同的閱讀期待和經驗層次中進入這兩部作品，各自都沒有障礙。即使是在最基本的層次上，它們也充滿著魅力和感染力，這應該接近於一個奇跡。過去有人曾對「大眾化」

的典範作家趙樹理的小說進行過細讀研究，說他使用的漢字不超過四百個，我簡單比較了一下，我相信余華的這兩部小說所使用的漢字也多不了多少。這當然也可能屬於另外一個問題，但至少我們也可以思考：是什麼原因使得余華如此「簡單」的作品，產生了如此不可思議的「增值」，並吸引著如此多的可以是不同層次的讀者？

二、「存在主義的歷史主義」

如前所述，余華的歷史敘事中具有一種特有的「抽象」性質，由於他對時間和具體的背景因素的抽離，使得原本屬於「歷史」範疇的東西，變成了普遍和永恆意義上的東西——成為了哲學。所以這裡首先要討論的，是他的歷史敘事中所包含的哲學內涵。

用什麼來概括余華歷史敘述中的哲學意識呢？美國人弗雷德里克·傑姆遜在他的《馬克思主義與歷史主義》一文中，曾專門論及一種黑格爾式的「目的論歷史主義」之後的「存在主義歷史主義」，我覺得我們倒可以拿來比附一下余華。傑姆遜用了非常複雜的概念來討論這種歷史觀的內涵，如果斷章取義，差不多是這樣一個意思，「存在歷史主義並不涉及線狀的、進化論的、或本原的歷史，而是標明超越歷史事件的經驗」。這實際是說，在存在歷史主義者這裡，「歷史」的本體，不是過去人們幻想的那種超驗的形而上學意義上的「歷史本原」，而是人們關於歷史的「經驗」。而經驗是哪裏來的？「是現在的個人主體同過去的文化客體相遇時產生的」。〔註 1〕這符合人們對新歷史主義的一種一般理解，即「歷史是現在與過去的對話」。

但這樣也似乎過於簡單了些，我在這裡所使用的「存在主義的歷史主義」，毋寧說是「在歷史敘事中所包含的存在主義思想」。因為某種程度上也可以說，余華是用類似存在主義的哲學來理解歷史和進行敘述的——我相信這也應是新歷史主義的應有之義。其表現：第一，「歷史」在余華這裡是被質疑的。雖然不能說他就是一個「歷史的不可知論者」，但歷史在他早期的敘述中從未成為過「確定」的東西。「煙」與「雨」的模式，是他描述現實或者歷史的常態。有一個時期，「煙」似乎成了他關於「記憶」和「歷史」概念的一個符號，而且他刻意將其用作一個「小城」的名字，更使其敘事產生出如煙

〔註 1〕 傑姆遜：《馬克思主義與歷史主義》，見張京媛編《新歷史主義與文學批評》，北京大學出版社，1993 年版，第 27、30 頁。

如夢的情境。歷史源於記憶，而記憶是如此地為經驗和處境所左右，這在余華的《世事如煙》（1988）、《一九八六年》、《往事與刑罰》、《難逃劫數》（1988）、《此文獻給少女楊柳》（1989）、《在細雨中呼喊》中，都有非常典型的表現。一切都是虛惘的，差不多完全存在於「被敘述」之中，而敘述和人的「記憶」一樣是靠不住的。這是結構主義的思想，也是存在主義的理念。所以某種意義上，對歷史的過分「清楚的敘述」反而是不真實的，因為它沒有表現出歷史本身的「歧路」的性質，它的多種可能性，每一單個的主體對歷史的記憶都是不一樣的，余華寫出了歷史中的單個人的處境，他們無法駕馭自己的命運，就像煙雨中的迷失者，他們迷失在命運和歷史中，不知道自己的去向。他們甚至沒有身份和名字──《世事如煙》中的人物被代之以數字符號，他們像飄在歷史風洞中的一片樹葉，只剩下了幽靈般單薄的影子。

　　而這正是「經驗」本身的特性。經驗是歷史存在的唯一方式，就像單個人是歷史的唯一主體，捨此還有別的先驗存在的歷史和歷史的主體嗎？余華漫步在歷史的河邊，懷著他的冷酷和慈悲，用他的筆檢點著一個個溺斃在其中的靈魂，記錄下他們片段的經歷和隻言片語的聲音，並把這一切交給所謂的命運──他筆下的人物就像業已被射出的子彈那樣，無可挽回地奔向生命的終點，《死亡敘述》（1988）的開車人「我」在途中所遇到和所做的一切，既是他自己的死亡本能和意志，同時也是冥冥中的命運之手的操縱；《世事如煙》中的司機與灰衣女人之間所發生的戲劇性的悲劇，正是人在本質上無比弱小的「經驗」對命運的理解，對無可迴避的歷史之輪的碾壓的承受。

　　但即使是在傑姆遜所說的「存在主義的歷史主義」的意義上，余華的小說中也不乏典型的文本，《此文獻給少女楊柳》中，它就用寓言的方式表達了「歷史嵌入到現實」中的理念，它就像幾十年前埋下的那兩顆一直沒有爆炸、但又隨時都可能爆炸的炸彈一樣，對今天仍然有著不可思議的影響力。歷史本身雖然已經消失得無影無蹤，甚至現實都像小城的名字「煙」一樣虛幻，但歷史和現實之間的距離卻又是如此地接近。如同記憶本身會發生倒錯一樣，時間在這篇小說中，在人物的內心世界中是交疊和倒錯著的。「炸彈」對今天的威脅，與其說是一種很具體的影響，還不如說是一種抽象的東西，它在一定程度上解釋了歷史的「因」與「果」之間的複雜而又宿命的關係，人們談論所謂「歷史」，究其實質是這樣一種「謎」一般的蠱惑，和恐懼心理的

反應。

講述歷史與現實之間的關係的，《一九八六年》、《往事與刑罰》都是很典型的例子。

似乎還有一段重要的話，可以來佐證余華與存在主義哲學之間的某種契合，我不知道余華在說這話的時候是否讀過了海德格爾，但他的這個關於「時間」概念的描述，同海德格爾之間似乎有著某種相通之處：

> 當我越來越接近三十歲的時候（這個年齡在老人的回顧裏具有少年的形象，然而在於我卻預示著與日俱增的回想），在我規範的日常生活裏，每日都有多次的事與物觸發我回首過去，而我過去的經驗爲這樣的回想提供了足夠事例。我開始意識到那些即將到來的事物，其實是爲了打開我的過去之門。因此現實時間裏的從過去走向將來便喪失了其內在的說服力。似乎可以這樣認爲，時間將來只是時間過去的表象。如果我此刻反過來認爲時間過去只是時間將來的表象時，確立的可能同樣存在。我完全有理由認爲過去的經驗是爲將來的事物存在的，因爲過去的經驗只有將來事物的指引才會出現新的意義。

> 擁有上述前提以後，我就開始面對現在了。事實上我們真正擁有的只有現在，過去和將來只是現在的兩種表現形式。我的所有創作都是針對現在成立的，雖然我敘述的所有事件都作爲過去的狀態出現，可是敘述進程只能在現在的層面上進行……〔註2〕

其實所謂「現在」也可以理解爲「對生命的關心」，海德格爾在他的《存在與時間》中，曾詳細論述過時間的三維性，即，「將來」、「此在」、「曾在」，基於人對生命的「關心」（因爲每一個人都是「必死」的，在可以預見的將來），所以時間的基準成了「將來」，「現在」是已到來的未來，「過去」是經由過的未來。「回顧往事，對以往的事情負責，總認爲生存還沒有結束，往事是由明天的光線照亮的。」〔註3〕余華在這段話裏也同樣闡述了他所理解的時間的三維，唯一不同的是余華的時間概念的核心是「現在」，而海德格爾的時間核心則是「未來」，因爲他還說過這樣一句話──「存在是提前到來的死亡」，是因爲對「將來的死亡」的提前的恐懼與思考，導致了人的「存在意識」，這也可

〔註 2〕 余華：《虛僞的作品》，《上海文學》1989 年第 5 期。
〔註 3〕 陳嘉映：《海德格爾哲學概論》，三聯書店，1995 年版，第 121 頁。

以看出中西方文化的一個微妙的差異——中國人是更注重歷史的，余華也不例外，他的現實其實無一不是注釋和影射著歷史。當然，余華的哲學傾向也使他有接近於西方哲人的一面，他前面也說了，「反過來認為時間過去只是時間將來的表象時，確立的可能同樣存在」。

上面所引的第二段話，還可以用來印證所謂「現在與過去對話」的思想，它表明余華的歷史敘事的態度，其實是一個存在主義和人文主義的交合體，它充滿了對現實的關注與批判精神，我相信這正是余華的絕望和理性同在、生命關懷與歷史批判同在的寫作主題的哲學與認識基礎。

如果說上述的分析同樣很難避免一個「玄虛」而言不及義的困境的話，那麼另一點則是清晰而確定的，這就是余華歷史敘事中的「地獄——暴力」的模型，薩特的「他人即是地獄」的說法在他這裡獲得了印證。他在大量作品中渲染了暴力的主題，並且闡釋了暴力的來源，這除了傳統文化本身的腐惡之外，還有人性的先驗之惡。如果說《一九八六年》、《往事與刑罰》是講述了暴力的歷史傳承、《十八歲出門遠行》是講述了「普遍的惡與暴力」的話，那麼《現實一種》則是從「現實」出發，解釋了這歷史的連續性和近在咫尺的普遍性。這篇小說我認為是余華前期在敘事上最妙的一篇作品，它當然是一個「現實的敘事」，但我相信余華所說的「虛偽的作品」正是以這樣的小說範例、在這樣的意義上成立的。它看起來是「不可能發生」的，幾乎可以肯定地說世界上不存在這樣一個家庭的「現實」，但它的叫人驚心動魄的敘述，卻使人感到有另一種觸及靈魂、震撼人心的「真實」——人性原本的殘忍和自私。與其說它是發生在「現實」中的，還不如說它是發生在人的「潛意識」中的；與其說它是「真實」的，還不如說它是「可能」的。也正是這樣的「虛偽的敘述」，才使其更具有了超越時空的瀰漫性與穿透力。余華揭開了「家庭」蒙在人性之惡之上的面紗，強烈地表達了他對於人性惡的原發性以及無法救贖的本質的認識。

在《現實一種》中，時間因素和其它作品中一樣都被余華抽掉了，但另一種時間——小說中源自人性惡的輪迴殘殺的「多米諾效應」，卻也同樣可以視為是對輪迴的「歷史遊戲」的一種模擬。它「針對現在」，卻「也可以作為過去的狀態出現」——余華上面的話使我們有理由這樣理解。

還有死亡的模式，余華是這樣傾心和專注於死亡的描寫，這使他某種程度上和海德格爾的思想更接近。除《許三觀賣血記》之外，他迄今幾乎所有

作品，都可以看作是對死亡主題的哲學追問。當然，對於《許三觀賣血記》這樣的作品來說，也可以作廣義的理解。人的死亡並不是突然降臨的，而是像水一樣慢慢漲上來的，死亡就在人的身體裏，早就開始了，許三觀漫長的一生其實一直是靠著「透支生命」來維持著他的生存的，也就是說，他的生恰恰是映照了他的死，只不過這個過程更加漫長，展示也更爲殘酷罷了。看起來這小說是有一點「溫情」的，但其實余華所眞正要表現的，卻是人生和歷史的無比殘酷。《活著》也是這樣，人物雖然「活著」，但其實早已經死了，福貴的活著與其說是一種「幸存」，不如說是對死亡的一種無盡的體味，是一種漫長的淩遲，是已死的人對於死亡的回憶。

與後期更加含蓄的死亡主題相比，早期作品中的死亡敘述是尖銳而裸露的，但除了《往事與刑罰》等少數的作品，這些死亡的描寫並不直接觸及「歷史」，而更多地是就生命、人性或者命運的意義上來寫的。「個體的無助」，類似海德格爾所說的「被拋擲」的命運，是余華所執意表現的。《死亡敘述》可以看作是這類作品的一個「哲學抽象」，而「在細雨中呼喊」則是這樣一種主題的「意象化」，「目睹和感受死亡」構成了余華對於人生與社會的認識的基本經驗。某種意義上說，死亡體驗的過度密集，使得「歷史」的概念與意義接近於被刪除的境地，所以哲學的稠密與歷史的稀薄，也就是在所難免的了。

三、兩個特殊的歷史文本

對余華來而言，這兩部作品的意義即使再強調也不過分——《活著》和《許三觀賣血記》，它們和余華早期那些作品形成了互相使彼此增值的反證，「繁難」和「平易」，兩種極限式的敘述集中在一個人身上，它們各自也就有了不同凡響的意義。如果是僅僅寫出了兩者中的一種，那麼余華就不會成爲今天的余華，不會有如此大的張力和「自己證明自己」的能力。它們還表明，余華是一個勇敢的作家，他不但寫出了「虛偽的作品」，而且寫下了「高尙的作品」。所謂「高尙」我覺得首先是指它們的直面現實的秉筆直書，它們表明余華不但關注「作爲哲學的歷史」，也同樣關注「作爲政治的歷史」與「作爲生存的歷史」。因爲前者「深刻」，但不一定「高尙」；後者卻在「高尙」的同時，也達到了「深刻」。這兩部小說不再是在符號的意義上關注個體生命，而是在血肉之軀的個體的意義上來關注歷史，它們眞切地寫出了個人在歷史中

的苦難處境與命運，懷了對最底層人物的深深的悲憫與認同。

先談《活著》。

在它問世之初，遠沒有現在這麼多人對它持有如此高度的評價。人們是逐漸認識到了這部小說的魅力和價值，因為它簡單的敘事外表下面，蘊涵了多個不同的文本層次——它可以當作若干個不同性質的文本來解讀。

首先，作為一個「歷史敘事」，《活著》的意義在我看來，首先是對曾經的「紅色歷史敘述」的一個反寫，也即是「歷史背面」的寫作。如果說紅色歷史小說寫的是「窮人的翻身」，它則是寫的「富人的敗落」，這非常神合於中國傳統的歷史與美學理念；如果說前者僅僅是把富人簡單地「妖魔化」了，而它則是將「人」和「魔鬼」做了自然的天衣無縫的對接，被斷裂的歷史連成了一個輪迴體，這也是中國人傳統歷史敘述的一般規律。即便從一般的歷史倫理來看，畢竟他們都曾是一些活生生的軀體，即便是在歷史塵垢裏的「罪人」，他們曾經的生存也不應被完全忽略和遺忘。作為一種歷史的探究和講述，我以為《活著》的「發現」的意義正在這裡。它用另一種方式「撫平」了革命敘事所恣意構造的種種神話，將被「斷裂」的兩段歷史連接在了一起，也從人性和歷史兩個層面上還原了「人」的生存內涵：很顯然，第一段歷史是寫了「財富與邪惡的關係」，福貴青年時代的邪惡似乎有著「原發」的性質，富有使他長成了一個「惡少」，這似乎和革命敘事有不謀而合之處。邪惡的消除源於財富的消失，但對福貴來說，他的財富的消失和「人性的復歸」卻不是由於「革命」的暴力剝奪，而是源於一個古老的「富貴無常」的邏輯——他是因為嫖賭成性而敗了家——財富「循環」到了龍二家。福貴從天堂掉到地面，也使他人性中「惡魔」的一面失去了賴以支撐的條件，他也就回歸到了常人的倫理。這是很有意思的，在這一敘述中，余華消除了革命敘事通過外部暴力消滅財富與罪惡的神話，也消除了對人性的階級論解釋，還原了人性論的歷史原型，這樣的歷史原型在中國古代的白話小說中，顯然是十分常見的。

「財富的原罪」曾是革命合法和充分的理由，但革命消滅了財富，卻無法消滅罪惡。賭贏了福貴的龍二被槍斃——實際也是「救了福貴」，但邪惡卻並未從此消失。福貴原是邪惡的製造者，現在輪到他來受懲罰了，他的兒子有慶之死源於被「抽乾了血」，恰好表明了另一種權力帶來的邪惡，它和多少次無謂的政治運動一樣，曾經以合法和高尚的名義，把無數人推入了生存的

深淵之中。墜入底層的福貴一點點被當代歷史這把利刃「淩遲」——他所有的親人和生存的希望，是一點點被剝奪淨盡的，這其實已經不再僅僅是一種「宿命」意義上的贖罪，而是一種非常現實的褫奪。正是從這個意義上，《活著》寫出了當代歷史的另一面。

第二段歷史如果僅僅作爲「歷史」，似乎應該單獨來看待，因爲解放以後的福貴，其實已經完全沒有原來那個惡少的影子。他早在敗家之初就已經飽受了失去享樂、尊嚴、親情和希望之苦，飽受了戰爭的恐懼、流離與勞作的辛苦，他已經和早年的生活舊帳「兩清了」。然而正是在這時候，眞正的地獄才降臨到他的頭上。他是作爲一個毫無抵禦與反抗能力的弱者進入到當代歷史之中的，這樣，這個本來的被懲罰和必須贖罪的人變得可憐起來，幾乎變成了底層農人在當代歷史中所承受的苦難的一個化身。這一切在「命運」之外，我們可以看到一個非常現實的影子，即便在歷史的最邊緣處，飢餓、運動、權力和貧困，也成爲福貴厄運難逃的眾多導演者。「好人」福貴，或者普通勞動者的福貴，邊緣與深淵中的底層百姓的福貴，在這段一步步下地獄的歷史過程中，變得開始讓人憐憫起他來，讀者和余華一起漸漸地忘卻了他早年的罪孽。不同僅在於，脆弱的讀者已經不忍心再看下去了，而余華則要殘忍地以極至的方式把這悲劇演到底。

但其實單純看第二段歷史，似乎又並不新鮮，似曾相識，因爲在很多當代小說中這樣的「傷痕」式的「訴苦敘述」已是屢見不鮮，但因爲余華能夠把它和前一段歷史的敘述天衣無縫地連在一起，並對過分具體的當代歷史背景進行了有效的「刪減」，從而奇跡般地成就了《活著》這部小說，使之由一個常見的普通的歷史敘事變成了一個「哲學敘事」，使之同時具有了歷史和哲學的雙重內涵。很明顯，兩段敘事和兩段歷史的結合，消除了由於斷裂導致的歷史的「善與惡對立」的階級論內涵，歷史呈現了它的古老邏輯——財富是輪迴的，人性是隨遇而變的，個人在強大的歷史面前是無能爲力的，生命雖然溫馨而活著本身卻是苦難的……這一輪迴的哲學，提升和純化了小說的主題，歷史使這些主題又充滿了感人的悲劇力量。兩者產生了相得益彰的效果。

這正如上文所說，《活著》由此一個「哲學文本」來解讀：作爲哲學，《活著》就變成了這樣一個寓言，福貴身上的「道德的階級性」消失了，他的一生可以概括爲一個「輸」的過程——人生其實就是一場賭博，與生存的大悲劇、

與注定要喪失的命運賭博。在這個意義上，人注定了是必「輸」的一個賭徒，
而《活著》就是要這個「賭徒」能夠輸到什麼程度、輸得有多慘的故事。福
貴可以是一個範本。再者，人性中也有這種不可救藥的東西，那就是一種「下
地獄」的本能，或者「自毀的無意識」，福貴的一生是一個無可挽回的下地獄
的歷程，少年之惡是這旅程的原動力，他理所當然地要從「天堂」墜到「平
地」，再一步步跌入深淵之中，從富有和恣意妄為，到一貧如洗的布衣生涯，
再到一點點失去一切的親情、希望，活的支柱，到只剩下一個衰老的軀殼，
生不如死，雖生猶死。這固然可以看成是人性之惡的一個必然結局，但其實
從人生普遍的宿命意義上看，又何嘗不是如此？從生氣勃勃的年輕時代（好
比富有的天堂），到漸漸疲憊灰暗的中年（好比不再富有的凡間），再到最終
一無所有的衰老死亡的老年（好比陰森可怖的地獄），也是這樣一個過程的比
喻或者引申。《活著》之所以讓不同層次的人感動，我想與它最大限度地契合
了人的生命經驗是有內在關係的。

　　當然，如果從「道德」的意義上看，這又是一個交叉巡迴：身體的下降
和靈魂的上升正好構成了一個對照，福貴從人生的天堂下到地獄，其實又是
一個道德意義上的自我拯救，年輕時代的作威作福其實正意味著他靈魂在地
獄中的掙扎；然後財富在一瞬間化為烏有，他的靈魂也從地獄中得以釋放；
等到他忍受了人世的一切苦難，失去了所有的時候，也意味著他的靈魂一步
步升入了天堂。這個戲劇性的輪迴，無疑是增加了這個小說哲學、甚至「宗
教」或者「神學」的內蘊。

　　福貴的命運軌跡，可以用這樣一個數學圖式來表示：

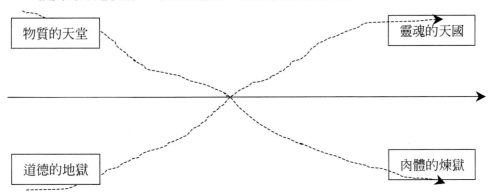

財富與道德的狀況，苦難承受與靈魂救贖的關係，剛好是這樣一個反比
與反轉的關係。在物質的層面上，福貴所經歷的是一個由天堂墜入地面、再

又地面跌入地獄的過程；而在精神和道德的層面上卻剛好相反，他是從地獄升到了地面，又從地面升上了天國。其中「輸光」是一個命運的轉折點，這是不但他的財富成為了「零」，他的道德狀況也恢復到了「零」。這顯然是一個哲學和神學意義上的轉換關係。

《活著》還可以作為一個「傳統美學復活」的典範文本來解釋，它講述的是「往事」，「隔世的天堂」和「舊時的富貴」，構成了「福貴」漫長的回憶，這正是中國人永恆的詩篇，習慣的「歷史詩學」。就像《金瓶梅》、《紅樓夢》、《水滸傳》所講述的一樣，充滿了盛極必衰、富貴無常、禍福相生、苦樂相倚的「循環論」的思想，所以，懷舊的類似感傷主義的那種滄桑的美感，以及在平靜中體驗「沒有不散的筵席」的哀傷情調，以及惡少人物的底色、「完整的一生」這樣的敘述線索，都使《活著》在某種程度上變成了一個非常「傳統」的文本。尤其是其中的戲劇性的輪迴──福貴的由「輸」而「贏」，以及龍二的由「贏」而「輸」，福貴曾重複給苦根講述的由「雞」變「牛」的故事，和他實際上由「牛」變「雞」的一生之間的戲劇性交錯，都蘊涵著深遠和不無玄機的意趣。這都是典型的中國人古老的美學理念。

在《活著》簡單的敘事外表下，隱含了如此豐富的意蘊，這是一個奇跡。

再看《許三觀賣血記》。

與《活著》的一個最明顯的差別是，《許三觀賣血記》把敘事的內容故意地「喜劇化」了，這使它離「歷史」稍遠了些，離「現實」更近了些，敘事也更鬆弛，更富有「形式感」。也就是說，它在小說的形式探求與實驗方面顯得更加有創意和大膽。儘管風格完全不同，但在處理和敘述當代底層社會的歷史方面，它們卻有著異曲同工之妙。

和《活著》一樣，《許三觀賣血記》也同樣接近一個當代底層社會人物的「個人歷史檔案」。余華刪去了以往各種敘事中比較常見的那種「背景鋪墊」，只留下了比較稀薄的「歷史氛圍」，從而給許三觀闢出了一個置景簡潔的活動舞臺。所作的動作則大抵是重複的──不斷地「賣血」，但每次賣血的原因卻不同，讓我們來看看這幾次賣血的不同情形：

> 前幾次都有點喜劇的性質──
>
> 第一次是出於好奇，不料得了許多錢，始料不及地娶了許玉蘭；
>
> 第二次，為不是「親生兒子」的一樂打破了方鐵匠兒子的頭，

不得不賣血賠償；

第三次，因爲許玉蘭不是「處女」的事情鬧了出去，心理不平衡，就藉口去看望摔斷了腿在家養傷的林芬芳，並趁機佔了她的便宜，然後又拿賣血賺來的錢去看她，結果被其丈夫發現後大鬧。

這幾次大概帶了年輕時代的喜劇性的情境，但後幾次就逐漸嚴峻起來——

第四次，在 1960 年的飢餓中，爲了讓全家人吃了一頓飽飯，許三觀去賣血；

第五次，一樂下鄉後得了病，許三觀擔心態度身體，就又一次賣血，給他帶了三十元錢；

第六次，二樂也下了鄉，爲了討好二樂的生產隊長，許三觀賣血請他吃飯（這次他看見了靠賣血爲生的根龍的死）；

第七次到第十一次，是爲了治一樂的肝炎，先後在林浦、百里、松林、黃店、長寧五次賣血，其間幾度昏厥，差一點喪命。但終於治好了一樂的病，許三觀也活了下來——余華這一次沒有延續他一慣殘酷的筆法，相反倒頗具溫情色彩地使這個家庭度過了難關。

第十二次——也是最後一次賣血，是在許三觀老了之後，六十多歲的他忽然想起他的一生中的許多關鍵時候，是靠了賣血才度過的，所以又一次來到醫院，哪知早已物是人非，人家嫌許三觀太老，根本不要他的血了。於是許三觀知道自己老了，大大地悲籲感歎了一番。

我不知道「十二次」這樣一個暗合了一年中的月份的數字，是否一個巧合，但從作品來看，這樣一個數字正好恰如其分、繁簡適度地概括了小人物許三觀貧賤的一生。同時，這一重複的動作也戲劇化地抽象出了當代中國歷史的某種情境，它像一次次不斷重疊的、密度越來越高的政治運動的發生頻率一樣。另外，「三」這個數字似乎也有著某種特殊的意義，許三觀，一、二、三個「樂」，許三觀動輒就提起的許玉蘭與何小勇的事，還有許玉蘭動不動就像祥林嫂一樣上街哭訴的「我真是造了孽了……」等等，它們共同構成了小說在敘事節奏上的某種「重複」的效應，這樣一種節奏感在某種意義上既隱喻出小市民生活的單調與近似，同時也隱含著對人生的速率的一種模擬：生命是加速走向衰老和死亡的，「賣血」頻率的加快與人的生命節律的衰變過程

是非常近似的，這樣的一種看起來簡單敘事節奏中，無疑蘊含了非常複雜幽深的生命經驗，並輻射爲一種蒼涼的歷史感。

「重複」的另一個意外的結果，是造成了小說的非常強烈的「形式感」，這一點是《活著》中所沒有的。從這個意義上說，《許三觀賣血記》比《活著》更接近於一個純粹的敘事實驗，更接近於一個藝術品，更具有敘述的魅力——當然，在「感人」的程度上它就要略低於前者。

但這樣說並不意味著《許三觀賣血記》是一個簡單和單薄的作品，相反我們仍然可以看到其中多個重疊著的文本：首先，作爲現實和政治，血是當代中國歷史的基本隱喻方式，其中所包含的政治的敏感是顯而易見的——只是這個問題被余華巧妙地「民間化」了，更豐富了。比如貧窮所滋生的以賣血爲業的人群，是否暗喻著貧窮、愚昧同畸形的嗜血社會與生存的關係？這樣的生存方式在任何一個社會、任何一種文化情境中幾乎都是令人難以置信和不可思議的，它極至化地隱喻出當代中國底層社會人民的生存苦難，近乎「用透支生命來維持生存」的奇怪而不幸的邏輯。尤其是當余華刻意用了喜劇化的形式來書寫這種不幸的時候，它所生發出來的深層意蘊就更爲豐富。比如飢餓一節的描寫，許三觀不得不用賣血的方式來讓全家人吃一頓飽飯，這有點近乎不可能，身體已衰弱到極點了還能賣血，從生理常識上就說不過去，但這卻折射出了當代中國人所經歷的生存苦難。這一節和許三觀教孩子們「用嘴炒菜」一節，簡直是堪稱交相輝映的奇聞，雖然叫人有點忍俊不禁，但隨後卻有叫人靈魂顫慄的震撼。這和許三觀賣血時的那種「算帳」的感受也是神合的：一下難以置信地得了那麼多錢，只是身子有點軟軟的，「就像從女人身上下來」那種感覺，數錢的愉快加上平時難得一次的「二兩黃酒、一盤溜肝尖」享受，簡直是天上掉下來的好事。可是總有一天這樣的「好事」就會變成近似傳說的「故事」——身體的衰老和「敗掉」彷彿是一夜之間的事。賣血的故事幾乎是從哲學的高度上，概括了貧困、愚昧同當代中國人生存狀況之間互爲因果的關係。

另外，《許三觀賣血記》的形式感也使之成爲了一個「敘事美學的範本」。賣血的重複敘述構成了音樂的重複結構，如同余華自己所說的，「這其實是一首很長的民歌，它的節奏是回憶的速度，旋律溫和地跳躍著，休止符被韻腳隱藏了起來。」他還說，「這本書表達了作者對長度的迷戀，一條道路、一條河流、一條雨後的彩虹、一個綿延不絕的回憶、一首有始無終的民歌、一個

人的一生。這一切猶如盤起來的一捆繩子，被敘述慢慢拉出去，拉到了路的盡頭。」〔註4〕相信很多年後這本書會成為一個「敘述的減法」的例證，它有效地簡化了一切可以省略的敘事因素，反而獲得了始料不及的豐富的效果。也許某種意義上所謂「歷史」在民間就是這樣一種存在形式，它是通過「民歌式」的記憶方式留存下來的，這是對歷史的有效的提煉——既保留了歷史的血色，也成功地簡化或濃縮了歷史的記憶內容與方式。正像余華自己說的，「虛構的只是兩個人的歷史，而試圖喚起的是更多人的記憶。」〔註5〕

　　《許三觀賣血記》中也有在局部非常具有某種歷史啓示性的描寫，如在許玉蘭充當「妓女」的問題上，其「莫須有」的邏輯是非常荒謬的，但卻意味深長。它表明，虛構有時比真實更難以辨別，因為人們其實是寧願相信虛構而不願相信真實的：開始只是有人在寫「大字報」時信口雌黃污蔑許玉蘭「十五歲就做了妓女」，許三觀對此到處辯解，說他和許玉蘭的新婚之夜「流出來的血有這麼多……」而後他反問，「十五歲就做了妓女，新婚第一夜會見紅嗎？」然而接著就是批斗大會，許玉蘭被帶去「救急如救火」地充當了妓女，這就成了既成的事實，從此許玉蘭做過「妓女」的這頂帽子就怎麼也摘不掉了，許玉蘭被反覆地拉去充做妓女來供人們批判。許三觀還被要求要在家裏舉行「家庭批判會」，而在這裡所謂「歷史的真相的恢復」也是尷尬的——許玉蘭和許三觀不得不當著三個兒子的面坦白他們各自的一個「生活錯誤」，許玉蘭被何小勇佔了便宜而懷上了一樂，許三觀為了報復而去探視摔了腿的林芬芳並趁機也佔了她的便宜……而且這些「隱私」或者「家醜」早已不是什麼新聞，已經眾所皆知了。類似這樣的情節對當代歷史的隱喻意義是非常大的。

〔註 4〕余華：《許三觀賣血記・中文版自序》，南海出版公司，1998 年版。
〔註 5〕余華：《許三觀賣血記・中文版自序》。

第六講　蘇童小說中的新歷史主義意識

　　如果要比作品思想的深刻和尖銳性，蘇童也許要弱於余華，但蘇童的意義就在於他特有的溫和與感性，他的小說總是以思想的含蓄——在故事中完全的溶解、不露痕跡而見長。這看起來簡單，但絕非易事。蘇童總是從容不迫，能夠把故事講得溫婉淒迷，充滿詩意，有一種近乎天然的蒼茫和接近幻境的存在體驗。蘇童還是真正的中短篇小說的大家，他的這類作品不但在規模上幾無人可比，而且在藝術上也形成了自己獨到的風格。如果不考慮其它，單就中短篇小說的成就來講，蘇童在當代作家中差不多是無人可比的。

　　而且，在所有先鋒小說作家中，要數「歷史敘事」的數量和在此方面表現出最濃厚興趣的，無疑也要首推蘇童。尤其是，蘇童還是這些作家中最具有「傳統」傾向的一位，他的小說無論在取材、還是在意境與美學情趣方面，都與中國傳統小說有特別接近的一面。這就比較奇怪：為什麼他如此地接近傳統，同時又具備了「新歷史主義」的傾向或性質？這裡有兩方面的問題：一方面，中國的傳統歷史敘事中，其實就包含了與西方「新歷史主義」理念相通的因素；另一方面，「傳統的神髓」也使他對歷史的敘述「元素化」了——把歷史抽象為某種文化結構，這也是新歷史主義的應有之義，而蘇童正是最擅長這一點的。

一、蘇童新歷史敘事的範圍

「廣義」地看，蘇童迄今爲止有一半以上的小說，似乎都可以劃歸到「歷史敘事」中。這其中當然有時間的「遠」和「近」的差別。有一些是比較遙遠的，比如他最早期的「楓楊樹故鄉」系列，在八十年代和九十年代之交寫得比較集中的「近世新歷史小說」，還有在九十年代初期比較帶有實驗色彩「純虛構」的歷史小說等，這些都是作爲「過去時態」的典範的歷史敘事。而另一些就稍近些，多是講述六七十年代發生在南方城鎮、或者城鄉結合部地帶的故事，比如「香椿樹街」系列，就較難給以確切界定。

「楓楊樹故鄉」系列是蘇童八十年代中後期，初出茅廬時的作品，它們幾乎可以看出從「尋根小說」脫胎而來的痕跡——從韓少功、賈平凹、李杭育們的「湘西」、「商州」、「葛川江」，到莫言的「高密東北鄉」，確切的地理概念變成了比較虛擬的地理概念。雖然「高密東北鄉」是存在的，但它在莫言的小說世界裏卻變成了「紅高粱大地」的一個比喻，本身有了某種虛構性。再到蘇童的「楓楊樹故鄉」，地理意義上的空間概念，已完全被虛擬的空間概念代替了。「楓楊樹故鄉」變成了一個符號，一個關於遙遠鄉村及其歷史空間的代碼，如蘇童自己所說，是「對福克納的『約克納帕塌法』縣的東施效顰」。蘇童並非生長於鄉村，所以他所寫的鄉村生活，實際上是根據他對歷史的某種認識虛構出來的，是他自己所說的「精神的還鄉」，是用他自己的方法拾起的「已成碎片的歷史」。〔註1〕這類作品中比較典型的有《罌粟之家》、《1934年的逃亡》、《飛躍我的楓楊樹故鄉》、《十九間房》等。其中除後者之外差不多都是發表於1988年之前。另外蘇童迄今最有代表性的長篇《米》中的主要人物五龍，也來自「楓楊樹故鄉」。

總體上看，「楓楊樹故鄉」系列有對農業社會的內部結構和歷史進行某些探求的意圖，農業生存中人性的弱點和卑劣，文化的腐朽與輪迴等等認識，在這些小說中有比較擁擠的表現。

第二類是「近世新歷史小說」，這幾乎可以成爲蘇童最成功的新歷史小說的專有名稱。因爲它們沒有特別設定的「地域」特徵，而時間背景多爲近代或者二十世紀上半葉，事件和人物純屬虛構，沒有任何眞實事件或背景爲依託，但對歷史總體環境的構造還是貼切和富有神韻的，所以似乎也可以稱其爲「歷史情境小說」。這類作品大概是蘇童寫得最好的新歷史主義小說，具有

〔註1〕《蘇童文集·世界兩側·自序》，江蘇文藝出版社，1995年版。

「文化冥想」的性質，形式感也很強，最典型的例子是《妻妾成群》、《紅粉》、《婦女生活》等，另外，長篇《米》大約也屬於此列。

　　第三類是帶有「實驗傾向」的「元小說（暴露虛構）」意味的新歷史主義小說，有一個特例就是長篇《我的帝王生涯》，這個小說趕在 1992 年歷史小說非常熱鬧的時候問世，所以也就格外像一個「先鋒新歷史主義」的敘事。其中時間、地點、國家、國王、事件等都證實敘述者是在「編造」，但它卻用「寓言」的方式，講述了某種反覆出現的歷史情境，某種悲劇的循環。就這一點來說，它的確比任何當代歷史小說都更具有典型的「新」意，因為它除了無可爭議地屬於「歷史敘事」，而且還是一個特別具有神思妙想的立意，從手法上它還使用了自曝其虛構性質的方法。不過在我看，這部小說除了前半部分寫得還不錯以外，整體上則因為結構與故事發展的潦草隨意而大打折扣，殊為可惜。就其寫作的初衷與構思看，它本可以通過巧妙的故事，在對中國傳統的專制社會的「結構性因素」的分析描寫上，完成一個前所未有的集中概括，然而在有了一個不錯的開頭之後，後面的敘述很快就顯得粗枝大葉和氣力不加，在其深層的意蘊上也陷於飄忽和失散。或許蘇童是出於某種不得已，一種刻意的迴避和閃爍其辭，但作為成熟的作家，他本應寫得更好，更具有歷史的真實感和批判力。

　　須要提到還有另一部歷史小說《武則天》（又名《紫檀木球》），但它已從新歷史主義的寫作上「退」了回去，除了在人物心理刻畫和情節的綿延上很見工夫以外，它基本上可以說是「背叛」了蘇童自己的寫作，變成了一個「不出史料典籍半步」的、「中規中矩的歷史小說」。〔註2〕當然，所謂引經據典也只是對其中重要事件的處理上，不可能有一部曾經深入過武則天的內心世界的「歷史」，而蘇童是長於心理描寫的，尤其是女性的心理，那些關於武氏內心隱秘的活動，當然一概是出於蘇童的虛構。從客觀的意義上說，《武則天》仍然可以看作是一個「新歷史主義的」敘事，因為它所表述的歷史非常個人化和心靈化。但對歷史史籍的依賴，對於蘇童來說則是無有先例的，這是一個微妙的變化，它表明蘇童的寫作正離中國傳統的「消費性」的「演義」式的歷史敘事越來越近，而離當代性的先鋒新歷史敘事越來越遠。後來事實也表明，蘇童和格非、北村、趙玫、須蘭等人陸續在幾年裏發表的關於武則天的同題小說，曾經是一個沒有成功的腳本競賣活動，他們共同導演了新歷史

〔註2〕《蘇童文集‧後宮‧自序》，江蘇文藝出版社，1994 年版。

敘事向著商業化消費型的歷史敘事的蛻變。在此後的先鋒小說陣營中，關於歷史敘述的熱度明顯地降低了。

在上述幾類之外的是「香椿樹街」系列。這類小說的數量最多，在蘇童的小說中也許要占到兩三成左右。給它們一個「歷史敘事」的定義似乎比較難，因為它們更多地是介於「現實」和「歷史」之間的，大都寫的是作者童年或少年時期的生活經驗。這個時代離「當代」當然很近，但當代歷史的不無「斷裂」色彩的重大變化，也使這一時期明顯地帶上了「逝去時代」的滄桑色調，如同腿色的舊相片，它們打上了雖近猶遠的歷史舊痕。而且，從另一個方面看，蘇童的這些小說也可以看作是對這個「紅色歷史時代」的意識形態的一種「剝離」式的描寫，也許是和它們的「兒童視角」有關係，它們反而與這個年代的政治距離遙遠，具有濃厚的城市民間的氣息。這也構成了對主流歷史的一種改寫。在這個意義上，它們也可以稱得上是一種新的歷史敘事了。

「香椿樹街」可能不會像「楓楊樹故鄉」那樣屬於子虛烏有，它像是某一南方城鎮上的一條普通的小街，一個小小的市民社會。但它已像沈從文的「湘西」、莫言的「高密東北鄉」一樣，成了一個寓言的世界，一個空間和年代的標記。從《桑園留念》（1984）開始，到八十年代後期的《南方的墮落》，到九十年代初的《刺青時代》和稍後的長篇《城北地帶》，蘇童以這個名字為對象的寫作差不多持續了十多年。蘇童自稱這是他的「自珍自愛之作」，因為它們引起了他「美好的懷舊之感」，「如此創作使我津津有味並且心滿意足」。它們像是一些連續的斷片，一個主題音樂的不斷變奏和展開，許多人物在不同的作品中重複出現，像小拐、紅旗、王德基、天平、朵紅等等；它們集合了香椿樹街的各色人物，小市民、兒童幫會、市井街痞、風流女孩；串聯了那些日常而又稀奇古怪的事件和景致，「一群處於青春發育期的南方少年，不安定的情感因素，突然降臨於黑暗街頭的血腥氣味，一些在潮濕的空氣中發芽潰爛的年輕生命，一些徘徊在青石板路上的扭曲的靈魂……」〔註3〕它那泥濘的街道，常常陰鬱的天氣，鄰里間的爭吵，化工廠的煙霧，不斷爆出的奇聞，成人間的偷雞摸狗，少男少女之間演繹出的悲歡離合，閭里街巷的流言蜚語，護城河上常常漂起的浮屍……所有這些，構成了一個城市邊緣地帶的特有景觀。

〔註3〕《蘇童文集·少年血·自序》，江蘇文藝出版社，1993年9月版。

這是非常值得珍視的景觀，在當代的作家中，其實還沒有哪一個能夠像蘇童這樣，如此豐富地書寫出一個七十年代城鎮生活的風俗圖畫。某種意義上，它們是六十年代出生的一代人的特有的歷史記憶，我相信在將來的時間裏人們還會因此而記起蘇童，他走出了此前兩代作家（汪曾祺和陸文夫、鄧友梅等風俗文化小說作家與韓少功、賈平凹、鄭義、阿城等尋根作家）都曾熱衷的過去年代風俗的想像與描寫，他們雖然對鄉村風情、板塊文化、久遠年代中的古老風習都有過精彩描繪，但對當代的城鎮生活的細部卻總是予以迴避，當代的其它作家也予以迴避。這究竟是何原因呢？我想除了對政治的某種不得已的迴避之外，恐怕主要還是生活與「可轉化的寫作資源」的缺少，因爲這個年代給人留下來的印象，主要是五十年代以前出生的人們所「給定」的，他們「生逢其時」地投身主流政治運動之中，當然就忽視了這個年代的邊緣性文化與生活景觀。而六十年代出生的人則注定要被這個時代的主流文化所忽略，因此他們就命定地成了這個時代「民間」和「邊緣」的部分，這個年代的政治對他們來說，只不過是一場莊嚴名義之下的兒童遊戲而已。蘇童正是因此而剝去了它的政治色調，還原其以灰色的小市民的生活場景。同時，少年的感受與經驗方式，使他將意識形態的東西簡化成了兒童的遊戲和狂歡。從這個意義上，蘇童應當說是六十年代人的一個「感官」，一個出色的代言者。同時，這也注定了他不無悲涼與滄桑的、同時也是「蒼老」和詩意的筆法與風格，因爲當他真正將當代中國的城鎮社會還原到一種日常和民間的生活與敘事形態時，他的敘事便生發出特別悠遠和真切的歷史意蘊，以及純粹、感傷、淒美和蒼涼的美感色調。

二、由性和欲望驅動的歷史

人類學的視野對於中國當代文學具有至關重要的意義，80 年代後期小說的變革在很大程度上是由於這一視野所推動的。在莫言早期的《紅高粱家族》等作品中，人類學的歷史敘事已經構成了對主流的道德歷史敘事的瓦解，構成了對社會學與政治意識形態所操控的歷史敘事的反動；在之後蘇童的小說中，「人類學」更進而蛻變成了「性學」，他的歷史敘事更進而變成了「性」與欲望書寫的歷史，因而也就更「邊緣化」了。這是他的「歷史主義」之「新」的一個體現。他要盡可能地恢復歷史本來的混沌狀態，實現歷史敘事的「中性化」和「民間化」，但從另一個角度看，這也可以視爲是當代新歷史主義敘

事的人文內涵的體現——因爲它對於依然佔據權威位置的宏大的政治歷史敘事，是一個十分有效的顛覆。

這一意義典型地表現在蘇童的成名作之一《罌粟之家》中。原來的主流歷史敘事中關於農業社會的種種模式——階級對立的模型、善惡分明的陣營、「進步論」的歷史修辭等等，都被另一種「純粹作爲生存的歷史」化解了。其中還不只是「人類學」的思想，蘇童對歷史的構造簡直充滿了惡意的戲謔欲望——他用了「性學」化的視角來解釋歷史，將地主劉老俠家的家族世系圖表，畫成了「一個女人的生殖器」的樣子。這裡顯然既有嚴肅的含義，又有詼諧和頹敗的意味：從嚴肅的意義上說，歷史是「陰性」的和民間的，是生命的循環和連續體，是一個「被生產」的過程；從詼諧的意義上看，所謂歷史不過是個隱藏於暗處的東西，說它是娼妓或者藏污納垢之物也不過分。在這樣的理念下，蘇童寫了一個農業社會的歷史輪迴：首先是劉家的衰敗，衰敗的原因無非是一些自古而然和習以爲常的道理。地主劉老太爺的兩個兒子中一個是「敗家子」，一個是「守財奴」，敗家子劉老信弄來一個妓女翠花花，把她給了老太爺，這已然是「亂倫」之舉；然後劉老俠又弒父謀兄，娶了翠花花作姨太，這一次是亂倫又加了弒父；再後來是劉老俠遭受了報應，翠花花與劉家的長工陳茂私通，生下了名義上爲劉老俠的兒子、實際則爲陳茂的兒子的劉沈草——這裡所謂「地主」和「長工」之間原來涇渭分明的對立陣營就瓦解了，某種程度上還暗中實現了一種「偷換」；劉老俠的親生兒子「演義」是一個白癡，這樣他的家業就已經注定是由沈草來繼承，中途被迫輟學的沈草在家中百無聊賴，與演義發生糾紛並失手殺了他。這時解放軍土改工作隊來了，陳茂搖身一變成了農會主席。他發動召開了鬥爭劉老俠的大會，但劉家老少都不把他放在眼裏，翠花花還借她與陳茂的通姦關係攪了鬥爭會，羞辱了陳茂。陳茂惱羞成怒，便強姦了劉老俠的女兒——沈草名義上的姐姐劉素子（這也近乎於一次亂倫），沈草憤怒地殺了陳茂（這也是一次「弒父」），憤怒之餘還朝陳茂的下身開了一槍（這甚至隱含了「閹割父親」的潛意識）；最後工作隊長盧方槍斃了沈草，一個「罌粟之家」從此就消亡了。

這個家族中堪稱混亂和複雜的關係，可用如下圖示：

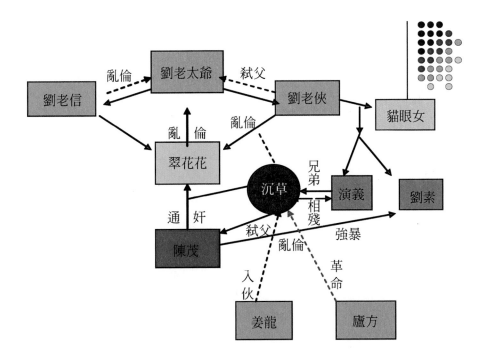

　　這是蘇童對農業社會裏生存真相的一種相當「概念化」的理解，他所想像的農業社會的歷史充滿了弒父、通姦與亂倫的罪惡，「罌粟」這種事物開好看的花和結有毒的果，就是這樣一個社會的隱喻。而這樣的生存現實，並不是像以往的歷史敘事所告訴我們的那樣，是以「階級對立」的形式展開，相反倒是充滿了交錯與輪迴的古老邏輯。陳茂所理解的「革命」和阿Q相比，也可以說是如出一轍。顯然，《罌粟之家》試圖從兩個方面來消除紅色歷史敘事對歷史本相的某種修改──它既使用了人類學、生物學觀念和弗洛伊德的精神分析學等「現代」的思想，來重新解讀歷史，同時又使用了中國人傳統的宿命與輪迴的歷史觀。在前者的意義上，他也許只是承接了莫言的《紅高粱家族》一類作品；但在後者的意義上，他卻充滿了獨創的精神──蘇童的小說可以說是在一定程度上修復了中國傳統的歷史與美學觀念，這是屬於他獨特的貢獻。從這點上說，它的內在理念的確乎顯得過分稠密和「擁擠」了些，還沒有完全化開。

　　《紅粉》是另一個例子，如果說《罌粟之家》一類作品由於觀念的擁擠，還顯得不那麼靈通的話，《紅粉》則稱得上是簡潔而精巧並富有戲劇性的活力了。簡單地說，這個小說也許可以叫做「一個男人與兩個女人的悲歡離合」，或者更直接和「底線」些說，是「一個嫖客和兩個妓女的恩恩怨怨」。在以往

的此類敘事中，都曾強調革命或者拯救的主題，革命拯救了「階級姐妹」，為她們報了深仇大恨，而《紅粉》中則根本不存在這樣的概念，「革命」並沒有體現翠雲坊的兩個妓女——秋儀與小萼的個人利益與意志，相反倒是中斷、甚至是「毀了」她們兩個的生計。在被押送至改造工廠的途中，秋儀跳車逃跑了。她試圖找回過去的生活，但妓院已被關閉。他只好來找以前的相好——她和小萼共同的嫖客老浦。老浦是個軟弱而沒什麼城府的富家子弟，如果不是母親堅決反對，老浦會收留她一直住下去。但由於他母親拒不接受的態度，秋儀只好出家做了尼姑。一年後小萼「改造」結束，被分配至一個工廠做「涮瓶子」的工人，她覺得沒意思，也來找老浦，老浦只好收留了她，並不得不與母親決裂。老浦最終娶了小萼，但小萼舊習難改，不僅鋪張奢侈，還不安分守己。這時老浦只好借他在銀行做職員的便利貪污公款，以供小萼揮霍，最後東窗事發，老浦被判死刑。小萼把他們的孩子交給了秋儀，自己一個人隻身去了北方。

這個小說在敘事的筆法上，幾乎完全回到了中國古典白話小說的敘事與美學傳統，對一段歷史的描述完全民間化了。其中原來為主流敘事打上的那些階級論和道德論印記，在這裡全然不見了，有的只是男人與女人之間的恩恩怨怨，兩個女人之間的友情與是是非非。秋儀與小萼既相依為命，又不無嫉妒，她們既無所謂善惡也無所謂好壞，她們有著女人常見的弱點，既率真美麗又輕薄卑賤……某種意義上，她們復活了中國傳統小說中的那些故事模型，恩怨糾葛、愛恨情仇，這是自古以來民間生存的本相，也是完全民間化的人生觀念與價值尺度。

顯然，「解放」或者「一箇舊時代結束了」的概念，在這個小說中根本沒有給人人物帶來幸運和欣喜，時間的「進步」與主人公的生活信念之間恰恰是背道而馳的，這帶來了悲劇——個人在與歷史（時間的前進）的衝突中陷於失敗和逃亡。顯然，蘇童小說的歷史美學與當代的主流歷史敘事的美學相比，所依據的反而是回到了中國傳統的時間概念與時間修辭，小說裏的人物固執地生活在舊的道德世界中，革命對道德的新解釋，與她們所持的舊思想之間，根本無法對話——形象一點說，她們從未認為她們與嫖客之間的關係是「階級對立」的關係。正是「時間是進步的」這樣一種解釋毀了她們，因為她們本來只是生存在「永恆的輪迴」中。是歷史的「斷裂的概念」，使她們跌入了深淵般的裂隙之中。

　　另一方面，敘事的還原還導致了美學與意境的復辟。《紅粉》比《罌粟之家》在某種程度上更接近中國傳統的敘事方式，也更純粹，所以其傳統神韻——感傷的、滄桑的和略帶頹敗意味的歷史感喟與美感傾向也更明顯。這也是其試圖從根本上消弭無根的紅色歷史美學的一個努力的體現。

　　上述「歷史理念」可能不無「陳舊」的色彩，但「新」與「更舊」其實也許只是一步之遙，甚至就是同一個東西。我也正是在這樣的意義上，來解釋「新歷史主義」理念中所包含的傳統因素的。蘇童熱衷於寫歷史題材和歷史空間的敘事，但他卻常常刻意把時間抽空了，時間的消失使得「歷史」往往只剩下了「情境」和「色調」，其特定的具體性就消失了。換言之，蘇童筆下的歷史可能已經變成了作為「元素的歷史」，變成了某種文化的結構。這和余華早期的歷史敘事確實有一致之處，它們都有很強的「結構主義」色彩，也都非常注重發掘歷史中的人性內涵——人性的弱點、人性之惡。但不同的是，余華更多的是把歷史抽象為「存在」，而蘇童則更側重於把歷史還原為「情境」，一個是「歷史的骨頭」，一個則是「歷史的幽靈」。但蘇童有一個特殊的能力，那就是他往往能夠將歷史寫成近在眼前的影像，寫出「歷史上常見的那樣」（《妻妾成群》中語）鮮活的事件與逼真的景象。

　　《妻妾成群》也許是這樣一個最好的例證。把這個小說看成一個「結構主義」的東西，未免是過於刻板的，其實這個小說的故事本身，就把一個傳統社會中的家庭結構與婚姻制度變成了一個形象的結構——一個男人和他的幾個女人之間的戲劇性的故事。這本身既是一個小說的巧妙的敘事結構，同時也是男權社會的一個縮影，因為男權和政治權歷來都是一個東西。在這樣一個結構中，女性已經被注定地置於一個悲劇性的命運——她們不但要忍受男人和男權的歧視和虐待，還要互相虐待和「競爭」，以期求得「坐穩奴隸」的地位。這幾乎就是一個魯迅式的「啟蒙主義的歷史敘事」了，但還不一樣，蘇童沒有對人性的弱點予以原諒，即使對於「被壓迫者」也一樣。包括頌蓮自己在內，她既是一個被損害者，同時也損害別人，她幾乎就是丫鬟雁兒之死的導演者。卓雲固然可惡，但站在她的利益上看，她其實也有她的理由。深宅大院，封閉的圍牆，等級制與夫權制的婚姻，這樣一個結構，注定了互相殘殺和損害的生存方式。顯然，陳家大院是以一個「細胞」或者元素的形式，復活了中國傳統社會的一個典型的情境，所謂見微知著，這樣一個細胞中，即可看見沉澱的整個中國傳統社會的全部要素。

女主人公頌蓮的處境，其實與《紅樓夢》中的林黛玉十分相似，她父母雙亡，家道中綴，被迫嫁到陳家大院，她雖然年輕漂亮，但少不更事，更兼家遭不幸，難免心境灰暗，性格脆弱，處事敏感。她的自我壓抑和環境的陰鬱險惡，對她構成了雙重的折磨，潛意識中的反抗與沉淪衝動，又給她造成了強烈的犯罪欲與原罪感。從這個多愁善感的女性身上，我們也可以依稀看出中國傳統美學對蘇童的影響。這可能是在「無意識」的層面上發生的，但卻在神韻上有如此貼近的妙合。

還有另一個對照的角度，即頌蓮與《青春之歌》中的林道靜之間的可比性，我想這也應該是一個巧合——就出身和環境來講，頌蓮和林道靜之間簡直沒有任何差別：相似的年齡，幾乎完全一樣的家庭背景；都是失去了家庭的保護，不得不中綴學業；都是被「繼母」安排了出路，不是嫁人就是下學做工。但選擇卻截然不同，林道靜選擇的是「娜拉式」的出走，追尋自由和投奔革命，而頌蓮選擇的則是嫁人，甚至是做妾。為什麼會有如此的不同？就受教育的程度來講，頌蓮甚至超過了林道靜，她是上了一年大學，而林道靜是剛剛考取了大學，還沒有來得及讀，如果有所謂「新思潮」的影響的話，顯然頌蓮更應該接近於成為一個「新女性」，但她卻正是毫不猶豫地選擇了一個「紅顏薄命」的古老邏輯，人性的軟弱與好逸惡勞的一面害了她。顯然，是兩個時代的兩個不同觀念的作者，「安排」了她們不同的命運，是楊沫和蘇童不同的歷史與美學觀念，導致了這兩個人物人生選擇的巨大差異。

歷史的氛圍和邏輯在《妻妾成群》中，差不多是自動呈現的，這說明中國人古老的「歷史無意識」正在悄悄恢復，它包括了時間觀、價值觀、人生觀和美學觀。所有中國傳統的東西如同幽靈一樣，從歷史的深處悄然出現。為什麼會有如此自然和「自動」的效果？這顯然還是源於那個「結構」，那個「像歷史上常見的那樣」的「妻妾成群」的家庭結構和敘事結構。這是文化和歷史無意識的產物，是屬於「種族記憶」範疇的東西，它了無痕跡地驅動著小說敘事的展開。因此某種意義上，這樣的故事是在「自動敘事」中展開的，它的戲劇性的敘述動力來源於其中的環境與人物關係，幾乎是天然的，它和《金瓶梅》、《紅樓夢》以及許多的古典白話小說的敘事結構之間，實在已看不出有任何差別，差不多也達到了那樣一種「天籟」的程度，稱得上是傳統歷史或者種族美學的經典之作。

與此相映成趣的例子還有《十九間房》，它表現了蘇童對歷史另一種人性

圖解，它表明，人性是歷史最原始的元素，是人性的弱點與惡譜寫了歷史。在強權面前，人的奴性的表露是多麼自然。土匪頭子金豹一邊姦宿其嘍羅春麥的妻子，一邊令春麥為其倒屎尿盆，春麥只有吞聲服從。當其嫂子水枝激罵他窩囊時，他才氣衝衝地拿刀衝進了屋子，可當他舉起刀砍下來的時候，卻只是砍掉了他自己的老婆的胳臂。這是人性的恥辱，蘇童對人性的這樣深入骨髓的認識，不能不讓人驚心動魄：強盜、強權和專制是怎樣形成的？概源於人性中不可救藥的懦弱與屈從。這可能是蘇童對中國的歷史另一種認識——源於「性惡論」的生存搏殺，淡化甚至消解了道德化的歷史敘事，將歷史還原為「生存競爭的歷史」，這是他的新歷史主義意識的又一個方面。

　　也許和人類學的歷史概念不無關係，蘇童常常從「動物學」的角度來看待人性的醜惡和懦弱，由此他對歷史的理解就變得非常邊緣化。蘇童剝掉了原先宗法社會中一切溫情脈脈的東西，展現了歷史赤裸裸的一面，是人的求生本能和欲望書寫了骯髒和血色的歷史，無所謂善惡，也無所謂美醜，這就是《米》的基本理念。有人把《米》界定為「農業社會的故事」，是有失片面的，《米》同時也是一部「求生者的歷史」，其中農民和城鎮小人物、盜匪、嘍囉、黑幕幫會、女人甚至孩子，都出於同樣的生存本能，彼此之間沒有什麼差異。在蘇童的眼裏，他們都是一群為本能和欲望驅使的動物，人類社會的滄桑變遷刀光劍影的一切歷史印痕，都是由這自然人性與欲望本能所書寫的。在「反道德歷史敘事」方面，可以看出蘇童已走得更遠，在莫言的《紅高粱家族》中，似乎還保留了一絲經過美化了的「英雄豪氣」或「天地正氣」，而在蘇童這裡，剩下的幾乎就只有惡狠狠和陰沉沉的仇恨與殺氣了。不知道這裡有沒有「巧合」，其實「紅高粱」也是「米」，它們似乎都可以構成「生存的歷史」這樣一個核心的內涵，都可以確立一個歷史敘事的主題。可在莫言的筆下，這「紅高粱」伴著匪氣，但也連著浪漫的酒神；而在蘇童的筆下，這「米」所延伸出的，就只有動物般的飢餓恐懼、以及一步步升級的財與色的貪欲了。

　　蘇童把歷史還原為某種「結構」的能力可見是很強的，漫長的歷史被他「壓縮」或「濃縮」之後，往往就變成了一個類似西方學者所說道那種「共時性的歷史文本」——時間的曖昧不明，恰好起到了「普遍歷史描述」的效果，這也很類似於蘇童自己所說的「勾兌的歷史」，蘇童說，「我隨意搭建的宮廷，是我按自己的方式勾兌的歷史故事，年代總是處於不詳狀態，人物似真似

幻……我常常爲人生無常歷史無情所驚懾……人與歷史的距離亦近亦遠，我看歷史是牆外笙歌雨夜驚夢，歷史看我或許就是井底之蛙了。什麼是眞的，什麼是假的呢？」〔註4〕可見歷史的「客觀眞實性」，在蘇童這裡是被懸置和質疑的，它們只是這樣幾種「歷史要素」的相加：個人的歷史理念，關於歷史的知識，對某些歷史結構或者元素的提取，再加上敘述的綿延……就成爲了「歷史」。這有點像余華說的那種「虛僞的作品」，不過這「虛僞」不等於「虛假」，而是通向另一種眞實意義上的「歷史寓言」。這符合先鋒小說家的新歷史敘事的共同特點，就像在《罌粟之家》中他給地主劉老俠的兒子所起的名字「演義」一樣，他的小說是按照個人的歷史理念來「演繹」的。只不過有時這種演義是非常眞實的，如《米》，有時則顯得蒼白，尤其是當他被某些「眞實」的史料所拘泥的時候，如《我的帝王生涯》。

三、作爲新歷史敘事的《米》

　　蘇童最典型和最具寓言性的新歷史主義小說，是兩部長篇《米》和《我的帝王生涯》。從方法的角度看，《我的帝王生涯》是當然最典型的，它完全「虛擬化」的敘事角度與敘述方式，使「歷史」完全被「形式化」和「結構化」了，這幾乎是從「理論」的方向上，佐證和解釋了新歷史敘事的一些方法和特徵。但如前所說，這部小說由於後半部分的過分遊走和隨意的處理，其思想與藝術價值不免大打折扣。相比之下，《米》就成了蘇童迄今最好的一部長篇，而且我認爲它也可以稱得上是新歷史主義小說的代表作之一。

　　首先，《米》在將歷史分解爲生存、文化和人性內容方面是非常成功的。幾年前我曾在闡釋這部作品的意蘊時說，它「是對種族歷史中全部生存內涵的追根刨底的思索和表現，在這個農業民族所有的情感、觀念和欲望中，『米』（食）乃是根之所在，五龍的苟活、發跡、情慾、敗落和死亡，無一不與米聯在一起，米是五龍也是整個種族永恆的情結，米構成了種族生存的全部背景、原因、內涵和價值，米，永恆的生存之夢和生存之謎」。〔註5〕它異常細膩和感性地解釋了種族文化心理與生存方式的互爲因果的關係，並把北方和南方、農人和城鎮、市面與黑道、男人和女人種種生存景象連接在一起，復活了一幅幅生動的歷史圖畫。弱肉強食，冤冤相報，悲歡離合，盛極

〔註4〕蘇童：《蘇童文集·後宮·自序》，江蘇文藝出版社，1994年12月版。
〔註5〕張清華：《十年新歷史主義文學思潮回顧》，《鍾山》1998年第4期。

必衰……它的敘事中隱現著一個古老的文化模態，一種久遠又讓人熟識的色調，一種種族歷史所特有的情境和氛圍，同時，它還有與中國傳統的世情小說特別類似的那種綿延、悵惘、感傷與頹敗的意緒，彌漫中一種蒼老而古舊的詩意。

如果我們要找尋《米》作為新歷史主義的敘事文本的特徵，我想至少會有這樣幾個角度：某種意義上，蘇童也想對「歷史的本質」這樣一個不無形而上學意味的主旨作出解釋，這既很「邊緣」，同時也非常「核心」。首先，有關「米」或者「糧食的神話」的敘述，在當代小說中可謂是一個反覆出現的主題，最典型的要數莫言的《紅高粱家族》、劉恒的《狗日的糧食》、張煒的《九月寓言》（其中大部分內容都涉及到「吃」的問題），另外在大量的小說中都有關於 1960 年代中國的飢餓記憶的描寫（包括在余華的《活著》和《許三觀賣血記》中也有），因此，選擇米或糧食，其實是意味著找到了歷史的核心結構。因為在過去的很多年中，中國人對於歷史的記憶是和飢餓連在一起的，在這方面，中國人的「歷史無意識」結構是十分發達和特別幽深的，從聖人所說的「食色，性也」開始，就表明了「米」在中國的社會與心理結構中的重要性。因此可以看出，蘇童寫這樣一個題目，某種程度上是有「野心」的。在小說中，蘇童象徵式地描寫了米對一個來自農業社會的底層人物的一生所具有的作用：五龍由發大水的「楓楊樹故鄉」來到瓦匠街，是出於對米的嚮往，他幾乎是「賴」在了鴻記米店，只求吃飯不要工錢地做了米店的夥計；然後，吃飽了的五龍又用了韜光養晦的謀略，在隱忍多年之後終於取馮老闆而代之，成為米店的店主，並且先是在近乎「被羞辱」式地娶了被黑道人物呂六爺玩弄過的織雲之後，又強娶了馮家的二女兒綺雲，這樣他就「合法」地佔有了鴻記米店的所有權；再之後，五龍又用了一擔米為代價加入了黑道幫會，多年來他所受的一切屈辱，現在都變成了加倍的好勇鬥狠，仗著這兇狠，他終於進入了幫會的上層，成了不可一世的「龍爺」，為了顯示權力，他還拔掉一口好牙換成了一口金牙（這好像還是離不開「米」的意思，只是這樣的「吃」更能夠顯示身份和奢侈，顯擺出擁有的「米」的富足）；他報復了呂六爺之後，又被他前妻織雲和呂六爺所生的兒子抱玉所報復，他帶了日本人來瓦匠街殺掠，這時，因為慣於沾花惹草而染上梅毒的五龍也日見頹勢，被奪了權；最後，病入膏肓奄奄一息的五龍想起了他的「楓楊樹故鄉」，便只帶了一隻箱子，搭上一列火車，踏上了還鄉的旅程。在車上，還未等他完全

咽氣，他的兒子便急不可待地打開了他的那隻「寶箱」，但所見除了米之外，竟別無它物。柴生所得到的唯一寶物，是他從五龍嘴裏撬下的一口金牙⋯⋯這個結尾是意味深長的，米可見是五龍一生所崇拜的「圖騰」，他的愚昧和深謀遠慮的兩面都表現在這裡。它表明，蘇童對歷史的理解完全集中到了「生存」的本相與核心層面，「米」的意義就在於它是全部生存根本，歷史上所發生的一切，不過都是圍繞著關於「米」的生存鬥爭與搏殺。在這樣的一場無止境的遊戲中，一切罩在歷史真相之上的倫理、道德、溫情等等社會學意義上的東西，都顯得可疑和無關緊要。

這顯然符合一個「結構主義」的歷史觀：人類的求生意志和種族的生存搏殺，食與色的本能以及由它們所派生出來的欲望與權力，謀奪與佔有，構成了歷史的基本元素。這樣的「文化／心理／歷史結構」，很自然地就為「性惡論」的歷史敘事找到了依據，形成了蘇童小說中歷史敘事的根本結構。這一點，當然符合先鋒小說家的某種共性（余華、格非和葉兆言的小說中也都有同樣的主題），但蘇童卻以相當「溫婉」的方式和風格表達了這樣的主題，這使他看起來更具有張力。此前在莫言的《紅高粱家族》中也寫到了人物「匪性」的一面，但匪性卻是他們英雄氣的一部分，莫言對他們滿懷了崇敬之情；而對《米》中的人物，蘇童則差不多都把他們「還原」至「動物」的層次，所表達的是鄙視是憐憫。小說是按照「男人都不是好東西」（織雲語）和「女人都是賤貨」（五龍語）這樣一個邏輯，來描寫它的人物以及他們之間的生存搏殺的，「米」正是在這樣一個意義上成了關於生存條件、欲望和權力的象徵物——生存的本能欲求和基本條件是「吃飽」，而生存的基本現狀是並非所有人都能夠「吃飽」，這樣就需要一場為了生存的基本條件所必須進行的搏殺，獲得「米」、能夠「吃飽」，便成為一切人性和行為運轉的軸心。這樣，「吃飽」就不僅僅是一個欲望，而且也成了「權力」的體現形式——誰擁有最多的米，也就意味著誰擁有最大的權力，五龍之所以把牙換成了「金牙」，就是為了炫耀這權力。

五龍的一生構成了一個象徵化了的歷史的核心結構，種族歷史上的戰亂頻仍和無處不在的傾軋爭鬥，當然不僅僅是為了「米」，但是米無疑是一個基礎，一個象徵和一個比喻。在它面前，人無法不蛻變為冷酷的動物，他們和她們之間都各自為了自己的生存而戰——有什麼樣的壓迫者，就有什麼樣的反抗者。某種意義上，五龍最初是一個城市與富人的「反抗者」，但當他變成富

人和城市人之後，他就要變本加厲地榨取和壓迫別人，這是文化的結構性決定的。在這一點上，五龍和《罌粟之家》中的陳茂一樣，即使是「革命」，也不能改造他身上的那種「狗」一樣的人性惡，正像劉老俠罵陳茂的那句話，「陳茂，你不過是劉家的一條狗」，五龍剛剛從一場大水中爬進城市時，也受到了狗一樣的待遇，他被一群黑道痞子阿寶他們逼著叫「爹」，那時——

　　五龍低下頭，看見自己的影子半蹲半伏在地上，很像一條狗。

　　誰是我的爹？五龍對這個稱謂非常陌生。他是一名孤兒，在楓楊樹鄉村……鄉親們說，五龍，你那會兒就像一條狗。

對人性的「狗性內核」的洞悉和絕望，無疑是蘇童對「歷史」的理解中充滿陰暗的深淵氣息的原因。五龍終於變成了一隻為了生存而兇殘和狡猾搏鬥著的狗，他的小說中的其它的人物，也都是在各自的生存競爭中互相殺戮和摧殘的動物。不只男人是兇狠和陰沉的，女人也同樣墮落和「不要臉」，絕大多數女性被蘇童寫成了「下賤」的人物，像織雲，她僅僅十幾歲時就被呂六爺玩弄了，之所以會有這樣一個開始，是因為她骨子裏就有一種無法救藥的輕賤，之後她就更寡廉鮮恥。五龍「撿」了她之後是當「破爛」來對待的，五龍特別惡毒而殘忍地對待她，後來又強娶了她的妹妹綺雲，每次媾和時要莫名其妙地將米塞入綺雲的下體。五龍還教唆他的兒子柴生，「女人都是一樣的賤貨」，你只有「狠狠地操她」；還有《婦女生活》中的嫻，一時衝動就與拍電影的孟老闆私奔了，但很快又被遺棄，回到破敗的家中，同樣養著「野男人」的母親卻不肯收留她，一氣之下母女倆對罵起來，彼此罵對方是「不要臉的賤貨」；還有《紅粉》中的小萼和秋儀，即使是在都已「落難」的時候也不忘彼此爭鬥算計，小萼更因為惡習難改好吃懶做，最終陷老浦於貪污公款而遭槍斃的下場；更不要說在《南方的墮落》中的姚碧珍，蘇童按捺不住他對這樣一個人物、甚至對於整個「南方」的憎惡，「要不是在新社會，她肯定掛牌當了妓女」。即便是孩子，人性惡也早已在他們的心靈世界中畸形地膨脹起來，《米》中五龍十歲的兒子米生，就因為妹妹小碗向父母告了他一狀，就殘忍地將他活埋在米垛中——這不應該簡單地理解為一個巧合，死於「米垛」中這樣一個情節，有力地呼應和豐富了五龍圍繞著「米」的一生。

「性惡論的歷史觀」，同時也使得《米》所描寫的歷史「黑社會化」了，這也是蘇童的深刻之處和「背叛」的一面。《米》勾畫了一個南方中國的黑社

會結構，並由此徹底推翻了被傳統的溫情所掩藏的另一種歷史——江南小鎮的依依楊柳和綿綿流水的背景上，那種溫柔多情的生存情致，完全被一群窮兇極惡、好勇鬥狠的黑幫和冷漠自私的小市民的生存傾軋的歷史所替代。它某種意義上也可以說構成了這部作品的「主題」，使我們看見了一個社會的斷面，一部歷史的斷面，也許這部歷史從來就沒有終止過，但卻一直掩蓋在以往溫情脈脈的敘事假象之下。

從《米》的故事題材和敘述動力的看，它也可以歸納爲「一個農人進城之後的生存歷史」，這在中國的現代小說的歷史似乎不乏先例，老舍的《駱駝祥子》即是一個，《阿Q正傳》似乎可算半個。它們在結構上自然地產生了敘述推進的動能，人們關心人物的命運與動向的好奇，即構成了小說敘事自然向前延伸的趨勢。在這方面，《米》和《駱駝祥子》之間真可謂有異曲同工之妙，區別僅僅在於，作爲個人的歷史檔案，《駱駝祥子》把悲劇更多地算到了「社會」的頭上，祥子的缺點僅在於他的農民意識相對於城市生存的不適應，他最初幾乎是「善的化身」，後來幾遭傷害，傷痕累累才逐漸變「壞」；而在五龍身上，則不存在原來宗法社會中「善良」的痕跡，城市和鄉村在道德上並不存在什麼必然的差異和對立。五龍一開始就適應了城市的生存方式，並一度在與馮家的較量中取得了勝利，而祥子則始終未能適應城市的生活。一個強調了「社會」，另一個則突出了「自身」；一個強調了「性善」，一個則張揚了「性惡」；一個顯示了對歷史的「敗壞趨向」的悲憫（這幾乎和西方現實主義的歷史價值一樣，社會的「進步」帶來的是人性的失落），一個則表達了對歷史「本來的無望」的認識，在蘇童的小說中，人性和歷史幾乎是「從來如此」的，根本不存在「進步」或者「衰頹」的價值趨向。這是否也可以看作是「舊歷史主義」和「新歷史主義」之間的一種不同？

第七講　格非小說中的新歷史主義意識

　　與其它先鋒作家相比，格非在哲學上是一個更爲鮮明的存在主義者，一個更爲極端的弗洛伊德主義者。他不止對於「歷史」和「現實」的「眞實性」抱著深深的懷疑，對人性和存在也抱著深深的絕望，同時，對個體動機與「無意識支配力」的也有著格外強烈的探察欲望。在殘酷性方面，他和余華有相似之處，一直執著地關注著「存在／死亡」的主題，困惑於宿命的力量；在歷史敘事中，則浸透了個人對歷史的無奈與荒謬的歎息，以及沒有結論、也不求結論的追問與懷疑。但比較余華的深刻、蘇童的逼眞，格非似乎另有著一種「玄學」的意緒，有一種不可知論的神秘與宿命論者的執迷。

　　格非屬於新歷史主義敘事的作品數量也比較多，有論者曾經將《風琴》、《青黃》、《迷舟》、《大年》等中短篇小說和長篇《敵人》都看作是新歷史小說，並指出了其「對歷史充滿錯位和悖反的疑懼，以及無法把握的茫然心理」，其「歷史是由偶然的許多不期而至的巧合組成」的歷史觀念。〔註1〕然而現在看來，這個範圍也許應該更大些，某些「現實」情境中的作品其實也完全可以作歷史解。比如《褐色鳥群》，過去也許從未有人會把它當作一個「歷史文本」來解讀，但它卻是一個典型的討論「歷史──記憶──敘事──文本」四者之關係的小說，一個討論「敘事詩學」與「歷史詩學」的基本問題的小說。不但在敘述上非常有意味，而且還具有相當複雜的「理論色彩」，可以看作是「元歷史敘事」的一種實驗文本。

　　這裡爲了方便，只抽樣選取其幾部主要的作品來說明其特點。

〔註1〕 王彪：《新歷史小說選‧導論》，浙江文藝出版社，1993年版。

一、歷史的偶然論與不可知論

美國的新歷史主義理論家海登‧懷特在他的《作爲文學虛構的歷史本文》一文中，曾對歷史敘事中的許多根本問題和修辭問題作過精細的分析，有的還富有哲學的啓示。比如，人們通常對歷史的興趣，是來源於對歷史上「到底發生了什麼」的好奇。但解答這樣的問題，卻顯然沒有一個現成的終極眞實的「歷史客體」，而只能看敘事者採取何種策略。從這個意義上說，任何單個的「事件」，在進入一個歷史敘述的結構之中時，實際上已經變成了海登‧懷特所說的「一個擴展了的隱喻」，它所完成的「對歷史的敘述」，實際上是「利用眞實事件和虛構中的常規結構之間的隱喻式的類似性來使過去的事件產生意義」。因爲很簡單，沒有哪一個人能夠在一個「文本」裏，眞正完成一個對一切過去年代裏發生的「歷史客體」的完整的描述，所有的描述「只能以適當捨取一些事實的範圍來製造關於過去的綜合故事」。〔註 2〕這個論述非常精闢地揭示了歷史敘述中的奧秘，歷史中的許多「必然性」其實都是「被解釋」出來的，某些「眞實」在本質上恰恰是一種「虛構」，這不是因爲事件本身有虛假性，而是源於「敘述結構」本身的虛構性和修辭性。因爲一旦某個事件進入了一個「敘述結構」之中，它就只能爲這個結構所要實現的敘事目的來服務，「眞實」就變成了以偏概全的虛假——中國人經驗中的「三人成虎」，「曾參豈是殺人者，流言三布慈母驚」，「謊言重複三遍就變成了眞理」……都近似於這樣一個道理。

所以，不可過分「信任」歷史，因爲任何歷史在根本上都只是某種「敘事」而已，它完全取決於敘事人的態度與修辭方式。格非是一個歷史的懷疑論者，一個歷史的偶然論和不可知論者，這使得他的歷史敘事產生了特別強烈的哲學和玄學的色彩與意味。前面說格非是一個「存在主義者」，在存在主義者那裡的一個最具有「人道主義」或者「人文主義」的立場，即是他們對「個人」的尊重，「個人」才是歷史的唯一主體。在傳統的歷史觀念看來，最先是「帝王將相」，後來是「群眾」和「人民」，是這樣一些權力或集群的符號才構成了歷史的主體，但在存在主義的歷史哲學中，只有克爾凱戈爾所說的「那個個人（that individual）」，才是眞正「存在」的歷史主體，而「群眾不過是虛妄」。任何試圖用群體的意志來解釋歷史的，都是由某種專制目的所驅

〔註 2〕 參見張京媛主編：《新歷史主義與文學批評》，北京大學出版社，1993 年版，第 162～171 頁。

使的。在這個意義上，新歷史主義敘事最重要的一個特徵，也是其最大的「合法性依據」在於它對個人的尊重，對於個人在歷史情境中的處境的關注，由此它才更接近於對人的「命運」的揭示。

確立了「個人」這個主體和歷史的基點，我們就不難來理解格非的敘事了。個人作為歷史的主體，必然會導致歷史的偶然論和不可知論。因為一方面，個人的意志可能會在很偶然的情況下作用於歷史，但另一方面，更多的時候個人在歷史面前又是弱小和無能為力的，歷史的某些關節點往往是基於某些偶然的因素，比如，假定荊苛刺秦成功，中國的歷史就可能是另一個樣子；如果孫中山不是因為癌症而那麼早地去世，中國現代的歷史可能完全是另一個格局。這是從大處說，那麼對更多的芸芸眾生來講，他們所面對的，往往不但是連自己的命運都無法掌握。甚至連自己的意念也無法完全控制，《哈姆萊特》的悲劇，不就是產生於他自己「內心的深淵」嗎？哈姆萊特表明，「命運」可能是「情勢」與「一念之間」、甚至是與「潛意識」合謀的產物。個人不但無法掌握歷史，甚至無法控制自己的意志，所以歷史往往只是「一念之差」。

但這種屬於「歷史本原」的根本性問題，卻無法在通常的「歷史文本」中表現出來，只能在「文學文本」中表現出來。文學在某種意義上是承擔了歷史文本所無法完成的使命，達到了歷史文本所很難達到的歷史深度。這樣的例子在中國古代的典籍中是很常見的，比如《三國演義》雖然比《三國志》有更多虛構性的東西，但某種意義上我們卻更認同前者。所以，難怪連馬克思和恩格斯都承認，他們在巴爾扎克的小說中所讀到的 1830 年代的法國歷史，比從所有的政治經濟學家、歷史學家那裡所讀到的總和「還要多」。格非的小說正是從個人的敏感的歷史處境出發，來關注細小的個體事件對歷史的影響，對無力改變一切的、如同洪水中一葉小舟一樣的個人命運，表示了深深的悲憫，並敏感地揭示以往歷史的「宏大敘事」、或者「國家敘事」模型中被忽略的微妙因素。《迷舟》就是這樣一個「個人面對歷史」的理念的實驗和展開。

首先《迷舟》的寫法就很有意思，它是用了一個「歷史實錄」的形式，來寫一個純屬虛構的故事。這和札西達娃那種使用「編年史」的方式虛構一個小村廓康的故事，很有異曲同工之妙。為了「證明」其真實可信，它甚至還用畫出「地形圖」一類的方式來擺迷魂陣，讓讀者弄不清他是在講故事，

還是在說歷史事實。小說的背景是出自史實，1928 年 3 月，國民革命軍北伐至漣水和蘭江一線，與駐守此地的軍閥孫傳芳相遇，形成對壘之陣。但《迷舟》的故事並不全景式地來描寫這場戰爭，而是把筆觸對準了這一形勢下的個人──歷史已把一個人推上了風口浪尖：這個人就是蕭。北伐軍的先頭部隊攻佔了蘭江西側的榆關，而孫傳芳所屬的一個旅則部署在蘭江東側、漣水南岸的「棋山要塞」一帶，形勢相當緊迫和微妙。然而更巧合的是，駐守棋山的三十二旅旅長蕭，與佔領榆關的北伐軍先頭部隊的指揮官，卻是一對同胞兄弟，手足之間竟戲劇性地變成了戰場上的敵手。對於蕭來講，他的處境非常尷尬而敏感，大敵當前，他的潛意識中不免有一種恐懼和逃避的傾向。正在這時，偶然事件給了他逃避的理由和機會──他在「小河村」家中的年邁的父親，在大清早爬上房頂清理煙囪的時候，不慎從房上摔下亡故，蕭便急切回家奔喪，卻遇見了從榆關前來走親的遠房表妹、他曾經在榆關的藥房學徒時暗戀過的杏姑娘，兩人相見恨晚。在父親的葬禮上，蕭心神恍惚，之後在別人的暗示下，蕭大膽與已經嫁人的杏幽會了三天。之後當他故作鎮靜地與警衛員在河邊釣魚時，馬三大嬸來告訴他，他與杏的事發了，三順已發現杏有不貞行為，就把她閹了，並揚言要殺了蕭。蕭有些緊張，這時警衛員提醒他應該回棋山，蕭焦躁地用槍敲著桌子，蕭的母親看到這翻情景，順手把蕭的手槍放進了抽屜。蕭決定立即回棋山，但轉念又想到了杏。傍晚他告訴母親，自己要連夜去一趟榆關。在路上，他遇到了三順，三順要殺他，蕭下意識地摸槍，卻發現自己竟意外地忘記了帶。三順不知為何又突然改變了主意，放了蕭。蕭看望了被傷害的杏，心情壓抑地回到小河，似乎正準備要回軍營了，但不想當他回到家的時候，卻發現自己的警衛員正拿槍抵著他。警衛員對他說，上峰因為擔心他會通敵，一直指派自己暗中監視他的行蹤，他深夜潛入已屬於北伐軍領地的榆關，看來已屬於通敵無疑，所以現在要代為執行對他的槍決。蕭此時有口難言，無奈之下準備逃跑，可就在這時全然不知情的母親正在關門捉雞，準確犒賞一下自己多日奔波辛勞的兒子，蕭無路可逃，被其警衛員一槍擊斃。

這便是「迷舟」──個人在歷史中的處境，同時也是歷史的無數「單元」中的一個，是歷史本身的構造、情狀、向度的一種隱喻。歷史是無法判斷和預測的，因為其中的人即猶如逝水上的一隻迷舟。同胞兄弟在戰場上成為了敵人，這是「歷史安排」而主人公自己無法改變的一種悲劇命運，而且某種

意義上，也是蕭的母親「害」了他，她先是把他的手槍放進了抽屜，後又在蕭逃命的關頭插上了門閂。從心理的無意識角度來看，蕭自己的逃避與軟弱、沉湎兒女情長的一面，也是他違背軍人常規而做出了愚蠢的事情的原因。作為一個高級軍官，他不可能對戰爭形勢和敏感的敵我關係沒有認識，但「下意識」的東西卻支配著他，向著毀滅的深淵滑行。

顯然，格非對蕭這個人物作了非常「知識分子化」的處理，他身上的敏感氣質，使他看起來不像一個軍人，反而倒像一個「書生」，一個被剝離了王子身份和詩人氣質的哈姆萊特式的人物。無意識的驅動使他無可挽回地扮演了一個悲劇人物的角色，這是格非新歷史主義理念中一個非常特別和重要的因素，和其它作家不一樣的東西。其實在某些歷史的關頭，極有可能是某些無法言說的隱秘因素，影響甚至決定了歷史。這樣或那樣，「歷史的歧路」看起來是彼此背道而馳，當初卻只有分毫之差、半步之遙。某種意義上甚至也可以說，是「無意識」和「下意識」的驅動、決定並書寫了歷史。歷史的隱秘性和荒謬性正在這裡。如果蕭不是一個內心孱弱敏感的人，如果他根本上就是一個「粗人」，他是不會在大戰之前沉湎個人的情感的。但他內心世界的過於細膩和「憂鬱」毀了他，同胞兄弟很偶然地成了戰場上的敵手，這樣的情勢在他內心中產生了強烈的敏感和擔心，潛意識裏產生了難以抗拒的「通敵」的擔心與「犯罪感」，這使他像面臨突如其來的命運的哈姆萊特一樣，有點措手不及。他可能已經意識到了自己的命運，並一直強化著這種內心的「毀滅性的自我暗示」，所以他不顧軍情緊急，一再因為與杏的纏綿而拖延歸隊的時日，甚至在緊急和危險的時刻還「忘記」帶槍，這都是他按照自己的「無意識指令」一步步滑向深淵的步驟，是他內心邏輯的不經意的體現。

顯然，他之所以不「面對現實」，是因為他在潛意識裏已經清楚地預知了自己的命運。

歷史原來是如此脆弱和微妙的，格非當然也沒有忽略對他的主人公的同情，在歷史轉折關頭的重壓下，歷史表現為一種「人無法戰勝自我」的悲劇，蕭無法控制自己的內心，正如他無法控制戰爭和歷史的走勢。個人是歷史中唯一存活著的主體——但他在現實面前，卻注定只有茫然而不知所措的懸浮感與漂泊感，這正是歷史無法駕馭的本質。通過蕭的命運的描寫，格非對以往必然論與目的論的歷史觀表達了強烈的否定與哲學的反思。

二、文化心理結構的歷史宿命論

以上大約可以看作是格非對歷史的一個「無意識的結構分析」，或者一種「精神分析學的歷史主義」。無疑，這是非常具有創造與「發現」性質的歷史視角。下面一個作品則具有反向的對照意義，如果說《迷舟》是表現了個人在歷史面前的迷失與錯亂的話，那麼《敵人》刻意表現的，則是歷史的結構因素——種族文化與心理對人物命運的不可抗拒的控制與注定。

一個文化與心理結構導致了一個家族的興亡史，而家族其實又是種族和國家的一個縮微的標本，可以想見，格非對歷史的思考充滿了文化反思的意味。在這一點上他好像從先鋒小說家又「退回」到了「尋根」作家的立場。但這只是從「宗旨」的角度看；在歷史的理念上，格非與尋根作家則有根本不同。從上面《迷舟》中也可以看出，心理和意念這些最「抽象」和虛渺的東西，對歷史和人的命運的作用力是何等的巨大。而在其《敵人》中，格非則更集中地表達了「一個意念的邏輯導致了一個家族的滅亡」這樣一個主題。

這個「意念」不是個人的潛意識，而是一個「集體無意識」，一個種族文化中的結構性要素。

這同樣充滿了哲學的趣味。在余華的《活著》中，福貴的悲劇命運固然和他早年的玩世不恭有直接的關係，好像也是「文化」在起著某種作用，是古老的民間經驗與邏輯（諸如「富貴無常」、「禍福相蹤」）在起作用，但與後來的政治變遷也有著密不可分的關係——福貴的受苦受難，當然也包含了作家對當代社會現實的直接觸及。而《敵人》則完全把悲劇的原因抽象化了。

敘述「敵人」的這樣一個主題，顯然是很有文化意味和哲學意圖的。在格非筆下，是中國傳統社會的生活方式所引發的宗族仇恨，導致了關於「敵人」的本能恐懼；同時又是這種恐懼的本能，導致了一場因果相連的家族歷史悲劇。這樣說似乎很大，可是我們在《敵人》中看到，真正的和最後的「敵人」不是別人，也不在別處，就在趙家的內部，是這個大家族中的「父親」趙少忠——這還不夠發人深省嗎——某種意義上，也是這樣一種邏輯支配了中國幾千年來的內亂與殺戮。一場偶然的大火，燒掉了趙家曾富甲一方的莊園、票號與宅院，使一個大家族陡然陷於衰敗。但這還不是最要命的，最可怕的是主掌這家族的趙老爺趙伯衡，他在死前為自己的後人們留下了一個「敵人」的名單，那上面寫滿了他懷疑的縱火者的名字，正是這個名單毀了他的後人，

也毀了他大火中劫後那些家產。因為很顯然，在這個宗法制的社會裏，不可能有一個真正的「執法者」能夠完成一個嚴密而有效的合法調查，這注定是一個沒有結局的懸案，趙家的後人只能生活在猜忌的恐懼和「想像敵人」的陰影中，直到最後的毀滅。

在過了兩代之後，名單上的那些人差不多都已死盡了，趙家的掌櫃已換成了趙少忠，但他的一生已被憂鬱與恐懼的情緒所毀，在他的六十大壽即將來臨的時候，他的家庭正發生著一系列不祥的事件：大兒子趙龍的老婆跟人私奔了，而他自己則整日沉溺於賭博；大女兒梅梅趕集時被一個神秘的難以擺脫的「麻子」盯梢糾纏；做生意的二兒子趙虎從江北回來，說是路上遭到了搶劫（是真是假？）；二女兒柳柳去村頭燒紙消災，又受到皮匠的挑逗……趙少忠對這些事情似乎充耳不聞，但其實是他已經被幾十年來的巨大壓力壓垮了，他已經無力做出什麼反應，他在逃避著這一切。

之後，趙家唯一的孫子「猴子」在趙少忠的壽辰宴會上，被淹死在屋後的水缸裏。麻臉青年來娶梅梅，家裏所有的人都反對，就趙少忠一個人堅持。出嫁的時候，趙少忠竟突然不見了。經過一段壓抑的平靜之後，不祥的徵兆繼續出現：趙少忠拉胡琴時，琴弦突然繃斷，同時趙家水缸上的鐵箍也斷了，水缸破裂。這時趙虎一直莫名其妙地策劃著去江北，柳柳被不斷出現的死老鼠弄得驚慌失措，趙龍成了一個十足的賭徒，梅梅則在麻子家受盡了其兄弟幾個的輪番侮辱，跑回了家，而趙少忠對這一切卻不聞不問，他只是忙於在院子裏「剪枝」，還同前來「要人」的麻子喝酒喝到深夜。

不久趙虎的屍體深夜被人送至家中，趙少忠不知出於何種心理，竟一個人秘密將他埋葬──也許是不願意面對這樣一個悲慘的現實，他在欺騙自己。而且那時他的潛意識裏還出現了恐懼的幻覺，「慌亂之中他竟感到好像是自己親手殺死了趙虎……」這是未經證實和證偽的，或許正是趙少忠自己親手殺死了兒子，他在潛意識中把這想像成別人所為，而這正和趙少忠前面的「剪枝」動作有著隱喻式的關聯。這之後，趙家開始加速走向崩潰，柳柳開始墮落，夜不歸宿；趙虎的屍體被人挖了出來，趙家不得不面對這個殘酷的現實，為趙虎出殯。不多久，柳柳赤裸著的屍體也在野地裏被發現（此前她已經懷孕），趙家又一次出殯。

兩個瞎子來到趙家，說院子裏的白果樹已經死掉，趙少忠鋸倒了樹，發現裏面已經蛀空了，並有無數隻老鼠。瞎子給趙少忠算命說，你不該把樹鋸

倒，這樣令郎「大限」就到了。瞎子的話裏似乎有一種暗示：「大樹雖已枯死，但朽伏之日尚早，現在既然它已被你鋸倒……」趙少忠大概也聽出了其中的弦外之音。全村的人都相信了瞎子預測的時間，認爲趙龍在臘月二十八日必死無疑，都已經爲他「預訂」好了花圈。趙龍「提前到來的死亡」的恐懼中，一直熬到了這天的深夜。就在他慶幸自己就要躲過這一劫難的時候，房門開了——趙少忠悄悄走了進來。

最後是趙龍的葬禮。這之前梅梅也已經因爲忍受不住虐待而遠走它鄉。趙龍的死因已沒有別的解釋，「兇手」不是別人，就是他自己的父親趙少忠。掩埋了趙龍之後，趙少忠等於結束了他的「剪枝」的使命，完成了他家族世代的「敵人」一直想做而沒有做成的事情。卸下了身上的擔子，他竟然萌動了消失多年的一絲情慾——與他早已徐娘半老的傭人翠嬸之間，似乎發生了一點遲來的戀情，眞是叫人匪夷所思。

與格非其它的作品一樣，《敵人》的故事中彌漫了濃厚的「宿命」色彩。這是一個「在劫難逃」的故事，巨大的財富導致了「大火」之災，但趙家最後的頹敗則是發生在自己人的手裏——趙家的人共同自編自演了這幕悲劇。格非不愧是一個搭建作品的複雜思想與意念的高手，這部小說中蘊涵的主題實在是非常豐富。首先，作爲一個典型的「家族歷史敘事」的結構，趙家是一個傳統中國社會的縮影，趙家的歷史與整個中國傳統文學中的歷史敘事相比，在內在性質上是完全同構的，富貴無常，盛衰輪迴，它和余華的《活著》中的前半部分也有著異曲同工之妙。按照中國人的傳統的歷史觀，這場衰敗的悲劇是無法避免的，是一個「定數」，就像《三國演義》中的「分久必合，合久必分」、《水滸傳》中的「由散到聚，聚而必散」、《紅樓夢》中的「昏慘慘似燈將盡，呼喇喇似大廈傾」一樣，是社會的內部結構和歷史運行中的固有邏輯自然運行的結果，遲早是要發生的，只不過是一個「時間問題」罷了。從這個意義上，它揭示出了中國社會的一個民間性的運行規律，表達了一個循環論的、宿命論的和悲劇性的歷史觀，這與現代中國歷史中出現的「進化觀」則完全不相干。這和我在前文中所說的「新歷史主義其實也最舊」的特徵也是一致的。「敵人」的概念在現代以來的中國，曾經是一個燙手的階級鬥爭理論的基礎，而現在，格非所描寫和解釋的「敵人」，則完全瓦解了以「階級論」爲根本構造的歷史觀。

不過，《敵人》中也仍然有著「現代」的一面，它的核心理念中包含著這

樣一個意思：假定趙家並沒有決心追究「敵人」，是以「和解」而不是無謂的猜忌來面對災變，也不會導致幾代人不堪重負而心理失衡。是中國人「冤冤相報」的傳統文化心理結構導致了這個悲劇。這一點用中國文化的視點來解釋，就是「宿命」，用西方文化的視點來看，則是「結構性」所導致的必然性後果。在一個整體性的文化邏輯與情境中，一切看起來偶然的東西，都可以得到「規律性」的解釋，這明顯是一個類型「結構主義的歷史觀」的敘事。

再者，《敵人》還對中國現代以來的歷史構成了十分敏感和有力的隱喻力量。眾所悉知，現代中國曾出現過一個非常緊張而氣氛恐怖的時代，這種緊張導致了人們關於敵人的「條件反射」式的想像。某種意義上是先有「恐懼」，後才有「敵人」。而對於當政者來說，構造某種恐懼的氣氛是有利的——這一切正如前南斯拉夫的著名導演，托斯圖尼察執導的電影《地下（Underground）》中所隱喻的一樣，當政者需要虛構一種關於敵人的危險想像。趙龍的父親借著這樣的恐懼而殺了他，不知道是否也屬於一種「歷史無意識」的支配？如果不營造恐懼的氣氛，這樣的權力與殺子的合法性，至少在心理上是不會自動獲得的。此前趙虎的死，其實也可以作同樣的理解。在巨大的恐怖壓力之下，趙家所有人物的活動其實都已經呈現為一種垂死的掙扎——像那棵內部已朽枯的白果樹一樣。對敵人的恐懼當然可以會有兩種結果，一種是鐵板一樣的一致對外，另一種就是內部的紛爭和自相殘殺，但最終的結果往往是後者。《敵人》使一個中國人對現代的歷史會產生某些不寒而慄的聯想。

還有個人面對歷史的情境感，這一點和《迷舟》相似，趙少忠實在是壓力太大了，在恐懼的心理支配下，所有偶然的事件在他的心理上都會產生「必然」的解釋，不祥的徵兆越多，他的壓力就越大，他的沉默常常是「蝨子多了感覺不到咬」的疲倦反應症，他不但不敢面對這樣的現實，甚至在心理上還產生了強烈的早日結束這一切的欲念——這正是他先後殺死了自己的兩個兒子（？）的潛意識動機。在這個意義上，趙少忠是《敵人》中最具悲劇性的人物，他雖然還活著，但其實早已經心死，成了一具「活屍」。

「歷史的無意識深度」，是格非小說中超乎常人的地方。某種意義上，對於人性的進入深度即是對於歷史的深入程度，格非在這方面恐是無人能及的，《敵人》再次顯現了格非的這種稟賦。

不過，單純就小說的故事情節而言，《敵人》似乎不能說是一部完美成功

的作品，和蘇童的《我的帝王生涯》的缺點一樣，它的敘事過於玄虛和神秘了，細節處理也有些流於乾澀。它有極強烈的氣氛和懸念的設置與烘托，但卻不是一部非常有機融合的小說，情節的推進顯得比較隨意了一些，人物過於漂浮和「符號化」了，面孔模糊，性格不明。這大概是先鋒小說在其藝術實驗的後期（1990年以後）所共同面臨的問題。

三、記憶與歷史的虛擬論者

如老子的「名可名，非常名」一樣，德里達對於「關於存在的形而上學」的不信任，是解構主義的理論基石。而新歷史主義的理論起點，也是來源於對歷史的「不信任感」。「究竟發生了什麼」？誰也無法真正得知。不要說從「本體論」而言，就是從「認識論」來說，人們關於歷史的記憶在本質上也是「靠不住」的，沒有哪一個人能夠回溯至歷史的客體之中，而只能是通過某種「對歷史的修辭活動」來影射歷史的某些部分，並用極少的單個事件的連綴之後產生的「蒙太奇效應」，虛構出某種「歷史的動向」。美國的新歷史主義理論家海登・懷特正是基於此，而把歷史看成一種「文學的虛構」或者「修辭想像」，把歷史研究和文本的編修看作是一種「詩學」範疇的活動的。

但這還不是終點，非但「歷史是靠不住的」，作為歷史的主體的「個人」的「記憶」，也是靠不住的，因為人的記憶是按照一個「對自己有利」的原則來實現的，在對記憶的編纂過程中，人不可避免地要做某種加工和修改。很顯然，沒有哪一個人會把自己的「過失記憶」放在大腦中最顯赫的位置上，所謂「只記得過五關斬六將，不記得走麥城」。弗洛伊德所揭示的潛意識世界，在根本上即是那些「非法」的經歷或記憶。因為歷史往往是靠單個的人（某一個生理體的大腦）來記憶的，之後才能轉化為「文字」或者文本式的記憶，但在作為文字之前，這記憶其實就可能已發生了問題，因為它必然會受到特定的人的經驗、心理、情感傾向、價值判斷、瞬間情境等等條件的影響，在此基礎上形成的文本當然會帶上人的偏見──即便是在剛剛發生的「新聞」中，這種情況也普遍存在著，對同一個事件會有完全不同的報導角度甚至完全相反的解釋結論。

非但如此，再進一步說，「敘述也同樣靠不住」。一切「歷史」都首先來自「記憶」，而一切記憶又必須通過「敘述」來轉化成文字，任何文本首先是

一種「敘事體」，而敘事說到底就是一種「修辭」，其主觀性質是非常強的。這是結構主義和精神分析學介入到歷史研究領域之後，所產生的新的歷史理念，它應該非常具有哲學的啓示意味。敘述和修辭能夠保證歷史的「客觀性」嗎？恐怕很難，就像魯迅說的，吃飯前和吃飯後，倘按按自己的胃，說話的態度就會不一樣。這當然是就「個人」的傾向性而言的，它所體現的只是「人性的弱點」而已，而意識形態對歷史敘述的介入，那就不再是這樣一種人性的缺陷，而是一種政治的需要和政治的必然，歷史敘述因此會變成政治的工具，這就非常可怕了。新歷史主義小說家其最「先鋒」的一面，除了在形式的實驗上花樣繁多以外，更重要的恐怕就在於他們對這類「歷史哲學」問題的強烈關注與形象探討了。

除了余華，也許格非在這方面是最突出的。他的最早的成名作之一《追憶烏攸先生》，就暗示出當代歷史被掩蓋和僞造的某些實質。烏攸先生大約是一個「知識分子」，他愛著美麗的少女杏，但卻爭不過被那個喜歡「演講」和掌握著權力的「頭領」，頭領憎恨烏攸先生，他強暴並殺死了杏，然後嫁禍於烏攸，並強迫他人作僞證，使烏攸先生無法辯解而給予定罪。頭領還讓村人康康（烏攸先生曾經爲他母親治好過病）開槍殺他，而包括「我」和弟弟「老K」在內的「群眾」，則一起把這場奇冤的殺戮演變成一齣狂歡的喜劇。很顯然，這是一個關於誰掌握著「歷史的敘述」、誰就擁了著生殺予奪的權力的寓言。歷史可見不僅僅是一個「解釋」和「敘述」的問題，它關涉到這樣一個根本的問題：誰「敘述」了歷史，誰就「創造」了歷史，誰也就擁有了歷史，成了歷史的主人。這是多麼荒唐的邏輯，但卻曾經是殘酷的現實。

《追憶烏攸先生》也許體現了格非試圖探尋「歷史正義」的努力，這毫無疑問應該是新歷史主義小說的應有之義。但也許這些問題是太沉重了，不應該由小說家來承擔──小說家可能會解釋出這樣的道理，但卻無法完成這一歷史的糾偏。而格非的所長卻遠不止體現在這一方面，他對「歷史──記憶──敘事──文本」這類問題的認識，達到了極具有「玄思」意味的高度，幾乎使他的一些小說變成了「歷史哲學的文本」。

在這方面，《褐色鳥群》應該是一個傑作，儘管它不是一個真正意義上的「歷史敘事」，但它所揭示的關於記憶和敘事本身的哲理，卻非常富有啓發的意義。它以完全的「暴露虛構」的敘述手法，揭示了敘述的隨意與虛構本質，以及「記憶是靠不住的」這樣一個道理。「小說」、「故事」、「畫夾」、「鏡子」，

這樣一些關於「認識」、「反映」、「敘述」的概念，同「事實」、「歷史」和「眞相」等之間，完全不是那種想像和期望之中的對等關係，它們就像黃昏或某一時刻盤旋在天空的「褐色鳥群」一樣，是實在而又虛幻的，上下翻飛，閃爍不定。

小說中有兩段敘事和幾個虛擬的人物，首先是兩個對話人：「我」與來訪者「棋」。棋來到我很「抽象」的住所──那個叫做「水邊」的地方，舉止如同「妻子」一樣喝水，並坐下來聊天。夜裏她讓「我」給她講故事。「我」的故事顯然是隨意虛構的：幾年前，我在城裏看到一個女人，好像她有著一種奇怪的吸引力，就一直跟蹤她，她發現了，似乎很慌張，就跳上了一輛公共汽車向郊外的方向駛去。我騎了一輛自行車追趕，一直到了郊外的河邊，看到女人上了河上的一座橋就不見了。天已經黑下來，我匆匆忙忙追上去，感到和什麼人摩擦了一下，有什麼東西掉到河裏去了。到了橋頭，一個似乎是守橋人摸樣的老頭，手舉一盞馬燈攔住了我，我問他有沒有看見一個女人從橋上過去，他竟說這座橋在二十年以前就被洪水衝垮了──根本就沒有橋。我感到很奇怪，第二天一打聽，知道自己是撞翻了一個男人，他掉到河裏淹死了。

中間插上了我與棋的另一些閒話：是關於「李劼」和「李樸」的──其中李劼是格非在華東師大中文系的同事，「李樸」則是棋「虛構」的人物，當格非表示不認識「李樸」時，棋說了一句意味深長的話：「你的記憶已經讓小說給毀了」。

接下來棋又追問「以後」，「我」繼續開始敘述：「我」來到鄉下寫稿，又見到了那個女人。她的丈夫是個瘸子和酒鬼，似乎經常虐待她。我見到她時，她正攙著喝醉的丈夫回家，我幫她並問到幾年前在城裏追她的事情是否還記得？她卻說，我十歲之後就再也沒有進過城，不過她倒是記得丈夫曾說過這一情景（她還特別提到了他手拿「馬燈」一節），第二天人們從河裏曾撈起一輛自行車和一個年輕人的屍體（他是誰？是「我」嗎？）。

然後棋又追問以後，「我」繼續講道，一個大雨天，女人來到「我」的住處，說她的丈夫酒後墜入糞池淹死了（這是不是我希望的？），我去幫她張羅喪事，入殮時我竟看見死人似乎是「嫌熱」在伸手解衣扣（幻覺？）但「我」還是很沉著地把棺材蓋上了。後來似乎就於她有了很親密的舉動，同居，做愛，結婚（？）⋯⋯棋聽到這裡似乎不高興，就走了。

「我」天天盼著她再來（其實我並未結婚）。幾年後，又一個和棋一樣的女孩走來，也像熟人一樣來喝水，「我」問她舊事，她卻一無所知，她說她不是棋，她只是一個過路人，來討杯水喝的。

小說的講述到這裡也就結束了，格非給我們留下了巨大的疑惑：在小說的開始，那女孩背著一個夾子，又像鏡子又像畫夾，「我」問她，這是鏡子嗎？她說，這不是鏡子，是畫夾；到最後，她還是拿著那個夾子，「我」又問她，這是畫夾嗎？她卻說，這不是畫夾，是鏡子。

讀者當然可以把這篇小說當作一個「敘述的遊戲」，但我們卻可以從中看出，人的願望、欲念、想像和幻覺，這些最「主觀」的因素對記憶和敘述本身的干預作用。其中的複雜的情形至少有這樣幾種：首先「願望」和「真實」之間是沒有界限的，女人丈夫的死，與其說是一個事實還不如說是一個想像，尤其「我」明明看到他在棺材中還「活著」，也「殘酷」地把棺材蓋上，這一舉動尤其可以看出潛意識對記憶的某種干擾和篡改；其次，不同的講述人對同一件事的記憶會完全不一樣，「我」明明看見女人上了那座橋，可守橋人卻說橋根本就不存在，女人堅持說自己十歲以後就沒有進過城，可她又說她的丈夫知道這件事；再者，同一個人在不同的語境和不同的時空裏，也會有完全不同的認識方式與記憶，棋前後所帶的東西，在「我」看來沒有區別，但她自己卻微妙地將它們區分爲「畫夾」和「鏡子」。正是這個東西導致了她和「我」之間的錯位和陌生感。其實無論是鏡子還是畫夾，它們都是人的「認識」的某種形式，和「真實」之間永遠是有距離的。

還有一句極富哲理的話——「你的記憶已經讓小說給毀了」，它揭示了「敘事對記憶的破壞性的作用」，這既是對於「文學敘事」而言的，對於「歷史敘事」也同樣適用。正如新歷史主義理論家所闡述的「詩學」，對於文學和歷史學來說，最後形成的「文本」，在本質上都是一種「詩學活動」。敘述會使得「歷史」呈現出面目全非的分裂，完全不同的多面。在敘述中，歷史呈現著無數的歧義與可能性，因此一般地和機械地追尋所謂「歷史的真實性」，而不對敘述本身保持警惕和反省，都是愚蠢的。這樣的一種理念當然會引起爭議，它的正面無疑是一種當代性的新的歷史觀，它的反面則是一種歷史相對主義和不可知論。但無論如何，格非作爲小說家，他爲我們提供的歷史哲學方面的啓示，應該是異常豐富且極其珍貴的。

在其它的作品中，格非對此也有著巧妙的表現，如《傻瓜的詩篇》中關

於莉莉是否殺死了她的父親一事，就是極好的例子。莉莉憎恨他的父親的不倫之舉，但畢竟又與之相依爲命，所以她既想殺死他，又對此有著深深的犯罪感。所以受到這樣的強烈的潛意識的矛盾的壓抑，她關於這件事的記憶便發生了扭曲——到底是不是她殺了自己的父親？任何人都難以肯定和否定，包括「作者」，也只能尊重這一「謎」一樣的矛盾，某種意義上這才是眞正的「歷史眞實」。

第八講　莫言的新歷史主義敘事

　　在討論新歷史主義文學思潮的興起一節，我已經談及莫言早期的《紅高粱家族》所具有的不可替代的意義。這裡我們要討論他的另一部作品，也就作為新歷史主義敘事典範的長篇小說《豐乳肥臀》。這部作品的重要，使我不得不專門來談論它。

　　在這裡，我將嘗試使用一個自創的詞——「偉大的漢語小說」，來給這部作品一個定位，我意識到這會備受爭議，然而我認為是恰切的，捨此很難有一個恰當的詞語，可以來表達我對這部作品的評價。因為《豐乳肥臀》和幾部誕生於九十年代的長篇小說，使這個詞變得已不再是一個虛構。它同時也可能是這樣的一個標誌：中國當代的作家，與世界上其它民族的優秀作家已經可以比肩而立了。

　　在中國國內研究界，有一種始終佔據上風的定論，認為「當代文學」不如「現代文學」的成就，更無法「和世界文學對話」。這種比較本身顯然有問題，但即使作為一種不合常理的比較，我以為這仍是出於某種根深蒂固的偏見。事實上當代中國文學在九十年代不但達到了很高的水準，就長篇小說的成就而言，我以為甚至可以說已超過了現代三十年的文學。在我看來，現代三十年的文學中還沒有哪一部長篇可以稱得上是「偉大的漢語小說」，魯迅、老舍、沈從文，他們也許可以稱得上是「偉大的漢語作家」，但就單個作品來講，他們還很難有哪一部作品可以單獨成為「偉大的作品」。就思想與精神體積、結構與藝術質地，作品的體量分量而言，他們都很難找出這樣的例證，而《豐乳肥臀》卻可以稱得上是這樣的作品，無論在格局、氣象和筆法上，還是在思想的深度與含量上。

　　另外還有一個參照——剛剛有一位法籍華裔的作家高行健獲得了今年（2000 年度）的諾貝爾文學獎。我看過這位作家的大部分作品，也知道諾貝爾文學獎所包含的無法排除的意識形態因素。獲獎是一個我們無法不面對的事實，而且毫無疑問，他的作品將會被載入到一個主流的「世界文學」史冊之中——我並不想臧否他的寫作成就，而是要以此作爲一個參考尺度來說明一個問題：我認爲，在當代中國，就整體創作的成就和水平而言，超過高行健的人數決不是一個半個，也就是說，至少會有一批作家，他們並不次於這位諾貝爾文學獎的獲得者。這說明什麼呢？當然不能說是諾貝爾獎的「水平不高」，而是它反證了當代中國文學在整體水平，否則我們無法解釋這樣一種困惑。

　　《豐乳肥臀》是莫言迄今最好和最重要的一部小說，但現在關於這一點還遠未形成「共識」，甚至它還是莫言迄今受到最嚴重的誤讀誤解的一部小說。即便在專業的批評家和研究者中，也存在著廣泛的粗暴而簡單化的誤讀。我不知道是什麼原因造成了這種局面，是低能，還是浮躁？這樣一部眞正具備了人文主義理想與知識分子情懷的、具備了「詩」和「史」的品質的、富有思想和美學含量的、結構恢弘和氣象磅礴的作品，爲什麼沒有得到人們耐心的閱讀和公正的承認？五年多來我至少認眞地讀過了三遍，每讀一次都有新的認識，現在我更堅定地認爲，它是新文學誕生以來出現的最偉大的漢語小說之一——至少它已經部分地具備了這樣的品質。就思想的深度和藝術的容量而言，不管是在當代，還是在整個二十世紀的新文學中，能夠和它媲美的作品可以說寥寥無幾。

　　偉大的漢語小說應該具備那些品質？我似乎應該首先回答這樣的問題。我之所以認爲它具備這樣的品質，是因爲它實踐了「偉大小說的歷史倫理」。這個問題要弄清楚非常不易，但是也可以簡單地說，一部書寫歷史的小說，是不是在展現歷史良知時表現出了最大的勇氣，在接近民間的眞實和人民的意志方面達到了最大的限度，這是判斷其品質高下的首要標準。《豐乳肥臀》對二十世紀中國歷史的充滿血淚和詩意的波瀾壯闊的書寫，它對人民和知識分子命運的深切關注和感人描寫，它的秉筆直書的勇毅與遍及毛孔的細密程度，在當代文學敘事中堪稱是首屈一指的；它在把歷史的主體交還人民、把歷史的價值還原於民間、在書寫人民對苦難的承受與消化的歷史悲劇方面，體現出了最大的智慧。

一、兩個人物與兩部歷史

在中國文學的傳統中，「歷史」不但是一種書寫的題材空間，同時也是一種品格與價值尺度，人們把杜詩稱作「詩史」，把《史記》稱作「無韻之離騷」，可以看出「詩」與「史」兩者價值的互證互換，互為闡釋和評價標準的特殊關係。能夠寫出「詩史」的詩人，也就變成了在「倫理」上最受尊敬的詩人——杜甫因之成為了獨一無二的「詩聖」。史的品質在於其「中正」和「真」。因此，秉筆直書即是史家之德，所謂「良史之筆」。在文學敘事中也一樣，把歷史交還於人民和民間，就是最大的「真」，這需要勇氣和膽識。從某種意義上，書寫歷史也是解釋現實，反過來說，書寫歷史不能中正真實，往往也是因為現實的種種框定和限制。堅持歷史的真，也就是對現實的正直的回答。從這個意義上說，以「民間」的立場來書寫歷史，體現了小說的根本倫理。這就像《水滸傳》、《三國演義》都是用了民間倫理的「義」來調和了主流道德的「忠」一樣，如果沒有這樣的小說倫理，它們就不能成為偉大的作品，成為不朽的中國敘事。

偉大的小說當然要遵循這樣一個倫理。我們曾充分地肯定當代先鋒作家的「新歷史主義」小說實驗，肯定余華、格非、蘇童等人的作品中豐富而新異的歷史理念與敘事方式的探求，但同樣也不要忘記，更具有「歷史的建構」意義的，不僅是強調「怎麼寫」、而且更注重「寫什麼」的，可能還要數幾位出生於五十年代的作家。我看重《豐乳肥臀》中的歷史含量，如果說先鋒新歷史小說是在努力逃避歷史的正面，而試圖去歷史的角落裏找尋「碎片」的話，莫言卻是在毫不退縮地面對並試圖還原歷史的核心部分。從這個意義上說，莫言的歷史主義是更加認真和秉持了歷史良知的。雖然「人民」這樣的字眼如今已遭受到了「德里達式的」置疑，但我依然堅信，當我們在面對一段歷史——尤其是一段具有「完整歷史段落」的意義的歷史——的時候，「人民」，作為歷史主體的意義，仍然是歷史正義性的集中體現。這是偉大小說應該秉持的歷史倫理學。

然而崇高的倫理並不能單獨構成「偉大小說」的要素，在《豐乳肥臀》中，上述完整的歷史段落是通過一位偉大「母親」的塑造——即上官魯氏走過的一個世紀的生命歷程，來建立和體現的。這一點非常重要，某種意義上是這位母親的形象，造就了這部小說的偉大品質。在已有了百年歷史的新文學中，說這樣的形象是第一次出現決不是誇張。莫言用這一人物，完整地寓言

和見證了二十世紀中國的血色歷史，而她無疑是這一歷史的主體——「人民」的集合和化身。這一人物因此具有了結構和本體的雙重意義。莫言十分匠心地將她塑造成了大地、人民和民間理念的化身。

首先，作為人民，她是這個世紀苦難中國的真正的見證人和收藏者。她不但自身經歷了多災多難的童年和少女時代，經歷了被欺壓和凌辱的青春歲月，還以她生養的眾多的兒女構成的龐大家族，與二十世紀中國的各種政治勢力發生了眾多的聯繫，因而也就無法抗拒地被裹捲進了二十世紀中國的政治舞臺。所有政治勢力的爭奪和搏殺，最終的結果只有一個，那就是由她來承受和容納一切苦難：飢餓、病痛、顛沛流離、痛失自己的兒女，或是自己身遭侮辱和摧殘。在她的八個女兒中，除了三女兒「鳥仙」是死於幻想症，是因為看了美國飛行員巴比特的跳傘飛行表演（這好像和「現代文明」的誘惑有關）而試圖傚仿墜崖而死之外，其餘七個女兒都是死於政治的外力，死於各種政治勢力的殺伐爭鬥，最後只剩下了一個「殘廢」的兒子上官金童。顯然，「母親」在這裡是一個關於「歷史主體」的集合性的符號，她所承受的深淵般的苦難處境，寓言了作家對這個世紀裏人民命運的概括和深深的悲憫。

同時，這還是一個「倫理學」和「人類學」雙重意義上的母親：一方面她是生命與愛、付出與犧牲、創造與收藏的象徵，作為偉大的母性化身，她是一切自然與生命力量的源泉，是和平、人倫、正義和勇氣的化身，她所永遠本能地反對的是戰爭和政治，因此她代表了民族歷史最本源的部分；另一方面，她也是人類學意義上的「大地母親」，她是一切的死亡和復生、歡樂與痛苦的象徵，她所持守的是寬容和人性，反對的則是道德和正統。他個人的歷史也是一部「反倫理」的歷史，充滿了在宗法社會看來是無法容忍的亂倫、野合、通姦、殺公婆、被強暴、甚至與瑞典籍的牧師馬洛亞生了一雙「雜種」……但這一切不僅沒有使她的形象受到損傷，反而更顯示出她那偉大和不朽的原始母性的創造力，使她變成了「生殖女神」的化身。正是這一形象，使得莫言能夠在這部作品裏繼續並且極致地強化了他在《紅高粱家族》時期就已經建立的「歷史與人類學」的雙重主題，使母親成為這一主題的敘事核心與貫穿始終的線索。

這還是一個作為「民間」化身的母親。她固守著民間的生命與道德理念，拒絕並寬容著政治是她的品格，所以她最終又包容了政治，當然也被政治所

玷污。所有的軍隊和政治勢力都是不請自來，趕也趕不走地住進她的家。在她身上，莫言形象地闡釋出了二十世紀中國主流政治與民間生存之間的侵犯與被侵犯的關係，這是另一種歷史的記憶。母親無法選擇自己的生活，只能用民間的倫理和生存觀念來解釋和容納這一切，這是她作為「民間母親」的證明。如果說母親在她年輕的時代親和基督教，是因為她經歷了上官家族太多「夫權」的虐待的話，那麼在她的晚年，則是因為她經歷了太多的苦難與滄桑。她認同了「鄉土化了的」基督教文化。基督的思想並非是她的本意，但她需要用愛和寬恕來化解她太多的創傷，而這正是「人民」唯一的和最後的權利。莫言詩意地哀吟和讚美著這一切，飽含了血與淚的心痛和憐憫。這是偉大的民間，被剝奪和凌辱的民間，也是因為含垢忍辱而充滿了博大母性的永恆民間。從這個意義上，母親也可以說就是瑪莉亞，但她是東方大地上的聖母。

顯然，母親這一形象是使《豐乳肥臀》能夠成為一部偉大的小說、一部感人的詩篇、一首壯美的悲歌和交響樂章的最重要的因素，她貫穿了一個世紀的一生，統合起了這部作品「宏偉歷史敘述」的複雜的放射性的線索，不僅以民間的角度見證和修復了歷史的本源，同時也確立起了歷史的真正主體——處在最底層的苦難的人民。

……

但《豐乳肥臀》的意義還不止於此，它的另一個重要的人物，也同樣具有強大的象徵與輻射的意義，這就是遭受了更多誤讀的上官金童。這個中西兩種血緣和文化共同孕育出的「雜種」，在我看來實際是二十世紀中國知識分子的化身。他的血緣、性格與弱點表明，他是一個文化衝突與文明交雜的產物，而他的命運則更逼近地表明了知識分子在這個世紀裏的坎坷與磨難。他身上的一切都是矛盾著的：秉承了「高貴的血統」，但卻始終是政治和戰爭環境中難以長大的有「戀母癖」的「精神的幼兒」；敏感而聰慧，卻又在暴力的語境中變成了「弱智症」和「失語症」患者；一直試圖有所作為，但卻始終像一個「多餘人」一樣被拋棄；一個典型的「哈姆萊特式」和「堂吉訶德式」的佯瘋者，但卻被誤解和指認為「精神分裂症者」。

理解上官金童這個人物，需要更加開闊的視界。在我看來，由於作家所施的一個「人類學障眼法」的緣故，這個人物身上的一些「生物性」被誇大和曲解了，實際上作家所要努力體現的，是他身上文化的二元性，這是二十

世紀中國知識分子普遍的「先天」弱點的象徵。僅僅是他的出身，他的文化血緣就有問題，有「雜種」與怪物的嫌疑，這已經先天地注定了他們的悲劇。來自西方的「非法」的文化之父，在賦予了他非凡的氣質（外貌長相上的混血特徵）、基督的精神遺傳（父親馬洛亞是個瑞典籍的牧師）的同時，也注定了他的在中國傳統文化倫理中的「身份的可疑」。二十世紀中國知識分子的不幸困境，正是源於這種二元分裂的出身：是西方現代的文化與思想資源造就了他們，但他們又是寄生在自己的土地上，對本土的民族文化有一種近乎畸形的依戀和弱勢心理支配下的自尊。他們還要啓蒙和拯救自己的人民，但卻遭受著普遍的誤解，這樣的處境和身份，猶如魯迅筆下的「狂人」所隱喻的那樣，本身就已經將自己置於精神的深淵，因而也必然表現出軟弱和病態的一面——他們沒有像俄羅斯知識分子那樣的下地獄的決心，但卻有著相似的深淵般的命運。其實從魯迅的「狂人」到郁達夫的「零餘者」，到方鴻漸，章永璘，再到上官金童，這是一個連續的譜系。他們和俄羅斯文學中的「多餘人」有相似之處，但卻更爲軟弱和平庸。

容易被誤讀的還有上官金童的「戀乳癖」，理解這一點，我認爲除了「人類學」和寓言性的視角以外，還應該另有一個角度，即對政治與暴力的厭倦、恐懼與拒絕。因爲某種意義上，男權與政治是同構的，而上官金童對女性世界的認同和拒絕長大的「幼兒傾向」，實際上也可以看作是對政治的逃避，這和他哈姆萊特式的「佯瘋」也是一致的。同時，也可以認爲他與中國傳統知識分子中的一種「另類」性格有繼承關係——比如他也可以看作是一個當代的「賈寶玉式」的人物，他對女性世界的親和，是表達他對仕途經濟和男權世界的厭倦的一個隱喻和象徵。

上官金童注定要成爲一個悲劇人物，他的誕生本身似乎就是一個錯誤，這是文化的宿命。他所經歷的一切屈辱、誤解、貶損和摧殘，非常形象地闡釋著過去的這個世紀里中國知識分子的慘痛歷史。這樣的一部歷史早已經在眾多的悲劇人物身上得到過印證，只不過那些印證可能都太過具體了，而上官金童則構成了他們的一個靈魂意義上的總括。

但他在小說中還有另一個作用，即形成了另一條敘事線索和另一個歷史的空間——如果說母親是大地，他則是大地上的行走者；如果說母親是恒星，他則是圍繞著這恒星轉動的行星；如果說母親是聖母，他則是下地獄的受難者……如果說母親是第一結構的核心，他則是另一個相映襯和相對照的結構

的核心。小說悲劇性的詩意在很大程度得益於這一人物的塑造,他使《豐乳肥臀》變成了一個「民間敘事」與「知識分子」敘事相交合、「歷史敘事」與「當代敘事」相交合的雙線結構的立體敘事,兩條線互相注解交織,從而極大地豐富了作品的歷史與美學內涵。從這個意義上說,雖然這個人物的性格是足夠病態和懦弱的,但這個形象的豐富內涵,卻深化和豐富了二十世紀中國知識分子的形象譜系。

　　《豐乳肥臀》的非同尋常之處在於,它的人物形象的塑造同時也擔負起了它的龐大宏偉的結構,這也是使它能夠擠身於「偉大漢語小說」的極重要的因素。它的主題、人物和敘事結構完整地融合在了一起,這是一個樸素的奇跡。就這一點來講,很少有哪一部作品能夠與它相比。一個世紀的風雲際會和歷史巨變,是怎樣自如舒放地貫穿在母親的一生之中,她和她的眾多的兒女們,宛如一個龐大的星座,搭建起了一個豐富的民間和政治相交織的歷史空間,歷史導演著她們的命運,也推進著頭緒繁多又清晰可見的敘事線索。每一個人物其實都可以構成一部書,但莫言卻把它們濃縮進一部書中。特別是,由母親為結構核心所構成的一部民間之書,和由上官金童為結構核心所構成的一部知識分子之書,能夠完全地融合到一起,並互為輝映相得益彰,更是一個令人難以置信的手筆,它不但使結構空間呈現出偉大的氣象,而且最大限度地深化和延展了作品的主題,拓展出二十世紀中國歷史的深層結構。

　　我不敢說《豐乳肥臀》是二十世紀漢語小說史上的一個不可逾越的高峰,但我堅信,時間將證明這部作品的價值,在它所體現的歷史理念上,在它所體現出的美學意義上。也許很多年中將不會再出現具有這樣氣魄和品質的作品,因為就藝術的規律而言,它是可遇而不可求的。

二、複調與交響:狂歡的歷史詩學

　　這仍然可以視為上一個問題的延伸或一部分。我所以如此看重《豐乳肥臀》,其極至化了的「狂歡節式」的敘述和「複調的交響」也是一個原因。它體現了莫言追求新歷史主義敘事的努力,也體現了他在長篇小說文體和敘事美學方面的成功探索與創造。

　　在長篇小說敘事美學的研究方面,迄今最具建樹的是巴赫金。而巴赫金最為核心的兩個小說詩學的命題,即是「複調」與「狂歡」,這兩個問題都與

人類學的研究密切相關。從小說美學的角度說清這兩個概念非常難，也不是我在這裡的宗旨，但簡單地說，它們都屬於一個「人類學的歷史詩學」的範疇。巴赫金把長篇小說這種具有一定的「時間長度」的敘事，當作一種非常特殊的文體，他把它們看作是一種以「詩學」的方式敘述的「歷史」，因此，關於長篇小說文體的研究，實際上就變成了一種「歷史詩學」〔註1〕。在我看來，「複調」和「狂歡」雖是兩個單獨的概念，但其實它們也非常緊密地聯繫在一起。比如他以陀斯妥耶夫斯基的小說為例，說他的人物描寫打破了以往小說中「人物服從或統一於作者意志」的局面，人物的聲音不再是「作者獨白」的變相傳達，而顯示了與作者平起平坐的不同的「視野和聲音」，也就是類似於音樂中的不同聲部所形成的「複調」效果。這樣來表述這個問題容易帶上玄虛的色彩，因為說到底小說中的人物都是作者「敘述」出來的，人物不代表作者的聲音代表誰的聲音呢？顯然，這是由小說「文體」本身的特殊性所決定的。但是在「戲劇」中就不一樣了，小說中的人物被逼擠到一個平面化的文字的表述過程中，而戲劇則賦予了人物以一個舞臺———一個「共存的時空」，在這個時空中，他們各自「必須」說著自己的聲音，表達著自己獨立的意志，即使是「作者」也很難左右他們，讓他們違背自己的性格而按照作者的意志去說話和行事……因此，小說中「複調」效果的產生，實際上取決於其「戲劇性」敘事因素的含量。

這樣問題就變得簡單了，「戲劇性」差不多正是「狂歡節化」的同義語，戲劇性因素的含量，決定了小說是否具有複調的性質，也決定了其對歷史的敘述是否達到了應有的深度與活力。「小說的詩學」就這樣變成了「歷史的詩學」。以往包括革命小說在內的「倫理化」敘事所表現出的問題，正在於它戲劇性的匱乏，及其單一視野與腔調的表達。莫言小說中豐富的戲劇性因素，不但實現了對歷史豐富性的生動模擬和復原，也體現了對長篇小說的文體的創造性改造。從《紅高粱家族》到《豐乳肥臀》，其生命意志對「倫理意志的弱化」在敘事中所起的作用，正如巴赫金論述的「狂歡節」體驗在敘事中所產生的效應一樣：原始的語境出現了，詼諧具有了更廣博的含義，人物的本能得以釋放，民間世界的永恆意志代替了一切短暫的東西，權力、統治、主宰絕對價值的所謂「真理」，都處在了被反諷的地位，歷史的本源的多樣性、

〔註1〕 巴赫金：《小說的時間形式和時空體形式——歷史詩學概述》，見《小說理論》，河北教育出版社，1998年版。

歧路與迷宮般的性質開始自動呈現……與此同時，人類學視野中的民間、大地、酒神和自然，同這兩個概念也緊密相聯，它們共同構成了小說敘事中的偉大氣質與美感力量。

我用了這麼大的篇幅來說明這兩個小說概念，其實可以直接地用來解釋《豐乳肥臀》中的敘事特點——儘管我可以肯定地說《豐乳肥臀》不可能是莫言讀了巴赫金小說理論的結果，但人類學的思想構成了他們共同的資源。對莫言來說，他的創造性在於，他在對歷史的敘述中最大限度地開啓了存在與生命的空間，並形成了他自己特有的「歷史詩學」，這也是他在當代小說敘事藝術的發展中所做出的一個重要貢獻。

從廣義上說，「人類學」和「歷史」本身，在莫言的小說中構成了一個大的複調結構，前者的橫向彌漫性和後者的時間鏈條感，前者所顯示的超越倫理的生命詩學，和後者所體現的求解歷史的道德良知，達成了互爲豐富和混響的效果。如果具體地來看，在莫言的幾個重要的長篇小說中，通常都有兩個以上的「敘事人」，實際也就是有了兩個「視野」和兩個不同的「經驗處理器」。這並不是最近的事情，在最早的《紅高粱家族》中，兩個敘述者「父親」和「我」，即構成了巴赫金所說的複調敘事結構。「父親」不但是小說中的人物，而且也是作爲「目擊者」的「第一敘事人」；「我」則是歷史之河的這一邊的隔岸觀火者，用今天的觀察角度來追述和評論「父親」的經歷；同時，在大部分時間裏作爲「兒童」的父親，同「爺爺奶奶」的生活經驗之間，也構成了很大的距離感，這樣他對歷史空間裏的敘述，就擁有了兩個甚至三個「聲部」，這樣，不同的敘事因素就都被調動起來了，在「混響」式的關係中，童話的、傳奇的、鬼怪的、神秘和浪漫的民間事物，就以狂歡節式的方式出現在作品中。「爺爺奶奶」的傳奇經歷，構成了高密東北鄉的神話世界；「父親」的非理性的兒童式的感受方式，則構成了英雄崇拜的浪漫記憶；而「我」的「當代性」角色與身份，則構成了對這神話世界與浪漫記憶的追慕、想像、評述與抒情，並對當代文化進行憤激的反思。這是構成這部小說激情與詩意的「狂歡」氣質的根本原因。

《豐乳肥臀》中，母親和上官金童這兩個主要人物也構成了類似的複調敘事關係。母親是生活在她自己的歷史邏輯裏，民間的生活形態幾乎是永恆不變的，她所感受的世界既動盪又重複，她以不變的意志與方式承受和消化著一切災難和變故，她所生發出的是悲壯和崇高的詩意；而金童則無法抗拒

地進入了現代中國的「激流」之中，他站在「過去」和「現在」的斷裂處，看見的是萬丈深淵，所顯示的是怯懦、逃避和低能，他所生發出的是荒謬和滑稽。這樣中國現代歷史的價值雙重性與審美的分裂性，就以美學的形式體現出來。它實現了這樣一個悖論：書寫了一幕「狂歡著的悲劇」，或者以悲劇的本質，透視了歷史的狂歡。只有在這兩個完全不同的眼光中，中國現代歷史進程中「傳統」和「現代」的二元命題才能眞正得以展現。如果只是由其中一個構成單一的敘事結構，那就不是莫言了，那樣的敘事我們在以往和在別處，都看的太多了。

其實「歷史」除非與「人類學」相遇，無法產生「狂歡」的效果。《豐乳肥臀》在一開頭就顯示了令人驚心動魄的狂歡筆法，歷史是以戲劇性的「共存關係」彼此呼應地存在著的：上官家的黑驢和上官魯氏同時臨產，而且都是難產；而這時日本鬼子就要打進村莊，司馬庫正在大喊大叫讓村民撤退，沙月亮正在蛟龍河堤上設伏阻擊；而後就是上官家七個女兒在河邊目擊的驚心動魄的戰爭場面……莫言堪稱是一個詩意地描寫人類學大戲的高手，戰爭和生殖、新生的喜悅和死亡的災難同時降臨到上官家中。「歷史」在這裡顯示出它和「敘事」之間永遠無法對等的豐富性和現場感。

然而歷史本身也有「狂歡」的屬性，《豐乳肥臀》對這一點有最精妙的模擬。它用拼貼法和「交叉文化蒙太奇」的修辭，模擬了二十世紀中國政治舞臺上走馬燈般的政治狂歡：一會兒是司馬庫趕走了魯立人，一會兒魯立人又俘虜了司馬庫，一會兒司馬庫又作還鄉團殺了回來，一會兒魯立人又代表人民政權槍斃了司馬庫，而且他死了之後還不斷地被各種傳言和宣傳改編著，變成豺狼動物……在第五章中，上官家一會兒是「六喜臨門」，一會兒則是慘劇不斷；第六章中上官金童一會兒從囚犯變成老金的寵物，一會兒被作爲廢物踢出家門，一會兒成了鸚鵡韓夫婦的座上賓，一會兒又一文不名流落街頭，一會兒因爲外甥司馬糧的巨富而揚眉吐氣，一會兒又因爲破產而無立錐之地……歷史像一隻巨手翻雲覆雨。

有一個堪稱最妙的例子，是關於司馬庫「還鄉團」的一前一後「官方」和「民間」的兩種被拼貼並置在一起的敘事：「階級教育展覽室」的解說員紀瓊枝剛剛對著宣傳畫，對司馬庫作了妖魔化的解釋，把他描述爲一個殺人不眨眼的魔鬼；接著又讓貧農大娘郭馬氏作爲見證者現身說法，而她所講述的故事恰恰瓦解了前面的說法——司馬庫不僅不是一個魔鬼，反而表現出了通常

的人性，正是他的及時出現，才從濫殺無辜的「小獅子」手中解救了她的生命，這可以說是富有「解構主義」意味的一節。另一種是橫向的並置法：莫言常常用共時性的交錯敍述來隱喻歷史的多面性，如巴比特的飛行表演與「鳥仙」興奮地墜崖而死，司馬庫與來弟的偷情同巴比特電影裏外國人的戀愛鏡頭，啞巴的「無腿的躍進」和鳥兒韓與來弟的通姦，還有在農場中對右派知識分子的改造與對牲畜進行的雜交配種……都是刻意地採用了並置式的敍述，這樣兩種修辭手法所達到的「狂歡」效果，都極爲生動地隱喻出歷史本身的多元矛盾與共時結構。

還有一個奇特的現象與「狂歡化」的敍事有關，這即是敍事載體的「弱智化」傾向。這是一個非常複雜的敍事問題、修辭問題和美學問題，也與人類學的背景有關。表現在作品中，《紅高粱家族》中的「父親」的「兒童式」敍述視角，《豐乳肥臀》中的上官金童「戀乳症」式的幼稚病以及後來的「精神失常」，他們都不只是一個性格化的人物形象，而是與整個作品的敍述格調密切相關，他們的「弱智」爲小說營造了非常必要的「返回原始」的、充滿「反諷」意味的、喜劇化和狂歡化的、猶如「假面舞會」式的敍述氛圍。某種意義上，這種人物的弱智化不但沒有「降低」作品的思想含量，反而使之大大增加了，這個問題在當代小說敍事中還有相當的普遍性，需要做深入的研究。

三、新歷史主義理念的集合

毫無疑問，《豐乳肥臀》是當代新歷史主義小說寫作的集大成者，可以看作是一個新歷史主義的總結性文本。

首先是歷史的人類學視野。前文中所論「狂歡」與「複調」的歷史詩學，在根本上即是人類學思想的產物。但以人類學爲視野的歷史敍事還有更多複雜的內容，首先一個很重要的傾向，是確立了反傳統與正統道德的「新的小說倫理」。從根本上講，人類學本身就具有「反倫理學」的性質，但它是用「生命的倫理」來反對僞善的「道德化的倫理」，它破除了禁錮人性和唯道德論的倫理，但卻建立了尊重人性、張揚人的自由生命意志的新的倫理。它開闢了對人類自身研究的「生物學視野」，也就去掉了以往泛道德化的敍事對歷史的遮蔽，超出了道德本體論的歷史與美學觀念，而確立了生命本體論的歷史與美學觀。從這樣的角度看歷史，歷史顯現出全新的內涵與結構形態。這一點

早在莫言八十年代作爲新歷史主義小說之「濫觴」的《紅高粱家族》中，即有很明顯的表現，人類學和民間立場、神話學、民俗學思想的有機結合，致使莫言構造了一部高密東北鄉的「民間—酒神—生命—大地—自然—英雄傳奇的歷史」。這部歷史既不同於主流的革命歷史敘事，也不同於中國傳統的英雄敘事所構造的道德神話，這足見它是一個全新的歷史視野與結構。《豐乳肥臀》可以說承襲了這一人類學視野，張大了敘事過程中敏感豐富的潛意識活動，張大了民間化的、原始與民俗色調的語境，張大了生死、戰爭、性愛、生殖等人類學主題，張大了人物的生物性的本能，弱化了其社會學意義上的特徵——甚至連敘述主人公的「兒童與弱智傾向」與《紅高粱家族》中也不無相似。但仔細考察也不難發現，《豐乳肥臀》與《紅高粱家族》中人類學傾向大於歷史傾向不同，它的歷史傾向要超過其人類學傾向。《紅高粱家族》所試圖體現的是對歷史的解釋方式與文化選擇的一種變革，而它所構造的「酒神化的歷史」仍具有歷史烏托邦的詩性傾向，在那裡，莫言寄寓了激情和樂觀的力量——甚至可以說是豪情萬丈的，但在《豐乳肥臀》中，莫言則表現了更現實和嚴肅的歷史主義傾向，特別是沒有迴避當代歷史的情境，和各種複雜危險的政治險境。這當然是他更加自覺的歷史良知的體現。不過，他也十分有效地運用了人類學的視野和思想，來對抗和洗刷這些危險，並成功地改造了整個小說的語境，試圖以此來改造當代歷史敘事的頑固的政治結構，真正把歷史還原於民間和人民。同時，人類學的線索和場景，同樣也詩化了小說中對歷史罪惡和苦難的描寫，形成了「歷史的交響」的效果，造就了小說的充滿「大地屬性」的詩性手筆，使歷史呈現出它固有的原始的豐富性。某種意義上，如果沒有人類學思想的注入，不但小說的歷史敘述會陷於失敗——因爲歷史本身的緊張關係（民間生活與政治暴力之間的對峙）無法緩解，就會使敘述陷於危險而淺嘗輒止的停頓，而且也不會獲得在人性深度上的成功，不會在敘事上產生如此強大的穿透力與吸引力。

可見，「人類學的歷史詩學」具有從根本上改造和還原「宏偉歷史敘事」的特殊力量，這種力量是其它一切形式的敘事都很難具備的，它既可以保持歷史本身「宏偉」的結構與內涵，同時又可以用「大地」、「民間」、「生命」、「詩性」，來有效地改造「社會」、「階級」、「道德」、「政治」。可以這樣說，在民間的意義上，當代作家中唯一能夠保留「整體性歷史想像」或者「宏偉敘述結構」的，大概只有莫言了。從具體的敘事構架上看，莫言也是以「家

族性歷史敘事」的框架，對「國家歷史敘事」予以「縮微式呈現」的，但是他的家族敘事卻因為其宏偉的結構與放射性力量，而生發出整體性的歷史景觀。這是一個了不起的奇跡。雖然，家族結構是八十年代以來的所有新歷史敘事的共同特點，但對於大多數作品來說，家族敘事是對國家敘事的有意「規避」，其對宏偉歷史、重大事件往往只是影射或者隱喻式地表達，而《豐乳肥臀》中的家族歷史視角則不是對宏偉歷史的躲避，而只是一種「結構需要」，它的真正目的反而是要完整地重構二十世紀中國的歷史——尤其是當代的歷史。在這一點上，它甚至和過去的革命歷史敘事中的某些作品（如《紅旗譜》、《苦菜花》等）都有些「類似」，但他的家族歷史敘述卻是秉持了民間性與邊緣化的立場，而不是像「紅色家族故事」那樣僅僅是政治歷史的工具，它恰恰是與宏偉的政治歷史構成了某種區別與對立——它們之間是侵犯與被侵犯的關係，是民間生存與主流政治之間的衝突又錯位的關係。這對政治化的主流歷史敘事的宗旨，正好是一種反撥和修正。

宏觀和整體地審視《豐乳肥臀》的敘事結構是必要的。母親與上官家族的悲劇，反映了現代中國民間社會一步步被主流政治侵入、改造、損害、施暴、污染、侮辱的歷史，從這個意義上，它是整個二十世紀中國社會歷史一個高瞻遠矚的新解釋。它還原了基本的歷史衝突，而這樣一個衝突曾經被長久地遮蔽。不難看出，在上官家眾多的人物的命運與遭遇中，二十世紀中國所有的重大事件——如德國入侵、民國新政、日軍侵華、國共鬥爭、以及共產黨奪取政權之後的一系列政治運動，一直到九十年代的市場經濟，都無一遺漏地被整合進來；上官家的每一個兒女的命運，同這個世紀裏的各種政治勢力、文化因素都發生了千絲萬縷的聯繫，外國列強、江湖勢力、國民黨、共產黨、美國人、基督教、漢奸……它們與上官家所代表的民間社會之間的交錯聯繫與衝突，共同構成了一個宏偉的、開闊和縱深的歷史構架。

可見家族敘事在《豐乳肥臀》中只是一個必要的敘述形式，它其實是通過戲劇性的不無誇張風格的家族故事來縮微了宏偉的社會歷史。在這個過程中，家族的血緣聯繫起到了神奇的作用——它使得那些碎片式的五光十色的歷史圖景，得以整合成了一個整體，最大限度地生發出了「歷史蒙太奇」的效應。小說中所謂「拼貼」和「並置」的敘述方式，也正是在這樣一個前提下才顯現了極大的成功。

莫言是解構主義敘事的高手，我相信這源自天才而不是後天的知識。在

《豐乳肥臀》中，「歷史」在作為「敘述」的時候，顯現了它的戲劇性的分裂。這種分裂在整體上源於上官金童類似於「精神分裂症」式的心靈構造——作為歷史的親歷者，他在一定程度上「幫助」莫言完成了對二十世紀中國歷史的戲劇性與戲謔化的處理，正像魯迅借助「狂人」完成了對五千年中國傳統「文明」的「吃人」概括的否定一樣。他的強烈的頹廢傾向，泛濫的性欲本能與拒絕長大的潛意識，令人想起傑姆遜所說的那種「精神分裂症式的歷史主義」，其特點一是「強烈的波特萊爾形式」，二是「尼采式的」「歷史『健忘』的心理療法」〔註2〕前者使他對歷史充滿了惡意的和泛情慾化的想像，後者則使他表現出「鴕鳥式」的逃避歷史的軟弱態度與「弱智化」的經驗能力。這正是化解小說中所涉及到的巨大尖銳的歷史衝突所必須的。「精神分裂症」式的介入方式，改造了歷史的悲劇情境，將之有效地喜劇化了，這是一種「解構主義」的策略，但也是對當代歷史情境的一種必要的應對和反諷，它恰恰在美學上用了中國人所說的「四兩撥千斤」的輕巧，化解了敘述中幾乎無法承受的重負，並且在喜劇化的外表下，完成了悲劇性的主題。這種情況越到後半部分越明顯，前半部中的詩性的想像，越來越變成荒誕的「歷史局外人」的目擊——當上官金童日漸長大和衰老的時候，解構主義和精神分裂症式的觀察視角，就越來越突出出來。

局部的解構主義場景也是尤為精彩的，它們有效地證明了「歷史是一個任人打扮的婊子」的說法，這當然也帶有「惡之花式的想像」與敗壞情緒，但卻生動地隱喻出歷史被施暴的情境。配種站站長馬瑞蓮用豬馬牛羊兔亂行「雜交」的所謂「無產階級科學」，即是一個最有力的證明，其認識基礎與起點源於人性中的獸行暴力，以及欲望對革命與科學的顛覆性誤讀，其表現就是對人性、知識、基本的人倫和常規的褻瀆與施暴，這樣的描寫，其「真實性」當然會受到常識的質疑，但在其所隱含的道理上卻是無比真實的。因為「敘述和命名的權力」就掌握在某些人的手裏，「配種站長」會賦予它以最無法辯駁和反對的合法性，即使是「科學」也不例外。政治是怎樣強姦了科學，暴力和愚昧是怎樣篡改了歷史，這是一個無比生動的例子。

還有另一個堪稱「範例」的敘述，莫言居然能夠用「紀瓊枝」和「郭馬氏」兩個講述人的完全相反的敘述，來用「解構主義」的方式影射歷史作為

〔註 2〕 弗雷德里克·傑姆遜：《馬克思主義與歷史主義》，見張京媛主編《新歷史主義與文學批評》，北京大學出版社，1993 年版，第 33 頁。

「敘述」的可疑：在作爲意識形態的代言者和傳聲筒的紀瓊枝的敘述中，司馬庫是一個完全漫畫化和妖魔化的禽獸，首先有了階級屬性，然後才有了歷史敘述，司馬庫自然也就成了殺人不眨眼的劊子手。歷史的敘述人從這樣的邏輯出發，很自然地就進入了她的想像並「演義」出司馬庫的罪行。然而問題就在於，還有另一個敘事人——她居然還是一個親歷者，她所講述的恰恰和歷史的想像者要求她做的完全不一樣，因爲她不是按照「邏輯」、而是按照「事實」來講述的，所以就出現了令人啼笑皆非的笑話——司馬庫不僅不是濫殺無辜，而且還因爲在關鍵時刻把握了分寸，才從殺人殺瘋了眼的「小獅子」手下救了郭馬氏一命。當她說出這個事實的時候，戲劇性的一幕出現了，「事實」變成了「胡說」，現身說法的貧農大娘被「拉走」，被逐出了「歷史的現場」。

　　顯然，歷史親歷者的敘述已經瓦解了想像者的敘述，但權力才是最終的評判者——這就是歷史奇怪的邏輯。這不禁叫人想起了新歷史主義者發人深省的質疑聲音，我們曾經知道的「歷史」是「被告知」的不容置疑的「事實」，但這個「被權力敘述的歷史」，顯然是一個被改裝過的歷史。當郭馬氏的聲音沒有出現在「階級教育展覽室」這個對歷史的虛擬情境之中時，我們對歷史的這樣一種本質並不知曉。但郭馬氏是否就一定代表了「普遍的眞實」？這也是可疑的，因爲她的眞實只能是她「個人意義上的眞實」，與其它的個人的眞實也許就是衝突的。儘管我並不認爲莫言在這裡表達了這樣一種懷疑，而且我們也認同和傾向於「民間敘事」對「權力敘事」的矯正的動機，但這個「解構主義」的敘事衝突帶給我們的啓示，卻證明了新歷史主義者對「歷史本體」的懷疑論的思想：

> 什麼是歷史客體？儘管歷史學家和哲學家作出了那麼多的想係盡闡述、含糊其辭和限制條件，一個非常簡單的事實是過去的就是過去了，按其定義，所有逝去的就不復存在。準確地說，歷史客體就是對曾經存在過的人與事物所作的「表述」。表述的實體是保留下來的記錄和文件。歷史客體，即曾經存在過的東西，只存在於作爲表述的現在模式中，除此之外就不存在什麼歷史客體……〔註3〕

　　其實某種意義上，對歷史本體的懷疑，也正是構成人們對歷史的探究興

〔註3〕 辛德斯和赫斯特：《前資本主義生產模式》，轉引自傑姆遜：《馬克思主義與歷史主義》，見張京媛主編《新歷史主義與文學批評》，北京大學出版社，1993年版，第42頁。

趣的動力所在。「豐乳肥臀」及其所象徵的「母親與大地」，是莫言所追尋和熱愛的民間世界的歷史與存在，它讓我們看見了東方地平線上曾經有過的壯麗的生存與苦難的歷史。這是「新歷史主義」的，但也是「人文主義的歷史主義」的書寫。

　　另外可以看作是莫言的新歷史主義敘述策略的，還有由母親和上官金童這兩個主要人物所形成的兩個敘事核心——他們帶來了兩個不同的時間範疇，使得小說中的歷史呈現了雙重的交響結構。這一點近似於我們在上一部分討論的「複調與狂歡」的特徵，但又有區別。母親的時間範疇是民間歷史的視點，小說敘述了她完整的一生——從 1900 年德國侵佔膠州開始，一直到小說在 1995 年問世的時間，顯然，母親同時構成了「歷史的本體」和「歷史的主體」兩個要素，她的故事具有「業已消逝」的歷史的性質，小說對她的敘述因之也帶有了「遙遠的追憶」的性質，她是「大地與生存」意義上的歷史，整體上又構成了一個「緬懷和頌贊」的對象。而上官金童的時間範疇則是「現代」意義上的，是「知識分子化了的歷史概念」。他的人生不像母親那樣具有「自我的閉合性」，而是被截斷的歷史——母親的故事是他的「前歷史」；幼時的戰亂（也不無浪漫）年代對他來說，是「作為旁觀者的歷史」；青年時代他本應該是歷史的主人，但卻又因為出身背景的可疑而被定義為「局外人」，是「身在局外的歷史」；到了成年，他又因為是在監獄中度過了漫長的時光，所以幾乎又成了「空白的歷史」；到中年以後，備受政治磨難而遍體創傷早已「過時」的他，又陰差陽錯地趕上了市場經濟的時代，因此又經歷了一個「被拋棄和被愚弄的錯過的歷史」。這樣，母親的形象實現了歷史的整合，而上官金童則實現了對歷史的分拆，前者形成了民間的歷史視點與尺度，而後者又形成了現代性的歷史坐標與反觀視角，兩相結合，使《豐乳肥臀》對二十世紀中國歷史的敘述具有了罕見的立體厚度，也在事實上生成了交叉一體緊密聯繫的兩部書，而把兩部書成功地捏合疊加在一起，又構成了這部小說的厚度，以及獨一無二的屬性。

第九講　作爲新歷史主義敘事的《長恨歌》

　　單就小說的技術範疇看，王安憶的小說並非是十分「先鋒」的，但在意識上，我認爲她一直保持了相當前衛和綜合的水準和姿態。她既是一個高度「個人化」寫作的作家，同時也被認爲是八十年代「文化尋根」和「新潮小說」運動中的重要作家，也是使當代中國的女性書寫上升到了「女性主義寫作」的高度的重要人物之一。總體上，王安憶的「歷史敘事感」似乎並不強，但她的《長恨歌》卻出人意外地成爲了新歷史主義敘事的重要而典範的作品。

　　要把《長恨歌》當作「新歷史主義的文本」來解讀，問題會變得相當複雜，因爲它非常自然地涉及到了與中國傳統敘事及其美學、中國當代紅色敘事及其美學的複雜關係，而且涉及到「女性主義的歷史主義」問題等，但也正是這些複雜問題，使得探討它變得格外有意義。

一、一個人的編年史

　　毫無疑問，《長恨歌》寫的是中國現代的歷史，但這部歷史完全避開了通常的男權化的「宏偉歷史構造」，而把歷史縮微爲「一個人的編年史」，將歷史的主體完全還原於「個人」——一個幾乎是蟄居在社會底層和角落裏的市民女性，她的被歷史的洪流巨浪裏卷浮沉的一生。然而也正是這樣一個縮微的歷史修辭，使之更接近於「歷史的芯子」，更能夠從鮮活的生命本身入手，見

證出現代中國歷史的奧秘。

小說的背景選擇了上海——這座現代中國最著名的殖民地城市，對於小說的主人公和小說所要敍述的歷史故事來說，這具有非同尋常的意義。在現代中國，要想找一座具有現代歷史和文化象徵意義的城市，無疑要首推上海。因為這是一座中西文化相交合的城市，一座小市民的城市，一座大眾的、消費的、欲望的、領導時尚的和紅塵滾滾的城市，一座「沒有歷史」、但卻又生動地集中了現代中國歷史的城市，一座集「革命」和「資本」於一身的城市，一座兼具「紅色」、「藍色」、「黃色」和「灰色」的雜色的城市，一座非常「主流」和「革命」又非常「商業」和「民間」的城市，一座逼仄狹小又汪洋大海一樣的城市……現代中國歷史的一切重大事件，都在這個城市中最激烈和最典型地發生過。這個城市本身的歷史就是一場宏大的戲劇，從「末世的繁華」，資本主義與冒險家樂園的上海，到革命的暴風雨的上海，瘟疫般的政治恐怖的上海，再到重新開放、一切都復原照舊了的上海，歷史好像開了一場玩笑，在巨大的彎曲之後又完成了一個自動的閉合，走過了一個圓圈。而在這樣的背景、這樣的歷史循環中，一個女性，一個美麗而招風的、迷人而又易遭摧折的、一個必然要延續中國古老的「紅顏薄命」故事的女性，從歷史的深處出現了。她在這樣的歷史洪流中顛簸著，走過了她戲劇性的、叫人傷懷又歎息的一生，稱得上曲折而又荒謬的一生。

想一想，這樣一個城市，以及這樣一個女人的一生，將蘊含著多少歷史的風雨煙雲和世事滄桑。

與上述「歷史的三部曲」一樣，小說中王琦瑤的人生顯見地也可以分為三個階段，第一個階段可以叫做「末世的繁華」。末世，當然是指資本的上海，已經悄然地走進了四十年代末的風雨飄搖中；繁華，則是指它在面臨巨大變故的時候，猶作朱門之歡和後庭之樂，而我們的主人公，美貌的少女王琦瑤就在這時走進了她的豆蔻年華，生逢其時又如臨深淵。歷史的裂隙已經注定了她飄搖的命運。這是多麼富於戲劇性的時刻——當然，即便沒有這政治的變故，王琦瑤通常也一樣可能會演繹一個「紅顏薄命」的悲劇，但那只是古老而永恆意義上的悲劇，它承襲的可能是中國文化中最古老的規則，是前世的因緣注定與命運循環，而不是一個「現代性意義」上的悲劇；而現在，她的李先生因為局勢的動盪，在來來往往的奔波中殞命於一場空難，她也就匆匆地結束自己的少女時代，以及「愛麗絲公寓」的「外室」生涯，成為了革命

時代局促窘迫的避難者。僅僅是在幾個月前，她還剛剛經歷了「思春」的悸動、敏感的「姊妹之誼」和與程先生之間未果的戀愛，剛剛經歷了夢境一般的當選「上海小姐」第三名的興奮，而現在，一切都像一場初夏時節熱烈而迅疾的暴風雨一樣，閃電般地結束，變得無影無蹤。當上海結束了它的末世繁華的時候，王琦瑤也就注定了是一個「生錯了時代的美人」。像一個走錯了房間或搭錯了車的過客，她以後漫長的一生，注定要在「錯過」的尷尬中度過。在鄉下，她遇見了書生「阿二」，經歷了一場短暫的「更像戀愛的戀愛」，然而王琦瑤已不是少女時代「三小姐」的王琦瑤了，她已經歷得太多，而涉世未深的阿二注定不會真正瞭解她，他們像是在風雨的間歇裏共處屋檐下的路人，很快便匆匆告別。之後，這曾驚詫了一個時代的美女，就注定只有「蟄居」於地下了。然而這就是上海，這就是市民民間的、「海」一般的上海，它仍然能夠容納下她，靠著給人打針的微薄收入，她居然還能夠隱姓埋名地生存下來，並轉入了她人生的第二部曲。

這可以稱作「地下的遺民」時代。或許也是出於生存的本能，在革命歲月的上海，王琦瑤仍然經營出了一個屬於她自己的小小的「地下沙龍」，和一幫社會的邊緣人「嚴家師母」、「毛毛娘舅」等聚集在了一起。他們在同昔日完全沒有什麼區別的圍爐夜話、飲酒品茶、閒玩麻將中，打發著悠長寂寞的時光，在貧瘠的逍遙與無望的平靜中，以另一種方式延續著上海特有的生活方式——雖然革命的顏色染遍了上海的外表，可作為一種「生活方式」的上海、已經成為某種「集體無意識」的上海，卻仍然以最隱秘的方式存在著，「昔日的天堂」雖然還剩下了一個蒼白的影子，但就像作者所說的，他們也正好構成並且守護了上海的「芯子」，「歷史的芯子」。

但這也有「豪門落敗」的成分，王琦瑤在她二十歲到五十歲的這個三十年中所經歷的，只不過是一種偷生的苟且，一切小市民生活中該發生的，在她這裡似乎也都無法避免，在無聊賴的日子中她先後經歷了和康明遜、還有「混血兒」薩沙之間不無荒唐的「愛情」，並生下了一個屬於康明遜、卻沒有名義上的父親的女兒。唯一有點色彩的，是她在懷孕和生孩子之際與程先生的邂逅。程先生忍辱負重，對她依然一往情深，為她解除了許多尷尬。可就在她最後已經動心，要與之談婚論嫁的時候，程先生卻突然紅塵看破，對她再無興趣。王琦瑤只有在孤獨和困守中平淡地延續著她的單身生活，把全部的樂趣和希望都寄託在女兒身上。其間固然有生活的艱辛，但再無驚心動魄

的故事，倒是她少女時代的閨中姊妹蔣麗莉，還有命運不濟的程先生，先後以不同的形式和相似的悲劇作別了人生——程先生是跳樓自盡，蔣麗莉是患肝癌而死。

這可能就是某一意義上的上海：外表的風雲變幻最終無法改變它內部的邏輯，這邏輯似有還無，看起來微不足道，但它們就在小市民的日常生活中——變形爲一種「柔軟的存在」，一種民間的無形力量。王琦瑤正是它的化身之一，她的看似平淡無奇的、隱匿於日常生活中的平庸狀態，恰恰使它得以存在於歷史的夾縫之中，成爲歷史內部和核心的部分，而漂浮在她的上面的那個上海，卻是如此容易退色——早已經和王琦瑤分道揚鑣、融入了「革命」與主流社會的、看似得意的蔣麗莉，就是這另一個上海的映像，作爲「勝利者」，她竟然在活著的時候從未在王琦瑤那裡找到過自信和「勝利者」的感覺。王琦瑤是失敗者，卻從未爲蔣麗莉的勝利所動，另一種根深蒂固的「優越感」，一直牢不可破地紮根在她的潛意識中，「革命的上海」和「小市民的上海」之間，竟然是這樣一種對比關係。

但王琦瑤的上海是「陰性」意義上的上海，王琦瑤的柔弱性質，是使她得以存活下來的原因，因爲很顯然，程先生也不屬於革命的上海，但他卻沒有能夠承受得住革命時代的壓力，走向了自我毀滅。所以什麼是「民間的上海」，或「上海的民間」？女性的、陰柔的、日常的、無所事事的……與政治的世界無關的王琦瑤的一切，才是上海的根本，上海的民間。

第三個時代也許可以叫做「夕陽的血色」。七十年代末中國政治的變化，又改變了中國人的生活方式，屬於王琦瑤的那個上海，終於又浮出了歷史的地表。歷史回到了它固有的邏輯，欲望、消費、市民生活的古舊情境代替了意識形態，然而屬於王琦瑤自己的時代卻早已結束了，她差不多已經快走完了她人生的中年。而屬於她女兒薇薇的時代到來了，在王琦瑤的家裏，因爲女兒的長大而又充滿了「時代的活力」，上海人的吃、穿，上海人的時尚、攀比，小市民的生活趣味與氣息，又重新不可抵擋地活躍起來。時光的輪迴，叫人不能不有絲絲縷縷的感傷，但日常生活的溫馨彌漫，自然也毫無例外地把那個「舊日的上海」王琦瑤拉了進來。她竟然在女兒去了美國之後的空虛中，同一個比她小一倍的青年「老克臘」發生了一場荒謬的「戀愛」——這是一場比此前她的幾次荒謬的戀愛都更加荒唐的「夕陽紅」。如果說此前與程先生、阿二之間的情緣，是有點詩意的陰差陽錯的話，那麼甘做李主任的外室、

和康明遜、老克臘之流的媾和，則純然是出於小市民的淺薄——就在老克臘幾乎是強姦了她的身體的時候，另一個貌似忠厚的騙子「長腳」又在謀奪她暗藏多年的金條。當小說的最後，她和這入室作案的盜賊搏鬥的時候，長腳掐死了她——

> 長腳的兩隻大手圍攏了王琦瑤的頸脖，他想這頸脖是何等的細，只包著一層枯皮，眞是令人作嘔的很！王琦瑤掙扎著罵了聲癟三，他的手便又緊了一點。這時他看見了王琦瑤的臉，多麼醜陋和乾枯啊！頭髮也是乾的，髮根是灰白的，髮梢卻油黑油黑，看上去眞滑稽……

按照我的理解，王安憶寫這一段是別有一番深長用意的，從某種意義上，《長恨歌》之「長恨」，整個是對現代中國歷史的一種感慨和悼亡。這「長恨」的實質是在於個人與歷史之間的「錯位」——王琦瑤生錯了時代，所以她的一生必然是一場悲劇，區別僅僅在於這幕悲劇是分幾個場次而已。一個人折射、承受、并且從一個側面解釋了歷史。其實「長腳」的手，不過是完成了那命運對她的最後一擊，這隻手不過是「歷史之手」和「命運之手」的一個延伸和一個影子。「革命和政治的上海」，與「小市民的上海」之間的較量，還有小市民社會自身的欲望邏輯，還有不可阻擋的歷史——時間的車輪，才構成了在暗處操縱王琦瑤命運的那隻巨手。

我相信《長恨歌》是一部可以傳世的著作，因爲它的歷史與美學的內涵是如此豐富，太豐富了。從文化的意義上說，王琦瑤的悲劇應和了中國人古老的生活與美學邏輯，重複了無數前代的女子相似的命運，它闡釋了中國人古老的集體無意識；其次，從現代中國歷史的角度，它可以說也是一部包含了政治、社會、歷史、人生、文化和精神各個層面的悲劇。一場革命的暴風雨，帶來了多少，又改變了多少？當歷史完成了一個閉合，上海又重新回到了它的自身——資本與消費的中心，中國人融入世界的現代化之夢的載體時，這種追懷尤其具有歷史的滄桑感。然而歷史可以循環，人生卻沒有第二次，一個人、一個弱女，就這樣掙扎並葬身在現代中國歷史的巨大彎曲和裂縫中，用她那小小的、在歷史面前顯得柔弱而微不足道的、悲歡離合陰差陽錯的命運，演出了一場令人唏噓感歎的戲劇，化作了一縷淡淡的青煙。

然而，僅僅看到這樣一份傷感也未免是單面的。在王琦瑤個人與歷史的衝突中，作家也展示了她深沉的歷史意識，展示了市民社會與政治社會之間

的持久較量，並在這樣的較量中離析出了市民社會的內部結構。這樣，作家的民間性的歷史與社會的價值立場，就隱隱地映現出來了：政治的上海和民間的上海，哪個才是上海的主體？誰才是「歷史的芯子」？某種意義上，王琦瑤也是一個「勝利者」，因爲即使是在最困難的生存環境中，市民社會及其意識形態也成功地庇護了她，並和她一起，成爲了最終的另一意義上的勝利者——然而這樣的「勝利」也仍然沒有成爲最終的結局，欲望的和消費的、民間的上海也並不就是最後的天堂，是它最終又葬送了王琦瑤，結束了她多難而無聊的一生，並把她的故事彙入到永恆輪迴的歷史之中。這樣，一幕歷史的悲劇又最終化作了人生和人性的悲劇。這應是「長恨歌」的深長的歷史含義，與綿遠的悲情之筆的最深處。

二、對傳統歷史敘事及其美學的還原

很奇怪，我之所以把《長恨歌》當作一個「新歷史主義敘事」來看待，恰恰是因爲看到了它內部的一個「陳舊」的問題，它對中國傳統歷史敘事及其歷史美學的恢復，甚至是致敬。這很自然地也涉及到另一個問題：即對「紅色歷史敘事」的一種反思和改造——它們曾經也是一種很「新」的歷史敘事，對中國傳統歷史敘事進行了一系列出格的改造，而《長恨歌》又和它們之間構成了一種戲劇性的對比。借助這種對比，我們可以來解釋和揭示中國傳統敘事、革命敘事本身一些美學與修辭學方面的奧秘。

不要忘記在中國有一支更古老、也更有名的「歌」——白居易的《長恨歌》，甚至還有更加小市民的《今古奇觀》，其中《王嬌鸞百年長恨》一篇中也有一首「市民化的擬作」《長恨歌》。當我們把王安憶的《長恨歌》和它們放在一起加以對照的時候，就會發現它們之間有戲劇性的相似之處。我相信王安憶給小說取這樣一個名字，也確有比附之意，至少，它們所講述關於女人的「紅顏薄命」的故事是相似的。這在最初對作家來說，可能是一種偶然的聯想和妙得，但當她一路寫下來，它們之間卻有了傳神的內在的美學聯繫與血緣承繼。

中國人傳統的敘事美學，受到其歷史與人生觀念的深刻影響。前面在講中國傳統歷史敘事的特點時也曾提及，受到感傷主義人生哲學、歷史循環論思想的支配，中國人其實非常追求「敘事的長度」，這個長度的特點便是「個體人生與歷史的同構」，具體說，就是用人生的「生—死」、「聚—散」的模式，

來隱喻歷史的「盛—衰」、「分—合」模式。這決定了中國傳統敘事特別注重「因」與「果」、「始」與「終」的長度，決定了它的悲劇美學構造。因爲很顯然，完整的長度與因果連接，必然會造就更長和更大的歷史修辭，構成爲老子所闡述的「無—有—無」的邏輯構架，這是中國人對宇宙萬物規律和歷史人生的認識的基本邏輯。在這一邏輯的支配下，悲劇與感傷成爲了中國人「完整長度敘事」的基本美學格調。從這個意義上，認爲中國傳統文學只有「大團圓」的結局是不夠準確的。「長恨歌」才是中國傳統敘事美學的一個最普遍的模型，因爲完整地展示了生命的消殞，敘述了一個時代的終結。白居易的《長恨歌》可以說是最典型的中國敘事，《紅樓夢》也是最典型的「長恨歌」式的敘事，「四大奇書」也是類似的敘事。

而「革命敘事」卻修改了這一根本特點，它的敘事的「時間長度」大大縮減，變成了只講述童話或「青春之歌」的故事。儘管有的作品在篇幅上長達多卷，上百萬字，但實際敘述的卻只是主人公截止「青春」、「成熟」時的「成長故事」，其中雖然會有波折，甚至會有很慘烈的段落，但結局卻無一不是「階段性勝利」、「革命高潮」、革命者「成長的完成」並找到了「革命伴侶」，在這類關節點上，小說敘事嘎然而止。僅是這樣一個「時間修辭」上的小小變化，革命敘事就完成了對傳統敘事的改造，將感傷變成了壯美，將悲劇變成了壯劇和喜劇，將最終的消亡變成了永遠的擁有，將「長恨之歌」變成了「青春之歌」。關於這一點，我在前文討論革命敘事的特徵時，已經以楊沫的《青春之歌》爲例，作過比較詳細的分析。

這是一個小小的、然而也是非常重要的「秘密」：革命敘事與中國傳統敘事之間，其實有著非常多的和非常內在的「隱秘聯繫」，但這一改造最爲關鍵。王安憶的《長恨歌》正是越過了革命敘事對傳統敘事的改造，又從時間修辭與美學風神上恢復了中國人固有的傳統，她完整地寫下了王琦瑤的一生，從她的豆蔻年華寫到了衰朽的老年，從她的青春戀情寫到了一次次的錯過和錯誤，一直到她的可憐而可悲的死。與楊沫的《青春之歌》的「青春敘事」相比，它因爲它的「完整」而變成了悲劇。

如果我們拿它來和白居易的《長恨歌》比較，王琦瑤在獲得「上海小姐」稱號之前的生活，好比是楊玉環的少女時代——「楊家有女初長成，養在深閨人未識」；倒向權貴李主任的懷抱，好比是楊玉環得到了皇帝的專寵——「天生麗質難自棄，一朝選在君王側」；李主任突遇不測，王琦瑤孤雁單飛，又好

比是楊玉環痛別唐明皇——「君王掩面救不得，回看血淚相和流」，只是原來的人物關係做了一個顛倒；再之後顛沛流離避難他鄉，被迫蟄居地下，徒然地追憶當年的一縷溫情，又好比楊玉環唐明皇天上人間的苦苦相思——「行宮見月傷心色，夜雨聞鈴斷腸聲」……但這樣的比附顯然有些簡單化，很難涵蓋王琦瑤後來那些複雜經歷。而且終究是小市民的生活層次，與古典時代帝王家的華貴生活終是不能同日而語的。王琦瑤的「長恨」可以使人產生些許的感慨憐憫，卻沒有白居易《長恨歌》裏叫人唏噓斷腸的悲傷痛絕。一個不過是小市民的不無荒誕意味的世俗悲劇，一個則是高貴浪漫的古典傳奇。

然而即使是小市民的長恨，也不失爲一種美的長恨，不過是「舊時王謝堂前燕，飛入尋常百姓家」罷了，這正是王安憶的高明之處，她不但使上述兩者之間實現了一種創造性的「神會」，而且還通過王琦瑤的故事，實現了對傳統歷史美學的「現代性改造」。這表現在，當歷史恢復了它陳舊而恒常的邏輯、當上海結束了它的革命時代，而再度成爲一座典範的消費與欲望城市的時候，王琦瑤不僅延續了她少女時代的生活，而且也續接上了她舊式的「中斷的悲劇」，她沒有死於紅色風暴之中，相反是物欲、市場和消費的上海，讓她上演了她該上演的荒唐悲劇——這足以證明王安憶不是一個簡單的作家，她是眞正具有歷史感的作家，她讓王琦瑤死在金條帶來的災禍之下，死在無聊的小市民的鬧劇裏，不但隱含了一個知識分子的人文批判的命題，更在「現代」的語境下復活了古老永恆的悲劇，並爲它點染上落敗和荒謬的「末世」的氣息。很顯然，這正是我們所需要和歡喜的，它不是簡單的修復，而是創造性的綿延。

僅僅拿《長恨歌》和傳統敘事相比，似還不能完全說明問題，我們還要拿來和革命敘事比，才能更清楚地看到它在歷史敘述方面的「新意」。和楊沫的《青春之歌》比，似乎是一對天然巧合是例證，因爲它們簡直有太多的可對應比較的地方，比如——

一支是陰鬱而灰暗的歌，一支則是明亮而昂揚的歌；一支是哀怨感傷的歌，一支則是熱情樂觀的歌；一支是綿長而緩慢的歌，一支則是急促而短暫的歌……當我們將它們放到一起進行對照的時候，就發現了「歷史」本身戲劇性的古老而執拗的邏輯。「青春敘事」的終結，正是當代歷史本身巨變的結果，支配著這美學演變的一隻巨手，不是別的，正是時間本身。時間改變了革命時代的新鮮色調，把青春的留影變成了黯淡陳舊的老照片。無論是從人

生經歷還是敘述美學的意義上，王琦瑤和林道靜之間的「對照性」，都不僅在於她們之間不同的人生道路的選擇——一個走上了革命道路，一個則固守著其市民的生活——還在於她們人生的「長度」是不同的，這很關鍵。《青春之歌》的結尾呈現給讀者的是一片燦爛的曙光，沒有人會懷疑林道靜以後的生活和道路，「王子和公主從此過著幸福快樂的日子」，因爲這結尾所產生的「修辭效果」，已經取消了關於「青春之後」的追問，時間和勝利會一直持續下去，但人物的年齡卻和敘事一起終結了。

　　這種「青春的定格」在傳統敘事中也是存在的，特別是在「大團圓」式的喜劇中。但在絕大多數的長篇敘事中，卻不是只有一個時間要素，而是存在著互相對比的兩個——白居易的《長恨歌》就是如此，楊玉環被賜死於馬嵬坡前而「香消玉殞」，她的青春與美麗終結在這悲慘一幕中，才留下了「上窮碧落下黃泉，兩處茫茫皆不見」的唐明皇，也留下了人們心目中永久的美麗和憾恨。一個時間停止了，另一個孤獨地向前，天上人間，生死兩界，活著的人才體驗到餘生的悲涼，作爲「未亡人」生不如死的痛苦，體驗到「遲遲鐘鼓初長夜，耿耿星河欲曙天」、「天長地久有時盡，此恨綿綿無絕期」的滋味——《長恨歌》之「長恨」，就是這樣產生的。《紅樓夢》也一樣，試想如果林黛玉不是死於她的豆蔻年華，而是眞的嫁給了賈寶玉，過上許多年，當她人老珠黃之時，她越來越重的肺癆，無可救藥的吐痰咳血，會將她少女時代那令人哀憐的「美」一掃而光。果眞那樣，一幕使人心痛傷絕的悲情詩篇，還將安在？

　　古典的美學可見也與「青春敘述」有關。但革命的青春美學卻漠視這種生者與死者的分離，它要把先行者的死和後來者的生合爲一體，讓死者在生者身上獲得「永生」，這樣它所實現的，便成了一種「不死」的壯美，林道靜與盧嘉川之間的故事就是這樣處理的。但時間終將要延續下去，青春終要衰老，「勝利者」也會再度面臨失敗。那就違背了革命敘事的規則，因爲敘事終止了，生活卻還在繼續，假如林道靜的故事還有續篇，那眞不知會是一番什麼摸樣：林道靜會結束她的青春年代，會成爲革命勝利後某個部門的負責人，然後就成了「反右」、「四清」、「文革」的對象，接下來將要上演的，無疑會是令人似曾相識的悲劇……很顯然，林道靜的出身和經歷，將使她難以擺脫被懷疑甚至被專政的命運。我們在文革結束後，曾經看到了多少這類「傷痕文學」的敘述！這些敘事同樣是採用了革命的「斷裂式」時間修辭——過去的

不幸已經終結，美好的生活又「重新開始」，然後故事又在正義的恢復和人民的勝利一類歡樂時刻終結。所謂「過去」和「未來」，就是這樣不斷在我們的時間進程與歷史概念中斷裂和重複的。可是如果我們換一種時間修辭法，把這兩段「青春之歌」和「傷痕之歌」的敘事鏈接起來，得出的敘事效果就會大相徑庭，虛假的和因割裂而造成的正義、勝利和壯美主題，就會被完整的敘事本身所呈現的荒謬所代替。

還有另一組對照：這就是《長恨歌》中的另一個人物，蔣麗莉與王琦瑤的對照。蔣麗莉可以說是「《長恨歌》中的林道靜」，卻又延伸了林道靜的命運。可以說，關於她的故事，「續寫」了《青春之歌》中「省略」了的部分。少女時代的她，曾經歷了和王琦瑤完全一樣的生活，她們追想浪漫的未來，在閨中度過了「姐妹情誼」的時代，她甚至還鼎力相助，幫王琦瑤選上了「上海小姐」的第三名。但這個「醜小鴨」或「灰姑娘」一樣的女孩，可能內心深處在充滿了對王琦瑤的美麗的豔羨的同時，也深藏著一種隱秘的妒忌，她可能一直在和王琦瑤「比」：她的家庭背景好於王琦瑤，擁有可供上流社會出入的沙龍，她就把王琦瑤拉到了她家這個社交場合裏來，這樣她就有了一種居高臨下的優越；再者她實際上也是在幫助王琦瑤的過程中，感受到了某種滿足，並與王琦瑤的美麗達成了某種「平衡」；然而當王琦瑤果真成為「三小姐」，並且在和她與程先生三人構成的「三角戀」中，牢牢地處於優勢（蔣麗莉愛程先生，而程先生卻愛王琦瑤）時，她的難以用語言來表達的妒忌，就逼使她要「革命」——去尋找另一种競爭的方式了。她的「向左轉」在深層心理上，大約是出於這樣一種原因。可以說，與王琦瑤攀比是她終生的一個情結，這最初源於人性，最終卻導向了政治。

就這樣，當上海這個資本主義與小市民文化佔據著絕對統治地位的城市，面臨著中國現代以來最大的變動時，蔣麗莉走上了革命道路。和林道靜以及許多「小資」人物之所以走上革命是源於個人生活的動機一樣，蔣麗莉以迅雷不及掩耳之勢，變成了革命隊伍中的一員，變成了「勝利者」。在接下來的生活中，蔣麗莉取得了無可爭議的優勢，而王琦瑤則淪為了「地下的遺民」。這時，「青春敘事」的「主角」終於由於革命而實現了一次替換。如果小說到這裡結束，那和楊沫的《青春之歌》的故事也就很有些異曲同工了。但王安憶卻讓蔣麗莉繼續活下去，讓她在勝利的狂歡之後，繼續她無法不變得平庸和走向灰暗的生活，於是悲劇如期降臨，死亡在時間之河中最終顯

現。蔣麗莉嫁給了她並不喜歡的革命者——來自山東、有著一雙臭腳丫子的「南下幹部」，勝利者的新鮮與喜悅並沒有維持多久，日常生活的陳舊與固有的邏輯就又開始了。革命政治高居在上海的屋頂，而日常的小市民的生活卻深處於每一座弄堂和角落。對於蔣麗莉來說，她認同革命只是暫時和無奈之下的選擇，而認同「原本的上海」卻是從骨子裏決定的。她骨子裏的那顆「上海心」，並沒有使她認同其革命丈夫的生活，她一直沒有得到自己的幸福。這不僅因爲她與美麗的王琦瑤相比，本就是一個「灰姑娘」，不僅因爲革命的燦爛神話終究要還原到灰色的日常生活，還因爲她壓根就沒有在內心戰勝過「舊上海」，她在王琦瑤面前永遠是自卑的。在抑鬱的生活中，她度過了暗淡的中年，最終死於肝癌。

一曲「青春之歌」，就這樣變成了「死亡之歌」和另一支「長恨歌」！

某種意義上，蔣麗莉完成了林道靜的續篇，也用時間的延續，終結和顛覆了「青春之歌」的神話。

俄國人巴赫金在論述小說中的時間問題時，曾分析過的古希臘的一種敘事，這類作品寫男女之間一見鍾情、然後歷經曲折磨難、最後終成眷屬的故事，這其中按照故事發生的時間看，顯然是有相當的長度的，然而「主人公們是在適於婚嫁的年歲在小說開頭邂逅的；他們又同樣是在這個適於婚嫁的年歲，依然是那麼年輕漂亮地在小說結尾結成了夫妻。他們經過難以數計的奇遇的這一段時間，在小說裏是沒有計算的。」〔註 1〕爲什麼沒有計算呢？顯然是要保持其「青春敘事」的特徵。這和古希臘文化的整體上的「童年傾向」與青春氣息是有著內在一致性的。從中國當代文學敘事的歷史變遷看，《長恨歌》這樣的作品也可以看作是一個標誌：它標誌著原型來自西方的「青春—歷史」敘事的格局及其「進化論美學」的終結，以及中國傳統的「生命—歷史」敘事的格局及其「循環論」與「感傷主義美學」的恢復。「生命本體論的歷史觀」所支配下的敘事，必然會呈現出自我的「閉合」性、循環性、完整性和悲劇性，展現出其「長恨」的本質與悲劇美學的力量。個體人生的「必死」，使「歷史的整體」整合了「歷史的局部」，歷史的悲劇消除了歷史的喜劇，以生命爲單位的更長的完整敘事，取代了以青春爲單位的斷裂式敘事。這當然和中國當代文化的語境有著微妙的關係。一個世紀結束了，一個

〔註 1〕 巴赫金：《小說的時間形式和時空體形式》，見《小說理論》，河北教育出版社，1998 年版，第 280 頁。

「青春」的時代也已消逝，因此他們也終結了熱情而不免虛浮的「青春敘事」與「青春美學」。在這一點上，《長恨歌》是特別要值得肯定的，因爲它構成了一種新的敘事美學的範例。

三、「女性主義的歷史主義」及其它

如果撇開偏見，《青春之歌》也許原本是一個「女性主義的敘事」。如果說在大多數的男性作家筆下，由其潛在的男權主義意識與「皇帝婚姻理想」所驅動，大都熱衷於演繹「一個男人和幾個女人的悲歡離合」的故事的話，那麼《青春之歌》，則是大膽地講了「一個女人和幾個男人的風流韻事」。小說敘事的結構核心由男性轉換成了一個女性，這在革命文學中應該是一個罕見的個例。然而，由於楊沫要逃出一個「小資產階級敘事」的套路，爲她的本來的「個人經驗的敘事」蓋上一層革命的油彩，使之成爲革命時代的合法敘事，她卻不得不硬把這個本來的「女性中心的敘事」，變成了一個「仿男權主義的敘事」——仿照其它男性作家的敘述方式，把林道靜這個原本的「意義的中心」變成了「結構故事的中心」。她刻意壓低了林道靜的地位，把本來是她自己的化身、在她的潛意識中有著強烈「自我中心主義」傾向的主人公，改扮成了「一個漂亮的女人和一個幼稚的革命者的矛盾體」，這是一個不得不作的妥協。如果按照當代女性主義的某些觀點來看，它其實也可以概括爲「一個女性走出了家門」而「進入了歷史」的故事，她改造了自己的話語、價值觀念、私人生活（當然，「革命」也爲她的私生活帶來了新的機遇與合法理由），而過起了類似於男人世界的生活。作家將此寫成了她的「成熟」和勝利。

顯然，《青春之歌》從另一方面顯露出了「革命敘事」與「男權敘事」之間的同構性質。楊沫要想把自己的女性敘事、個人敘事、小資產階級敘事的結構，改造成革命的敘事，必然會向著男權敘事的方向發展。其中，充當林道靜「革命領路人」的，是成熟男性盧嘉川和江華，他們既是林道靜崇拜的男人（身體），又是黨的化身（信仰），而林道靜自己卻要下降爲受教育者、不成熟的青年和「群眾」，這樣一種反轉的關係，使楊沫無法維持一個「女性主義的立場」。她的講述不得不從個人生活空間，轉向宏偉的社會歷史場景。

而《長恨歌》卻恰恰相反，它講述了更長、更完整的現代中國的歷史，但卻始終堅持了「女性的中心」，它書寫了「陰性的上海」，女人的世界——「房

間裏的故事」。在半個世紀的時間跨度中，歷史的眞正主體和場景，卻幾乎被完全限定在「房間」之內。這是典型的女性化的歷史視角，如同美國的女性主義理論家蘇珊・古芭和桑德拉・M・吉爾伯特所構造的「閣樓上的瘋女人」的意象一樣。《長恨歌》中所有的社會性的重大事件，諸如上海的解放、李主任之死、解放後對資本主義工商業的改造、歷次政治運動等等，都被王安憶輕描淡寫地帶過，只是恍惚一閃，許多重要的標誌性的年份，甚至沒有給王琦瑤的私人生活留下什麼印記──這既是小說所採取的「敘述策略」，也是小說中人物所堅持的生存方式與價值立場。

很顯然，「民間生活場景」和「民間性的價值立場」，同「女性主義」和「新歷史主義」的敘事之間，是一種深刻的默契和統一，這個問題在當代中國的文學敘事中，不是一個個別的問題，而是一個有著普遍意義的規律。一方面，新歷史主義的敘事必然在寫作的空間與價值向度上指向民間，「民間性」是當代文學中新歷史主義意識的一個支柱與體現；另一方面，具有歷史向度或長度的女性敘事，也必然採取民間性的價值立場，這是相輔相成的。美國的女性主義理論家朱迪絲・勞德・牛頓在評述一本女性主義著作的時候，曾經論述了「女性主義者」在某種情形下的「新歷史主義」傾向，其文本的構造策略，是一種對各種複雜的「文化文本的並置」，其中的多樣的「文化符碼滲透在各個學術領域、廣告、性手冊、大眾文化、日記、政治宣言、文學、政治運動及事件之中」，給人的感覺就像是一幅「交叉文化蒙太奇」。〔註2〕顯而易見，女性主義與新歷史主義之間有著天然的內在一致性。《長恨歌》中歷史場景的描寫，在我看來首先即是因爲它遵循了女性主義的立場，所以寫來自然也有了新歷史主義的色調。小說刻意的瑣屑、節奏的緩慢、心理化的時間和空間感受、對外部世界與政治歷史的忽略，甚至於其刻意「絮絮叨叨」的語言方式，都典型地體現著其「歷史經驗完全不同於男人們」〔註3〕的特點。這是一種毋容置疑的優勢，王安憶用她女性特有的想像力與細微的觀察力，寫出了歷史的細枝末節的部分。而且這還很自然，因爲上海這個城市本身就是多種文化「並置」的城市，尤其經過了革命年代之後的還原，它的文化構成和歷史內涵變得空前複雜和豐富，語境充滿了反諷和詼諧

〔註2〕　朱迪絲・勞德・牛頓：《歷史一如既往？女性主義和新歷史主義》，張京媛主編《新歷史主義與文學批評》，北京大學出版社，1993年版，第203頁。

〔註3〕　《女性主義與文學批評》，第204頁。

的要素，王安憶敏感地意識到了這樣一些豐富的歷史意蘊，用她細膩的筆觸將之表現得淋漓盡致。

在這點上，王安憶又不僅僅是寫了房間內的歷史，也寫了房間外的風景。其實開篇的四節「弄堂」、「流言」、「閨閣」、「鴿子」，稍後的「開麥拉」、「滬上淑媛」，第三部中的「薇薇的時代」、「老克臘」、「長腳」等部分都帶有非常明顯的「場景敘述」的意味，這些場景往往把歷史和現實、人物和環境結合在一起，把「上海的色調」，其各個時代五光十色的文化符碼都激活調動起來。

市民化的敘事和女性化的敘事產生的奇妙重合，使《長恨歌》成為了當代中國「唯一」的——至少是不多的一部「女性主義新歷史主義」的作品。它們共同與波瀾壯闊的國家歷史與男權世界拉開距離。王安憶以「背叛」現代以來的「啓蒙－革命」的復合式的敘事規則，別闢蹊徑地重建了女性敘事，也建立了現代中國女性的另一種歷史——某種意義上也是體現著深沉的人文主義思想的歷史。如同余華的《活著》一類小說一樣，它也是寫了「歷史的背面」，寫了「富人的敗落」，另一種具有豐富歷史內涵的生存。它在主流歷史的威壓下忍辱偷生的生存苦難，不是用道德或者革命的意志等簡單的概念就能夠解釋的，其中包含了充滿滄桑與歷經整合之後的豐富的人生與歷史意蘊；另一方面，它也可以看作是對現代中國歷史以商業、以欲望、以權力、以政治、以革命、以窺探、以性行為、以掠奪……等種種方式對婦女世界進行侵犯的歷史。王琦瑤的一生蓋滿了這樣的烙印，無論是她少女時代的被「選美」、被權貴占為「外室」、還是後來無法抗拒地成為革命風暴的裹挾物，成為「不名譽」的必須隱匿自己的「歷史」和身份的女人的處境，在這樣的處境中的被玩弄，不得不備受懷孕之尷尬、流產之痛苦、生下沒有父親的孩子之屈辱，最後還要被老克臘和長腳之流侵犯謀奪……王琦瑤的一生也可以稱得上是血淚交織的一生了，王安憶對這一人物懷著的深藏不露的悲憫，書寫了她作為一代女性的不幸人生與歷史，並非常高明地使這一人物在各個時代所遭受的侮辱與損害，同她非凡而又卑微的身份之間，形成了意味深長的對照。

王安憶還是一個富有「女性人類學」意識的作家，她在小說中對王琦瑤不同年齡階段與不同社會處境中的心理描寫，可謂是非常細膩的，她在各個時期的人生經驗，也都被描寫得栩栩如生。從少女時代的「懷春」、「嫉妒」、

「姊妹之誼」、「閨中思婦」到懷孕時的複雜的生理心理反映，做母親的喜悅、一直到「夕陽紅」之戀時的複雜的情感糾結，也可以說構成了一部女性一生的心理檔案，這和小說中的歷史敘事的因素之間構成了一種互相深化的關係，心理的深度增加了歷史的深度，反之亦然。

結構性的文化視角，也是使《長恨歌》具備了「新歷史主義」特徵的一個因素，它回應了中國傳統敘事中古老的文化結構，一個有著深厚的「種族無意識」基礎的宿命性邏輯——紅顏薄命，自古而然，往往出於亂世，爲禍水玩物，最終被棄；或者韶華易逝，富貴無常，人面桃花，世事滄桑……這是歷史上關於女性的悲劇文學主題的重現，它兼具有「美學還原」的意義、對「文學母題」的重構和對「歷史元素」的重新解釋的多種意義。在這裡，王安憶對於中國傳統美學與敘事模型的創造性的修復與光大本身，也體現了她不凡的文化與歷史的智慧。

第十講　第三代詩歌的新歷史主義意識

如果按照發生時間，當代詩歌中新歷史主義意識無疑應該是最早的，也應該放在前面討論。但為了討論的方便，只好後置在這裡。而且就詩歌的文類特點而言，「歷史敘事」顯然不是其長處，它某種意義上的「非敘事性」，決定了它的「歷史主義」往往只是限於「意識」，而很難成為真正的「敘事」，所以也自然地「被邊緣化」了。但有一點必須強調，當代文學中的新歷史主義思想實踐最早無疑是從詩歌中開始的，是詩歌為小說源源不斷地輸入了新歷史主義的思想資源。而某種意義上，詩歌中「新」的歷史觀念是「原發性」的，與西方的新歷史主義理論本身最早並沒有直接關係。

一、「整體主義」的歷史主義

在八十年代前期到中期的許多詩人的意識中，「歷史」是一種神話，是他們的「宏大敘事」所賴以憑藉的載體和價值依附的神性本體，是一種帶有終極想像意義的價值符號。正像楊煉所篤信的，「倘若屈原只是直接表達出他在當代社會條件下的追求和悲憤，而沒有在《離騷》、《天問》等詩中叩問歷史、自然乃至宇宙的起源，他就不足以作為一個中國詩人最偉大的代表和民族精神的象徵。」[註1] 基於這樣一種觀念，朦朧詩之後詩歌的形而上學趨向，其宏大的歷史主題、文化尋根主題的彰顯，成為這個時期一個鮮明的特點。

〔註 1〕楊煉：《智力的空間》，見《磁場與魔方》，北京師範大學出版社，1993 年版，第 125 頁。

但是，歷史文化主題的熱度中同時也包含著危機和轉機。首先，詩歌本身的形式已經決定它不可能像小說那樣去演義歷史，而只能去面對歷史的「碎片」，以及那些「積澱」著歷史內涵的文化遺跡與象徵物。其次，就楊煉等人所描寫的歷史文化的對象物來看，它們本身作為傳統象徵所具有的善與惡、文明與愚昧、價值與悲劇等等複雜而分裂的二元特性又是十分明顯的，除了具有某種認知和審美意義，不可能對於八十年代「重鑄燦爛的民族文化」的歷史命題構成實踐效用。因此，從楊煉等人的主張來看，他們又更加看重歷史的「原素性」及其與今天的關係，楊煉說，「傳統，一個永遠的現在時」，而我們的任務就在於「發掘其『內在因素』並使之融合於我們的詩」，〔註 2〕這樣一種歷史觀念，實際上已相當「新」，「新」得同克羅齊的名言「一切歷史都是當代史」毫無二致。但在楊煉的詩中，他又常常被歷史的客在表象所框定和局限，半坡、敦煌、西藏（宗教文化風俗），依次寫完這些又寫古代文化，直至以周易入詩（如《自在者說》、《與死亡對稱》等）；另一位詩人江河對於古代神話的重釋，也同樣陷於復述和演繹的空泛（如《太陽和他的反光》），而眾多更年輕的詩人們，則幾乎是一哄而上、互為模仿，詠歷史必借遺跡、寫文化必有「陶罐」，觀念擁擠、內容艱澀、表達冗長，在備受矚目的同時也廣受詬病。

較早在思想方法上醞釀著新質與蛻變的，是成立於 1984 年的四川的「整體主義」。這群更年輕的詩人，對於歷史的思考方式，類似於一種「本土原發的結構主義」，他們從精神分析學、語言哲學、文化學和民俗學研究中得到了某些啟示，從古老的東方智慧和現代「全息宇宙生物律」中獲得了某種解碼方式，「整體一元論的東方意識使他們忽然高純起來，透明起來」。〔註 3〕他們「接受了榮格的『原型』說，主張對影響民族的『舊的感覺方式』加以探尋。於是他們正在觸動一個要點：離開了對傳統道德、觀念即內容的批判，已進入到對中國人特定的情感結構、語言結構、思維結構的追逐之中」。〔註 4〕整體主義的倡導者之一石光華也說，他們的目的是要重新發掘民族的「集體意識」、「文化心理結構」，他一方面盛讚了楊煉的努力和貢獻，認為他的意義在於對傳統「不是被動的繼承，依靠民族心理的默無聲息的遺傳來獲得某種民

〔註 2〕 楊煉：《傳統與我們》，《青年詩人談詩》，北京大學五四文學社編，1985 年，第 73 頁。

〔註 3〕 徐敬亞：《圭臬之死》（上），《文學研究參考》（內部）1988 年第 6 期。

〔註 4〕 徐敬亞：《圭臬之死》（下），《文學研究參考》（內部）1988 年第 7 期。

族習慣」，而是「積極的加入，帶著我們這一代人新鮮的生命力，使傳統的河流更加廣闊深沉」；另一方面，他又更加越出楊煉所憑藉的那些歷史表象，「在一彎月亮、一脈清風、一片青草、一聲蟬鳴中，感受和發現了無限和永恆」。看到了中國人歷史傳統中的「神韻」，「把有限與無限、靜止與運動、時間與空間等諸多宇宙基本矛盾統一起來趨向合二而一的極致」。他還強調了「帶著個人的獨創性加入傳統」的方法。〔註5〕

　　上述這些歷史觀念與方法如果稍加概括，不外乎這樣幾個方面：一、尋找歷史的「原素」，越過歷時表象，重視共時本質，所謂「整體論」、「全息觀」、「文化心理結構」、「集體無意識」、「原型」等，即是原素所在；二、類似結構主義的歷史方法，所謂「從一彎月亮一脈清風……中感受無限和永恆」，即閃現著來自結構主義文化學、符號學和歷史學的啓示；三、歷史的個人化視角、個人（現代）與歷史的對話，在楊煉和石光華等人那裡也都明顯地強調了這一點。這三個方面正是「新歷史主義」主要的歷史方法。美國最重要的新歷史主義理論家海登・懷特曾引述「原型」理論創立者諾斯魯普・弗萊的話說，「當一個歷史學家的規劃達到一種全面綜合性（指對歷史的各種表象事實予以總結──引者按）時，他的規劃就在形式上變成神話，因此接近結構上的詩歌。」〔註6〕海登・懷特進一步闡發了這些思想，認爲，即使是在歷史本文中，也同樣存在著「文學虛構」的問題，因爲任何歷史的文本形式，都離不開從材料到結論的文字結構方式，因爲這樣，「歷史」同「神話」（虛構）之間就形成了一種剪割不斷的聯繫。這不但揭示了歷史學自身的某種「可疑性」，同時也指出了歷史敘事與歷史修辭的某種「詩性」。不過，海登・懷特是出於結構主義觀點對歷史本體的探究和質詢，但他正好反證了詩歌寫作中「新歷史主義」方法的普遍性。

　　顯然，詩歌不可能像歷史那樣以完全「求眞」的態度去面對歷史（即使對歷史學而言，這也仍是一個「神話」），從這個意義上說，詩歌中的歷史質素更天然地接近虛構，因爲它是「詩性的言說」。不過，古代史詩又的確是曾試圖達到「信史」的境地（如《荷馬史詩》）；之後的文人史詩（如維吉爾的《變形記》、彌爾頓的《失樂園》等）就變成了一種「仿寫」，他們對歷史的

〔註5〕石光華：《企及磁心・代序》，見《磁場與魔方》，第127～134頁。
〔註6〕海登・懷特：《作爲文學虛構的歷史文本》，張京媛編《新歷史與文學批評》，北京大學出版社，1993年，第161頁。

解釋實際上已習慣於象徵或隱喻的方式；再後來，歷史在詩中逐漸化成了「共時態」的東西，生死、人性、道德、戰爭（如但丁的《神曲》、莎士比亞的悲劇、歌德的《浮士德》、拜倫的《唐‧璜》等），正如拜倫《唐‧璜》的詩句，「戰爭，愛情，風暴，這是史詩的主題……」。在中國，由於史學的發達使得詩歌同歷史分了家，因此八十年代初的許多詩人都如夢初醒地意識到中國「缺少史詩」，這種遺憾在這個年代日漸高漲的民族自省意識中，在幾乎遍及全民的歷史民俗熱、宗教文化熱、文化人類學方法熱中，在楊煉等人一度轟動的「現代史詩」的寫作實驗的熱鬧中，當然會成為更年輕一代詩人夢想創造「輝煌史詩」的動力。但是，在當代文化條件下，應該用怎樣的姿態介入歷史？這更是他們苦思冥想的命題。由於匯合了結構主義方法的符號學、心理學、民俗學和文化人類學的啟示，他們的歷史觀念與方法也必然帶上了時代的特徵，具有了某些「新歷史主義」意識傾向。

　　但是，「整體主義」未免又走進了「東方文化」的泥淖和陷阱。文化的可怕從來都是源自其「結構性」，作為一種歷史遺產和詩歌資源，東方文化在作為寶貴財富的同時，也是一個結構性的巨大黑洞，一旦認同它的觀念與價值，很容易便又陷入一種虛化和神秘的玄學陷阱。石光華、歐陽江河、宋渠、宋煒等人所作的那些「現代大賦」，正像有人所批評的，令讀者「看到的更多的是意圖，而不是才氣，不是清澈的詩流，而是用手擰開的自來水，連綿不絕，夾雜著半消化的詞語與古典。這些都令人感到詩人們沒有達到生命的純淨，對自身的體驗尚不能游刃有餘」。〔註7〕它們彷彿是一篇篇還未理清思路的關於文化思考的論文，黏稠、臃腫、混濁、曖昧，在言說中難以迴避尷尬的自我遮蔽。如宋渠、宋煒兄弟的《大佛》，他們彷彿是要通過對世俗苦難輪迴的抒寫，表達對某些佛學觀念的理解體驗，但這一主題卻並未獲得深邃而澄明的呈現，它的充滿敘述意味的散文化的長句子拖沓乏味，幾乎令人難以卒讀：

　　　　中國人　一個空洞而抽象的面容吸引了每一個南方人潮濕的目
　　光　太陽化了
　　　　北方　東方　西方的平原和大洋和荒漠　被一個神秘的名字暈
　　眩了　頭抬起來又終於垂埋下去
　　　　因為他有一個唯一上升著的名字　他是大佛　一個坐著的寧靜

〔註7〕徐敬亞：《圭臬之死》（下）。

坐著的永恆

　　一千年一萬年注定都會寧靜而永恆地坐著　同時又彷彿有什麼

形而上在上升……

這些「體驗」，還不能稱得上是真正的理解和體悟，更多地還是「硬性的知識」。所以抒寫也就變成了膜拜和敬畏，誕生的只是一種「作為觀念的硬詩歌」。這成了阻擋「整體主義」前進的內部惰性和根本局限。

與此相比，稍後出現於 1986 年「現代主義詩歌群體大展」中的「新傳統主義」，則邁出了新的步伐。

二、「新傳統主義」與新歷史主義

「新傳統主義」是以對楊煉所引導的尋根詩歌以及與「整體主義」伴隨出現的「民族主義」詩歌的反對者或另立者的姿態出現的，它對這種傾向的批評相當激烈：

　　……我們注釋神話，演繹《易經》，追求當代詩歌的歷史感，竭力誇大文學的作用，貌似憂國憂民，骨子裏卻渴望復古。渴望進則鳥瞰詩壇，萬聲歸一；退則仙風道骨，彈鋏於桃花源中。用現代派手法表達封建的懷舊意識，是當前所謂「民族主義」詩歌的顯著特徵之一。

反對傾倒在歷史和古代文明的腳下，「反對藝術情感導向任何宗教和倫理」，主張對「民族的集體潛意識」的「破壞」，張揚原始的野性生命力量，成了「新傳統主義」者的藝術主張，他們宣稱：「新傳統主義詩人與探險者、偏執狂、醉酒漢、臆想病人和現代語言製造家共命運。」〔註8〕這種主張不難看出他們同 1986 年前後的小說，尤其是莫言在《紅高粱》系列小說中所展現的那種為感性生命和酒神精神所映耀的歷史意識的內在一致與呼應。在廖亦武的《情侶》中，我們會看到這種重新向歷史中尋找野性生命力和精神家園的努力：

　　兒子嗷——！

　　從人的村莊回來

　　從鐵的囚籠回來

　　這兒是你的家

〔註 8〕見《1986 中國現代主義詩歌群體展覽》，《詩選刊》1987 年第 1 期。

　　　　我會用狼奶喂你

　　　　我會用皮毛暖你

　　　　我會把你馴成能殺死野牛的英雄

　　　　你是未來的荒山之王

　「……當我老了／葬身你的空腹是我的榮幸／從此再分不清媽媽和兒子／／兒子嗷！從人的軀殼裏回來／從理性的枷鎖裏回來／你是我的……」回到傳統，不是回到那些「理性的枷鎖」之中、古老的文化陷阱之中，而是宿命式地回到蓬勃強健、充滿原始野性和本眞意味的生存狀態，並且最終消解掉歷史的時間維度本身，這才是新傳統主義探尋歷史的根本目的。這裡充滿了關於歷史的激情、焦慮與想像，正像弗雷德里克·傑姆遜所描述的那種「精神分裂症式的歷史主義」（schizophrenic historicism）一樣，「不只是美學熱情，或是尼采式的剩餘與興奮，也加上了完全不同的感覺範圍——暈眩、厭惡、憂鬱、噁心和弗洛伊德式的非淨化過程——這些是在接觸過去的文化時所產生的『眞正』可能發生的模式」。〔註9〕

　　相比之下，另外的一些詩人在面對歷史時則更加冷靜，歷史變成一種透射著古老寓言的時間陳跡，它映現著今天，映現著人類和種族生存的滄桑和永恆，它們是「今天與歷史的對話」，或者說，「歷史」實際上只爲寫作者提供了一個「修辭想像」的空間，這很像是蘇童等小說家在寫《1934年的逃亡》那一類作品時的情形，試讀西川在「1986年現代主義詩歌大展」中的一首《讀1926年的舊雜誌》：

　　　　一頁一頁翻過，疏散的槍聲

　　　　遠遠越過枯竭的河流

　　　　我無憂無慮地看夕陽隕落

　　　　一九二六年會有一個青年

　　　　翻閱更破舊的雜誌

　　　　嘴裏嚼著寶石般的花生米

　　　　在太平洋西岸

　　　　荒蕪的花生地裏，季風

　　　　吹得詩人的草帽歪斜

〔註9〕弗雷德里克·詹姆森：《馬克思主義與歷史主義》，《新歷史主義與文學批評》，第32頁。

「很多事物需要慢慢咀嚼／甚至很多年，那些事物／依然新鮮／完全是我們身邊的／晝與夜，我們腳下的／地板頭上的屋頂／我在初春的窗下／讀一本舊雜誌直到黎明」。以「新古典主義又一派」自稱的西川在這首詩中，的確如他自己所說，是「復活了一種回聲」，他是在一種充滿著時光陳跡、古舊氣息和生存飄忽的感傷中「講述家園」的，〔註10〕從格調上看，的確同1987年以後蘇童等人的新歷史主義小說有相似之處。

在尋根詩人那裡，歷史主要是被理解爲一種二元對立和復合的狀態，其博大與渺小、玄奧與愚昧、悲劇與價值，都是以對立與依存的形式出現的，在楊煉的所有詩篇中，幾乎都貫穿了這種思想。這是他筆下的「陶罐」：「……哦，黃土的兒女，無垠之夢的兒女呵，胸前紋繡著／解脫陰影的鳥，和一頭徘徊在懸崖絕壁上的飢餓的野獸／越過狂暴的沙礫，黑麥田後面，期待／而流血的手只能深深挖掘自己始終被拋棄的命運／……而流血的手卻緊緊攫住自己貧瘠又珍貴的命運」（《半坡組詩・陶罐》）。作爲種族徽記和命運的象徵，陶罐的質地、形狀、境遇和歷史完整地再現了一部華夏生存的民族歷史，負載了它全部的輝煌與苦難。這顯然是一種類似「啓蒙主義的歷史主義」觀念，或者至少是帶有嚴肅的啓蒙意識的歷史情感。而如果我們再看看一些更年輕的詩人筆下的陶罐，感覺就完全不同了，在他們的詩中，由陶罐所負載的民族歷史與生存內涵已呈現爲一種「雜碎」狀態。如阿吾的一首《寫寫東方・一隻黑色陶罐容積無限》，〔註11〕在這首詩的前半部分，作者基本上還貫穿了與楊煉相似的主題，用陶罐在「黑色暴雨」與「黑色烈火」中定形凝固的過程，隱喻了民族歷史與文化的形成過程，以及最終成爲陶罐一樣的「黑洞」的結果；但在詩的後半部分，則一轉這種嚴肅的闡釋爲戲謔性的「拆解」，使歷史由一種爭議的景象被打碎爲散落的碎片，並由此折射出多種不同的答案和結果：

> 說世界就裝在一隻黑色陶罐裏
>
> 眞不是什麼吹牛皮的話
>
> 她以不變的姿態滿足你常變的要求
>
> 你感到異性的呼吸嗎
>
> 請繞陶罐走上一周

〔註10〕見《1986中國現代主義詩歌群體展覽》，《詩選刊》1987年第1期。
〔註11〕見《詩刊》1986年第11期《青春詩會》。

> 你感到勝利的喜悅嗎
> 請繞陶罐走上一周
> 你感到背井離鄉的孤單嗎
> 請繞陶罐走上一周
> 你感到人情世事的冷漠嗎
> 請繞陶罐走上一周
> 你感到走上一周疲倦了嗎
> 請繞陶罐走上一周

> 結果在墓穴中人與陶罐同葬

在內容的真實和富有啟示方面，我不能不說它超過了前者，在這裡，歷史呈現為一種多稜體的文化與日常生活景觀，它內部的複雜結構在戲劇性的顛覆中得以彰顯——歷史似乎蘊含了無數的指向與可能，但最終其元素可能又是永恆不變，或者不斷往復循環的。新歷史主義者正是意識到這一點，才試圖通過更加豐富的形式去揭示它的內涵。蒙特魯斯和海登·懷特等人把新歷史主義描述為一種「文化詩學」和「歷史詩學」，〔註12〕其理由和用意大約也在於此。第三代詩人在介入歷史時所持的這種「解構」姿態，極巧妙地暗合了此時還並未以理論形式引進的新歷史主義方法。

在拆除主流歷史觀念，打碎傳統的歷史文化幻象和重現歷史的邊緣景觀方面，廖亦武是做得比較多的詩人。在他的長詩《巨匠》中，它用可以敲碎邏輯與秩序的語言，穿越歷史與現存、真實與幻境、製作了一幕幕斑駁陸離、異彩紛呈、令人目不暇接的「文化交叉蒙太奇」的駭人景觀，由此折射出歷史與現實豐富複雜的存在狀態。尤其是在其第五部《天問》中，他用上百個問號和「洗牌」一樣的破壞性、拆解性的修辭方式，營造了一個「雜亂無章」無頭無尾無始無終無正無反的歷史與存在空間，讓歷史的各種因素與各種景觀都處在「騷亂」和被激活的狀態：

> 請問國家怎樣開始？怎樣結束？存亡興衰，其間奧妙何在？陰謀是治國之本，彌天大謊被寫進教科書，供孩子們天天朗讀，請問誰是衣衫襤褸的君王？誰是主宰天下的小丑……∥請問你居住的房間，曾經是哪個朝代的驛站？……你是否見過炎帝、神農、大禹、

〔註12〕海登·懷特：《評新歷史主義》，《新歷史主義與文學批評》，第106頁。

商鞅、項羽、虞姬、唐太宗、孫中山、魯迅、蔣介石、李金髮從凝固的波濤中上岸？//……太監是古中國的特產，請問是誰發明了現代精神閹割術？請問李白為什麼失意？沈從文為什麼隱居？文字獄緣何而起？儒道互補自何時被奉為圭臬？請問為什麼在正史之外有野史，在野史之外，還有手抄本流傳人間？//請問我們的想像力問什麼如此貧乏？神話的巨寶，為什麼只剩下些輝煌的碎片？……

在這首詩裏，修辭方式最大限度地以混合和交錯的形式，調集了來自歷史與現存的各個角落裏的事物，使他們成為映現歷史的無邊而無序的複雜與充滿偶然性質的內涵的材料與隱喻。其中，「野史」、「民間」、「碎片」等都是富有「字眼」意義的詞語，它們也可以透視出作者刻意抵抗和「解構」正史的修辭策略與歷史意識。從結構主義的角度看，「偉大的歷史敘事」必須依靠那些富有邏輯關係和神話色彩的莊嚴而崇高的語詞（如楊煉的詩中經常出現的「神殿」、「頌歌」、「英雄」、「真理」、「死亡」等頻率較高的語詞）來實現，而在廖亦武的詩中，則大量出現著「侏儒」、「妓女」、「白癡」、「交尾」、「肛門」、「廁所」……等等充滿惡意的詞彙，以此構成邊緣化、卑賤化和潰敗式的歷史形象與型構。這同海登・懷特在評論新歷史主義時所指出的他們那種對於「在特定的歷史時空中佔優勢的社會、政治、文化、心理及其它符碼進行破解、修正和削弱」，而對那些「歷史記載中的零散插曲、軼聞軼事、偶然事件、異乎尋常的外來事物、卑微甚或是簡直是不可思議的情形等許多方面表現出特別的興趣」〔註13〕的特徵，以及朱迪絲・勞德・牛頓所形容的所謂「交叉文化蒙太奇」〔註14〕的方法可謂十分相似。

對於後者，我們還可以在廖亦武的另一首長詩《黃城》中得到印證，這首詩差不多是以紛亂的電影蒙太奇的手法，彙集了眾多不可同日而語的事物和景觀，從而對不斷重複的歷史、現實與未來作出隱喻式的描述：「……不准通行。這裡正拍攝歷史片 //……歲月蹉跎。往事如煙飄逝。我趲進電影院重溫舊夢。……紅牆垮了一段又一段。萬眾奔命。汨羅貴族屈原披頭散髮。跪飲護城河嚎誦《國殤》。第三代皇家密探混跡人群。伺機捉拿間諜頭子白鳥。殯儀館老闆徐敬亞趁機拋售黑紗。發動國際嚎喪運動。烏雲顛狂。揉弄浩浩

〔註13〕海登・懷特《評新歷史主義》，《新歷史主義與文學批評》，第106頁。
〔註14〕朱迪思・勞德・牛頓：《歷史一如既往？女性主義和新歷史主義》，《新歷史主義與文學批評》，第203頁。

無際的腦袋。每一張嘴卻發出烏鴉的叫喚。我摀住耳朵我受不了了我喊媽媽媽媽媽媽媽。」這種對不同的歷史時代的「文化符碼」和「文化本文的並置」，同新歷史主義的某些結構策略一樣，強烈而出人意料地起到了對歷史的豐富性、動態性的隱喻作用。

三、「解構歷史主義」與重構歷史神話

在許多情況下，上述這種並置的隱喻性的歷史符碼，有時也會演變成一種縱向歷史景觀的被「提取」之後的橫向展開。事實上，詩歌對歷史的敘述不可能完全按照歷史的時間順序來展開，它更多的是通過某些形象的喻體，去歸納歷史的某些特徵。這也正是許多先哲看重藝術對於歷史表現作用的原因，比如泰納就說過，「一首偉大的詩，一部優美的小說，一個高尚人物的懺悔錄，要比許多歷史學家和他的歷史著作對我們更有教益。」〔註15〕因爲它們的形象中，涵納了更多的歷史眞相與原素。正是基於這一點，新歷史主義理論的創始者之一路易斯・蒙特魯斯，提出了「用一種文化系統的共時性文本代替一種獨立存在的……歷時性文本」的理論。〔註16〕在第三代詩人的作品中，我們經常能夠看到他們對歷史的這種「共時歸納」和「歷史拆解」。如西川的長詩《近景和遠景》實際上就是通過許多互不相關的喻體對歷史的「切碎」和重新編排，歷史在這裡以散落並被「編輯」成五光十色斑駁陸離的「成串的鱗片」，所有的表象事實都已被「經驗化」了——被抽取爲共時性的「原素」，比如它的末章《海市蜃樓》，就是對一部人類精神歷史的「壓縮」式的概括：

> 大氣中由於光線的折射作用而形成海市蜃樓。那時物質變成精神的最好例證，精神的房屋、精神的廣場、精神的野百合、一百零八條好漢、賈寶玉的三十六個女朋友。……換一種說法：空中樓閣——置世俗律令於不顧，置人類於被挑選的境地。它既不屬於現在，也不屬於過去，也不屬於未來。作爲我們關於家園和烏托邦的隱喻，它游離於時間之外。其神學意義在於：瞬間即成永恆；其美學意義在於，遠方是一種境界；其倫理學意義在於：幸福即是在苦悶彷徨中對於幸福的關注。任何一幅畫、一首詩、一本書，都與海市蜃樓有關……

〔註15〕見伍蠡甫主編《西方文論選》（下），上海譯文出版社，1979年版，第241頁。
〔註16〕見王逢振等編《最新西方文論選》，灕江出版社，1991年版，第496頁。

　　如果說西川的詩還由於帶有過重的形而上學的、智性的和書生氣的意味，而使其歷史感被過分虛化的話，那麼我們從鐘鳴的長詩《樹巢》中，則更能夠充分地感到歷史的撞擊力。這首巨型的詩歌作品（僅第一章就長達近一千二百行），以四個「原型」主題對民族的歷史作了個性化的理解和歸納。在題記中，作者作了這樣的題解：「《樹巢》分為四個獨立的篇章：第一章《裸園》（詩體），語義類型為（逆施），是追述漢族的自我攻訐性，也就是隱蔽在每一個靈魂中的『殺人妖精』，從而涉及人類從植物崇拜到毀滅自然生態這一最為廣義的屠戮主題；第二章《狐媚的形而上疏證》（闡釋體），語義類型為（歧義），它將描述『狐媚』的神話隱喻，設計『文字狐媚』在本體意義上的四種形態；第三章《梓木王》（小說體），語義類型為（情境），主要描寫人類對植物的三種態度，也是三種情況；第四章《走向樹》（隨筆體），語義類型為（還魂），它關聯到我們世俗生活中的『物相』和『木』的終極觀念。」〔註17〕從這段闡釋中，我們不難看出作者從結構主義、語言哲學和人類學那裡所受到的方法論啟示。也許過重的語言情結所導致的修辭上的極限化傾向（如第一章第二十二節的第二部分是一段根本未分標點的文字，一個長達一千餘字的「句子」），在一定程度上反而「遮蔽」了他所要表現的思想，但透過其它的文字，我們仍可見出作者對於人類漫長的生存歷史、特別是暴力思想和專制傾向的發育歷史的追溯與思考。在這裡，歷史的淵源與當代命運不斷互為印證，更強化了一種把握本質的力量。這首詩和楊煉江河等人的一些巨製相比較，雖然都試圖嵌入一些民族的原型主題，但鐘鳴已經充分地越出了歷史流程中的客觀時空框定，而達到了相當自由的境地，並且由於這種自由而更加獲得了歷史的穿透力。如第二十九節《遁世紀》中的第五部分：

> 我的人民不分白晝黑夜，死裏逃生。人民，
> 就是那些將生死置之度外的人，
> 是釜中的魚，甑裏的灰塵。肉歸於土
> 而靈魂和動作歸於風眼，他們
> 保持著最大的忠實。人民啊，就像一群鬼，
> 道德的化身，……

〔註17〕萬夏、瀟瀟主編：《後朦朧詩全集》下卷，四川教育出版社，1993 年版，第324 頁。

　　陰暗而痛苦。人民，就是被污辱屈節的

　　形象。他們雙手拎著耳朵，相聽清楚，

　　神究竟對他們說過什麼，

　　他們就生在風裏，但沒有一個有力確鑿的證詞。

　　……一個虛構的人虛構了它的人民。

　　曾標舉「莽漢主義」旗號的詩人李亞偉，也寫過有關歷史的主題，但他「不喜歡那些精密的使人頭昏的內部結構或奧澀的象徵體系」，而主張以「破壞、搗亂」的姿態，「炸毀」原有的「文化心理結構」，所以他筆下的歷史主題也就具有了幾分「解構主義」的意味。在長詩《旗語》中，他對歷史和現實按照個人的經驗形式，進行了一次瓦解性的「旗語」式的編碼：「我不說一段歷史，因爲那段歷史有錯誤」，「因爲歷史只是時間而已，政變和發財！」在這首詩中，上一個紅色暴力年代的景象通過被顛倒、拆散和施虐般的揮舞驅遣，而獲得一次反諷語境中的再現：「我看見一個被學問做出來的美女在田間勞動／用輕巧的雙手把未來編製成公社／在裏面學習、敬禮、和散步／北方的油燈照見了哲學和戰鬥的場面／她用水庫中的臉護守畫報上的禾苗／用樹邊的嘴唇吻城裏那個勤奮的青年」。這是充分個人化了的歷史經驗，但它卻是更具有概括性和穿透力的活的歷史，他活畫了歷史在某一時刻特有的風景，使它作爲影子和閃回的畫面眞實生動地再現了一次。值得注意的是，在這首詩中，富有才華的李亞偉還以其不無偏執的修辭的「暴力欲」，對構成歷史的本文與語詞進行了執意的窺探、把玩和戲弄，以往莊嚴和整飭的主流歷史被改成了這個樣子：

　　趕走皇帝成了最後一次農業革命

　　那年胡豆不被當作胡豆

　　大麥不成爲大麥，一部分成爲工人，另一部分成了革命黨

　　人民推翻皇帝在農村糾正了莊稼的方向

　　把農業打得一邊歪，從堤壩上掉下來

　　……

　　再如：

　　我看見一個被漢字測出來的美女從偏旁上醒來

　　右手持劍左手採花

　　她用象形的一部分吟詩作賦

用會意的一部分興風作浪

空前的美女！下加一豎是玫瑰

長在樹上是妓女

摘下來的格言警句是一年中最後的收成

……

最後一個需要提及的詩人是海子。在海子的詩中，歷史既不是作為現實，也不是作為觀念，而是神話。是海子使當代詩歌重新獲得了同古代先人那樣用神話敘述歷史的方法，這是最古老的、同時也是最新的方法。在海子的歷史神話主題中有兩個基本要素，這就是「民間」和「大地」，「民間」使他筆下的歷史主題得以接近最原始的經驗形式；「大地」則使這種原始的經驗內容同存在的「本源」接通並因而獲得神性。從本質上說，海子並不是一個執著於歷史的詩人，而是執著於「存在」的詩人，但他的「存在」實際上又是歷史的提煉、穿越、昇華和抽取。在他的一則詩論中，他這樣描述了他所執著的「民間主題」：

在隱隱約約的遠方，有我們的源頭，大鵬鳥和腥日白光。……回憶和遺忘都是久遠的。對著這塊千百年來始終沉默的天空，我們不回答，磨難中句子變得簡潔而短促。那些平靜淡泊的山林在絹紙上閃爍出燈火與古道。西望長安，我們一起生活過了這麼長的年頭，有時真想問一聲：親人啊，你們是怎麼過來的。……那些民間主題無數次在夢中凸現。為你們的生存作證，是他的義務，是詩的良心。〔註18〕

海子心中的歷史，是一部民間的和土地上的生存史，他讓我們越過了塞滿英雄、王政、時間與戰亂的傳統歷史模式，而看見了另一部橫向展開的永恆的、充滿著原始的存在真相與真理的「史前」歷史的景象：

一盞真理的燈

使我從原始存在中湧起，湧現

我感到自己又在收縮，廣闊的土地收縮為火

給眾神奠定了居住地

「我從原始的王中湧起，湧現／在幻想和流放中創造了偉大的詩歌／……我被原始原素所持有／他對我的囚禁、瓦解，他的陰鬱／羊群　乾草

〔註18〕見《青年詩人談詩》，北京大學「五四」文學社編，1985年，第175頁。

車馬　秋天／都在他的囚車上顛簸／／現代人　一隻焦黃的老虎／我們已喪失了土地／代替土地的　是一種短暫而抽搐的欲望／膚淺的積木玩具般的欲望……」對於人類的文明，海子抱著深深的絕望，一部歷史是一場誤入深淵和歧途的悲劇，它在進化中喪失了最古老的居所、最本眞的體驗和最原始的語言。因此，海子這樣執迷於對這些喪失之物的苦苦尋索。表面看來，他的經驗形式與語言方式似乎帶著極端的「個人化」傾向，因而顯得飄忽迷離、晦奧破碎，有時恍若囈語，人或將此指責爲夢囈，甚或「皇帝的新衣」，而事實上，海子所努力要體現的，正是對固有歷史想像方式和固有歷史文本模式的穿越。尋找最原始的、那些連通著大地和神祇的、彌漫和流淌在「民間」世界的心象和語言。這是否也是一種「解構主義」和「新歷史主義」的實踐呢？只有理解了這一點，才等於找到了解讀海子詩歌的鑰匙。正如海子在他的詩論中所說的，他的詩歌的出現是某些「巨大的原素和偉大的材料」的「脹破」，而這些最原始的人類精神及其所依附的母體正因「文明」的進化而陷於喪失。「從老子、孔子和蘇格拉底開始，原始的海退去，大地裸露……我們睜開眼睛——其實是陷入失明狀態，原生的生命湧動蛻化爲文明形式和文明類型。」〔註 19〕從這裡可以看出，也許只是海子才最清醒和最徹底地發出了這個疑問：一切並非可以用進化論來解釋，從大的宇宙循環和哲學思維中看，文明也許正處於一種退化和毀滅的過程之中。「歷史上究竟發生了什麼？」而他的宏偉長詩《土地》，正是以屬於他自己的方式回答了這個問題，但是這個歷史和文化的結構密碼，又幾乎是我們無法準確解讀的，因爲它的偉大和深遠，某種程度上也正是來源於它內部的悖論——它的「反歷史性」和不可解讀性。

〔註19〕海子：《詩學：一份提綱》，《磁場與魔方》，第 186～187 頁。

下篇　專題演講

第十一講　由語言通向歷史：
王朔的意義

一代人的記憶，不可挽回地鎖閉在他們這一代人的身心之中。
——保羅‧康納頓‧《社會如何記憶》

之所以要講王朔，是因為我在漢學系圖書館看到了一套很「破」的王朔文集，它的破爛的程度，甚至要超過我在國內的圖書館看到的情形。這說明王朔的閱讀率是很高的，因此談王朔可能會有很多的人感興趣。

但是王朔是一個什麼樣的作家，是不是一個「嚴肅的」和精英意義上的作家？這是一個問題。在中國，王朔除了擁有眾多的讀者，還有非常多的爭議，他似乎一直在「罵人」，也似乎一直在「被罵」。這也是我想在這裡講講王朔的一個原因。為什麼會有許多爭議？這是因為王朔和通常的作家比，有更明顯的反道德傾向，有時還顯得特別「底線」、特別「壞」和特別「痞」，然而這種壞和痞也正是很多人喜歡他、覺得讀他的小說比較「過癮」的一個原因。這就比較令人困惑，王朔小說為什麼在有如此大的爭議的同時，又有這麼大的吸引力？而且為什麼只有那些特別「壞」的，才特別受歡迎？另外，他其它的作品為什麼就相對比較差？或者說，為什麼我們只有在王朔那些最「壞」的作品中，才會覺得他是一個「一流」的作家，而在其它的作品中就會覺得他只是一個「三流」的作家？還有，雖然受歡迎，但王朔在中國當代文學中為什麼沒有很高的地位？為什麼很少有人將他列入到「精英作家」的行列？

這些問題都非常有意思。我今天要講的，就是要討論一下王朔小說中的

精華應該怎樣理解的問題，它們和當代中國的精英文化、前衛文學之間究竟是一種什麼關係。

當然，這也許離不開一個起點，即，王朔的寫作不是一種「自足的寫作」，而是一種「相對性的寫作」。也就是說，他和美國的解構主義理論家希利斯‧米勒所說的那種「寄生性寫作」有某種一致之處，是一種「次生性的文本」，一種「意識形態的寄生體」。也就是說，要理解王朔的小說，必須首先重溫當代中國在過去一些年中所經歷的特殊的歷史，以及這歷史中的特殊意識形態，瞭解作為這一套不斷變化──而且是發生了巨大變化的「意識形態的載體」的語言，以及和這一套語言、意識形態相適應的道德觀念。「反正統道德」與「反權力語言」，是王朔小說的兩個訣竅和兩個最突出的表層特徵，但在這一表層特徵之下，他的真正的目標，我理解是一種「對歷史的特殊的回憶」。因此，我在某種意義上，是將王朔作為一個「歷史小說家」來解讀的。

一、歷史情境與解讀王朔的起點

如果沒有「背景」的映襯和某種延伸的闡釋，王朔無疑會受到「抽象道德」的審判，並為一般的藝術規則所不齒──在過去的十多年中，關於他的爭議和批評實際上一直在進行。但如果是考慮了這個背景的存在，王朔就不應簡單地被押上道德的十字架。好在歷史記憶尚不遙遠，稍有些生活經驗的人都可以憑藉剛剛死去的語言，來完成對他小說的背景的復原。但這一點又常常需要「提醒」，因為「遺忘」往往是中國人典型的病症，這種遺忘不但是「集體無意識」的，而且還是「語言無意識」的。語言常常充當中國人遺忘歷史的最佳工具。這有非常多的例子。

因此，要想理解而不是誤讀王朔，解釋而不是咒罵王朔，需要回憶當代中國的歷史。有這樣幾個深刻的變化發生在過去不遠的時間之淵中：一是從理想主義的年代到「文革」，中國人經歷了一次深刻的「道德的失敗」，產生了社會正義喪失之後普遍的「敗壞化」的社會心理。為什麼當代的社會風氣如此敗壞，中國人的語言與意識如此粗鄙？這是上一個時代的政治倫理學與庸俗社會學由泛濫再至頹敗的結果。作為共同的社會記憶，我們這一代人曾經接受過一個神話式的教育，「公有制」時代的價值理想，加上了小農式的溫情倫理，演變出了一個熱情向上、而實際上又比較虛假的「憎恨物質」與「癖戀精神」的道德神話，而這樣一個神話在對中國人的精神實行了很長時間的

統治之後，在突然面對市場經濟時代的物質原則之後，卻很快被瓦解廢棄了。這種表面看來的精神坍塌，曾經在 1990 年代前期引發了關於「人文精神危機」的論爭。道德的神話化，恰恰埋下了「道德底線」喪失的危機，這個危機終於漸次爆發於「文革」之後，但直到 1990 年代才眞正顯現出其本質。表面上看，是中國人的道德狀況出現了一個特別嚴重的「滑坡」和「下降」，但從內裏看就不是這麼簡單，一方面，下降是必然的「價值調整」的表現；另一方面，意識形態的強力對社會正義的長期僭越，導致了社會公眾道德的虛僞化與事實上的空缺。特別是道德教育的失敗，使人們對道德本身產生了牴觸與反感。在中國傳統的道德觀念系統被「革命」掃除之後、「革命道德」的神話又陷入虛設的「話語遊戲」的情形下，王朔首先抓住了這種社會心理動向。他筆下的「惡行」人物，雖然還達不到「惡魔化」的程度，但也對一般的社會道德準則形成了明顯的威脅和褻瀆。不過「歪打正著」，他的小說人物的這種「壞」，同當代中國社會的「價值轉型」又達成了一種隱形的重合，成爲其一種敏感的表現形式。這樣，他的人物便不僅僅具有了「道德上的反正統色彩」，而且還很奇怪地具有了「文化上的前衛色彩」。

再者，是從政治語境到商業語境的巨大置換導致的「政治後遺症」。在「文革」時代，幾乎是全民講政治話語的，但突然有一天這樣一套話語失去了意義，而且變得很滑稽。中國人在政治方面形成了一種複雜的病症——既厭倦、疲勞，又總是充滿了慣性，而語言中嚴重的污染與舊的殘留，更使他們像急於擦去身上的一塊污垢一樣，不免氣急敗壞。這樣，「語言的癌化」就成了「政治的癌化」的一種表達形式。而且更有潛在意味的是，詞語往往最容易成爲「受過者」，比如我們把失誤都歸過於「錯誤路線」，把「文革」的悲劇委罪於「四人幫」，把不良的社會風氣稱爲是「資產階級腐朽思想的侵蝕」等等，諸如此類。這樣，每個人都通過「對詞語的施虐」，很輕巧地割斷了自己對時代所負的責任。我把這種現象，稱爲中國人特有的「語言的政治無意識」。

政治話語的習慣直到現在在我們的日常生活和社會無意識中還有著大量的遺存，比如「下崗」、「戰線」、「陣地」、「隊伍」等等。人們對紅色政治語言充滿了由某種「禁忌」和「癖好」而共同導致的複雜感受與超常敏感。而王朔的小說，正是通過對這種話語方式與刻意的「詞語濫用」，喚醒了中國人的上述「語言無意識」，使之從中獲得豐富的歷史回憶，並把這種回憶變成戲

劇性的歷史消費。

第三個因素，是宏大的政治意識形態被小市民的意識形態所取代之後的喜劇情境。這是一種類似「狂歡節」一樣的社會心理，民間對權力社會的恐懼，變成了對它的「戲仿」，並用這種看起來曖昧而很難「定性」、很難「問罪」的戲仿，來對其進行有限的施虐，並達到「自娛」的目的。當這樣的話語方式漸漸彌漫並出現了廣泛的「意會」的時候，效果就更加明顯：法難責眾，更何況是在「過節」的氣氛下。而且從某種意義上，這和當代中國的歷史情境本身就有驚人的相似，「文化大革命」本身就是一次「狂歡節」，全民使用紅色話語，集體上演了一齣「紅色的壯劇」，但因為「革命」對象的虛構性，方式的虛擬性，使這「壯劇」不免變成了滑稽的喜劇——其實所謂壯劇和喜劇，在語義上只不過有微小和微妙的差別罷了，它們實在只有半步之遙。當歷史稍稍邁出了半步，這轉換就悄悄完成了。

神在本質上永遠是人「演」出來的，當演員卸妝的時候，悲劇結束，喜劇就顯形了。王朔差不多是抓住了這樣一個瞬間——某種程度上他是在演出結束以後，又來了一次「卸妝後的戲仿」，態度自然也就很不嚴肅。這個「時間差」，與舊式意識形態的謝幕時間總是有所推遲的節奏之間，也達成了一種隱喻關係，實在有難以言傳的微妙之處。

第四，也是最重要的一點，是九十年代特有的文化情境。王朔其實在八十年代後期就已經有不少作品，並產生了一些影響，但那時人們還未充分認識到他的作品的特殊意義，甚至還充滿了誤讀。比如他的《一半是火焰，一半是海水》就曾被誤以為是「法制文學的新收穫」云云，真是讓人匪夷所思。其實在這篇小說中，他已經流露出和後來的《頑主》、《一點正經沒有》等小說相似的主題。只是到了九十年代，其意義才逐漸顯露出來，被大家所認識。為什麼呢？這是由九十年代特別複雜敏感的語境決定的。幾年前，我曾看到過一位中國的先鋒藝術家搞的一個行為藝術作品，這個以一張照片為載體的作品，可以視為是解釋九十年代各種文化關係的一個絕妙的文本：一個穿戴潦倒、打扮怪異、披著又長又亂的頭髮、看上去既有點像一個前衛藝術家、又像一個「精神病患者」的人，站在廣場的中軸線附近，雙手合十，不知道是在幹什麼。這時，有兩位高度戒備的武警戰士正從他身邊走過，他們一邊一個，邁著標準的軍人步子，與他保持了一個十分敏感的距離——如果他一旦有不軌之舉，馬上就會對他採取行動。但因為他的「動機」是曖昧不

明的，其行爲正近乎「無行爲」，所以也只好小心地警惕著，不便輕舉妄動。
旁邊是無數觀光遊覽的群眾，他們或用驚異的目光打量著這一幕，或者根本
就視而不見，兀自觀賞風景……這眞是一個奇妙的場景，三種角色其實就是
九十年代的三種文化、三種語言——「知識分子的精英文化」（知識話語）、「主
流權力文化」（政治話語）和「市民大眾文化」（大眾話語），它們之間的戲劇
性的關係，非常生動地揭示出了九十年代中國的文化矛盾與話語誤讀：知識
分子話語的表達在緊張的文化關係中變得曖昧和孤獨，宛若「狂人」的自語、
精神病患者的錯亂，它們帶給主流文化的是可疑和緊張，帶給大眾的則是「被
看」的恥笑和賞玩，而所有這些都是以誤解和誤讀爲前提的。事實上，一切
原本沒有什麼，是不同的話語類型之間天然的間隙和游離所造成的，王朔就
深知這樣一個道理。八十年代初期也曾經有過一個緊張的文化時期，但後來
證明，這種緊張在很大程度上是一種錯覺，就像朦朧詩人，最初被打扮成「絞
架」上的文化英雄，但很快地就變成了「秋韆」上的遊戲者。與其充當北島
式的「挑戰者」，不如乾脆做一個精明的戲耍者。這樣反而會使緊張的文化關
係變得鬆弛下來，王朔正是深諳此道。

二、語言的狂歡節

　　王朔的寫作既不面對歷史也不面對現實，而是面對歷史的遺留物——語
言，這是他唯一的訣竅。從這個意義上說，王朔是一個眞正的「解構主義者」。
中國當代的作家中很少有人能像他那樣，對語言保持了如此的敏感。不過他
的「弱點」似乎也在這裡，因爲幾乎不會構造「情節」，他的小說在本質上類
似於一種「情景喜劇」的腳本，只有片段的場景，而沒有連貫的情節。他的
小說的唯一的魅力是語言，所有的場景都是爲主人公提供一個「磨牙」的語
境，一種喜劇性的話語氛圍。但在這方面他又是一個多麼得心應手富有天分
的傢夥，他幾乎不用費什麼周折，輕易地點染一下，需要的情境就全出來了。
猶如中國民間那種會用「起屍法」的巫師一樣，他會在一瞬間讓死去的那些
詞語重新披掛起來，起舞狂歡。同樣，他也不觸及社會和政治，而是只對語
言進行「施虐」，這也是他的「狡黠」之處。

　　有一個問題：當代中國文學的變革，卻是從語言開始的。在最初，當作
家們不能擺脫「文革」時代的紅色語言習慣時，小說是沒有進步的；但後來
作家們紛紛使用「新」的變化了的語言去寫作的時候，小說有了「進步」，但

卻沒有了「當代的歷史感」。什麼原因？還是語言。一個時代的語言是這個時代文化的全部的載體和產物，當代作家拋棄原有的政治語言，固然是一個進步，但僅僅是拋棄則未免是簡單了些，還需要反思。不反思語言，實際上是很難反思歷史的，即便有了一些反思，也很難真正清理它，因為被廢棄的文革時代的紅色政治話語，好比是上個年代留下來的文化廢墟與精神垃圾，只有將它們真正做一次徹底的處理，才能使當代文化的重建找到一個乾淨的地基。而且用時髦的說法，最好還要用「生態處理法」——好比現代化的垃圾處理站，不是用簡單的填埋法，或是燒掉，而是用生物酶將其分解為無害而且有益的東西。王朔對一套陳舊的、甚至已經死去的意識形態語言的處理，就幾近於這樣一種方法。他對死去的語言的喚起，某種意義上是對那些已經拋棄、但還未予認真清理的歷史垃圾的一次面對，他要尋找一種非暴力的、可以「軟化」的方式，來使它們獲得一次轉化。

儘管從「知識背景」的方面看，很難說王朔是一個「結構主義者」或者「解構主義者」，因為他似乎不太有可能具備這些「知識」。但從實踐上看，他卻可以稱得上是一個解構主義的魔術師，而且與當代其它作家側重從觀念與意識角度來解構不同，他是一個從語言和語境入手的、最接近和最的道的解構主義者，這是很有意思的。但王朔的能力可能僅限於此，從作品中可以看出，他不是一個敘事的高手，他的小說沒有什麼像樣和完整的情節，他試圖講故事的作品總是顯得低檔，如《空中小姐》那樣的巧合的小布爾喬亞之作。但王朔是一個場景與對話設置的高手，他的作品總是能夠設計出某種「文化的錯位感」，或者某種語言的誤讀關係，從而設置出戲劇性的人物對話關係，這種類似於「室內情景喜劇」情境，總是能夠觸到當代政治與文化的某些「命門」或「癢處」，生發出豐富的喜劇性意蘊。

具體的方式其實也不複雜，語境一旦設定，對話就好辦了。與前面我舉出的那個行為藝術作品中所暗示的一樣，喜劇性來源於三種截然不同的話語方式之間的誤解，而王朔就是要故意製造這樣一個誤解的場合，讓「知識分子話語」、「主流政治話語」和「小市民的痞子話語」（這是極至化和庸俗化了的大眾話語）之間發生互相激活的遊戲，讓三種說話人之間產生互為侵犯、戲用、拼接、模仿等等效果，由此產生一種語言意義上的「柔軟的暴力」，以此來模擬和化解「歷史的暴力」。

語言的「狂歡」是如何實現的？歐洲的學者對此研究是最多的，俄國的

巴赫金在《陀斯妥耶夫斯基詩學問題》和《拉伯雷與中世紀和文藝復興時代的民間文化》兩部書中，對「狂歡節化的敘述」都有過細緻的論述，但他主要是就小說中的民間文化因素而言的，在王朔小說中的狂歡性質，其實更接近歐洲各國真正的狂歡節中的實際情形，即「戴假面的狂舞」，為何要戴上假面才能狂舞，而在日常生活中卻不能？因為一是有「狂歡節」的合法環境，二是假面可以改變人們在日常生活中被社會規定好了的身份與心態，使原有的社會身份消失，這樣不同階層的人們之間才可能進行對話與誤讀的遊戲。

怎樣才能狂歡起來？有這樣幾種情況：一是用小痞子來戲仿知識分子的精英話語，將這種話語的語境諧謔化，或予以偷換，從而使知識話語及其智性的意識形態變得「弱智化」而被降解。這可以《頑主》為例，游手好閒的無業青年于觀、馬青、楊重開了一家奇怪的「三Ｔ（三替）公司」，業務是「替人解難，替人解悶，替人受過」。第一筆業務是遇到了一個被戀友拋棄的女售貨員劉美萍，她的男友是個「肛門科大夫」，被拋棄後非常惱恨難過，楊重代她「受過、解悶」，但不想這女子感情正空虛著呢，差一點要「愛上」楊重——這大約是模仿和戲擬弗洛伊德為精神分裂症者的「談話治療法」，當初弗洛伊德為患者治療，有的治癒者就愛上了他，帶來不少麻煩——楊重給公司打電話求救，於是就出現了下面一幕：

　　……話筒傳來嗡嗡的男聲，「我是楊重，我堅持不住了，這女人纏得我受不了啦。」

　　「我剛剛還誇你有耐性，會胡扯。」于觀說。

　　「你不知道這女人是個現代派，愛探討人生的那種，我沒詞兒了，我記住的外國人名都說光了。」

　　「對付現代派是我的強項。」馬青在一邊說。

　　于觀瞪了他一眼，對話筒說：「跟她說尼采。」

　　「尼采我不熟，而且我也不能再和她訕『砍』了，她已經把我引為第一知己，眼神已經不對了。」

　　「那可不行，我們要對那個肛門科大夫負責，你要退。」

　　「她不許我退，拼命架我。」

　　「這樣吧，我們馬上就去救你，你先把話題往低級引，改變形象，讓她認為你是個粗俗的人。」

「你們可快來，我都懵了過去光聽說不信，這下可知道現代派
的厲害了……她向我走來，我得掛電話了。」

「記住，用弗洛伊德過渡。」

……

這明顯是對知識話語的褻瀆。尼采和弗洛伊德，還有現代派，在他們在
這番小市民的對話中統統被誤讀瓦解了其嚴肅的含義。接下來便是于觀和馬
青前來「救駕」，他們趕到時，原來的對話還在繼續：

「你一定特想和你媽媽結婚吧？」〔這是小市民對弗洛伊德的
「潛意識」理論的惡意誤讀〕

「不不，和我媽媽結婚的是我爸爸，我不可能在我爸爸和我媽
媽結婚之前先和我媽媽結婚，錯不開。」〔這是「裝瘋賣傻」的反諷
式回答〕

「我不是說你和你媽媽結了婚，那不成體統，誰也不能和自己
個的媽媽結婚，近親。我是說你想和你媽媽結婚可是結不成因為有
你爸除非你爸被閹了但就是你爸被閹了也無濟於事因為有倫理道德
所以你痛苦你看誰都看不上只想和你媽結婚可是結不成因為有你爸
怎麼又說回來了我也說不明白了反正就這麼回事人家外國語錄上說
過你挑對象其實就是挑你媽。」

「可我媽是獨眼龍」〔已無招架之功。〕

「他媽不是獨眼龍他也不會想跟他媽結婚給自己生個弟弟或
者妹妹因為沒等他把他爸閹了他爸就會先把你閹了因為他爸一頓吃
八個饅頭二斤豬頭肉又在配種站工作閹豬閹了幾萬頭都油了不用刀
手一擠就是一對象擠丸子日本人都叫他爸睪丸太郎。」馬青斜刺裏
殺出來傍著劉美萍站下來露出微笑。〔這整個一段誇張了的是小市民
的油嘴滑舌〕

楊重還了魂似的活躍起來，把榆關和馬青介紹給劉美萍，「他
們都是我老師，交大砍系暨麵食專業的高材生，中砍委委員。」〔這
是戲仿政治體制〕

「是麼？可我很少跟三個人同時談人生。」

最妙的是最後的幾句。其實只有三種話語同時介入、或者是三個以上的
不同話語方式的角色進行對話時，才有戲劇性，才能產生「狂歡」的效果。

也才有某種「歷史的情境感」。

　　小市民說知識話語的負面作用無疑是很大的，這是王朔長久以來之所以受到詬病的一個原因，但這個問題似乎也可以辯證地看：一方面，知識話語在中國的現實語境中長期受到濫用和誤讀，這是一個事實。在中國現代的歷史中，小市民和小農的話語同政治意識形態話語一起，曾長期對知識話語構成了一種共同的惡意誤解和專制力量；再者，所謂「現代知識」其所有的譜系和語言，都是從西方引進來的，因而其「眞理性」都會由於中國文化的殖民地命運而被大打折扣。也就是說，因爲它們是用「洋話」的形式來表達的，所以受到誤解和嘲諷便在所必然。對這一點，魯迅在他的《狂人日記》中，錢鍾書在他的《圍城》中，都早已有過傳神的描寫。王朔可以說形象地寫出了當代語境下知識話語的尷尬處境——這也就是他小說中的「歷史」，它形象地寫出了當代中國的現實文化關係；第三，作爲底層和「邊緣化的知識分子」，王朔本身對自己的這個身份可能就耿耿於懷，他無法不對知識話語、其所包含的「體制性」、「等級制」和「神話性」的特徵表示痛恨。我對此態度的評價是：一方面我理解他，他對知識話語的某些「酸腐」東西的批評不無道理；另一方面，這是他自己的心態的一種矛盾和變相的反映，他或許比較有錢，但所謂精英文化圈總還是有意無意地排斥他，他當然也要相應地進行某種反抗；第三，如果是在西方式的當代文化語境中，反抗「知識的體制」應該不存在什麼問題，像米歇爾·福科還可以說是「文化英雄」（不過他還是在「體制內」的），但在中國當代的語境下，對知識話語的褻瀆還是有很大負面作用的，它體現了九十年代小市民文化和欲望化、日常化的文化思潮，對八十年代啓蒙主義文化價值的清算。王朔正是在這樣的意義上，起到了「助紂爲虐」的作用。

　　但王朔對某種政治文化關係的緊張，卻用他的特殊的方式起到了「鬆弛」的作用，這就是他對舊式的權力政治話語的遊戲。這一點我認爲是他最重要的貢獻，因爲當代中國人的記憶中，非常普遍地存在著一個「語言與政治的緊張症」，或者叫語言的無意識狀態中的恐懼症。八十年代的語言中，顯然缺少一種能「緩衝」這種緊張的功能，打個形象的比喻，也可以說是缺少一種「文化的幽默感」，所以在語言的表述上總是有問題的——「告訴你吧，世界——我不相信／縱使你腳下有一千個挑戰者／就把我算作第一千零一名」……這種堅決的口吻後來很快就被證明是無益和虛弱的，它的緊張的表達成就了

它，但也使之陷入了虛張和尷尬。王朔的小說一個很大的作用即是緩解了這種緊張，甚至因爲他的語言風格的廣泛傳染，中國人的「政治承受能力」得以加強了。

在《一點正經沒有》中，王朔的語言狂歡差不多達到了極至和頂點，因爲他後來的有些作品不免失之油滑，過則不及，這是中國人的哲學。我還是很喜歡他在《一點正經沒有》中的那種嬉戲的才華。原來在《頑主》中的那夥人又加上了方言、劉會元、吳胖子等人，搞別的不行就弄了個「文學沙龍」，半是遊戲、半是騙點名利。來了幾個好奇的外國人，於是就形成了一幕模擬的「中西文化對話」的場境──但承擔中國文化「代表」的，卻是一幫痞子，於是這「對話」就變得滑稽起來：

「我下一篇小說的名字就《千萬別把我當人》。」我（方言）鄭重其事地對幾個洋人說。

洋人嘻嘻地笑：「爲什麼？爲什麼叫這個名字？」

「主要就是說，一個中國人對全體中國人的懇求：千萬別把我當人！把我當人就壞了，我就有人的毛病了，咱民族的事情就不好辦了。」楊重替我解釋後轉向我，「是不是這意思方言？」

「是這意思。」我點頭，「現在我們民族的首要問題還不是個人幸福，而是全體騰飛。」〔這就是德里達所說的「關於存在的形而上學」，用「集體」或者「民族」的名義來消滅「個人」的幸福和要求。眞是一語中的。〕

「爲什麼？」洋人不明白，「全體是誰？」

「就是大傢夥兒──敢情洋人也有傻逼。」我對楊重說，「什麼都不明白。」……「我們中國人說的大傢夥兒裏不包括個人。」我對洋人說，「我們頂瞧不起的就是你們的個人主義。打山頂洞人那會兒我們就知道得膘著膀子幹。」〔這是故意的反諷，是譏刺中國人對個人價值的無視、誤解與褻瀆。〕

「你寫的，就是，人民一起飛上天？」洋人做了個誇張的飛翔姿勢，「怎麼個飛法？」

「拿繩子栓著──我寫的不是這個，我寫的是一個男的怎麼就變成了一個女的，還變得特愉快。」

「這個在西方有，兩性人，同性戀。」

「傻逼啊對不起對不起——我寫的不是這麼回事，既不是兩性人也不是同性戀，就是一爺們兒，生給變了。」

「為什麼？我不信。」

「你是不信，要不說你們這些漢學家淺薄呢，哪兒懂我們中國的事兒呵？騙了！為了民族利益給騙了！「我比畫著對洋人嚷，」國家需要女的。

「啊，洗腦了。」

「什麼洗腦了，思想工作做通了！心情愉快了——幹什麼都可以了！」〔這是對「思想的專制」的絕妙的嘲諷。說得多好啊。〕

「原來你們的女排是這麼練出來的。」

「你這個小說一定通不過審查。」洋人斜著研究看我，「反動。」〔「反動」這個詞從西方人的口中說出來，尤其具有反諷意味。〕

「一點不反動。」我哈哈大笑，「豈止不反動，還為虎作倀呢。」

「我不跟你說了……不嚴肅。」洋人瞧著我遺憾地搖頭。

「我怎麼不嚴肅了？沒寫德先生賽先生？」〔這是對「主流化」了的文學觀念的反諷，也有另一層意思的暗示：中國人對民主和科學可能根本上就是誤解的。〕

「你鼓吹像狗一樣生活，我們西方人，反感。」

「這你就不懂嘍。我們東方人從來都是把肉體和靈魂看成反比關係，肉體越墮落靈魂越有得救的可能。我們比你們看得透，我們的歷史感比你們強，從來都是讓歷史告訴未來——沒現在什麼事。」

〔這也是絕妙的諷刺：中國人的主流話語中習慣了對「歷史」的誇耀，對「未來」的許諾，但就是不正視現在。這簡直是擊中命門。過去的時間都是「斷裂」的，敘述永遠向著未來敞開，未來永遠假定是美好的。這樣實際上就是取消了人民的現實權利，對現世幸福的合法追求。〕

這是一段典型的話語遊戲，王朔設定了中國人與西方人之間一個必然無法溝通的對話情境，表面上看，是一些詞語之間的誤會，可實際上王朔要表達的卻是兩種文化之間的鴻溝，兩種價值觀念的衝突。外國人的「傻」，反襯出了中國人的精明，可外國人對這些「精明的語言」的誤解，也標明這文化中包含了多麼難以言喻的壓抑和創傷。在看似輕鬆的嬉戲中，他暗示出了非

常沉重的話題。王朔擅長這種方式，他還刻意設定小痞子與「老幹部」之間的對話，與虛僞的「假道學家」之間的對話，與其它「海外人士」的對話，與「持不同政見者」之間的對話等等。「裝瘋賣傻」、正話反說或者反話正說，是他的拿手好戲。所起的作用大致都與上面相同。有時他還接近於「濫用」，將完全不同的話語類型放置於一個諧諧化了的語境中，讓它們彼此互爲感染呼應，從而生發出非常強烈的遊戲意味。比如《一點正經沒有》中寫到這幫游手好閒之徒百無聊賴要當「作家」時，劉會元竟將這說成是最下賤的事，是「逼良爲娼」：

> 「誰讓咱小時候沒好好念書呢，現在當作家也是活該，但咱不能自個瞧不起自個，咱雖身爲下賤，但得心比天高〔引用《紅樓夢》中寫晴雯的曲子詞〕出污泥而不染〔這也是文人話語，只是日常用得俗了些〕居茅廁不知臭〔這是痞子話〕度盡劫波兄弟在，相逢一笑泯恩仇〔又是文人話語，但這句詩過去曾經被政治話語的頻繁引用染指過，有點變味〕……」〔接下來分「任務」時，大家好像都想選「優勢題材」，都想憂國憂民。〕方言說：「誰讓咱跟了共產黨這麼多年，一夜夫妻還百日恩呢〔用小市民的俗語來表述政治倫理，顯然有戲用的意思〕。」馬青馬上就說了，「可中國也就咱們這幾個孤臣腻子了，雖九死而不悔〔這是屈原的話，但在這裡已經完全變味了〕。」

以上只是隨便舉幾個例子，這樣的話語遊戲在王朔的小說中實在是太多。

三、歷史在哪裏？

其實在上文中就已經涉及了這個問題，王朔的語言中所包含的精神創傷、被語言閹割和統治的記憶、對語言的反抗本能、強烈的語言惡作劇意識、通過褻瀆語言來進行發泄的「無意識」等等，都包含了歷史。歷史就在王朔的語言中。

人類如何記憶？這是西方的學者一直在研究的問題，其實就一般意義上的「歷史」而言，當一個時代結束，人們常常不是隨之完成了對它的記憶，而是完成了對它的遺忘。比如「文革」，人們是用了一兩個「代爲受過」的詞語，來承擔了太過深重的歷史罪責，而把自己和所有曾經犯罪的人都「解脫」

了出來。誰記住了那些本該遺忘的事情？通常人們只是通過宏偉敘述或者官方文本，把一些經過了修改的重大事件編製起來，正如人的記憶本身是靠不住的一樣──歷史本身也是按照對某些人、對那些有權力的人「有利」的原則來編寫的，遺忘是人類最普遍和與生俱來的天性。尤其是人們會通過對語言的「變革」，而把歷史的所有陳跡都掃除得乾乾淨淨。雖然當代的作家們曾在很多角度上「反思」當代歷史，可是那些歷史的真切情境，卻早已因為語言的更換而無影無蹤。從這個角度看王朔，他的價值就顯得不可估量。也許在很多年後，他的小說語言會成為後人感知瞭解這個時代的重要的依據。就像馬克思和恩格斯曾推崇巴爾扎克一樣，為什麼會推崇他？因為巴爾扎克所寫的 1830 年代的法國歷史是他們所共同經歷過的，他們對這一時代的歷史情境太熟悉了，但是誰曾精確、精微而傳神地記錄下了這一切？歷史學家、政治經濟學家和其它的一切人所能夠記錄下的甚少，而巴爾扎克卻比他們所記錄下的總和還要多。如果說巴爾扎克是因為準確地記錄了這個年代法國社會的經濟生活，而理應得到這樣的讚美的話，那麼王朔則應該因為他的語言裏沉積和記載了一個時代，而應該得到應有的重視。也許許多年後，當今天中國巨大的歷史跨越和錯位的情境不復存在時，人們很難再能夠像現在這樣，對他的小說能夠彼此用會心的微笑，來進行交流，但我想人們依然可以用它們作為「標本」，來研究這個時代的語言，解知它所暗藏的豐富的歷史奧秘。那時，王朔小說特有的「歷史價值」也許將會凸顯出來。

但這都是「後話」了。即使是在今天，那些曾經的歷史暴力，那些語言和思想的幼稚病，那些虛假的政治大話，那些可笑的意識形態，還有在八十年代以來人們所跨越的巨大的價值轉換，每一個階段的敏感的社會意識乃至潛意識……那些曾經熟悉但又陌生了的人物，那些生動而又漸漸暗淡了的嘴臉，那些日常的細節……至少我們在讀王朔的時候，可以被喚起一些。語言是文化的「屍身」，看來是一點也不錯的。只有回到過去年代的語言記憶中，穿越那些昔日曾炙手可熱、而今卻已經屍橫路旁的詞語，那些早已乾枯的「詞語的螺殼」，才會驚歎歷史如此巨大的跨度。現代中國曾經像風暴一樣裹挾一切的革命，曾帶來了語言多麼巨大的變化，「革命的龍捲風」曾讓多少宏偉和斑斕的詞語在風中舞蹈，而今就像暴風雨過去之後剩下的斷枝殘梗，那些詞語被拋撒在各個角落，漸漸被人們遺忘了。可是王朔卻能夠把它們從沉睡和死亡中重新喚醒，讓它們再次鮮活起來，由此構造出虛擬的歷史情境，喚起

人們共同的歷史記憶，激活人們相似的經驗──

> 黑皮大衣一一抱拳：「高高的山上一頭牛。」
>
> 我久久瞅著他遲疑地說：「兩個凡是三棵樹！」
>
> 黑皮大衣也愣了，半天回不過味兒來，末了說：「你輩份比我高。」

以上是方言在《玩的就是心跳》中與黑道人物的「黑話」對答，黑社會的語境中夾摻了許多過去年代的政治話語，而且對這類詞語還帶了格外的尊崇，這是「歷史暴力的現實轉換」的一個明證。這樣的話語中對歷史的記憶可謂是活生生的。再如：

> 發獎是在「受苦人盼望好光景」的民歌伴唱下進行的，于觀在馬青的協助下把鹹菜罈子發給寶康、丁小魯、林蓓等人。（《頑主》）
>
> 在屢次給女兒開請假條後，夏順開嘟嘟噥噥地抱怨：「多少個最後一次了？我的晚節是毀在你手裏了。」（《劉慧芳》）
>
> 又是一個像解放區的天一樣晴朗的日子。（《無人喝彩》）
>
> 面對旗子的溫存，我無情地將她推開，憤怒得透不過氣來，無法找到能夠準確表示我的感受的詞彙，「……你少腐蝕幹部。」（《給我頂住》）

這些語言的背後都包含了作者的深層寓意，在極瑣屑細小的語境下，作者卻用了極端嚴肅的政治概念來搭配，「受苦人盼望好光景」，「解放區的天」作為「思想教育」的名曲，「晚節」、「腐蝕幹部」作為重要的機關用語，在這裡被一本正經地歪曲使用，似乎沒有什麼重大的意義，但事實上對任何一個有著豐富的政治閱歷的中國來說，這語言卻有了不可控制的「背叛」，它使讀者聯想到了歷史記憶中的一切。在近乎無聊的文字遊戲背後卻包蘊了作者對歷史以及現實的批判態度。這從根本上證實了王朔小說的本質：在笑語喧嘩聲和逍遙的生活外觀背後自由地玩弄現實，並把握住現實與歷史的接口。

或許用「語言的鞭屍」一詞來形容王朔的對過去年代意識形態的處理方式是很形象的。歷史結束了，但它通過「政治無意識」的形式，仍然對今天的社會和人的意識起著影響和控制的作用，許多原本已經死去的詞語還留存的人們某些「心有餘悸」的潛意識深處，而有些應該死去卻還沒有死去的語言，還高居在日常生活的顯要位置。王朔通過使它們表演「起屍」的遊戲，來對它們進行一次「施虐」，等於是為之舉行一個遲到的葬禮，對歷史進行再

一次的掩埋——不是清理歷史本身，而是清理歷史在人們心中留下的陰影和印痕，因為對歷史的恐怖已經化作了無意識中對語言的恐怖，對詞語統治的屈服。而現在反過來對這些詞語實施虐待，便有助於解除這些「歷史的幽靈」對人的意識的控制。

另外，王朔不但遊戲歷史，還通過某種人物關係的設置和其對話的形式，以喜劇的方式來「促退」歷史，終結其價值體系和其語言所負載的意識形態的統治地位，這即是「溫柔的弒父」——在王朔的小說中，「父親」的形象是尷尬的。仍以《頑主》為例，王朔設置了兩個父親，一個是血緣意義上的，他是于觀的父親，有著「老幹部」的身份和革命的履歷；另一個是精神意義上的父親，一個名叫「趙堯舜」的偽君子，一個好為人師、道貌岸然，骨子裏又男盜女娼的傢夥，他代表了不肯退出歷史舞臺的舊式意識形態，經過喬裝改扮又登堂入室。在這兩個「父親」之間，王朔尤其痛恨後者，他對前者的策略是「哄」，對後者的策略則是「耍」。首先是于觀和父親的一段對話：

> 「嚴肅點，」老頭子挨著兒子坐下，「我要瞭解瞭解你的思想，你每天都在幹什麼？」〔「瞭解思想」這是老頭的殺手鐧，意味著要用他的語言來統治兒子。〕

> 「吃，喝，說話兒，睡覺，和你一樣。」〔兒子試圖用「超階級」的中性語言來抵擋。〕

> 「不許你用這種無賴腔調跟我說話！我現在很為你擔心，你也老大不小了，就這麼一天天晃蕩下去？該想想將來了，該想想怎麼能多為人民做一些有益的事。」〔壓制兒子的話語方式，同時充當道德的化身來控制他。〕

> 〔說到這兒于觀暫且認輸，他跑到廚房為父親做飯，這時父親便坐在沙發上「享起福來」。于觀馬上反攻：〕

> 「你怎麼這麼好吃懶做，我記得你也是苦出身，小時候討飯也讓地主的狗咬過……」〔以其人之道還至其人之身。〕

> 「你怎麼長這麼大的？我好吃懶做怎麼把你培養這麼胖？」〔只有招架了。〕

> 「人民養育的，人民把錢發給你讓你培養革命後代。」〔用父親的邏輯和話語方式反擊父親，他終無話可說了。〕

這段對話固不無幽默的溫情，但兒子試圖終結父親的「革命話語的特權」的動機也非常明顯，這是通過語言來尋找歷史的命門的方式。

在對另一個虛偽的精神之父的態度上，王朔似乎就不這麼留情了。趙堯舜似乎是一個怪胎：他身上既有意識形態的胚子，也用了「知識分子」的假象的裝裏，冒充青年的導師，靠到處講一些冠冕堂皇的空話招搖撞騙，與于觀的父親比，他是試圖操控「道德話語的特權」。但對付他，只需要揭穿他的偽裝即可：馬青等人設了一個小小的圈套，這老傢夥就原形畢露了，馬青與路邊走過的一個姑娘搭訕，假裝問路，然後竟告訴趙堯舜說，剛才那女孩一聽說這裡有一位大名鼎鼎的趙堯舜先生，表示很愛慕，要與他約會，地點就在某某處。到了晚上，趙堯舜居然無恥地「赴約」了，他的偽裝自動剝去，露出了「色鬼」的原形。

王朔有明顯的文化弒父的傾向，這也是他對歷史的一種處理態度。他實際上也起了這樣的作用，通過他的喜劇化的方式，近乎戲謔地暴露了「歷史之醜」，撕下了其種種面具和偽裝。從某種意義上，當代中國人的歷史與價值意識方面的迅速更替，完成了一次潛在的精神與文化的變革，在這個過程中，王朔的方式可以說是一條「不流血的捷徑」。

另外王朔的意義還表現在很多方面，比如對政治恐懼症的消除，對揭示和消除當代中國人的民間生活被侵犯的事實、以及消除其後遺症方面、揭示當代中國人深層的精神文化衝突方面，都有著相當複雜的意義。

但最後我還須再一次申明，王朔小說的美學趣味是可以自明的，但其文化的價值與意義卻是相對的，他的「反道德」和「反知識」的寫作立場有著天然的兩面性，必須有賴於闡釋者對他和他之所以產生的文化背景之間的關係的解釋。而鑒於當代中國文化內部的矛盾和衝突，對他的評價尺度就永遠不只是正面的一種。所以爭議和批評也是在所難免的。

第十二講　當代小說的精神分析學解讀

　　現代以來中國人眞正的思想解放，常常是從「性解放」開始的，對當代中國文學來說也不例外。自從弗洛伊德的以「性學」爲基本對象的精神分析學引入之後，小說才發生了根本性的變化。也可以這樣說，當代中國文學受到西方現代哲學思想影響最早和最大的，當推以弗洛伊德爲代表的精神分析學。因爲它的鮮明的「反倫理學」色彩對於改造我們原先簡單的歷史倫理主義、庸俗道德論具有直接的瓦解作用，並能夠首先在被壓抑太久的作家心靈裏找到實驗空間和強烈的回應。實際上在我們這裡，精神分析學從理論本身方面的被接受，遠遠不如作爲文學虛構的方式來得更迅速和自然，是一幫作家充當了弗洛伊德在中國的「傳人」。而且某種意義上，正像精神分析學劃分了西方現代與近代人文科學的界限一樣，它在當代中國文學變革的進程中，也同樣具有分水嶺的意義。由於精神分析學所開闢的精神、心理與文化空間的出現，當代的文學敘事才得以徹底告別了一個狹隘的倫理主義與庸俗社會學主題敘事的時代。

　　另一方面，中國當代文學的「文化意識」也首先是從精神分析的學說開始的，因爲精神分析學是文化人類學的基礎和重要的組成部分，如果說弗洛伊德本人的理論由於其過分的「生物學方法」的色彩而引起了人們的歧義和病詬的話，以它爲基礎的文化人類學則使這一理論走向了更加寬闊的空間。正是文化人類學、民俗與宗教學的理論視野，才全面開啓了 1985 年小說歷史性變革的進程，尋根和新潮小說的熱潮才可能出現。這一過程無疑是從弗洛伊德的學說開

始的，包括王蒙等在內的許多作家都曾在作品或言論中大談弗洛伊德主義，而且當代小說中最早出現的現代性因素即是「意識流」──儘管八十年代初期的「意識流」主要還不是內容意義、而是結構形式意義上的「意識流」，還沒有真正將弗洛伊德的理論當作「合法」的依據，但在此後的新潮小說運動中，精神分析學顯然成了文學界衝破精神禁忌的首要的思想武器。

再者，精神分析學還不僅僅是一種心理學和精神病學的理論，它本身也是一種分析文學作品的方法──就像弗洛伊德經常用此來染指文學研究一樣。它不一定具體地「指導」了作家的創作，但卻可以成為理解一部作品的認識角度。也就是說，當我們在按照精神分析學的理論，對一些作家的作品進行分析的時候，更多的是無法「證明」那一定就是弗洛伊德理論影響的結果，而僅僅是一種推測。這就像弗洛伊德用安徒生的童話來解釋和佐證他的學說的例子一樣，安徒生比弗洛伊德早生了半個世紀，但弗洛伊德卻用他的有關「赤身裸體的夢」的分析理論，來解釋了《皇帝的新衣》這篇童話的廣泛的人類心理基礎：人們夢見自己「在陌生人面前赤身裸體或穿得很少」，「夢者因此而感到痛苦羞慚，並且急於以運動方式遮掩其窘態，但卻無能為力」。「基於這種類似的題材，安徒生寫出了有名的童話……由於這純屬虛構的衣服變成了人心的試金石，於是人們也都害怕得只好裝作並沒有發現到皇上的赤身裸體」。「這就是我們夢中的真實寫照」。〔註 1〕這種解釋無疑是敏銳而且深刻的，但卻無法得到「證實」。事實上精神分析學之所以有如此深刻的認識力量，這種「無法對證」的體驗與猜測的基本方式，及其易於被反詰和懷疑的矛盾和悖論也是一個原因。對作家來說，他並不一定要按照這些理論的具體「指導」，而只需要一點點啓示就足夠了，因為他們某種程度上也是更加敏感、高明和天然的「精神分析學家」。

不過，我將要在下面分析的典型例證，卻是要特別強調這些作品同弗洛伊德的學說之間的緊密聯繫，否則這一題目也就沒有什麼單獨存在的意義了。

一、兒童性意識的合法書寫

「童年的愛情」在我們的傳統社會倫理中當然是必須給予排除的，因為按照通常的理解和社會規範，它將會給兒童的正常發育與身心健康帶來不利的影響。但這種「非法」的性質並不意味著它可以排除在情感的事實之外。

〔註 1〕 弗洛伊德：《夢的解析》，國際文化出版公司，2000 年版，第 139 頁。

弗洛伊德根據其研究非常肯定地說，「嬰兒由三歲起，即顯然無疑地有了性生活。那時生殖器已開始有興奮的表現。」〔註2〕「常常發生這樣的事，一個年輕人第一次認真地愛上了一個成熟的女人，或者一個女孩愛上了一個具有權威的年長的男人……因為他們愛上的人可以使他們的母親或者父親的形象重新生動起來。」〔註3〕生活中每個人幾乎都深藏著類似的童年經驗，只是按照弗氏的說法它通常會因為其「不合法」的性質而被壓抑到了潛意識之中罷了。但是作家卻可以在他的作品中將其寫出，這種寫作還可以寫得很美，很曲折幽深，很感人至深。

有很多作家在其作品中都涉及了幼年時代的愛情以及性意識的主題，莫言的《紅高粱家族》、《豐乳肥臀》、陳染的《私人生活》、林白的《一個人的戰爭》、蘇童的《城北地帶》、余華的《在細雨中呼喊》，阿來的《塵埃落定》，甚至王朔的《看上去很美》等長篇小說中，都程度不同地表現了這類主題。許多被稱為「成長小說」的作品，實際上都從某些方面印證了弗洛伊德的學說。但在本文中，我要作專門的「文本細讀」的是莫言的一篇著名的中篇小說《透明的紅蘿蔔》。早在 1985 年這篇作品發表之初，它就引來了一片讚譽聲，莫言的成名在很大程度上也是因為這篇作品。不過，迄今為止這篇小說究竟寫了一個什麼故事，所有分析或提及過它的批評家卻都語焉不詳，沒有一個論者曾對它做出過一個令人信服的細讀分析。1986 年由上海的批評家吳亮和程德培編選的《探索小說集》，是一個曾有過廣泛影響的選本，在小說文末編選者所作的簡要評述中，曾肯定了作品的「感覺」與「魔幻」的色調與意味，但對作品內容的概括和提示卻不免含糊籠統，諸如「對以往消逝歲月的憂鬱和留戀」、「貧困和飢餓的陰影、荒漠土地的色調」、「難以抹去的童年記憶」〔註4〕等等，都止於閃爍其辭。或許是因為編選者不願意用自己的過分具體的結論去框定讀者的閱讀的緣故，所以才只作了泛泛的提示。在其它的論者那裡通常所注意的，也只是作品的「構思方式的變化」，「超現實的想像」，「東方式的魔幻色彩」〔註5〕等等，對小說的情節中所包含的具體的隱喻性心理內涵，則都有意無意地迴避了。

顯然，是某種禁忌致使這些批評家基本的「理解能力」出了問題，他們

〔註2〕弗洛伊德：《精神分析引論》，商務印書館，1986 年版，第 258 頁。

〔註3〕弗洛伊德：《性欲三論》，國際文化出版公司，2000 年版，第 87 頁。

〔註4〕吳亮、程德培編選：《探索小說集》，上海文藝出版社，1986 年版，第 98 頁。

〔註5〕張志忠：《莫言論》，中國社會科學出版社，1990 年版，第 26～27 頁。

無法或者是不願意作這樣的理解——一個關於「童年時代的愛情」的大膽描寫。因為這個年代的整體文化環境似乎還不適宜直接地說出這個主題。這種禁忌反過來對批評家造成了某種意識的遮蔽。

據莫言自己說，《透明的紅蘿蔔》的寫作是源於他的「一個夢」，只不過這個夢已經有了一個背景，那就是那時他「已經聽老師講過很多課」，什麼課呢？他沒有說。但我想這些課中無疑應該有精神分析學和弗洛伊德學說一類的內容。他說，那是他在一天淩晨做的一個夢，他「夢見一塊紅蘿蔔地，陽光燦爛，照著蘿蔔地裏一個彎腰勞動的老頭，又來了一個手持魚叉的姑娘，她又出一個紅蘿蔔，舉起來，迎著陽光走去。紅蘿蔔在陽光下閃爍著奇異的光彩。我覺得這個場面特別美，很像一段電影。那種色彩，那種神秘的情調，使我感到很振奮……」〔註6〕這當然只是經過了莫言自己的「掩飾」和「修改」之後的樣子，它的全部內容和情節我們自然不得而知，但這個夢中所包含的作家自己的某種潛意識活動，「紅蘿蔔」和「手持魚叉的姑娘」的隱喻意味著什麼，卻是不言而喻的，姑娘的積極和主動的姿態，顯然符合作家對自己童年的某種情感幻想的努力追憶——在談及這篇作品時，莫言曾否認他受到馬爾克斯《百年孤獨》的影響，因為那時這部小說的中譯本尚未出版，但他又說，「作品不一定是作者生活經歷的實錄性自傳，但它應是作者心靈上情感經歷的自傳，是一種潛意識的發泄」。〔註7〕關於作家的這些「潛意識」究竟是什麼，可以不去妄加猜度，但對於作品本身，我想我們卻完全可以作一種比較具體的對應性的心理分析。

從比較「專業」的角度看，我以為《透明的紅蘿蔔》應該可以歸結為一個關於「牛犢戀」的故事。儘管所謂「牛犢戀」不是一個主流心理學的經典概念，但普通性心理學也承認，兒童在其青春期到來之前，身體尚未發育成熟止際，有一個時期會把比自己年長的成熟異性看成是自己的性戀對象，這種戀愛不具有「生理接觸」意義的實際性質，但在心理上卻是一個不可否認的事實。而且他會在自己的心理和行為方式中，努力使之獲得「替代性」的實現，而弗洛伊德的精神分析學更是將這一心理的發生時間從童年「提早」到了幼年，並將此現象看作是其理論的重要起點。從個各方面看，《透明的紅

〔註6〕莫言：《有追求才有特色》，《中國作家》1985年第2期。
〔註7〕莫言語，見《文學評論》記者：《幾位青年軍人的文學思考》，《文學評論》1986年第2期。

蘿蔔》都稱得上是一個典型的牛犢戀的例證。

簡要梳理一下小說的故事情節，可以大致看出少年主人公黑孩的愛情發展的一個線索。故事發生的 70 年代，是一個物質極爲貧乏而精神又顯得畸形發達的時代，在這樣的環境下，人的欲望和潛意識活動就顯得十分活躍。小說設置了一個中心人物———一個身份近乎棄兒的少年「黑孩」，另外又有三個重要人物：年輕漂亮的村姑菊子———一個多角愛情關係的核心；與黑孩同村的英俊青年「小石匠」，他是菊子最後選中的戀愛對象；打鐵的獨眼青年「小鐵匠」，他一廂情願地愛著菊子，但卻沒有競爭力，因而對小石匠頗爲妒恨，對菊子關心的黑孩也進行虐待。黑孩出場時的身份背景是一個倍受繼母虐待的孩子，他原本十分聰明活潑，長著一雙會說話的大眼睛，因爲母親去世，父親又受不了繼母的悍潑而逃往他鄉，他就漸漸變成了一個孤立無援喑啞少語的孩子。在公社的水利工地上，瘦弱孤僻的他受到了善良的菊子的關愛，他埋在心底的差不多已死滅的感情漸漸復蘇了。他產生了對菊子姑娘的深深的依戀之情———這種依戀一方面是他對未曾享受過的母愛的強烈的需求欲望，另一方面顯然也有朦朧的性愛渴求。然而菊子對這個少年的關心，更多的卻是一種女人的母性本能，她不會眞正選擇黑孩作爲她的性愛夥伴。在這樣的「不同期待」中，黑孩的心理就陷入了幸福又焦慮的雙重體驗之中。爲了牢牢地牽制住菊子對他的注意力，他開始自覺不自覺地採用「自虐」的方式，他砸傷了自己的手指。後來他被派到鐵匠爐那裡去拉風箱，菊子還是經常來看望他。但當他發現菊子同小石匠有了戀愛關係的時候，他就開始「妒恨」了，有一天他竟然在前來看望他的菊子的胳膊上咬了一口。小石匠和菊子都對黑孩這一舉動感到不解，但其實這一用意還是很明顯———黑孩不希望看到菊子對他的注意力和愛心別作他移，而現在這種危機已經出現，他要用非常尖銳的方式向菊子表明，他希望她能夠保持「專一」的態度。爲此他採取了更加殘酷的自虐方式，有一天他竟然用手去握住一隻燒紅的鐵鑽，把手烙得焦糊，讓菊子心疼不已。此時，醜陋的小鐵匠也愛上了菊子，一幕極不平衡的、戲劇性的愛情爭奪戰開始了。一天晚上，小鐵匠派黑孩去田裏扒了許多蘿蔔和地瓜，預備晚上開夜餐，恰好小石匠和菊子收工後來看望黑孩，菊子替黑孩洗淨蘿蔔，將他們放到爐火上烤起來。但她無意中忽略了那顆最小的（注意！這是個無意的、但對黑孩來說卻是致命的忽略；另外，「火」在這裡也有愛情之火、情慾之火的隱喻意義）。食物漸漸烤出了香氣，這時，飽經滄桑的老鐵

匠開始唱起一曲蒼涼的愛情戲（這是一個富有「人類學」意義的場景：「食」與「色」在這裡具有了它原始的情境與意義，在這特殊的深秋夜晚的田野裏，面對食物與少女的誘惑力，所有在場的人物都進入了自己的生物激情之中）。這時，在爐火的隱約光影下，小石匠的手開始撫摸依正偎著他的菊子的乳房；小鐵匠情慾如火卻無從發泄，「如同坐在彈簧上」；老鐵匠笑看人世滄桑，已然作局外觀；而黑孩這個懵懂中的少年，在這一幕不得不同樣也作「局外觀」的場景中，只能默默地躲在幽暗的角落裏，無望而感傷地沉入了他自己的幻想之中。但是就在這種「自戀」式的幻想中，他竟然也達到了一個「模擬的高潮」，他看見那個被忽略了的紅蘿蔔——它發出了通體閃耀的金色光芒。在這裡，紅蘿蔔無疑是一個「小陽物」的隱喻：

> 他看到了一幅奇特美麗的圖畫：光滑的鐵砧子上……有一個金色的紅蘿蔔。紅蘿蔔的形狀和大小都像一個大個陽梨，還拖著一條長尾巴，尾巴上的根根鬚鬚像金色的羊毛。紅蘿蔔晶瑩透明，玲瓏剔透。透明的、金色的外殼裏苞孕著活潑的銀色液體。紅蘿蔔的線條流暢優美，從美麗的弧線上泛出一圈金色的光芒……

就在黑孩伸手將要拿到它的時候，焦躁不安的小鐵匠竟劈手奪去，黑孩當然要奮力與他爭搶，小鐵匠惱羞成怒，情急中把它扔到了遙遠夜色中的河水裏。在這場「競爭」中，黑孩輸給了兩個成年的對手：小石匠對他構成了一種無法抗拒的「優勢」；而小鐵匠雖不是什麼贏家，但他的兇暴對黑孩也構成了一種隱喻意義上的「去勢」，奪走紅蘿蔔無疑是象徵了這種「閹割」。黑孩原來的奇妙的幻覺從此消失了，他失望之極，此後每次菊子來找他，他都故意迴避。他希望能夠再次找回那顆紅蘿蔔——也實際上是找回他戀愛的能力：

> 黑孩爬上河堤時，聽到菊子姑娘遠遠地叫了他一聲。他回過頭，陽光捂住了他的眼。他下了河堤，一頭鑽進了黃麻地……麻杆上的硬刺兒紮著他的皮膚……接近了蘿蔔地時，他趴在地上，慢慢往外爬。……黑孩又膝行著退了幾米遠、趴在地上，雙手支起下巴，透過麻杆的間隙，望著那些蘿蔔。蘿蔔田裏有無數的紅眼睛望著他，那些蘿蔔纓子也在一瞬間變成了烏黑的頭髮，像飛鳥的尾羽一樣聳動不止……

如果按照弗洛伊德的理論來分析，上述描寫無疑是充滿了隱喻色彩和性

幻想意味的。它很像是弗氏在分析達‧芬奇的童年記憶的一篇文章中所解釋的，所謂「飛鳥的尾羽」之類，實際上有可能是一個兒童關於「生殖器官」的隱喻性的想像〔註8〕。而這裡的「蘿蔔」、「紅眼睛」、「蘿蔔纓子」「變成了烏黑的頭髮」等描寫，同前面的「大個陽梨」、「根根鬚鬚」、「銀色液體」等等一樣，都是黑孩此時的心理焦慮與性幻想的形象化的展露。黑孩故意「疏遠」菊子，並不是心理上真正厭惡她，相反這正是他對菊子與小石匠的戀愛關係的反對與「報復」方式，也是他自虐式的表達個性的體現。他期待著自己幻想中能力的重現與恢復，但這期待（透明的紅蘿蔔）一直未能得以再現。再後來，小石匠與小鐵匠之間終於發生了一場「決鬥」，在這場鷸蚌相爭與龍虎惡鬥中，黑孩本來可以袖手旁觀，體會一次漁人之快，但他卻傾向了一直虐待他的小鐵匠。當小鐵匠被小石匠反過神來痛打之時，他竟然上前猛地將小石匠扳倒在地，得以翻身並且已經惱羞成怒的小鐵匠抓起一把碎石片向周圍打去，正巧就有一塊石片打瞎了菊子的一隻美麗的眼睛。一場紛爭以一個令人惋惜的悲劇結束，第二天，小石匠和菊子從工地上失蹤了。小鐵匠瘋了，又哭又唱，黑孩跑到蘿蔔地裏拔起了所有未成熟的蘿蔔，但再也沒有找回那顆透明的紅蘿蔔。

　　很明顯，這是一場少年的戀愛悲劇，也是一次充滿了戲劇性的心理經驗的曲折的情感里程。總結上述過程，大致是這樣一個線索：

　　棄兒──得到關愛（母愛與女性愛的混合）──自虐（為了維繫這種愛）──妒恨（與小石匠競爭）──模擬的「高潮」（看見透明的紅蘿蔔）──被去勢（紅蘿蔔被小鐵匠奪走扔掉）──憤怒和焦慮（試圖找回力量）──閹割確認（拔出所有蘿蔔仍不見那一個）──回到棄兒。

　　小說中除了「紅蘿蔔」的性隱喻可以作為一個明顯標誌以外，敲石頭的「鐵鑽」也是一個有字眼意義的隱喻性事物，黑孩的手被燒紅的鐵鑽燒焦，小石匠諷刺小鐵匠打製的鐵鑽「淬火」不行、不經用，等等，也暗藏著黑孩與兩個成年男性之間微妙的心理與生理的較量。另外，黑孩的自虐式行為與心理的刻畫是非常幽深和細膩的，強烈的感情慾望和未成年的弱勢處境之間的矛盾，由棄兒的體驗到獲得成年女性的關愛的巨大幸福，使他不得不屢屢用殘忍的自虐來強化這種體驗，並藉以吸引菊子的關注，與小石匠進行「不

〔註8〕參見《弗洛伊德論美文選》，知識出版社，1987年版，第39～111頁。

平等」的競爭。黑孩穿行於其它三個主要人物之間的種種古怪舉動，其實都可以通過上述心理角度得到合理和準確的解釋。

畢飛宇的一篇曾獲得魯迅文學獎的短篇小說《哺乳期的女人》，在隱喻層次上似也暗含了少年與成年婦女的戀情主題，但角度有所不同，它主要是從那位哺乳期的成年婦女的角度來表現的，對兒童心理則較少正面的刻畫。

二、「俄狄浦斯情結」的延伸表達

「俄狄浦斯情結」恐怕是弗洛伊德的精神分析學說中最具爭議的部分，由於對「弒父說」的近乎固執的堅持而侵犯了人類基本的倫理理念，招致了許多人的強烈反對。但是，這一學說的確是弗洛伊德理論中最具解釋寬度和創造性的發現，像有的學者所歸納的，「他首先在《釋夢》中系統地提出了這一結論，然後又在《性論三講》中對此作了解釋，最後在《圖騰與禁忌》中把這一結論用作闡明人類學許多怪癖行為的方法。這些怪癖行為中主要的一種是原始人對於亂倫以及為了保護自己以防亂倫而提出的嚴格的社會規則的恐懼……」〔註9〕他從兩部經典文學作品《俄狄浦斯王》和《哈姆萊特》入手，除了對人類幼年心理進行了深層分析，還由此上升到人類學領域，解釋了由這一原始欲望與道德禁忌所對人類文明進程產生的深遠影響。

索福克勒斯的著名悲劇《俄狄浦斯王》，是弗洛伊德解釋上述情結的起點。他通過對這位不幸國王的殺父娶母的命運的分析，認為這一描寫實際上是出於原始時代人們的一種「典型夢境」的支配，是所有人子共同的「童年時期的願望的達成」。但隨著人類進入文明社會，要避免這種悲劇，人類就產生了制止這種欲望的「禁忌」，而作為國家理念的原型與核心的「種族意識」就是由此產生的，種族意識的核心當然是「父親」這一統治者。從這一意義上講，「弒父」意識不但沒有毀掉氏族自身，而且還成了父權與國家得以建立的內在心理基礎與原因。在文明社會中，這一原始的欲望雖被禁止，但它並沒有消失，而是仍存在於人的潛意識之中，在文學作品中也會通過隱喻的形式表現出來。

不過上述理論中最有意思的，倒是弗洛伊德通過另一部作品所作的間接解釋，這就是莎士比亞的《哈姆萊特》。弗洛伊德對這部作品的解釋顯然要更為複雜，在過去，人們對於哈姆萊特的性格的認識，通常只是從一般的人性

〔註9〕霍夫曼：《弗洛伊德主義與文學思想》，三聯書店，1987年版，第38～39頁。

與社會的角度來理解，其中有代表性和體現某種精神深度的如歌德的說法，認爲哈姆萊特是「代表了人類中一種特別的類型——他們的生命活力多半被過分的智力活動所癱瘓」，即「用腦過度，體力日衰」。另外一種觀點就是所謂「神經衰弱（neurasthena）說」，指其性格的優柔寡斷。但弗洛伊德根據自己的研究，認爲哈姆萊特的性格表現並非是膽怯和無能的，相反還曾毫不猶豫地殺死了掛屏後的竊聽者，和謀害他的兩個朝臣。那他爲什麼不能乾脆地除掉殺害他父親的奸王克勞狄斯呢？「唯一的解釋便是」——「因爲這人所做出的正是他自己已經潛抑良久的童年欲望之實現。於是對仇人的恨意被良心的自遣與不安所取代，因爲良心告訴他，自己其實比這個殺父娶母的兇手好不了多少」。〔註10〕無疑，弗洛伊德的這種解釋是他所有關於文學的論述中最精彩、也是最令人震驚和爭議的。

　　不過這裡我不准備就弗洛伊德的觀點進行辯駁與討論。而是要在當代中國的新潮小說寫作中找兩個例子，來說明弗氏理論的影響。一個是蘇童的《罌粟之家》，一個是余華的《鮮血梅花》。巧得很，這兩個小說似乎正好對應著前面所說的兩個例證。

　　先看《罌粟之家》，應該說這是蘇童早期最重要的作品之一——雖不是他最好的作品。因爲其中的一些主要的理念似乎還沒有「化」得很好，還有一些漂浮感和稚氣。不過僅就「弑父」主題而言，它的確是很典型的，而且其情節中的「弑父戲」還是連環的，先是老地主劉老俠殺父娶「母」，暗害了其生父劉老太爺，並娶了老太爺的小老婆翠花花，這一切是通過劉老俠的弟弟劉老信同劉老俠的兒子白癡演義的對話來暗示的。劉老信年輕時代是一個喜歡眠花宿柳的花花公子（翠花花原本就是他玩弄過的一個妓女，後歸了他父親，又被其兄劉老俠所有，可謂經過了幾度亂倫），後身染髒病，落魄到身無立錐之地，其財產被哥哥趁火打劫搞了個精光。也許是報應，劉老俠自從和前妻「貓眼女人」生了女兒劉素子和白癡演義之後，雖玩弄了無數婦女，但其唯一可以繼承家業的「兒子」沈草，卻是其後娶的翠花花暗中與長工陳茂通姦生所生的——這裡當然也暗含了一個戲劇性的歷史主題，即財富和權勢不過就是這樣輪迴的，地主和農民的身份也是這樣互相「轉化」的——劉老俠的惡行遭到了天譴，他的兒子沈草從出生實際上就已經斷送了他的家族。但輪

〔註10〕以上均參見弗洛伊德：《夢的解析》，國際文化出版公司，2000年版，第155～159頁。

迴並未就此結束，陳茂作爲一個流氓無產者也同樣爲自己的惡行付出了代價。他偷自己東家的小老婆，像一條「大公狗」一樣到處姦淫婦女，在借助土改機遇當上農會主席之後還強姦東家的女兒——沈草的姐姐劉素子，當然也要遭到報應，最後，他的實際上的親生兒子沈草，帶著對他與生俱來的厭惡與蔑視（這裡給「父親」的身份加上了「非法」的性質），用搶擊斃了他（而且頗有深意的是，沈草還對著他的陽具開了一槍，這一行爲中透示著強烈的「閹割父親」的傾向）。當然，此前沈草還像該隱殺約伯一樣，殺了他的白癡哥哥演義（但不是大殺小，而是小殺大）。

我想蘇童寫《罌粟之家》這篇小說時，顯然是融入了太多觀念性的東西。1987 年前後正值精神分析學與人類學的各種理論次第登臺、十分熱鬧的時期，許多作家都急於把自己的最新思考表達出來，所以也可以想見，這篇作品中充斥了亂倫、弒父、兄弟相殘以及中國傳統的輪迴報應思想等等主題，它們的確是顯得過分擁擠了些。

與《俄狄浦斯王》所表現的偉大的命運悲劇的震撼力相比，《罌粟之家》當然要顯得暗淡和曖昧得多，因爲它的重心確不在於表現命運——人欲與天倫的不可避免的毀滅性衝突，而是表現歷史的荒謬和非道德性；在前者那裡，主體是顫慄和悲號著的，在後者這裡，主體則根本無力思考，也無須反抗。從人性惡的角度，蘇童表達了對道德主義社會歷史觀的深深的懷疑（他把劉老俠的罌粟之家的家族歷史的結構圖畫成了一個女性生殖器的形狀，這是對「歷史」的一種極爲荒謬的感受與解釋方式）——這應當是他的「弒父」主題的出發點與內涵所在。

另一個作品是余華的《鮮血梅花》。應該說，在藝術上這是一個不可多得的妙思佳構，也是一個具有某種結構主義與「元小說」理論色彩的作品——它彷彿是對大量古今武俠小說敘述模型的一個提取和概括。但是它對弗洛伊德的學說的某種內在呼應大概不是十分自覺和有意的，而主要應該是出於偶然，這也是很有意思的。

如果按照弗氏理論的視點來看，《鮮血梅花》大概可以歸納爲一個「逃避爲父復仇」的主題。這和弗洛伊德所分析的《哈姆萊特》一劇的主題有些相似。小說的主人公，一代武林大師阮進武的兒子阮海闊，在其父親被刺殺十五年之後，其母爲了激勵他的男兒之志，決然自焚而斷其退路，逼他走上了爲父復仇的漫漫的長途，臨別爲他指示了兩個有可能知道他的殺父仇人的武

林中人——青雲道長和白雨瀟。然而阮海闊和其父親根本就不是一種人,他半點武功也沒有,他的仗劍出遊完全是一種形式,一種在道義上無法逃脫、但在實際上又無力完成、也根本不想完成的使命。這裡當然不能說阮海闊已然像哈姆萊特一樣在兇手身上看見了他「自己的影子」,但無疑他對父親的死在多年之後已非常淡漠,對父親的「英雄」業績也是不以爲然的,他根本就不想拿自己的身家性命作代價,爲這個已經沒有什麼實際意義的「儀式」去冒險。所以他漫不經心地游蕩著,先後遇到了「胭脂女」和「黑針大俠」,對這兩個人所分別交給的「任務」倒是更欣然地接受了——等找到青雲道長,向他打聽兩個叫劉天和李東的人——他終於有了到處漫遊的「充分」理由。中間他還遇上并陰差陽錯地錯過了白雨瀟;後來他終於遇到了隱身大師青雲道長,可他鬼使神差地先問了胭脂女和黑針大俠的兩個問題,而對自己的殺父仇人是誰的問題,卻拋在了腦後——這是故意的還是被潛意識所支配的?他爲什麼不首先問自己的問題,這與哈姆萊特的「延宕」是否有在人性深處的某種契合?再後來等到他不得不問到他的殺父仇人的問題時,青雲道長卻說,我只回答兩個問題。無法,他又開始了漫遊,並在不久就先後遇到了胭脂女和黑針大俠,告訴了他們關於李東和劉天兩個人的下落。終於在三年後,他再次遇到了白雨瀟,他問殺父仇人是誰?沒想到白雨瀟說:殺你父親的兩個人在三年前就死在了去華山參加「論劍大會」的路上,一個叫劉天,一個叫李東。

這結尾眞是令人震驚。

所震驚的當然主要是余華對人性與事物理解的深度,一切恩恩怨怨都是既「實」又「虛」的,不過都是冥冥中命運的捉弄而已,一切的打打殺殺最終也是一個無窮的循環,每個人都是這一循環鏈條上的一節,所以你很難預料你的所爲是爲了誰,也很難預想你的目的又是誰代你達成。這其中所蘊涵的正是中國的傳統哲學——老莊的「無爲而無不爲」的思想,還有中國人常有的那種「失之交臂」又「不期而遇」的奇妙經驗。

很顯然,《鮮血梅花》與《哈姆萊特》還有弗洛伊德的理論的某種契合是「撞」上的,我想余華並未有意爲之,但是從人性的角度來分析,我想它同樣也包含了類似的內涵,在「無意識」的層面上,對阮海闊來說,父權的失去並沒有使他感到多麼悲傷,母親所賦予他的使命實際只是一種責任和道義的產物——換言之,按照弗氏的理論來說,「弒父」者並不一定表現爲親手所爲,就像哈姆萊特,他並沒有成爲俄狄浦斯那樣直接殺父娶母的不幸人物,

是克勞狄斯「代替」他達成了其「童年時期的願望」，所以他從自己的潛意識中不情願——或者至少是要「逃避」完成這一復仇使命。再者，父權的強力也造成了阮海闊的軟弱無能，使他並未子承父業，這也是一種隱喻意義上的「去勢」。父親的死在阮海闊的心理上引起的反映是十分複雜的，無意識中的輕鬆和倫理意識中的悲傷與責任構成了深在的矛盾，因而表現出來的，自然就成了一種曖昧和經過了「折衷」之後的行為方式。

　　和第一類例證的罕見有所不同，這類作品例子是很多的，像劉恒的《伏羲伏羲》中也有連環的弒父故事，只是和蘇童的《罌粟之家》相比，其人類學意味不那麼濃烈而已。

三、精神病理學發病與治療的形象闡釋

　　假如說前面的幾個例證主要還限於我的「主觀推論」的話，下面的這個例證則完全是弗洛伊德理論的一個精妙而形象的演繹，這個例子便是格非的《傻瓜的詩篇》。

　　我不知道格非的寫作是否太多地受到他的母校和居住地上海的文學傳統的影響？在 80 年代後期崛起的一批作家中，他應當是受到精神分析學影響最直接的作家。三十年代上海的新感覺派的主力作家施蟄存仍「蟄存」在華東師大這座校園裏，他和穆時英、劉吶鷗曾共同成為弗洛伊德主義的中國「傳人」。儘管在他們之前，早已有魯迅等早期新文學作家對弗洛伊德的思想的廣泛介紹甚至運用，但真正用弗氏的理論來寫小說的作家，仍要首推「新感覺派」。現在這個傳統又在格非身上得到了延續，從格非的小說中，我們甚至不難看到一點點穆時英的《白金的女體塑像》、或施蟄存的《將軍底頭》一類作品的影子。

　　另一方面，似乎與格非的校園生活處境有某種關係，格非的《傻瓜的詩篇》也格外具有特殊的「學院」或「專業」色彩，彷彿是一篇精神分析學的研究報告一樣。他似乎就是要有意識地寫一篇能夠表現精神分析學理念的小說，特別是關於精神病的發病原理和治癒方法的「理論探求」的小說，他的確是成功了。小說中的大量細節與人物心理活動，都可謂自覺地印證了弗洛伊德的精神分析學說。

　　眾所皆知，弗洛伊德在他的年輕時代曾經致力於精神病的臨床治療，治療的原理通常就是按照當時的精神病理學，認為致病的原因是由精神的壓抑

造成的，「壓抑是使得無意識衝動和動力受到禁止而無法接近有意識生活的機制」〔註11〕，致病者往往因爲自己的某種精神的缺陷，某種無法彌補的或者爲道德所不容的過失，甚至只是某些侵犯通常倫理的欲望等等，導致心理產生巨大的壓力與失衡，從而引發精神分裂。治療精神疾患的方法通常就是「疏導法」，即與病人交談，通過「催眠」或注射藥物，使其減去意識的壓抑而講出自己內心深處的隱秘，這樣會導致病人心理上的逐漸的減壓，緩解內心衝突，使其潛意識中積聚的「能量」得以釋放，最終恢復到正常狀態。弗洛伊德自己曾有一個時期十分成功地治癒了一些患者，並在理論上獲得了許多新的發現。這一臨床實踐也是後來他創立自己的精神分析學理論的基礎。

《傻瓜的詩篇》中通過兩個人物的命運的轉折，從正反兩個方面戲劇性地描寫和「論證」了上述原理與過程。其中一個是由醫生變成了病人，另一個則由病人轉化成了一個正常人。

醫科大學生杜預在臨畢業之際，忽然有一個重大的發現──他發現精神病是可以「傳染」的，他對精神病在恐懼之餘發生了濃厚的興趣──這是小說情節發展的「伏筆」，他意味著在杜預的心理上已經有了一個先在的強烈的自我暗示。而且，小說還交代了另外的幾個因素：一個是據杜預自己講，他具有家族遺傳背景──他的母親就是患精神病跳樓自殺的；而他的父親又曾經是一個「詩人」──請注意，「詩歌」和「詩人」在這篇小說中具有特殊的語義，它們所設定的話語軌道與語境氛圍，同精神病院和精神分裂症有某種隱喻和相通的關係；而且父親的死與少年杜預還有直接的關係──是由於杜預年少無知的「出賣」致使父親被抓住了罪證並慘死，這等於少年杜預充當了「間接弑父」的兇手，這一慘痛記憶在他的心靈深處留下了隨時都會發作的創傷；另外成年杜預還患有嚴重的胃病──在他自己的理論看來，「胃病就是精神病的一種」；鑒於這一切原因，他已經注定是一個敏感、脆弱、充滿自卑和焦慮感、以及病態聯想能力的人物。有了這樣一個背景，再加上他畢業之際又無法抗拒地進了精神病院，當了一名醫生。精神病院的語境對這樣一個神經相對比較脆弱的人的影響是可想而知的──因爲它是精神病最具「傳染」可能的地方。

有一個人物在杜預命運的發展中起著至關重要的作用，這個人就是葛大夫。小說中他是一個老於世故、精明得體的人，在與杜預的交往中，他牢牢

〔註11〕霍夫曼：《弗洛伊德主義與文學思想》，三聯書店，1987年版，第52頁。

地掌握著精神的優勢，神經「像鋼鐵一樣堅強」，有著不同尋常的洞察力，總是在關鍵的時刻出現……小說中描寫了他的「在場」的幾個關鍵性場面：第一次是杜預面對女大學生莉莉的裸體所表現出來的一絲激動被他察覺；第二次是當杜預在自己的辦公室裏引誘莉莉時被他「發現」——與其說是偶然遇見還不如說是盯梢；第三次是他「善解人意」地把與莉莉單獨散步交談的機會主動「讓」給杜預；最後一次就是杜預在電療室裏接受他的「治療」了。從精神分析的角度來看，他無疑是一個「窺視者」的角色，對杜預來說，在明處的「洞察」和在暗處的「窺視」是同樣危險和可怕的。「被窺視」是存在主義哲學和精神分析理論對現代人的精神與生存處境的一種最典型的概括，焦慮和變態等心理病症大都緣此引發，正像杜預自己的一段心理活動所追問的：

> 人類的精神究竟在什麼地方出現了問題呢？杜預時常這樣問自己。他通過大量的閱讀和研究得知，在不很遙遠的過去，人類精神上的疾病通常是歇斯底里症。福樓拜筆下的包法利夫人為這類病症提供了一個極好的範例。對於這類病人，只要通過短期的療養即可康復（福樓拜所開的藥方是：給病人放點血）。它是由於某種悲劇性的事件而引起的。而在二十世紀，人類的精神病更多的是精神分裂，它顯然是源於無法說明又排解不開的焦慮。
>
> 杜預心想，如果自己有一天得了精神病，那麼，上述兩種病症都會兼而有之。

與莉莉的交往是杜預人生的轉折。對杜預來說，如果她是一個精神正常的女性，杜預根本沒有機會接近她，但她碰巧卻是一個毫無防範能力的精神病患者，而且被杜預這樣一個有著強烈的欲望與脆弱的心理的醫生遇見了。她的奇特經歷同杜預幼年時代的經歷一樣，也給了他以強烈的刺激與震撼。第一次她讓杜預的欲望輕易得手，然而從此以後則再不讓他有任何機會，是她的美麗與拒絕加重了杜預的焦慮，她的少女時代的如同噩夢般恍惚的內心隱秘，與「弒父」罪惡記憶，也非常致命地「傳染」了杜預，致使他在一個暴風雨之夜（暴風雨是否也隱喻著大自然的某種瘋狂狀態？）急切地試圖與莉莉鴛夢重溫時，竟撞上了他來精神病院第一天遇到的那個只會喊「殺」的老女人……這致命一擊使杜預脆弱的神經終於崩潰。

如果說杜預的致病更多地是表現了格非自己的理解的話，那麼莉莉的痊

癒，則是印證了弗氏臨床治療理論的可行。小說首先爲莉莉的致病設置了幾個主要因由：一是在她母親去世之後，父親的變態與亂倫式的侵犯在她幼年心靈中留下的創痛印記；二是她對自己「毒死父親」的罪惡感的恐懼——小說中關於這一點無疑是最具心理深度的：它並沒有肯定這一行爲是否屬實，因爲按照莉莉的心理特徵來推斷，她在「事實」和「願望」之間已經無法區分，她無法搞清楚自己是眞地殺死了、還是只是在願望中「殺死」了父親？從某種意義上說，人的記憶是靠不住的，因爲它對所謂「事實」的記憶，往往是按照對自己有利的方式完成的，對於那些令意識或者「超我」感到羞愧和不利的部分，記憶往往要將其「刪除」——即壓抑到潛意識之中去，許多精神分裂症患者就是由此致病的。莉莉一方面「記不清」父親是不是眞地被她所下的安眠藥所毒死，另一方面又因爲確信自己毒死了父親，而懷著深深的負罪感，正是這種「有利原則」和人的基本良知之間的衝突，成了導致她最終精神分裂的基本原因；再一個原因是「中年警察」趁機佔有了莉莉，也更加深了她心理的創痛。

不過，所有這一切如果沒有後來的另一個原因的引發，也就漸漸歸於平息了，可巧合的是莉莉偏偏考上了大學中文系，而且喜歡上了詩歌！這是她終於致病的關鍵因素。對這一點的書寫也是作品另一個核心理念：在作家看來，詩歌的思維與語言方式同精神分裂症之間有著一種天然和內在的聯繫，不止杜預父親的悲劇與詩歌有關，杜預本人也是詩歌的實際上的愛好者，甚至莉莉在精神分裂之後所寫的一些「作品」，也爲古怪的離過三次婚的老女人董主任所「愛不釋手」，時常讀得「老淚滾滾而出」，這都隱喻著詩歌對人的精神的暗示作用。這也不難理解，尼采曾經張揚的「酒神精神」同詩性精神之間，實際就是一種東西。無論是從哲學、從詩歌的崇高內涵與美學精神的角度，還是從對詩歌的誤解與揶揄的角度，詩歌都與精神分裂結下了不解之緣。詩歌史與藝術史上的許多偉大的人物都同時就是精神病患者，存在主義哲學家雅斯貝斯甚至爲他們辯護說，尋常人只看見世界的表象，而只有偉大的精神病患者才能看見世界的本源，「優秀的藝術家認眞地按獨自的意志做出的表現，就是類似分裂症的作品」。〔註12〕由此莉莉變成了「詩人」，也成了一個精神分裂症者——無疑這兩個身份在她身上是合一的。

〔註12〕雅斯貝斯：《斯特林堡和凡高》，引自《存在主義美學》，遼寧人民出版社，1987年版，第155頁。

　　莉莉病情的緩解實際上同杜預的行為是分不開的，杜預是在無意之中充當了一個真正的精神分析的醫生：他把莉莉引進他的辦公室勾引並玩弄了她，他滿足的當然只是私欲，但沒想到正是他的此舉喚起了她業已死亡的記憶，他與她枉顧左右而言他的談話，無意中使她潛意識深處的「弑父」的罪惡感通過無障礙的交談而釋放出來，由此使她走上了趨於康復之路。這一情節同臨床精神分析學的原理是非常「神似」的，在美國作家歐文‧斯通著的《弗洛伊德傳》中，可以看到許多治療的實例，雖然弗洛伊德先生是一個道德感極強的學者，但臨床治療過程中類似病人愛上醫生的「移情」例子是很多的，這種情況在弗洛伊德周圍也有發生，但弗洛伊德卻十分強調醫生的道德原則，他說，「醫生必須防止對移情之愛的忽視，將它嚇跑或使病人厭惡它；他必須同樣堅定地抑制對它的任何反應。他必須大膽地面對移情之愛，但要把他看作是某種不真實的東西，治療過程中必須經歷的某種情況，並且追溯到它的無意識的淵源。這樣，它就有助於發現隱藏在病人性生活發展深處的所有東西，從而幫助她學會控制它。」〔註13〕在弗洛伊德看來這不僅僅是一個醫生的道德問題，而且關係到病人的治療前途，所以特別應當正確處理──也正是杜預在這一問題上的私欲立場，致使他自己最終陷入了精神的深淵，這大概也算是一種精神的懲罰吧。

　　概括起來，杜預和莉莉這兩個人物的命運大致是這樣一種軌跡：

　　　　杜預：遺傳影響（母親為精神病患者，父親曾是一個詩人）──後天精神刺激（母親之死的記憶）──弑父的罪惡感（對父親的「出賣」致使父親後來慘死）──自我暗示（進行關於精神病的「傳染」問題的研究）──環境影響（置身精神病院）──性焦慮（特別是看到莉莉的屍體之後）──性犯罪（誘惑並玩弄莉莉）──被窺視（被葛大夫發現）──暫時緩解（佔有了莉莉，初嘗禁果）──加倍焦慮（莉莉開始好轉，不再接受他的誘惑）──強刺激（雨夜驚魂，猶如《紅樓夢》中「王熙鳳毒設相思局」的一幕）──發瘋──被施以電療。

　　　　莉莉：童年創傷（母親早亡，父親變態造成她的「亂倫恐懼症」）──弑父記憶（無法證實，但一直是莉莉最大的精神創痛，這種記憶與她的良知之間不可避免地發生了強烈的衝突）──記憶關閉

──────────

〔註13〕轉引自霍夫曼：《弗洛伊德主義與文學思想》，三聯書店，1987 年版，第 59 頁。

（自首被警察制止，而且被他趁機佔了便宜）—— 詩歌思維方式的誘發 （上大學中文系之後愛上寫詩）—— 失戀刺激 （情況不詳）—— 發瘋 （「酒神」或詩歌式的假性狀態？）—— 記憶喚醒 （與杜預發生親密接觸時偶然想起過去「被遺忘」的情景）—— 完成傾訴 （把記憶深處的隱秘對杜預講出）—— 釋放完畢 （對與杜預身體親密接觸的遺忘）—— 痊癒 。

　　這篇小說對精神分析學臨床治療方法的描寫，顯然具有相當的玄理意味。其中情節的戲劇性設置不可能在現實中找到對證，但卻非常敏感、細膩和傳神地闡明了精神分析學的基本原理，甚至將一些無法用抽象的理論來說明的深層和隱性的心理問題也表達得淋漓盡致。其中不斷插入的關於杜預的心理活動的描寫，還有葛大夫和杜預的對話、杜預與莉莉的對話、以及貫穿其中的心理活動等等，都帶有對精神分析學的「理論探討」的色彩。試對照這樣兩段話：

　　　　在杜預看來，精神病人是唯一的一種沒有任何痛苦的病人（這使他既羨慕又恐懼），治療的過程往往使效果適得其反。那些行將被治癒的病人一旦意識到自己剛剛被人從精神錯亂中拯救出來，大凡會產生出自卑、羞恥乃至厭世的情緒，很多人為此走上了輕生的道路，如果治療的目的僅僅在於使病人重返正常人的世界，那麼將精神病人送上電療床，通過強大的電流對他們的神經中樞進行徹底的摧毀的確是一種一勞永逸的辦法。

　　　　只有當物理學或天文學上的某個發現——如哥白尼的發現，被再次轉化並通過其言外之意，而不是通過原先的已經確立的事實，即在神學和倫理學上引起論爭的某件事，而轉化時，這一發現才能影響人類行為的進程。……精神分析學不可能一直限於抽象的推理，而它也不希望這樣。醫生與病人之間的關係的奇特性不久就被揭示出來，並且受到了譴責。據說，精神分析學家以拯救生命，但實際上卻毀滅了一些生命。病人往往會愛上精神分析學家。〔註14〕

　　其中前一段是格非小說中的話，後一段是精神分析學家的理論著述，而它們在觀點、見解和話語風格上竟是如此相似。從中不難看出，格非是故意在小說中摻入了對精神分析學的理論理解，由此使敘事帶上了濃厚的「虛擬

〔註14〕霍夫曼：《弗洛伊德主義與文學思想》，三聯書店，1987年版，第56頁。

研究」意味，甚至在表達的「語體」上，都刻意接近研究性的文字。

《傻瓜的詩篇》還是一篇充滿了詩學和哲學啓示的小說。格非有意識地模糊了詩歌與精神分裂的關係、「健康的詩歌」與模仿的「病態的詩歌」之間的關係、詩歌與性之間的關係、正常人與非正常人之間的關係……比如說董主任，他是一個對病人實施精神治療的醫生，但卻爲莉莉的那首充滿了分裂症特徵的囈語般的「詩歌」感動得熱淚盈眶，是精神分裂式的語言眞地與詩歌有著某種神似呢，還是這個離過三次婚的老女人本身的精神也有問題？格非還有意識地混淆眞正的詩歌和另一種詩歌——即精神分裂式的修辭欲望之間的區別，莉莉的詩基本上可以看作是一種囈語，在邏輯上是混亂的，想像上是古怪和隨意的，然而這種「傻瓜的詩歌」仍然能夠「感動」中年女大夫，這說明它只是在「修辭學」的意義上起了作用，詩歌在某種程度上的「精神病式的修辭」，同精神分裂症式的話語之間確有著某種神似。事實上詩歌在哲學上給我們的啓示正在於這一點，尼采的「日神」——「酒神」的對立模式，實際上也正是對應著「日常理性思維」——「詩性非理性思維」的對立模式，人類在所謂的文明發展過程中，習慣了用一種社會化的統一的思維對人類進行精神的統治，而所謂的「精神分裂」則首先是對這種統治的反抗，詩歌在某種意義上就是這種反抗的一種藝術方式和精神隱喻。從這種意義上，精神分裂這一現象是被人類自己「道德化」了，成爲了一種多數對少數的蔑視與侮辱的理由。存在主義哲學家和西方超現實主義作家都曾對此進行過猛烈的抨擊。

上面對當代作家寫作中具有精神分析學意識的幾個典型例證進行了文本細讀，與弗洛伊德的理論一樣，這種分析同樣也帶有某種「實驗」色彩，是一種嘗試。同時力圖緊扣精神分析的學說，也並非意味著我本人就對弗氏的理論持完全的認同態度，而是表明我對當代作家寫作思想與美學資源的一種理解和認識。文學是人學，這是一個再樸素不過的老命題了，「人學」自然首先是「心靈」之學，因此自來就和精神分析學結下了不解之緣，每個有創造性的作家，總是在探索人類的精神領域方面做出過非凡的努力和發現，所以與其說這些作家是按照弗氏的理論去「演繹」的，不如說是人類探索的腳步的自然延伸。事實上每一次對心靈世界的探求都是不可重複的、一次性的和原創的，如果說有附會成分的話，那也只是指的類似本文這樣的闡釋活動罷了。

第十三講　民間理念的當代流變及形態

　　今天的話題是要探討「民間」問題，因為「主流」總是居於正統，但文學常常卻是靠近「民間」的，對於中國當代文學來說尤其如此。

　　關於當代小說的民間性、民間走向、潛在的民間因素，國內的許多學者、特別是復旦大學的陳思和教授已有許多非常好的論述。但我以為，關於這一概念的歷史傳統，其在當代的流變，特別是在 80 年代以來的不同美學形態的表現，仍有值得梳理、區分與探討之處。所以我想就「民間」理念與小說藝術傳統之間的關係，特別是在當代的流變與具體表現形態，進行一些討論，主要內容是：一、「民間」一詞的由來與演變，古典小說的三個重要的民間特徵：江湖空間或市井生活場景、道德的民間化、依循消費規律的文本特徵；二、民間理念的當代的演變過程及其在 90 年代被放大的原因和寓意；三、當代小說中所呈現的三種民間美學形態：「城市民間」，這是與古典小說美學傳統有密切關係的一種，「鄉村民間」，這是 20 世紀中獨有但又屢屢受到主流文化修改的一種，「大地民間」，這是受到現代西方哲學影響而出現在當代的特有現象。

　　「民間」話題已經成為當代小說理論中重要的組成部分，「回到民間」，也已成為了中國當代小說變革的重要標誌與成就，這是非常有意思的、屬於當代中國「特有」的現象。民間本是小說藝術的本然處境，是小說之「家」，但它在當代藝術的整體格局中卻能夠成為一個問題，一種包含了「進步」與「變革」的趨向。在現今的語境裏談論它，仍然具有其「本體」與「隱喻」

－217－

的雙重意義，這是需要向各位說明的。對於中國當代文學而言，「回到民間」不但意味著對小說基本性質的把握，還意味著對曾經被異化、扭曲和利用的歷史、以及現今依然存在的某些非藝術的外力作用的逃避與反撥。

一、小說藝術的「民間」傳統

作為文學或美學概念，「民間」一詞大約始出自明代小說家馮夢龍的《序山歌》。在此篇短文中，他即非常明確地提出了同主流文學、文人寫作相分野的「民間」說：「書契以來，代有歌謠，太史所陳，並稱風雅（按：風，民間歌謠也；雅，廟堂之辭也），尚矣。自楚騷唐律，爭妍競暢，而民間性情之響，遂不得列於詩壇，於是別之曰山歌，……唯詩壇不列，薦紳學士不道，而歌之權愈輕，歌者之心亦愈淺。」在這裡，「民間」作為一個文學空間、一種藝術風尚、一種美學風範與格調的概念，已經十分清晰。它是文學最早的範本，是一切文人寫作的源頭。但隨著文人文學與主流文學的發育，這個源頭反而受到了漠視，漸漸被遺忘和排擠在「正統」文學之外，乃變成了「山野之歌」。然而這些「民間性情之響」的山歌，卻有著「薦紳學士」的文學所沒有的可貴之處——它們的歌者都是「歌之權」很輕的山野之人，因為與權力的寫作相去甚遠，其寫作的心理和寫作的內容就看上去「愈淺」，然而，淺則淺矣，「情眞而不可廢也」，因為「但有假詩文，無假山歌」。馮夢龍推崇這種「不屑假」的文學，便搜集整理了大量的民間白話小說，因此世方有對開創中國小說傳統具有重要意義的《三言》，《三言》無論是文化立場還是其美學趣味都是「民間」的，也正是因為其民間性與「非官方」、「非主流」的性質，它們才特別受到市民階層的消費者的歡迎。

儘管「民間」一詞的出現是晚至明代，但小說從它的誕生時起，就注定了它的「邊緣」性民間基質。「小說」這個詞最早出現在莊子筆下時，就表達了說話人對它的輕蔑：「飾小說以干縣令，其於大達亦遠矣。」〔註1〕「小說」在這裡顯然是指小人物的道理，離眞正的「大道」哲思遠矣的世俗言談。東漢史家班固在其《漢書·藝文志》中列出了「小說」一類文體，並專就「小說家」的概念作了闡述，「小說家者流，蓋出於稗官（下層官員——引者）。街談巷語，道聽途說者之所造也。……閭里小知者之所及，亦使綴而不忘。」他還引用孔子的話加以補充說明：「雖小道，必有可觀者焉，致遠恐泥，是以

〔註1〕《莊子·外物》。

君子弗爲也。」〔註2〕下層的官吏所記載整理的那些「閭里小知」、「街談巷語，道聽途說」就成了「小說」。「小說」多陷於奇談怪論、荒誕不經之事，所以「君子弗爲也」。「小說家」只是一些小人物，因爲需要基本的文化水平，所以才由「稗官」來充當。

明代是中國小說走向成熟的時期，不止《三言》、《二拍》等整理自民間的話本與擬話本小說，而且在同樣基礎上還誕生了成熟的長篇小說，誕生了所謂「四大奇書」《三國演義》、《水滸傳》、《西遊記》和《金瓶梅》，歷史、游俠、世情、神魔，中國小說的幾大傳統都已因之發育成熟。這些長篇小說雖屬文人創作，但無疑是在溶入了大量來自民間的文化與藝術因素的基礎之上誕生的，體現了濃厚的民間精神與審美價值取向。

總體上看，傳統小說的民間基質大致表現在這樣幾個方面：

一是「江湖」空間或市井的生活場景。與詩歌和「文章」一直以主流道德與崇高理念爲書寫對象不同，小說多描寫的是「綠林盜匪」的傳奇和「引車賣漿者流」的生活景觀。嘯聚山林、寄身水泊、「飄蓬江海漫嗟籲」的《水滸》英雄當然是託身民間的，它最完整地勾畫了一幅江湖民間社會、及其特殊的「江湖意識形態」的圖畫；《金瓶梅》寫的完全是市民生活的場景，它可以說是在《水滸傳》故事的主干上旁枝斜出的分支，在市民趣味的支配下又被「演義」和「演繹」而成的，這充分反映了一般受眾對世俗生活內容的興趣。應該說「市井」和「江湖」正是在這兩部小說中，成爲了兩個典範的文化和美學概念，也成了最重要的民間文化範疇，它們都是相對於「廟堂」社會的民間世界的典範符碼。事實上，如果說《金瓶梅》這部小說是有重要意義的話，那它的意義遠不在於它對明代末葉社會生活的所謂反映與批判，而在於它對市民生活情趣的生動細膩的表現，並由此標立了一種與主流教化式的寫作完全不同的、市民式的寫作立場與敘事方式。

二是道德的民間化，或反正統道德，這是傳統小說另一個重要的民間基質。「廟堂」的基本道德尺度是「忠」；而「江湖」的基本道德尺度則是「義」，「義」是民間的，「忠」則是主流的，「忠」表達的是「垂直」的「君君臣臣父父子子」的等級制的統治者道德，而「義」表達的則是「平行」的平等的「四海之內皆兄弟也」的民間道德。《水滸傳》之所以受人喜愛，主要是由於讀者在閱讀中，從民間的非正統道德那裡獲得了一次極大的精神解放，作者

〔註2〕《論語·子張》。

巧妙地利用了民間意識形態的力量，以「義」的名義，賦予了這些綠林好漢的殺人越貨、「掄著兩把板斧只管砍過去」的性格與行為以特殊的「合法性」，因為他們是講義氣的，所以殺人就有了特殊的理由，就成了英雄之舉。普通人從這裡找到了一種對抗於以「貪官污吏」為代表的強權與暴政的力量，所以就不僅合法，還合情理。在《三國演義》這部比較「主流」的小說裡，作者也有效地使用了民間道德對「揚劉抑曹」的正統道德進行補充和消解，「是非成敗轉頭空」的慨歎，使另一種「人本」的民間歷史觀得以確立。「秋月春風」，「江渚漁樵」，不以成敗論英雄，唯剩人生感慨，歲月滄桑，這是一種典範的「中立」式的「中性」的民間歷史意識。同時作者還刻意強化了「劉關張三結義」的江湖性質，淡化君臣主僕的關係，突出手足兄弟的義氣，這顯然是為了強化其民間道德與美學傾向，以照顧一般受眾的閱讀趣味。

民間道德的內涵是很複雜多樣的，這在話本白話小說中有豐富的表現。正像有人所概括的，「《沈小霞相會出師表》，描寫了一場驚心動魄的忠奸鬥爭。《杜十娘怒沈百寶箱》歌頌了不肯屈辱而生的寧折勿彎精神。《灌園叟晚逢仙女》寫的是善良和貪婪之間的對立。《金玉奴棒打薄情郎》譴責了富貴忘舊的醜惡靈魂……」〔註3〕所謂忠奸對立、善惡報應、富貴忘舊、見利忘義、富貴無常、禍福輪迴等等，都是民間最常見和最典範的道德評判模式。而大量的古典小說所依託的教化思想、其道德合法性的獲得都是源於這些基本模式。

三是故事性與傳奇性因素，即遵循消費規律的「好看」原則。這既是小說興盛於明代資本主義萌芽時期的一個根本性原因，同時也有一個久遠的傳統，因為中國小說的早期原型正是魏晉時期倡興的「志怪」文體──曾為孔子所不齒的「怪力亂神」一類的奇想幻聞，「怪」與「奇」一直是小說最重要的文體特徵，從魏晉到唐，雖然小說的要素逐漸具備，描寫內容開始由神鬼轉向人，但「志怪」、「傳奇」的特性卻依舊明顯；再到宋元話本，「說話」形式對小說內容的根本要求也是故事情節的吸引力；這種特徵一直持續到明代的擬話本，所謂「警世」、「奇觀」、「拍案驚奇」都是這種特徵的表現；直到清代文言筆記體小說（如《聊齋》）的復興，如蒲松齡者，所推崇的仍是「干寶之才」、「幽冥之錄」，「披蘿帶荔」之「牛鬼蛇神」。〔註4〕「奇」，由消費需要

〔註3〕 繆詠禾：《「三言」「兩拍」和〈今古奇觀〉》，《中國古代通俗小說閱讀提示》，江蘇人民出版社，1983年。

〔註4〕 《聊齋誌異·自志》。

變成了小說美學觀念的最重要的因素，因爲奇，便滿足了受眾觀賞性、娛樂性、消閒性和刺激性的需要，也滿足了出版商好看好賣好傳播有好效益的需求。正像清人袁于令稱讚《西遊記》時所說的，「閒居之士，不可一日無此書」。〔註5〕以消閒爲第一目的，同時又不致「爲風俗人心之害」（清・閒齋老人：《儒林外史序》），可以說是傳統小說整體的藝術宗旨，這樣的宗旨無疑是民間性的。

上述對傳統小說的民間特性作了一個簡單的概說，當然不是說傳統小說中沒有統治者意識形態的東西在，但總體上，它們之所以還有活力，還有著可貴的自由的思想源泉與藝術魅力，首先得益於其諸多的民間特性。

將小說提升至社會文化的「中心」位置者，始於近代的康梁等啓蒙思想者。他們借鑒西方近代文化與文學發展之路徑，重視大眾文化媒體在傳播新思想、推動社會文化變革方面的作用，而小說就是這樣的大眾媒體之一，康有爲認爲，「僅識字之人，有不讀經，無有不讀小說者。」另一個同時期的小說家邱煒爰亦說，「天下最足移易人心者，其惟傳奇小說乎？」〔註6〕所以要傳播新思想，必須利用小說有力的傳媒作用，因爲它在所有的藝術形式之中同大眾的距離最近，而且還「有不可思議之力支配人道」的作用，所以「欲新一國之民，不可不先新一國之小說。」〔註7〕不過，即使是在維新派的主張發生了強大影響力的年代，也仍然有人出來堅持小說的民間藝術性質，如王國維、徐念慈等，徐說，「小說者，文學中之以娛樂的，促社會之發展，深性情之刺戟者也。」但「所謂風俗改良，國民進化，咸推小說是賴，又不免譽之失當」。〔註8〕他仍然把「娛樂」放在第一位，把「性情刺激」亦放在重要位置。作爲新文學與白話小說的奠基人的魯迅，雖然特別強調小說改良人生的啓蒙作用，但他在小說史的研究中卻非常敏銳地注意到傳統小說固有的民間特性，以至於「民間」一詞在他的《中國小說史略》中出現的頻率非常之高。

不過，這裡有必要說明是，重新梳理傳統小說中的民間文化與審美基質，並非要否定新文學小說中的改良社會人生的作用，只是旨在說明兩個問題，第一、當代小說的民間價值傾向是有其歷史依據與精神傳統的；第二、過分

〔註5〕　袁于令（慢亭過客）：《西遊記題詞》。
〔註6〕　《客雲廬小說話・卷四》。
〔註7〕　梁啓超：《論小說與群治之關係》，《新小說》1902 年第 1 期。
〔註8〕　徐念慈：《余之小說觀》，《小說林》1908 年第 9 期。

強調小說的社會主流文化作用，將之變成意識形態的工具，是從晚清維新派的主張演變而來的，它雖曾起過許多有益的作用，但卻最終中斷了古典小說親和於民間文化精神的傳統，致使當代小說走向了畸形和貧困，最終再度引起了人們的警覺、反省和改造。這是一個總體的背景。

二、民間理念的當代復活與拓展

「民間」一詞作為一個當代性的文化立場與美學範疇的提出，當然是 80 年代以來的事情。在詩歌中，它的最早的提出者應當是海子，在他完成於 1984 年 12 月的一首長詩《傳說》的前面，他作了一篇題為《民間主題》的序言，這應該是「民間」一詞作為詩學概念在當代的首次被提出。海子用他詩意的話語方式對這一概念作了這樣的闡釋：

> 在隱隱約約的遠方，有我們的源頭、大鵬鳥和腥日白光。回憶和遺忘都是久遠的。對著這塊千百年來始終沉默的天空，我們不回答，只生活。這是老老實實的、悠長的生活……在老人與復活之間，是一段漫長的民間主題，那是些辛苦的，擁擠的，甚至是些平庸的日子，是少數人受難而多數人也並不幸福的日子，是故鄉、壯士、墳場陌桑與洞窟金身的日子，是鳥和人掙扎的日子。清風披髮，白鳥如歌，地面上掠過一群低低的喃語和歎息。老樹倒下的回聲，月光下無數生靈的不眠之夜，醉酒與窮人的詩思……反正我怎麼也敘述不盡這一切。遙遠了，遠了……〔註9〕

無疑，海子對民間的理解和闡釋是非常有深意和遠見的，這一段闡述直到今天也仍然是準確和豐富的。它體現了民間的原發性、自在性、自然性、日常性，未被修改和裝飾的一系列本真與本然的特性。然而在 80 年代的語境中，他的想法卻不會立即為很多人所認同，雖然在「第三代」的詩歌運動中，某種「邊緣的」、破壞性的、甚至「反正統」、「反主流」的寫作已成為其先鋒性的標誌，但這類極端即時性和策略化的寫作態度與立場，同民間性的原生、自在、本然與博大卻仍有根本的差異。

民間理念在小說中的復活是在 80 年代初，但作為理論觀念的提出卻已遲至 1985 年，並且其本身是很曖昧的和很「主流化」的，這很有意思，因為它

〔註 9〕 海子：《民間主題》，《傳說·原序》，見《海子詩全編》，上海三聯出版社，1997 年，第 873 頁。

是在 80 年代啓蒙主義色彩很濃的特殊語境中出現的，所以難免不被主流思潮和時尚話語所覆蓋。

民間理念出現的契機是「風俗文化小說」在 1980 年前後的悄悄出現。風俗文化小說的意義在以往我們總是未能給予應有的闡釋，現在看來，當代小說的許多重大變革都是悄悄地從它開始的。這是一次意義深遠的「搬家」，在此之前，當代小說雖然作出了巨大的變革努力，但總是擺脫不了當前話語與意識形態主題的強大遮覆，小說雖然爆發出巨大的社會能量，但其藝術與文化底蘊卻總是顯得虛弱和瘠薄，小說缺少眞正的生命力，無法同整個民族的文化與藝術的傳統鏈條相連接，無法眞正彙入到它應在的那個久遠的血脈和精神的譜系之中。無論是「傷痕」、「反思」還是「改革」主題，它們都是典型的「即時性」的主題，小說的藝術和精神品質一直沒有建立起來。在這樣的背景下，汪曾祺、鄧友梅、陸文夫乃至馮驥才等人的風俗文化小說的出現就具有了特殊的意義。在汪曾祺的《受戒》、《大淖記事》、鄧友梅的《那五》、《煙壺》、陸文夫的《小販世家》、《美食家》和馮驥才的《神鞭》、《三寸金蓮》中，與當代社會生活「無關」的鄉間民俗和市井生活場景，成了具有自足意義的存在，鄉村和城市，兩種民間景致都一併浮現出來。在汪曾祺的小說中，氤氳著一種特有的民間的寬容精神：當了和尚照樣可以娶老婆，失了女兒身也不要緊，雖然這些都近乎於作家自己的臆想，是「四十年前的一個夢」，但他畢竟寫出了民間的自在和本原的一面。鄧友梅的小說不像汪曾祺那樣富有桃源的風神和理想的氣質，但畢竟小說中出現了「身份曖昧」的人物，出現了市井閒人、落魄貴族、紈絝子弟，還有古董商、舊藝人等等，可謂三教九流、形形色色，由此他勾畫出了一幅幅古老的中國式城市民間社會的風俗畫卷。

小說由此開始「回家」，離開社會政治與意識形態的急流，而接近於許多恒久長在的東西，接近於生存、人性，永恆不變的風景，開始關注那些在古老的家族譜系上生長出來的人物，這些人物的社會特性、階級身份都逐漸模糊化了，而他們的種族文化特性卻逐漸清晰起來。而小說家對他們的觀察與表現的態度也「中性」化了，主流道德對他們也難以再發生框定作用。由此小說的主流教化功能開始變弱，而其可觀賞性、娛樂與消費性的功能則開始凸現出來。這一切都取決於民間因素的潛滋暗長。

1985 年小說的「爆炸性」的革命，在很大程度上取決於民間意識的復活，儘管這復活由於主潮式的「尋根」文學運動的遮覆，還沒有成爲最顯在的問

題，但它卻在深層的內在意義上成為一個真正的變革動因。正如李杭育所梳理的文學的精神之「根」，不是屬於主流的「中原規範」，而是這中心之外的「老莊的深邃，吳越的幽默」，以及楚人的「謳歌鬼神」。它們才是「我們需要的『根』，因為他們分佈在廣闊的大地，深植於民間的沃土」。〔註10〕韓少功也在他的《文學的「根」》中反覆強調那些「還未納入規範的民間文化」和「鄉土中所凝結的傳統文化」：「俚語、野史、傳說、笑料、民歌、神怪故事、習慣風俗、性愛方式等等，其中大部分鮮見於經典、不入正宗」，但他們卻「像巨大無比、曖昧不明、熾熱翻騰的大地深層」，「承托著地殼——我們的規範文化」。顯然，取向於非主流、原生、鄉野、大地、民間，這些概念與這種思路在尋根小說家們那裡已經接近於一種共識。

不過總體上看，在 80 年代啟蒙主義語境佔據了絕對優勢、知識話語具有特定強勢的情形下，民間性更多的還是一個隱喻，一個既具有本源性又具有功利性，既接近小說本體又更具有文化啟蒙意義的概念，它的民俗性暫時得到誇大，但消閒性卻被排除在外，作家們表面上強調了它的邊緣性，但骨子裏卻充滿了宏偉理念和精英意識。因此它事實上只是小說革命的一個潛在因素，而難以成為直接浮出地表的顯在的命題，其表現也比較初步，比如在鄉村，它更多地是表現為某種「古老風情」性的東西，在城市空間，它也多是著眼於某種邊緣性的人格模式或道德理念。而且人們對民間因素的誤讀也是嚴重的，比如王朔的小說，它也可以說是在主流的文學空間之外闖出了一方新的天地，並且由於其特有的反主流話語風格而培育了一大批特定的讀者，由此對原有當代主流社會話語的解構也起到了巨大的作用，但來自兩方面的誤讀卻硬是將它變成了另外的東西，或是將它看作純粹「痞子」的文學，或是將之讀為「後現代」的先鋒，人們惟獨對它的民間性質很少有客觀的認識。逼得王朔無法，只好大聲求饒：我不過是個碼字的匠人罷了！

民間問題之所以在 90 年代浮出，首先是由於社會情境的巨大變遷，原有啟蒙語境的瓦解，使知識強力話語失去了優勢，小說的啟蒙主題與精英話語敘事的獨立合法性已經面臨難以成立的危境。在此情境下，小說必須借助於另一個支撐點，同時對自身的價值立足點做出新的解釋，在它無法建立自己獨立自足的宏偉敘事與巨人式的啟蒙思想主體，同時也無法依附於舊式政治理念的處境下，它的「進步性」或現實批判性何在？其必不可缺的意義與精

〔註10〕李杭育：《理一理我們的「根」》，《作家》1985 年第 9 期。

神何在？這不單純是一個小說藝術所面臨的問題，同樣也是一個知識分子在精神上的一個歸屬問題。像現代史上經常出現的情況一樣，他們又賦予「民間」一詞以特殊的內涵——「民間」又成了一個與「廟堂」相對應的精神世界與空間的特殊概念，成了個性與自由的載體，本源和理想的象徵。這當然首先是一個意願，一個言不及意的「隱喻」，因為無論怎樣，「民間」一詞在 20 世紀中國所特有的政治合法性也是難以動搖的，它在以往曾被作過各種各樣的解釋，「為工農兵服務」，「向民歌學習」都曾是這種解釋的某種變相形式，但它們又都同時被「主流化」了，背離了真正的民間。而「回到民間」，正是在啟蒙話語受挫，並同時受到市場語境的擠壓之時，對當代文學精神價值的一種重新尋找和定位，這樣一種定位包含了當代知識分子深切的憂思、智慧與責任感。陳思和的民間理論的提出正是應和了這樣的背景，並且生發出深遠的含義和影響。他先是對民間意識的浮沉與 20 世紀中國文學的興衰的關係作了細緻和獨到的梳理，由此對抗戰以來一直到文革時期的文學作了一種新的解釋，即，這是一部由民間文化與政治意識形態之間的複雜對立又互為糾結滲透的關係所演出的文學史，在這一部文學史中，民間文化的潛在力量是使許多文本能夠葆有歷經磨洗而後存的價值的主要原因，「文學史又一次證明了民間的力量」。〔註11〕在另一篇文章中，陳思和又對文革後文學當中民間文化因素的增長與民間美學形態的浮出進行了探討和梳理，他認為以尋根文學為標誌，「廣場上的知識分子重返廟堂的理想」即被終結了，嗣後的作家開始以「來自中國傳統農村的村落文化的方式，或來自現代經濟社會的世俗文化的方式，來觀察生活」，或者「雖然站在知識分子的傳統立場上說話，但所表現的卻是民間自在的生活狀態和民間審美趣味」。由於他們注意到民間世界的存在，「並採取了尊重的平等對話而不是霸權態度，使這些文學創作中充滿了民間的意味」。〔註12〕他把「新歷史小說」的崛起，以及張煒的《九月寓言》、張承志的《心靈史》、賈平凹的《廢都》等小說都看作是相關的例證。

　　無疑，陳思和的上述理論同 90 年代以來思想文化界的新視界是有著一致性的關係的，它既闡釋了文學的一般規律，同時也基於當代中國現實的敏感語境，因而必然產生廣泛而深刻的影響。

〔註11〕陳思和：《民間的浮沉：從抗戰到文革文學史的一個解釋》，《上海文學》1994 年第 1 期。

〔註12〕陳思和：《民間的還原：文革後文學史某種走向的解釋》，《文藝爭鳴》1994 年第 1 期。

三、當代小說中的三種民間美學形態

當代文學中的民間文化與美學傾向有著相當複雜的表現，它依託於幾個不同的空間，並且與傳統小說中的民間文化內涵相比又有許多新質。因此，要想對其特徵進行闡釋，必須加以離析與區分。在我看，民間理念與民間立場在當代的實現大致呈現了三種形態，即「鄉村民間」、「城市民間」和「大地民間」。它們在互相聯繫的同時確實具有比較明顯的不同內涵和向度，並產生了相關的文學流向與大量作品。不過必須說明，劃分這三種形態並非意味著它們都已發育成熟，而首先是爲了說明的方便。實際上具體到每個作家那裡可能又是兼而有之的，而且三種形態也都還在形成過程之中，與其說「形態」也許還不如說「趨向」。

（一）「城市民間」

「城市民間」可以說有著古老的淵源，中國古代的小說基本上是一種城市民間的消費文本。小說之所以在明代崛起，主要是因爲資本主義在明代出現了萌芽，城市民間社會的發育，爲出版印刷業作爲商業活動提供了現實基礎，小說的消費群體與傳播載體由此得以形成。這在西方也是有著同樣背景的，西方近代小說的興起也是始自文藝復興時期資本主義生產方式的萌芽，《十日談》、《坎特伯雷故事集》等小說同中國的《三言》、《二拍》可以說是有著驚人的相似。很顯然，城市社會空間與城市生活方式的出現與擴展，是小說發育的最根本的動力，作爲一種城市社會的「民間意識形態」，小說不僅主導著城市的文化消費，而且成爲新型價值觀念的傳播媒介，它們以新的道德理念詮釋著市民階層的生活方式，使之合法化，這也是它們在「推動社會發展」方面所作出的重要貢獻。我們通常也正是在這樣的意義上肯定市民小說的價值的——不是去苛刻地批評它們的那些不無「誨淫誨盜」意味的放縱描寫，而是著眼於它們對主流道德觀念的瓦解與衝擊。

但小說植根於「民間意識形態」的最初狀態很快就被改變了，它很快就受到了「知識分子意識形態」的利用和修改。小說在 19 世紀的歐洲達到了高峰時期，但卻基本上變成了社會批判與思想啓蒙的工具、知識分子進行人性與道德探求的方式。這種「過分」的知識分子意識形態的改造，在 20 世紀取得了最輝煌的成就，但顯然也已經窮盡了小說的活力與可能性。在 20 世紀中國，小說被命定地選擇爲推動社會變革、改良人生狀況的工具，知識分子很

自然地將傳統的主流文學觀念套到了小說的頭上，同時「社會政治意識形態」又將庸俗化了的社會學認識論觀念塞入其中，小說不堪重負地變成了「經國之大業」，思想之陣地。在邏輯上這固然是合理的，可是從小說藝術發展的實際看，其作用就不僅僅是正面的了。世紀初啓蒙知識界對「鴛蝴派」和「禮拜六」等娛樂性小說的批判當然是有道理的，然而問題的另一面則是將小說變成了主流文化的一個分支，使小說原有的古老民間傳統逐漸被閹割。

但這仍然有一個過程。20、30 年代，在北京、上海和其它城市，仍然有著民間化的城市空間，雖然這個空間也正日益遭受著污染。在老舍、張愛玲等等作家的作品中都或多或少地含有城市民間文化精神的因素，在《駱駝祥子》、《四世同堂》等小說裏，可以比較明顯地看到原生的市井人物與民間生活場景。

在當代，由於意識形態的作用，城市小說演化成了「工業題材」小說，變成了一個文化和文學的特定部門。原有的城市小說概念不復存在，從歐陽山的《三家巷》到周而復的《上海的早晨》再到艾蕪的《百鍊成鋼》，所遵循的都是蘇聯式的社會學反映論模式，著眼於表現城市社會或「工業戰線」上的社會矛盾和階級鬥爭。小說完全變成了一定時期政治理念的演繹與演示。這種情形實際上一直延續到 80 年代初「工業改革題材」的小說，只是改頭換面，原來的階級鬥爭主題被置換成了改革。蔣子龍、張潔、李國文、柯雲路的改革小說基本上都未觸及過市文化本身。

城市民間社會及其文化價值的顯形始自王朔的小說。王朔小說中的城市民間傾向大致表現在這樣幾個方面，一是人物社會政治身份的模糊化，他們被稱爲城市的邊緣人、遊走者、文化閒人或「精神痞子」，這樣一些人，其身份同傳統小說中的三教九流市井人物之間具有了某種很微妙的血緣聯繫；二是人物所表現的特別「扎眼」的反正統道德傾向，「千萬別把我當人」、「玩主」、「玩的就是心跳」這類具有挑戰意味的字眼，成爲他小說價值與道德傾向的標誌；三是敘述風格的大眾俗文化傾向，小說的主導性話語選擇了一種「文革後」色彩很濃的城市市民話語，在喜劇式的語境中雜糅了大量已經被遺棄的政治話語，以及相應的紅色宏偉敘事的習慣性語氣，變成了一種市民主體對莊嚴政治話語的「嬉戲」，這一方面引發人們對歷史悲劇的「喜劇回憶」，營造出非常富有歷史內涵的戲劇情境，同時在潛在層面上也暗合了當代文化中的解構主義傾向，通過對語言的「施虐」而最終觸及文化，產生了對文革

及「文革後」意識形態的「軟性消除」的作用。而且非常奇妙的是，這種「政治話語的嬉戲」居然成了一種新的城市市民意識形態與邊緣性話語的有效載體。在他的小說中，文革時代的革命話語被有效地轉化成了喜劇的噱頭——一種「語言鞭屍」的遊戲，新的市民娛樂的消費品。這是他的小說曾經得到廣泛歡迎，並同時得到先鋒批評家的贊同和推崇的原因。由於上述幾個原因，我以爲可以說王朔重新續接並開啓了城市市民小說的傳統，儘管事實上還帶有濃厚的後文革時代的歷史與政治印痕。

　　90 年代的城市小說呈現了從未有過的興盛局面。伴隨著新生代小說家個人性敘事的崛起和主流化寫作的衰微、意識形態寫作的終結，城市市民小說開始以非常多樣的形式出現在人們面前。總體上看，90 年代的城市小說大致出現了這樣一些新的趨向，一是形形色色的「城市新人類」作爲故事的主體次第登臺表演，如邱華棟筆下的身份飄忽的「城市遊走者」和「寄生族」式的人物；何頓筆下出入於黃黑二道、搏擊於商海風浪的「新淘金者」與「暴發戶」式的人物；張欣筆下的珠光寶氣與在交易場上游刃有餘的「白領一族」；以及更爲晚近的「70 年代出生的作家」、尤其是女性作家如衛慧、棉棉者，她們筆下的身份更加曖昧的、出入於舞廳酒巴、私人 Party，行爲乖張、戀愛隨便、有歇斯底里症、甚至吸毒、與外國佬上床的、非常具有「邊緣」或「另類」道德色彩的「新新人類」，上述他們構成了幾乎是我們的時代最自由、最富有、最刺激、最快活、最沒有負擔和最令人瞠目震驚的一群「新人」。二是他們的敘事共同復活了一個傳統的市民社會，及其承載了市民生活理想與價值觀念的「市民意識形態」，這其中雖有生活方式與生活內容的新變化，但從精神與觀念的角度看，卻完全是古老的城市市民社會精神譜系與價值鏈條的自然延伸，比如他們的生活觀念已經完全「非正統化」了，他們無論是同主流意識形態還是同知識分子的傳統人文理念之間，幾乎都是格格不入的，他們是一些地地道道的個人主義者、利己主義者、現世主義者和享樂主義者，他們共同完成了一個對歷史的遺忘和對現實的擁有。三是他們的敘事已經完成了從先鋒小說敘事中的分裂與蛻變，特別是在 90 年代中期以後，他們僅有的一點被闡釋爲「前衛」的特點實際上僅剩下了「裸露的大膽」，與商業時代文化經營方式已經完全「接軌」，小說不再具有認眞的生存思慮與意義追問，也不再具有形而上學的精神與藝術探求趣味，而只是一味地迎合讀者，形象一點說，他們（她們）的「另類」已經完全商業化了，成了一種角色定位和

商業包裝的需要，成了一種對市場份額的謀算。從敘事特點上看，他們（尤其是她們）基本上把先鋒小說的意識探險、潛意識場景和烏托邦敘事變成了一種「身體寫作」與行為寫作，不再追求藝術上的智慧含量，而是極盡強化其刺激性與慣性滑動的力量，以將讀者誘入其間。因此「公共的玫瑰」就成了她們新的毫不避諱的信條，「可能的話，我努力做一條小蟲，像鑽進一隻蘋果一樣鑽進年輕孩子們的時髦頭腦裏，鑽進欲望一代的躁動而瘋狂的下腹。」〔註13〕應該說，就這一點而言，城市小說及其所負載的城市民間精神正在接近於一種迷途。

　　1995年問世的王安憶的《長恨歌》，是迄今為止體現出強烈的城市民間傾向的小說的典範之作。這部小說用極優美和哀傷的筆觸，復活了一個逝去時代的城市的民間記憶。王琦瑤，一個完全與時代的洪流割斷了聯繫的舊上海的市民女性，一個生錯了時代的女人，能夠在紅色的年代裏默默地地下「蟄居」般地生存了幾十年，完全是因為上海這座現代中國的商業城市中的民間社會的庇護。這是一個完全不同於林道靜式的「現代知識女性」的人物，甚至也不同於茅盾、丁玲等現代作家筆下的「時代女性」或叛逆性的知識女性，她走的是一條古老的女人之路，像歷史上所有的薄命紅顏一樣，她嚮往著富貴和安閒的生活，盲目地把希望寄予男人，然而她又總是錯過了一切的機緣。她是一個按照市民的生存理念走完自己一生的特殊人物，通過她的命運，作家完成了一個對傳統文化精神、形象譜系與美學意念的修復，復活了一個古老的市民社會，一個從白居易的詩歌那裡延伸下來的感人母題，一個永恆的悲劇美學理念。可以說，同樣的題材和相近的人物，由於完全不同的寫作立場與理念，才導致了如此不同的內容、主題以及美學情調。從楊沫到王安憶，從《青春之歌》到《長恨歌》，從林道靜到王琦瑤，之所以會發生如此大的轉折與對比，根本的在於從主流到民間的觀念的變化。

　　與城市民間相鄰的是一種屬於歷史或「歷史烏托邦」的城市民間。這種流向同80年代末90年代初的先鋒小說曾有著密切的關係，在蘇童的「婦女生活」、「香椿樹街」等系列的小說中，在長篇《米》，中短篇小說《妻妾成群》、《紅粉》中，在余華的《呼喊與細雨》、《許三觀賣血記》等長篇中，葉兆言的《狀元境》、《追月樓》等「夜泊秦淮」系列小說中，甚至在方方的《桃花

〔註13〕衛慧：《公共的玫瑰》，見《70年代以後小說選》，上海文藝出版社，2000年，第245頁。

燦爛》、《祖父在父親心中》等作品中，都氤氳著濃重的城市民間氛圍。陳思和在他的《民間的還原：文革後文學史某種走向的解釋》一文中，曾把這些「新歷史小說」看作是小說民間走向的例證。不過，歷史氛圍中的城市民間同現實情境中的城市民間畢竟還是有著很大不同的，它更重於風俗與文化意義上的民間生活場景，而不是從「行為」與道德意義上去認同和張揚它們。迄今為止，先鋒新歷史小說仍然標誌著城市民間在小說中所達到的精神與文化深度。

（二）「鄉村民間」

「鄉村民間」在古代小說傳統中不像「城市民間」那麼豐富，這是由於小說的基本消費群體主要是城市市民而造成的。在中國古代小說中似乎只有《水滸傳》中有較多的描寫，但也基本上呈現為「江湖民間」。在 20 世紀的中國小說中，鄉村民間似乎一直未能成為一種成熟的文化與美學形態，而僅僅是表現出了較明顯的「民間性」傾向，這同「農村題材」的小說特別發達、特別多的事實之間，正好形成了一個很大的反差。

魯迅和文學研究會的作家首倡鄉土文學寫作，葉紹鈞、許地山、王統照、王魯彥、許欽文等等都寫過較多鄉土題材的作品，但以魯迅為代表，他們對鄉土農村社會的描寫，主要是為了實踐他們「為人生」的文學理想，以拯救受難者的眼光關注民生與鄉村的苦難，由於這樣的啟蒙主義文化立場，他們筆下的鄉村是破敗的、荒涼的，作品的格調基本都是悲劇性的，人物大都是愚昧和可憐的，鄉村生活被打上濃重的悲劇與拯救的主題印記，而很少呈現過自足的鄉村文化與生活景觀。由於十足的知識分子視角，鄉村文化本身被較多地遮蔽和修改了。再到後來的左翼作家筆下，鄉村社會又進一步變成了表現階級鬥爭的場所。

在一些自由主義作家那裡，鄉村社會生活也曾得以表現，但又走向了另一個端點——文人化，即浪漫主義化了。以沈從文為例，他的湘西小說中含有大量的對民間道德、民間文化的崇尚與讚美的因素，但他的審美態度則是純粹文人趣味的，是典型的浪漫主義式的民間——對風俗描寫的注重、傳奇色調的強化、道德理想的灌注等等。這樣，文人的烏托邦的理念色彩實際又置換和消除了小說本身的民間生活特性。

顯然，「鄉村民間」是「站在農民的立場上看農民」的一個視角，無論是對鄉村的現實的悲憫還是浪漫的詩化，都不能看作是真正「鄉村的民間」，而

是「文人（或人文）的民間」，而從本質上說，它們已經不是民間了。

　　真正富有某種「原創」色彩的鄉村民間敘事的首創者是趙樹理。雖然趙樹理一向被解釋爲「二爲方向」的代表作家，是《講話》以後最典範的「主流」作家，但他的小說的活力和鮮明的喜劇式的敘事風格，無疑是源自其對民間文化與民間藝術精神的吸納，在他最具代表性的作品如《小二黑結婚》、《李有才板話》中，雖然也注入進了社會變革、人的解放的主題，但實際上作家在面對這些政治內容的時候，並沒有簡單化地套用意識形態的表現方式，而完全是以原生的民間敘事的形式來點活他筆下的人物的。爲什麼他小說中前臺的主要人物給讀者的印象還不及那些次要人物深刻？爲什麼像「三仙姑」和「二諸葛」這樣的人物不過三言兩語就栩栩如生，讓人過目難忘？這些小說爲什麼讓人百讀不厭？這是因爲作家對純粹的而沒有經過「修改」和扭曲的、未經主流意識形態的解釋的民間文化因素與民間藝術傳統的特別地道和抓住了神髓的把握，類似「米爛了」和「不宜栽種」等等這樣的民間敘事因素是其小說充滿活力的最重要的原因。他在 50 年代發表的《登記》、《三里灣》和《鍛鍊鍛鍊》之所以還能夠在一定程度上保留他的一貫風格，還具有活力，也是因爲這一點，「小飛蛾」、「糊塗塗」、「常有理」、「鐵算盤」、「惹不起」、「翻得高」、「小腿疼」、「吃不飽」……這些鮮活的人物形象和他們那些生動有趣的故事才依舊具有讓人忍俊不禁的喜劇性的神采與魅力。但也很明顯，由於作家不得不對其原有的純粹民間性的敘事方式有所改變——以表示其「進步」性和「自覺服務」的立場——《登記》要遜色於《小二黑結婚》；《鍛鍊鍛鍊》如果不是作家刻意表現了兩個喜劇式人物的話，也會要平淡得多。至於《套不住的手》和《實幹家潘永福》這樣幾近淪爲「先進人物通訊或特寫」的小說，則已全不見了趙樹理所本有的天分與活力。一個新文學史上出色的特色作家就這樣江郎才盡，寫不下去了。爲什麼？原因就在於眞正的鄉村民間社會空間隨著主流意識形態的全面覆蓋，已經不再有存在的可能，而趙樹理所賴以依託的民間性的文化因素——那些古老農業家族譜系上的人與事、情與態也就隨之消亡殆盡了。

　　趙樹理是一個天才的作家，他的小說是很傳統的，但卻幾乎是前無古人的。在此之前，沒有哪一個新文學作家是以農民的眼睛看農民的，以農民的審美趣味寫農民的，他對農人心理的細膩的洞察，對農民文化的富有神韻的把握，實際上並不是僅僅從風俗場景的意義上去看待和描寫的，而是在最深

層的、也即是文化心理和精神傳統的層面上去理解的。而且他還把小說看成是一種有著古老的民間血緣聯繫的藝術，而不是意識形態的一種工具。比如他很樂意採用諸如「板話」、說書、故事（真正的民間故事）的形式，完全以事件帶動敘事，以講述人物作為中心，等等。

但趙樹理的局限也在於他沒有能夠寫出真正具有本源性的文化性格的人物，他只是著眼於一些細節場景的描摹，漫畫式的人物情態，甚至沒有一個可以與魯迅筆下的阿Q、祥林嫂一樣的人物相媲美的人物。因此他的鄉村民間實際上也還不能算作成熟的形態。

在趙樹理之後的當代作家中，真正能夠「下降」到民間意義上的鄉村題材寫作的作家幾乎是難覓其蹤的，在趙樹理的影響下所形成的山西「山藥蛋派」作家們雖然繼承了趙樹理小說中寫人記事的白描手法、刻畫人物的喜劇式的筆調，但在整體意識上卻很難能夠接近民間文化的根系，並寫出具有恒久藝術魅力和真正具有農民文化內涵的人物。僅僅是在民間性的因素上也是越來越少的，建國之交在周立波的《暴風驟雨》中還有一些蹤跡（如老孫頭一類人物等），再到梁斌的《紅旗譜》中就已經把最初朱老鞏一代的傳奇故事裝飾成了革命家族歷史了，再到浩然這一代作家那裡，鄉村生活已經必須完全按照階級分析和意識形態的對立模式來安排了。

80年代以後，先後有一些作家如高曉聲、劉紹棠、路遙、賈平凹、鄭義、劉玉堂、劉恒等一些作家在其作品當中開始注入一些民間性的內容，一些農民性格的因素開始不再經過意識形態的修改和包裝而直接表現在作品中，也可以說，鄉村生活敘事的「非意識形態化」一直是一個總的趨勢。但「非意識形態化」的走向主要又表現在其「人文化」的理解方式上，而真正能夠接近於「純粹民間」性的鄉村敘事者還尤為少見。這裡我想舉出劉玉堂的例子，在上述作家中，也許只有劉玉堂的新鄉土小說能夠稱的上是民間敘事的範例，在一篇評論中我曾歸納過他的敘事的兩個民間性特徵，「一是站在農民的認識方法與情感立場上來寫農民，作為敘事者，他在小說中頑固地持守著站在農民之中而不是之外，之間而不是之上的視角，以樸素的內心去觀照、理解和書寫他們本真和原色的那些喜怒哀樂與生活場景。他將這種寫作態度謙稱為『不深刻』，因為他沒有在敘事人與敘事對象之間設置悲憫、拯救、批判或皈依等等複雜的關係；第二，他用農民的語言寫農民，放棄知識者在語言上的優越感實際上也即意味著放棄知識分子敘事中根深蒂固的自我意識。這

一點最需要勇氣，在《鄉村溫柔》中，劉玉堂乾脆採用了讓主要人物作爲敘事人直接出場自述的方式，來實現其完全採用農民語言敘事的目的，這不光是構思上的奇思異想，更是一種民間敘事立場的自覺追求。」〔註14〕也難怪有人將劉玉堂看作「趙樹理的傳人」，他的小說就其敘事人與敘事對象的關係看的確是最近的，「主體降解」到民間的水準，這是最重要的。但劉玉堂與趙樹理又有不同，這不同就在於他賦予了他的鄉村敘事以很深的文化思考——即表面的「淺顯」與內在的深意有一個很好的結合，在這方面他的意義近似於王朔：王朔是以接近於城市民間的敘事風格，對城市民間意識形態同主流文化之間糾結纏繞的複雜關係進行了生動的描摹；而劉玉堂則是對鄉村民間意識形態同主流文化之間的互動關係作了最精彩的展示，而且他們兩人都是通過「語言的戲仿」這樣富有「解構主義主義」色彩的方式來完成的，簡言之即是在民間化的語境中進行「意識形態的話語嬉戲」的方式，就這一點而言，劉玉堂的意義應該值得進一步探討和肯定。

賈平凹似乎是一個從「鄉村民間」誤入了「城市民間」的作家，陳思和曾經專門對此作過分析，他早期的「商州系列」以及《小月前本》、《雞窩窪人家》一類小說所賴以依託的敘事方式基本上是一種民間文化風情與民間性言情敘事，不過那時批評界對此基本上是好評如潮的，而到了寫城市社會和市井生活場景的《廢都》，則由於「一步邁出了新傳統的界限」而「一失足而成千古恨」，遭到了知識界尖銳的批評。但陳思和指出，「《廢都》雖然有一股濁氣，但其對政治話語和知識分子人文主義的反諷，對人生困擾之絕望及其表達的方式，都顯然得之民間的信息」，而「民間的渾濁物對政治一體化的專制主義的解構仍然有獨特的功效」。〔註15〕

（三）「大地民間」

「大地民間」是一個特殊的民間概念。這個概念是當代文化情境下的特殊產物，是一個各種意義交叉混合的產物。它的生產大致有這樣幾個基礎和原因，一是海德格爾的關於存在的詩性哲學思想的影響，在海氏的哲學中，「大地」是其關於存在的抽象理念的一個總體的象徵，是存在的表象、本體和源泉的三位一體，這一理念在當代作家的意識裏產生了普遍的影響，因此，對

〔註14〕《大地上的喜劇——劉玉堂新鄉土小說的意義詮釋》，《小說評論》1999 年第 3 期。
〔註15〕陳思和：《民間的還原：文革後文學史某種走向的解釋》。

大地的歸屬變成了一種具有某種終極哲學意義的審美之境；二，由於主流意識形態長期對文學的限制與捆綁，文學失去了與大地—存在的本源之間的詩性聯繫，失去了與民間文化與藝術精神之間的血緣紐帶，文學本體的玄遠高邁的形而上學之境不復存在，這樣，在掙脫這種困境的過程中，大地自然成為一個依託和憑籍的象徵；第三，它也根源於知識分子文化在 80 年代以來的一個轉型，即更加親和於非主流文化的傾向，因為此前當代文化與文學的發展歷史表明，過分倚重於對主流文化的附庸，或者它的反面——抗爭與對峙來建立寫作的意義是不明智的，難以建立文學獨立的精神內涵與審美價值。而「大地」作為本源世界和民間世界的一個象喻，為作家的審美理想的建立提供了一個廣闊而獨立的空間。因此，大地民間的出現，不僅意味著 80 年代以來文學的現代性內涵又獲得了新質，具備了至為高邁和玄遠和境界，而且也更加直接地體現了人文知識分子的獨立的審美情懷。

　　因此，簡言之，「大地民間」即是詩性的民間，是知識分子的民間，是哲學意義上的民間，也是一個文化隱喻的民間。

　　最早在小說中體現出這一哲學與審美理念的作家是莫言。1986 年前後，他的「紅高粱系列」小說相繼問世，並結集為《紅高粱家族》。在這一系列作品中，莫言以它特有的激情、詩意和靈性，以他敏感深厚的鄉村生活經驗，以及對農業自然的熱愛與皈依情懷，構建了一個壯闊而深邃的、激蕩著蓬勃昂揚的生命意志與酒神精神的「紅高粱大地」，使之從尋根文學過於沉重的理念中解脫出來，變成了一個生命哲學的烏托邦。不僅如此，另一方面它還以其鮮明強烈的反正統道德的立場，確立了這個大地烏托邦的民間屬性，其主人公「爺爺」余占鼇作為綠林土匪的身份，同古代小說中的英雄俠士、綠林豪傑具有一脈相承的屬性，他們出入於鄉村野地和青紗帳中的生存方式和「殺人越貨又精忠報國」的反正統道德立場，顯然具有強烈的民間性質。這樣，大地—生命—自然—民間—野性—酒神—詩性等等這些相關因素，就成了一個相依相生的有機鏈環。應該說，作為詩學概念，大地和民間雖然曾經在韓少功和李杭育等人的尋根理論宣言中，但在寫作實踐中，這是第一次在結合中得以詮釋和確立。

　　莫言的大地民間同鄉村民間的情境與概念不同，同傳統知識分子所刻畫的鄉村的浪漫「風情」與破敗現實也都有不同。它的精神內核是在生存和存在的層面上展開的，而不是在現實或理想的層面上展開的，這構成了它特有

的精神與哲學的高度，莫言在他早期的小說中就已初步具有了「民間／大地」的統一的理念，《民間音樂》、《秋水》、《枯河》、《球狀閃電》等小說可以說都表現了對原始自然的體味與守護的思想，這是其一；其二，人類學思想是莫言紅高粱大地的另一哲學支撐，其中的生命、死亡、性愛、生殖、殺伐等等一系列事件與場景構成了一個人類學意義上的大地景象，這使他筆下的鄉村生活具有了知識者特有的詩性情懷，同一般的鄉土理念與場景構成了鮮明的區別。

　　1995 年莫言又推出了他最爲用力的長篇巨製《豐乳肥臀》，這部小說的封底上赫然寫著：「獻給母親和大地」。有人曾困惑不解，認爲這是作家的閃爍其辭，其實這句話是非常準確的，它精確地說明了這部小說歷史與人類學的雙重主題——母親對應著歷史與苦難，大地對應著哲學和永恆。人類學主題是表層敘事，肉體、生殖與家族的生存景象（豐乳肥臀）構成壯美與自然的大地理念；歷史主題則是隱線敘事，戰爭、殺伐、政治的爭鬥，20 世紀的所有災難與悲劇，最終的承受者只有一個，即母親——民間和人民的化身，她對一切苦難的迎候、接納和收藏，她的自在、頑強、博大和飽經滄桑都使得她成爲永恆的民間精神及其力量的象徵。從另一方面說，母親本身也是大地，是大地的化身之一，這不但是詩性的隱喻，而且也對應著古代的神話，海德格爾說，大地獨立而不待，它永恆的自在充滿了自我歸閉的特性。應該說，《豐乳肥臀》是典型的「大地民間」和「知識分子民間」的詩性文本。

　　張煒是另一個例子。他 1992 年發表的長篇《九月寓言》，稱得上是詩性與哲學意義上的民間的典範之作，它所構造的大地寓言與民間神話比之《紅高粱家族》，似更具有純粹哲學理念的色彩，也更接近海德格爾的思想，同期發表的詩體散文《融入野地》可以看作一個旁證。張煒早期的作品就刻意注重表現鄉土詩意，但那些作品離通常的「田園詩」更近些，而《九月寓言》則近似於一個關於「存在的本源」的哲學命題。它不但表達了一個在現代生存的危機下「拯救大地」（郜元寶語）的憂患主題，在哲學關懷的高度上創造了當代小說中少見的範例，而且更加深化和凸現了此前莫言小說中所初步營造出的詩性的民間文化精神。可以說，這是一部關於人類生存本源的探詢的悲劇抒情樂章，其核心主題即是對民間文化與民間生存方式的玄思、認同與悲憫。在這部小說中，民間的生存景象，同大地自然和諧相處的一切，與現代社會的掠取式的開採、現代文明的暴力的和道德墮落的種種醜惡之間，發

生了激烈的衝突，而這衝突的結局是以民間世界的毀滅和這大地上的人最終無家可歸而告結的。

「大地民間」在《九月寓言》中獲得了十分和諧和完美的統一。作家有意刪減和剝離了當代歷史、特別是意識形態在鄉村民間生活中的種種印記，將那些農人的生存行為、掙扎與苦難還原為民間永恆的生存悲歌與壯劇；同時在其形而上的層面上，它又超越了對田園勞作、土地生存的悲憫與挽留，而達到了對生命與存在本源的追思詰問與冥想體驗的高度，並以「大地」作為它的原型、母體和象喻進行了詩性的整合，使其統一為一個關於存在理念的詩化載體，確立了大地作為存在母體的詩性內涵。由於這一點，它變的非常「單純」和富有形式感。

作為知識分子回歸民間的典型例子的還有張承志。他在80年代即辭去了公職，他從《黃泥小屋》、《海騷》、《西省暗殺考》等中篇小說到1991年的長篇小說《心靈史》都反映了他徹底回歸民間的寫作態度與精神立場。只不過像《心靈史》這樣的作品不是以純粹哲學意義上的「大地」為精神背景，而是以回族民間伊斯蘭的宗教精神與他們的生存苦難、生存意志的依存關係作為其精神支點的。所以，它似乎還不能看作是海德格爾式的、玄學的大地象喻，但是從另一方面說，民間本身就是大地，況且西北黃土高原的巨大背景和「哲和忍耶」世代的苦難與信仰也在某種意義上構成了這個「民間的大地」的巨大載體。作為生命的實踐，張承志堪稱以身相許民間大地的第一人。

「回歸民間」已成了90年代最重要和最響亮的口號。這當然首先取決於這個年代迅速變化了的語境，文學的悲壯、寥落、出走甚至下墜都與此有著密切的關係。回到民間，續接上了文學與民族文化古老的傳統，使小說回到了古老的常態；回到民間，使走出主流意識形態寫作之後的作家重新找到了其必須的精神依託與合法名義，使具有憂患與拯救意識情結的中國作家牢牢地把住了文學所必須具有的精神價值；回到民間，使90年代的小說充滿了平民性與消費性的活力，徹底瓦解了長久以來根深蒂固的宏偉話語與巨型敘事；回到民間，既可以是一種現實情境中的策略也可以是一種形而上意義上的終極境界，至少它已使當代小說真正找到了自己的起點……當然，回到民間並不就是意味著文學的福地與唯一歸宿，民間化也使小說出現了種種前

所未有的問題，出現了下降、混亂、虛浮和彌散。對此，優秀的作家應當保持應有的清醒。同時理論界也必須要避免另一個極端，要對那種把一切粗劣的東西都解釋為「民間」，並以此對其肯定或攻訐的不良傾向，保持足夠的警惕。

第十四講 如何重寫革命歷史：
以《家族》爲例

中國當代的有抱負和有眼光的作家，一直都在重寫「革命」的歷史。今天我要以張煒的一部作品《家族》爲例，談談這種重寫的努力與特點。我個人覺得，張煒一直是以一個詩人的姿態和情懷進入小說世界的，他的作品具有不可思議的敏感與詩的激情。他並不長於構造情節，他寫小說的興趣大約始終都不在於「講故事」，而在於表達他對這個世界、對這個世界的倫理、對人的生存、情感、精神以及意義的思考。在這個意義上，他也是一位值得研究和重視的作家。極少見到像他那樣睿智、健談、廣博和使用自己的一套獨特的語言的作家——一般作家常常是「不健談」的，而他總是滔滔不絕。他有大量的思想隨筆、演講和對話錄，他還有極好的理論修養，這源於他閱讀的廣博和思考的深度。

當然張煒也是會講故事的，他是一個老練的小說家，不會不擅長講故事，他早期的很多中短篇小說，還有《古船》、《九月寓言》這些代表作品其實都有著豐富的故事要素。但正像托爾斯泰、屠格涅夫的小說都很少把重心放在故事上一樣，張煒是把小說的重心放在了發現、探求和表現人的心靈的深度上。

《家族》發表於 1995 年，我個人認爲它和九十年代前期大量出現的新歷史小說不無可關係，它也是講歷史的，尤其是講了歷史中的「人」，講了人與革命歷史之間的關係，個人在歷史之中的遭際——非常意識形態化。這會有助於使我們瞭解一段很少能夠在其它人的作品中看到的歷史。

一、「革命」：理念與實踐的衝突

作為五十年代出生的作家，張煒具有執著的對於歷史的不倦探求的精神。這是在我看來這一代作家最可貴的特質。新歷史主義者對於歷史的揭示是深刻的，但無須諱言，過分的寓言化和哲學化處理也使得歷史的面貌呈現了越來越模糊的趨勢，「正面觸及歷史」的成分減少了，這使得新歷史小說在獲得了思想深度的同時卻減少了道德感，也迴避了某些敏感的現實問題。而相比之下，《家族》這樣的作品卻給了我們很多。它對「革命」的重寫，對現代歷史以及歷史中人的具體處境，人性的分裂與變異的細膩的描寫，同樣具有某種歷史的「揭密」性質。

從方法或者風格的角度，也許《家族》很難看作一部典範的「新歷史主義小說」，但對歷史的富有「新」意的思索，卻構成了這部小說的核心。在進入這部作品時，首先可以感到的是一種對原有的某些歷史文本（包括文學文本）匡正的激情與義憤，正是這種激憤，驅動著張煒從另一些角度去探尋歷史深層的那些質與核的部分。另一方面，在切入歷史的時候，張煒把定了自己的方法和角度，即個人化的對歷史的「尋思者」的視角，從「家族」這樣一個具有血緣、人性、精神選擇等多重內涵的觀照角度，去審視歷史中的「人」和由人所寫下的歷史，這也是我們在新歷史主義的敘事中所經常可以看到的那種追索和重構的衝動——歷史上究竟發生了什麼？比之作為存在的歷史，作為文本的歷史也許永遠是不可靠的，但哪一種文本是相對接近於存在的？是更能夠有利於揭示存在的真諦和本原的？這是新歷史主義者所力圖回答的。而從這個意義上，說《家族》是一部更加嚴肅的新歷史主義小說，也未嘗不可。

簡單地看，《家族》應該是一部敏感的小說，一部「重寫革命」的書。「革命」在現代中國糾纏了太多的意義、過於繁雜的矛盾與問題，當代的作家們都小心翼翼地迴避著它——或者不願意寫它，或者害怕寫到它。「不願意」是因為擔心寫了它會改變了自己作為作家的藝術純粹性，「害怕」是因為擔心觸到政治上的麻煩。然而要想真正觸及現代中國的歷史，這卻是很難繞過去的問題，而且也只有從革命入手，現代中國的諸多歷史問題，也才會有答案。在這點上，《家族》是彌足珍貴的，如張煒所自視的，「它不僅是一部文學作品，而且可以稱為『一部書』」〔註1〕。「一部書」的概念意味著什麼？意味著

〔註1〕《心中的交響——與編者談〈家族〉》，《當代》1995 年第 5 期。

它承載了更多的歷史性的內容，意味著它是一部超越了「虛構」與「故事」的因素而力圖成爲「見證」或者「記錄」的書。

因此，張煒沒有從一個極端走向另一個極端式地去否定「革命」，也沒有僅從「歷史進步中的二律背反」這樣比較省力氣的視角，去解釋革命歷史行爲中的「不可避免」的某些悲劇因素，它甚至也沒有簡單地否定革命在局部與末端的種種表現，相反它是對「革命」概念作了一次認眞的重新擦試。表現在主人公寧珂身上，他所向往和理解的革命，其合法與神聖的理由及其不可抗拒的引力，首先是因爲它在理念上的正義性，它的原始的和根本的意義。這個意義就在於「民衆」——它的令人願意爲之去獻身的理念，而不是那個「勝利的結果」。美國的文化批評家丹尼爾‧貝爾說的好，「所有的問題都發生在革命的第二天」，爲什麼呢？因爲在革命的「第一天」是充滿了理想主義與獻身的激情的，是人們對於革命之後的社會的美好圖景的一個想像的時期，因而這是一個置身於運動與狂歡之中的時刻，人們在這時感受到的是共同的理想、利益和一致的話語；而到了革命的「第二天」，情形可能就大爲不同，有人回了家，有人做了官，狂歡節結束了，社會又回到了常態和秩序之中，因此，丹尼爾‧貝爾說，人們會發現，原來的特權與利益的差別會「依然如故」。

這是非常具有悲劇性的，革命者不幸會遇到這樣的問題，對於格瓦拉這樣的革命者而言，他迴避的方式是拒絕在政權中任職，轉而去中美洲的叢林裏繼續其「革命的實踐」；對於毛澤東來說，他力圖避免特權利益的繼續的方式是「不斷革命」——當然他的方式也是不成功的。在現代中國，多少精神和肉體的悲劇就是這樣發生的，因爲「革命」好比是一隻出籠的猛獸，它一旦奔跑起來，由理念轉化爲實在的暴力，其最初的意志難免會發生偏轉。而這樣的偏轉往往是不依個人的意志爲轉移的。「民衆」的概念始終是激勵寧珂去爲「革命」獻身的一個最重要的理由所在，爲此他曾經與他所敬重的、對於他有過養育之恩的叔伯爺爺寧周義之間發生了一場激烈的爭論。在這個人物身上，寄託了作家關於革命的理念，它是永恆向善和神聖的，正如寧珂和革命的互相選擇一樣是天然和無條件的。然而作爲歷史過程和具體行爲的革命，在其局部或某一過程中卻會悖離這種原則，並成爲某種不可控制的異己力量。在革命即將勝利時寧周義的被盲目審判、被處死，和寧珂最終的被誣陷冤屈，就是這種矛盾的表現。革命的理念原則與革命的局部行爲之間無法諱避的悲劇衝突，是這部小說所思索的一個根本問題。這樣一個悲劇衝突不

免令人想起許多前代大師的名作，如雨果的《九三年》、狄更斯的《雙城記》及至肖洛霍夫的《靜靜的頓河》，很明顯，張煒像他們一樣面臨著一個主體立場取向的難題。在這樣一個矛盾面前，張煒便不能不把他的人物與主題引向另一個領域：人性——因為某種意義上也可以說是人性的弱點導致了瘋狂、愚昧、黑白顛倒，導致了欲望的惡性膨脹，也導致革命走向了它的最初理念的反面。因此，《家族》對現代革命歷史的重新解讀的結果，便是還原了另一個「人性分析」的歷史文本。

革命是排斥基本人性的嗎？如果不是，這種人性——甚至人性的弱點應如何給予定性？這一命題是《家族》在描寫作為革命的「主體」的人時著墨最多的。小說中所描寫的許多可愛的革命者如寧珂、許予明甚至李鬍子等，他們個個非但不是冷血鐵面，而且相反，他們既是堅定的革命者，同時又有著自己的俠骨柔腸，義氣私情。寧珂雖然是一個十足的溫情主義者，但他的革命原則無論是在親情的牽扯還是敵人的刑具面前卻從未有過動搖；許予明，這是一個相當有「實驗」意味的爭議人物，他的一個致命弱點是「作風隨便」，對女性毫無節制的「泛愛」與肉體情感的泛濫，這在以往「革命者」的概念中是不可想像的，而他卻同時是一個身經百戰、勇敢堅定、坦誠忠實的革命戰士；還有李鬍子，本是土匪出身，時而露出一些匪氣，但殷弓命令他前去殺死已傾向敵人的戰聰少爺時，他卻出於義氣和對戰聰人格的傾服而拒絕了這項命令。作品滿懷理解地寫出了這些人物身上的個性乃至弱點。相反，在另外一些人物身上，當他們有意壓抑和掩飾自己的人性的時候，反而變得比較陰鷙和虛偽，如殷弓和飛腳，飛腳在寧府表面上的豁達和背後的愉窺與猥褻行為，殷弓對曲清與寧珂的結婚所表現出的壓抑的爐嫉，都為後來他們作為合謀者使寧珂陷於冤獄而埋下了伏筆。所有這些都表明了作家的一個基本立場，即革命與人性中向善的部分不應是衝突而應是並行不悖的，而同陰鷙和變態的人性惡則不能兩立，革命本身的悲劇往往是由此造成的。這一主題的描寫，可以說是整部作品中最富有感性色彩的內容，它讓我們看到了板結和嚴峻的歷史背後所隱含的豐富的人性內涵。

今天同歷史的互證，也是《家族》歷史「交響」主題的一部分。革命、文明和進步決不能以犧牲人性中美好的東西，犧牲正義原則、善的理想，犧牲人的共同的生存利益為代價，否則便會走向它的反面。朱亞、陶明、「我」這些捍衛科學、正義、保護自然環境和全體人民根本的生存利益的知識分子，

他們同昨天那些為了正義的理念而流血犧牲的革命者遙相呼應，構成了一種歷史進步的延續力量與必然邏輯，而與此對立，作品也寫到了那些違反科學的盲目的所謂「開發」所造成的惡果，它們同昨天上演的那些歷史的悲劇一樣，應引起人們的警思與憂患。

二、另一種「家族史」

　　家族史或家族敘事是近些年來小說、特別是新歷史主義小說所廣泛採用的視角。但大量的家族歷史小說並不在「倫理」、「血緣」、「親情」這樣一些屬於「社會學」意義的特徵上做文章，而是在「人類學」意義上做文章。前面所講的那些家族歷史敘事，多是以「文化」的因素消解其「社會」性質，並不從道德判斷上思考問題。從最早的莫言的《紅高粱家族》到 1990 年格非的《敵人》，家族概念主要體現為一個純粹的文化範疇。另外，有些作品中的家族史僅具有寓言的意義，是一種「敘述的需要」，如蘇童的《米》、《我的帝王生涯》等。他們成功地避開了社會學的陷阱，拓寬了「家族」結構這種敘事模式的自由度。然而張煒是執拗的，他冒了很大的風險，執意要在社會學與歷史範疇中來討論「家族」的問題，對它內部所構成的各種矛盾對立的力量，其內部關於道德精神、人性優劣、血緣紐帶、生命意志與倫理的衝突等等內容進行描寫和表達。從這一點上說，《家族》對「家族視角」的把握不但是獨具匠心的，而且還是富有勇氣的。

　　在中國傳統敘事中，家族視角是世情小說最常見的敘述角度，而且其中具有一定「長度」的敘事還堪稱中國傳統敘事的典範——《金瓶梅》和《紅樓夢》都是例證。這種家族敘事一般都是一個典型的悲劇模型，或荒誕、或哀婉；或叫人歎息，或發人警醒。所講述的大都是由聚到散，由盛至衰的故事，所寫的人物大都是由年輕時代到死亡或者衰敗的老年。總之只要是家族歷史，沒有例外的。因為中國人的生命本體論的歷史觀與哲學觀必然會導致這樣結局，這幾乎是「先驗」的。按照中國人的這種歷史觀，家族的盛衰變遷，也隱喻和影射了更長和更大跨度的歷史本身，正像個體的生命經驗與生命里程就暗示了歷史的盛衰變遷一樣，「家族」本身必然具有的「戲劇性的構造」，也隱含了社會歷史內部的複雜結構與戲劇性的衝突。所以，高明的作家往往要通過家族敘事的視角，來傳達其關於歷史、人生與藝術的理念。不過，在傳統的家族敘事中，家族悲劇的原因往往不是來自外部，而是其內部的自身

力量，這不難理解，賈府的衰敗和西門家族的破滅雖然有外在因素的影響，但究其根本是因爲一個爲中國人所信仰的「盛極必衰」的至理，一個難以因人的意志爲轉移的天意和法則。在現代人的敘事中，比較習慣的是描寫個人或者家族與歷史之間的衝突的悲劇，比如巴金的家族敘事的小說便是這樣。在當代的新歷史主義作家那裡，他們似乎恢復了中國傳統敘事中的那種觀念，比如在格非的《敵人》中，眞正導致家族的悲劇的不是外面的「敵人」，而是這個家族中人的「關於敵人的恐懼」，是這個家族中的「父親」趙少忠自己。

　　《家族》正是在這樣兩種不同的家族敘事中試圖找到某種「結合」。首先，它試圖表現一個「外部的衝突」，它構造了一個理想與事實相悖、目的與代價相抵的悲劇，立足於現代中國歷史的一個側面，突出了一個社會學的歷史評判視角。表面看來，這似乎是相對於文化學與人類學視角的一個「蛻變」，但實事上卻是一次眞正意義上的歷史重構與評判。這是一個看似不可思議的悲劇：爲什麼一個嚮往、支持並身體力行地參與了革命的家庭，最終竟成了這場革命的失敗者？在作家看來，這個謎一樣的問號，僅靠以往習慣的階級的、政治的、軍事的或單一人性的意義等原因與角度來理解，是遠遠不夠和未觸及根本的。因此，他又一次強化了「精神的血緣」這個概念，正像有的評論家所指出的，「家族」是由兩類具有不同性質、不同精神選擇的人群組成的，他們的分裂是悲劇的原因。但在我看，僅僅這樣理解還是不夠的。在小說中，「家族」事實上是一個多重交叉的、相當具體又極爲抽象的概念。一方面，在表層敘事上，寧曲兩戶家族人物的歷史命運形成了小說發展的基本脈絡；另一方面，在精神立場的區分上，不同家族的代表人物寧周義和曲予的不同選擇，象徵了中國現代知識者精神選擇與價值定位的重大命題，寧周義身上體現更多的是傳統知識分子直接依附某種政治力量，以獲得權力和實現自己價值的一面；曲予身上則具有了現代知識分子謀求精神獨立，並承擔社會良知與精神批判者的素質。同時，「家族」也是一個充滿愛意的親情意念，由寧、曲兩家幾代女性所營造的充滿關懷、疼愛和激勵的家庭氛圍，構成了作品主要人物的重要的活動背景與空間；當然，更重要的，家族也是一個超乎於血緣紐帶之上的「類聚」的親和力，它是對「階級」概念的一個顛覆和取代，寧可、許予明、李鬍子，儘管他們性情各異，但坦誠和忠實則使他們的心靈得以共震，朱亞、陶明、「我」，這個當代知識分子所構成的精神鏈條，

在一定意義上他們可以共同構成區別於殷弓、瓷眼的一個家族。另外，即使是作爲政治對手與軍事敵人的戰聰，他「爲信仰去死」的信念同寧珂他們「不是爲了勝利的結果，而是理由」的信念，不也是更爲接近的嗎？他們雖然是敵人，但在人性上卻是相似的一類人。從這個意義上，「家族」既是對同一血緣集合中人們的分裂傾向的悲憤與思索，同時也是對不同血緣與集合中的人予以「類」的劃歸與評定。因此，「家族」的概念也是不斷變動的，是一個辨識的過程，不斷分離和重新聚合的過程。

如何認識「家族」的悲劇？首先這源自「家族」和「革命」之間所信奉的不同原則。激勵家族的精神力量源自純粹的向善理想，它所遵循的是實現社會正義和自由意志的抽象觀念；而革命所體現的是一種變動法則，是你死我活，一個階級戰勝另一個階級（而階級的劃分有時又是硬性、抽象和不合理的）的暴力行動。當兩者處於重合階段時，它們是互納的，當它們趨於分裂時，家族的悲劇就是不可避免的。尤其是，暴力是最容易被私利、愚昧和某些人性惡的因素所利用的，在這種情況下，革命和進步就在事實上走向了它的反而。在作品中，這種衝突還體現在兩種語境的格格不入，寧珂所沉浸的是一個深深浸淫著具體的溫情、鮮活的人性和抽象的正義理念的一個充分「知識分子化」了的語境，而寧周義和殷弓則構成了兩種對他形成「夾擊」之勢的社會化和政治化的語境。在寧珂看來，從宗族血緣與信仰血緣上，他與叔伯爺爺和這位革命領導都是同屬於一個血緣，但寧殷二人事實上在政治方面的激烈對立，卻形成了對寧珂情感和觀念的「車裂」作用，陷他於深深的痛苦。而現代中國的價值變動，事實上又完全是在這樣兩種截然對立的政治語境中進行的，在殷弓的庸俗社會學和寧周義對寧珂所從事的事業的「最有力的誹謗」所形成的夾擊中，寧珂總是失落於虛空的夾縫之中，這是「家族」理想必然失敗的一個原因。庸俗政治的權力語境和知識與科學的人文語境的尖銳對立，一直持續到當代，他們的無法對話也是構成當代許多社會悲劇的原因，陶明教授的被侮辱毆打，同寧珂的被冤屈拷打是多麼相似的悲劇。如果不能實現人文語境對庸俗權力語境的取代，更大的民族生存悲劇將無法避免，這是《家族》所提出的一個命題。

在作品的局部，也體現了暴力語境中「家族」概念所命定的悲劇性，寧珂目睹叔伯爺爺被失去理性控制的盲目群眾力量所殺死的時候，他意識到不僅辯解是毫無用處的，而且他還懷著深深的被硬加上的「原罪」感──這是一

個最有富歷史深度的描寫，由「被虐的痛苦」變成「受虐的需要」，被硬加的罪名，成了自願贖罪的理由。在稍後的攻城戰鬥中，他拼死向前，「渴望這次能焚毀自己的肉軀」，以解除「血緣」與革命事實上已構成的衝突，這也從主體上揭示出家族原則的弱小。

很顯然，「家族」的悲劇事實上也構成了 20 世紀中國一個重大的主題，本世紀所有的歷史進步、精神代價、價值逆變、現實憂患都由此得以透示。早期革命者中的許多，包括陳獨秀、瞿秋白、李立三等等這些曾經的核心領導者，最後也被甩出了中心，甚至變成了革命的對象。作為一個精神與道德的譜系，家族的失敗既是對歷史進步的一個反照，這種主體與歷史的價值分裂，既透示出人類歷史的一種普遍和永恆的悲劇，同時它也引起人們深深的警覺與反思。在歷史與它的創造主體、還有革命者自身的雙重分裂中，在逆變、頹敗和深陷於愚昧的消極社會力量面前，置身於當代的人們應當怎樣以自審的警覺，去清理歷史並正視現實的境遇，以為民族的生存原則與利益重新定位？在濃濁的歷史迷霧裏，《家族》豎起了一面冷峻的刻寫著種種巨大歷史疑問的、并且給人以悲劇震撼與啟示的岩壁，使人們不能不面對它陷入深思。

三、「非常態」的歷史敘事

《家族》是一部典型的「非常態敘事」作品，關於它的結構特徵、敘事風格已產生了很大的爭議。究其原因，一則在於他的「三重奏」式的交響敘事結構，即打破了縱向時間順序中的敘事，把家族歷史、當下現實和主人公（似寧珂和「我」兩代人合一的聲音）的抒情的訴說三個不同的板塊，以共時態的斷片予以交疊展開，這種「非線性的敘述」給閱讀——確切地說，給急於介入故事情節發展的讀者帶來了阻礙，這一點是顯在的；第二個原因相當複雜，即敘事過程本身過分「自我化」，也令讀者因強烈的陌生感而不適，這又是何原因？我覺得，這主要是由於張煒採用了「寫真性」的敘事基調與「描寫」話語——而不是「寓言」敘事——所造成的。一方面，敘事者（作者）與敘事所憑藉的符號（人物）的距離太近，常常直接切入敘事之中，從閱讀心理上就產生了一種十分逼近的視點；另一方面，由於敘事視角的自我體驗性（「我」講述自己家族的歷史，而且這種歷史又被「暗示」為具有「真實」性質的敘述），敘述就必然帶上了「寫真」意味，因此，對敘事者和讀者來說，

「眞實」就變成了一副無形的鎖鏈捆束著他們。這不能不讓人疑問，張煒爲什麼不繼續發揚他在《古船》和《九月寓言》（特別是後者）中那種優雅高邁的敘事風格和技巧？從《柏慧》到《家族》，他執意要把「我」這個「第一主體」的聲音插入到作品中，這是爲什麼呢？作爲一個有二十多年敘事經驗的成熟作家，他爲什麼如此執意地冒險？

張煒並非沒有意識到這些問題，況且《家族》實際上也是他構思時間最長的一部作品，「我不允許它失敗」，〔註2〕這部小說可以說彙聚了他最重要的個人經驗，最寶貴的心靈財富，如果說《古船》和《九月寓言》更多的是表達了他的思想，因而它們也更多地屬於社會的話，《柏慧》和《家族》則更多的是表達了張煒的經驗，因而它們也更多地屬於他「個人」，張煒不可能讓它的整個姿態離自己的心靈世界的眞實更遠。如果說《古船》是寫給「過去」，《九月寓言》是寫給「未來」（農業文明的最後毀滅）、《柏慧》是寫給當下現實和自己「心靈」的話，《家族》則是同時面對三者，因此它有現實、歷史和傾訴三個聲部，無論是就當下的現實還是心靈，他都不能去作超脫的敘事，而必須直接介入，表達出自己的立場，因爲他深深地爲一位丹麥的學者克利斯托夫·尼羅普的那句「不抗議的人，則是同謀」的名言所警醒和震動，沉默即是對悲劇和醜惡的屈從。因此，他富有冒險意味地採取了寫眞性的敘事，不惜給自己的寫作帶來諸如處理細節、交待必要背景、酌思「眞實性」、生活邏輯、判斷立場等等麻煩（顯然，如果採用「寓言性」的敘述就會省去這些麻煩），也要讓它成爲一部不僅訴諸文化與人性、而且更訴諸社會歷史、現實境況、個人道德的富有衝擊性的作品，成爲一部具有當代意義的精神界碑，成爲他對歷史岩壁的一次燃燒著激情的直接追問與回應。這正是他對「用什麼寫」的一個回答，對「用生命去感悟」的一個實踐。

由此我意識到，張煒的寫作立場正在從根本而非技術層面上發生轉折，他一再地強調反對「職業化的寫作」，強調「不是爲了讓人聽到自己的聲音、顯示自己才發言，而是爲了還一個眞實才發言」，〔註3〕這是對寫作意義的一個認眞的回答。某種意義上，它也反證了新歷史主義敘事過於虛擬化、漂浮化和「無所指」等等問題。

當前話語終究要交付於時間，在此在與現實的語境中，《家族》的寫眞性

〔註 2〕　《心中的交響——與編者談〈家族〉》。
〔註 3〕　《創作隨筆三題·存在的執拗》，《當代作家評論》1995 年第 5 期。

敘述也許會令人感到它缺少柔韌與光滑度的堅硬，感到它敘述過程中某種板
結與僵滯，感到它抒情與敘述的「「游離」，但時間的厚愛可能會使它變得越
來越具有光澤，因爲當前語境終究要成爲未來人們的遙遠記憶，寫眞性的敘
述也會因此變爲「神話」，而人們考察一部作品的經久價值時，總是首先要看
它在多大程度上表現了它自己的時代。對未來人們而言，他們所欽敬的，將
是這個時代裏最富有硬度的思想、勇氣和評判力，這種榮譽，將可能屬於《家
族》這樣的作品。

第十五講　鄉村歷史敘事中的解構活動

今天要講的這部作品，對西方的學者來說是非常陌生的，但它非常有趣。對於中國農村的歷史與文化，西方人一直所知甚少，尤其對當代中國農村的歷史狀況、對曾有的那些有意思的情境，在座各位更是無法想像。此時我只覺得有一種巨大的「文化的溝壑感」，不同的民族和完全不同的生活與居住方式，會使你們感到驚奇或者迷惑。但不管是什麼感覺，你們應該都能夠想像到遙遠的中國村莊，那裡的人民所承受和創造的歷史，他們的苦難和歡樂。

這部小說的名字叫做《鄉村溫柔》，它的作者劉玉堂是一個非常鄉土化的作家，在一些人的評論中，他被稱爲是「趙樹理的當代傳人」。但我以爲，他只是在幽默和喜劇化的風格方面與趙樹理有些相似，作品中所含的思想意識則很不一樣。雖然他不像先鋒派的作家那樣被西方人所熟知，但他同樣是一個非常富有「當代性」的作家，在這部作品中你們甚至會看到一種「王朔式的風格」——他是用了類似於「解構主義」的喜劇的方法，來敘述當代中國農村的歷史的，雖然我不認爲劉玉堂閱讀和「研究」過西方理論家的解構主義，但他卻在非常巧妙和富有戲劇性地運用它們，這也是很有意思的，說明解構主義並非是西方理論家的專利，在中國也同樣有著生動的實踐。

另外，劉玉堂小說中的農村與蘇童、余華、格非、莫言筆下的鄉村是很不一樣的——誰寫得更加接近「原始的眞實」？當然是劉玉堂。他是用最「土」的風格寫中國的農村的，因而也寫得最眞實——這並不是說在其它作家那裡

「不眞實」，而是他們把鄉村寓言化了，是「寓言化的眞實」，而劉玉堂則是「完全的眞實」。

但是要是據此以爲劉玉堂的小說中沒有「新意」和「詩意」，那可就錯了。我同樣認爲他的小說中充滿著與土地相通的詩意——與前面那些作家完全不同的詩意。他的故事、他的人物和語言，越來越使一塊土地得以確立。他並不僅僅是一個民間風情的描繪者，或只是一個鄉村話語的純熟的饒舌者，他的作品已觸及到了歷史的根部，憑著他對當代社會與鄉村民間的生活的深入理解和精確觀察，構建起了深厚而獨特的歷史內涵，並因之獲得了相當豐富的喜劇美學意蘊。《鄉村溫柔》在我看來不僅在現代鄉村生活敘事的歷史鏈條上獲得了新的意義，樹立了一個以純粹民間與喜劇性視角「重構」當代鄉村歷史的文本範例，還通過對當代民間話語特徵的精細生動的摹擬再現，喻示了當代中國主流文化與鄉村民間文化之間複雜的歷史關係。

一、關於鄉村的「第三種敘事」

僅從敘事技巧的層面上看，《鄉村溫柔》就堪稱是一部妙不可言的新奇之作。究竟是妙手偶得還是冥思苦索的產物？我們不得而知。它的講述方式在當代長篇小說中是絕無僅有的：它讓一個出身窮苦、經歷坎坷的農民企業家——车葛彰，這是個諧音，意思是「木格杖」，即「木頭人」——在成功之後又把企業獻給國家之際，以不高的文化和很可笑的「演講」水平，在郊外的小河邊搜腸刮肚、面對樹林和石頭之類的「虛擬的聽眾」準備講演稿的方式，用「農民說官話」的口吻，敘說了他的家族歷史、個人童年經歷、奮鬥與成功之路、情感與心路歷程。

但這種「自述」形式又不單純是一種「第一人稱」敘事，而是借助了戲劇中人物「道白」的方式，兼容了「獨白」與「旁白」兩種話語形式——「獨白」基本上是一種自我追憶性的講述，基調基本上是莊重的；而「旁白」則主要是講述眼下的心理活動、對事情的比較與評價，基調是喜劇性的。這樣實際上就形成了一種「解構式的敘述」，使小說變成了一個富有張力的「複調性」敘事。加上主人公性格裏的喜劇因素，諸如，雖然發了家——但還是個小人物；雖然把企業獻給了公家——但也還有點想做官的「小想法」；雖然是個心地樸素善良的人——但也還有點小狡猾；雖然人生經歷中有許多的挫折和坎坷——但生性中的快樂卻使這些經歷化作了「溫柔」的記憶，充滿了喜劇色

彩⋯⋯這一人物的近乎「弱智」的精神特徵與內心性格，也決定了小說整體的喜劇性敘事風格。

不過對《鄉村溫柔》而言，最重要的還不是它敘事的技巧和風格問題，而是敘事的立場——這是關於這部長篇，乃至劉玉堂寫作的獨特意義所在的根本問題。當「民間敘事」在其它作家那裡還只是一種理念、口號、比喻、裝飾、語言策略或生存策略時，在劉玉堂這裡已變成了一種生動的事實。固然，戲謔、幽默等喜劇要素和「土氣」的鄉村俚語，會增加敘事的民間風情與色彩，但關鍵的還是看寫作者的精神立場與文化姿態——他是民間文化與民間價值立場的審視者（警惕的、蔑視的、批判的、賞玩的）還是認同者？我認為劉玉堂與現代以來、和當代書寫鄉村生活場景的眾多作家的最大區別，正是在這裡。他不是以一個「高於」鄉村民間的寫作者的姿態出現的，他拒絕（或者說逐步消除？）以任何高於鄉村民間的生存優越感和文化優越感，來俯視鄉村生活——儘管在生存的層面上他本人是一個鄉村文化的逃離者。他既沒有把鄉村看成是絕望的「悲慘世界」，同時也沒有將之幻化為「精神家園」的美麗比喻。他是一個平視者，一個鄉村世界的認同者，沒有憐憫也沒有拯救，沒有批判也沒有崇拜，而自認為是其中的自足自樂、一直置身其間的一員。基於這樣的體驗與言說立場，才形成了他小說中完全不同於以往作家的農人性格與生活場影，構成了他關於鄉村的「第三種敘事」。

何以將劉玉堂的小說稱之為「第三種」或「另一種」敘事的範例呢？這需要一個簡單的追溯。自「五四」以來，關注鄉村社會與生活的小說，大致形成兩種敘事模式：一類可以概括為「關於鄉村生活的知識分子敘事」，在這類作品中，作家大都是站在啟蒙拯救者和精英知識分子的立場上，懷著悲憫、感歎、分析和批判的態度去看鄉村，因而，鄉村生活在他們筆下多是黯淡破敗、荒涼和凋蔽的，作品的風格也多呈現為悲劇性的。這在魯迅與文學研究會作家的早期鄉土小說中，表現最為明顯，在當代的許多關注鄉村生活主題的作家，如周克芹、張弦、路遙等人的作品中，也相當典型。在這類敘事中也還有另一種傾向，即相當一批作家同樣是以知識分子式的情感與價值取向去寫鄉村，但他們更多地不是寫鄉土的苦難，而是將之「詩化」了，將鄉村變成了一個形而上與象徵色彩的「精神家園」，以寄託其對現代工業文明情境下生存異化的詰疑與批判。在這裡，鄉村生活已抽象成另一種符號，它不再是知識者匡時救世的場所和對象，而是自我拯救的精神庇護所。這在三十年

代作家沈從文，在當代作家莫言、張煒、張承志、韓少功等人的作品中也都有典範的例證。

第二類可以概括爲「關於鄉村生活的紅色敘事」。由於主流文化和政治軍事鬥爭對鄉村生活的不斷介入，二十世紀的中國鄉村也成了政治生活的舞臺。自二十年代後期的革命文學運動開始，關於鄉村的敘事就開始越來越多地打上革命政治的印記。從茅盾、葉紫、蔣光慈等左翼作家，到四十年代解放區的丁玲、周立波，再到建國後整整三十年間，包括梁斌、柳青、浩然等人在內的幾代作家，他們無不是從政治和革命的視角去寫鄉村的。這類作品發展的過程，實際上也就是鄉村生活本身被紅色政治覆蓋的過程。如果說前者「關於鄉村生活的知識分子敘事」由於較多地強化了對文化意蘊、啓蒙主題等人文內涵的表達，而具有了較爲久遠的生命力的話，而後者，則由於過分地強化了政治因素，而削弱了作品內在的文化含量和藝術質地。

在上述兩種敘事之外，當然也曾有過「第三種」的努力，趙樹理是一個範例，他早期的作品之所以能夠獨立於意識形態的遮覆之外，之所以還有歷經淘汰而後存的特有魅力，首先即得益於其小說中活躍的民間因素——不只是因爲他書寫了民間生活的生動場景，而更是因爲他使用了接近於民間本色的敘事方式：寫作者放低了身段，由個人的風格化敘述變爲民間性、喜劇式的敘述，「創作」式的故事與解構被代之以民間原生性的故事與結構，所使用的語言也消除了個人痕跡，而代之以樸素而本色的民間口語和鄉村俚語。這些大多已經在近年得到研究界的闡釋，幾成學界共識，無須我再多言。後期趙樹理生命力的漸趨衰竭，最根本的原因也在於他民間性敘事立場的逐漸喪失。

自八十年代以來，「現代性」向度成爲小說變革的顯赫而核心的命題。而現代性的內涵又被作了一維的西化理解，現代性成了知識精英敘事的同義語。這樣，民間性的敘事便又被壓縮到僅僅作爲一種「文化立場」而存在了——並且只是到了九十年代，才在評論家的筆下被詮釋出來。「民間性」不過是知識精英敘事的一種變相，一種不得已而選擇的「策略」，而不具備獨立自主的品質與內涵。似乎只有王朔的小說，才有比較明顯的既疏離主流文化敘事、又反對知識精英敘事的「另類」色彩，並被涵蓋解釋爲一種「都市民間」的敘事。但有關這一點仍比較曖昧，即，究竟是像王朔自己標榜的「不過是個碼字的」職業作家，還是像某些批評家闡釋的那樣，是一種時髦的「後現

代主義」的寫作？假如果眞是、或接近於後者的話，他的敘事還是民間性的嗎？

劉玉堂的獨特性就這樣顯示出來了。在當代作家中，他應當是眞正稱得上用民間立場寫作的作家——在八十年代後期到九十年代初形成了他的「鄉土風格」，在近年來則形成了這一與眾不同的寫作立場。《鄉村溫柔》是即一個顯在的標誌。他很自覺地做到了兩點：一是站在農民的認識方法與情感立場上來寫農民。作爲敘事者，他在小說中頑固地持守著站在農民之中而不是之外、之間而不是之上的視角，以樸素的內心去觀照、理解和書寫他們本眞和原色的那些喜怒哀樂與生活場景。他自己將這種寫作態度謙稱爲「不深刻」，因爲他沒有在敘事人與敘事對象之間設置悲憫、拯救、批判或皈依等等複雜的關係；第二，他用農民的語言寫農民，放棄知識者在語言上的優越感，實際上也即意味著放棄知識分子敘事根深蒂固的自我意識。這一點，我以爲是最需要勇氣的，在當代作家中只有趙樹理曾朝此做過不懈的努力，但他的小說仍有一個「局外的敘事者」角色。在《鄉村溫柔》中，劉玉堂乾脆採用了讓主要人物作爲敘事人直接出場自述的方式，來實現其完全採用農民語言敘事的目的，這不光是構思上的奇思異想，更是一種民間敘事立場的自覺追求。

當然，眞正使《鄉村溫柔》具有深層的民間文化精神與民間美學內涵的，還是它所描繪的大量生動的民間社會風情、人物活動與歷史場景。

二、鄉村的「溫柔」：對歷史的喜劇重構

德里達說，歷史不過是「在一如既往的黑夜中的敘述遊戲」。果眞是這樣的話，劉玉堂的遊戲是率眞、質樸和最富喜劇意味的。而在當代小說中，關於鄉村的眞正的喜劇性敘事正在消失。《鄉村溫柔》這樣的小說重新讓我們看到了從趙樹理那裡延伸過來的喜劇傳統，並且，它還由於某些文化和語言（敘述）新質的注入，而使這種傳統得到了創造性的發展。個人——民間——喜劇，構成了劉玉堂鄉村生活小說關於歷史與現實的敘事的三個相關要素。個人性，使他把所謂宏大的歷史場景「縮微」或還原爲個人的生存處境與心靈歷程；民間性，使他把當代主流政治生活所虛構和染指的現實場景落實到了它的末端的「眞」——鄉村那古老而頑固的生活情態與邏輯；喜劇性，使他將自己的敘事感覺歸從於農人的心靈與經驗方式。

　　當這一切呈現爲一個故事的時候，就成了一個叫「牟葛彰」的、內心比較淳樸、智力不高（用山東沂蒙的「土話」是叫做有點「潮」）、「歷史和社會關係有點小複雜」的農民，以及他的父輩——站在「解放」之前和之後，「新」與「舊」兩個時代重疊處的一代，同中國現代的歷史之間說不清、道不明、拆不開的各種糾葛。甚至還可以再簡單些：一個農民與五個、或至少四個女性的「戀愛史」。它成了一個農民對當代中國歷史與現實的全部精神感受的線索、過程與象徵。以往爲我們所司空見慣的那些複雜而沉重的歷史場景，在這裡演化成浪漫溫馨、詼諧滑稽的純粹的民間生活場景。有的評論者把這種演化看作是「主體」敘事風格或個性的產物，認爲作者是對歷史進行某種有意識的「消解」。這當然也是一種理解與評價的角度，但這樣似乎又意味著是在說，劉玉堂是在有意無意地迴避苦難與血腥，乃至「美化」了歷史和生活。實際上，這仍是一個「關於歷史的先驗的形而上學」在作怪的歷史意識——認爲歷史必然是生存苦難、悲劇和血腥。而從德里達的邏輯出發，除了具體文本中作爲「修辭想像」的敘事形態的歷史，並不存在一個「先驗的眞實」的歷史——誰能完全復原「歷史的存在」？任何作爲文本的歷史，都不可能說出歷史的全部，而只能是關於一種歷史的觀念「假識」、一種歷史的隱喻形式而已。從這個意義上，劉玉堂的小說，正是讓我們在一種多年來少見的視角中對歷史有了新的認識：世世代代的農人是由於生活的苦難才去頑強地生存的嗎？或許恰恰是相反的，他們必然是因爲有自己「化解苦難」的特殊的生存方式和經驗方式而生存的，歷史和生活在他們的眼裏即使是貧窮和悲劇性的，也必定會轉化爲某種「溫柔」和喜劇的情境。否則生存的樂趣與動力何在？從根本上說，農民的基本經驗方式是喜劇的，愚昧不過是他們抵抗貧困與苦難的必要方式，所以他們苦中作樂。他們戀愛、生兒育女、打情罵俏、滑稽調侃，他們以徹悟之心坦然面對生死財劫，把生死得失的大事叫做「紅白喜事」，大事化小，小事化了……正是基於這樣的生命與歷史意識，純然民間性的敘事也就成了喜劇性的敘事。《鄉村溫柔》正是以這種農民固有的喜劇性的經驗方式，完成了一次歷史敘事，重構了一部當代農民的「人間喜劇」。

　　首先，《鄉村溫柔》作爲歷史敘事的新質，在於它如實摹寫了民間的歷史模糊性。實際上不但沒有一個界限和壁壘分明的「階級鬥爭史」，甚至一部所謂正義與邪惡、進步與愚昧、光明與黑暗的二元對立的歷史，也在很大程度是基於作敘事者的解釋。在劉玉堂看來，在農民那裡一切原本是含混的、偶

然的、自然而然的。每個人都有明顯的優點與缺點，而這些優點與缺點加在一起，又使它們彼此顯得模糊不清。牟葛彰的父親牟子鈴被村長劉乃厚策劃抓了丁，當了「僞軍」，可後來被八路軍俘虜，又當了幾天八路軍，被打瞎了一隻眼睛，抗戰勝利部隊整編時復了員。離家時他年輕貌美的妻子被鬼子翻譯官糟蹋，劉乃厚在其間充當了爲虎作悵的角色。可牟子鈴回鄉後聽言此事，卻不以爲意，竟然不恨劉乃厚，說「一個毛孩子能造多大的孽！」這不是因爲牟子鈴的心胸「特別寬廣」，而實在是因爲在農民那裡，有許多事情很難弄得清是非界限。劉乃厚不過是一個年僅十四、看上去卻只有十一二歲的毛孩子，「乃天下第一大糊塗蟲」，根本就沒有任何政治上的是非敵我的鑒別能力，「只要是吃公糧的，甭管是哪部分，他通通都往村裏請。」讓這樣一個孩子當村長，一方面是情勢上的迫不得已，戰爭時期村上的青壯勞力不多了；另一方面也體現了農民的智慧，也只有劉乃厚這樣一個糊塗蟲，才好應付你來我往、各種政治力量「拉鋸式」爭奪的局勢，因爲孩子式的簡單、戲謔和糊塗也許是最有效的調和化解方式。

或許與個人的生活經歷與個性氣質有關係？劉玉堂筆下的鄉村生活總是充滿了喜劇的溫馨，《鄉村溫柔》中從牟子鈴、杏姑娘、劉乃厚、韓作愛到車葛彰、劉復員、小筲等兩代農人，他們生活的方式無不遵循著一種農民特有的「快樂原則」，不論是來自戰爭還是來自政治運動的暴力干擾，都無法阻止他們用自己特有的平和、幽默與知足常樂的方式營造生活的樂趣，隨時隨地隨遇而安地墜入自設的溫柔之鄉。牟葛彰之所以在並不有利的生存處境中頑強的生存，並且還因爲幾度不期而至的「豔遇」而頗有些色彩，概由於他憨厚加幽默、傻氣加俏皮的喜劇性情。這種性格成了他命運中最有效的「潤滑劑」，使他與挫折、困境總能滑肩而過，而在一個個情感的溫柔鄉里，卻能久久地逗留，並且能給人帶來許多快樂，因此他也總是「招人喜歡」。可以說，喜劇性格中的弱點和其本質上的善良，既是牟葛彰後來「事業成功」的基礎，同時又注定了他永遠不會擺脫作爲一個農民的世界觀、思維方式與性格邏輯。這一主要人物的價值立場，實際上也就規定了整部作品敘事的喜劇與民間立場。正如第十三章《革命時期》中牟葛彰的一段自言自語的道白所說的：

> 你聽出我喜歡說一些美好的事物，溫暖的故事，輕鬆的話題，
> 而極力迴避痛苦、殘酷、醜惡、尷尬之類的事情了吧？對了，我就

是這麼個人，這與我的性格、心地及周圍環境的薰陶也有關，痛苦

是肯定都有的了，誰沒痛苦，我只是不說。

即便是說到特別令人傷心的事情——比如說到母親被鬼子翻譯官遭蹂後變成了「潮巴二嫂」時，他那種作爲農民乃至「草民」式的質樸心理也躍然紙上，「操它的，說著說著還有點小沉重哩！這會兒（指練習演講時）可以說一下，到時候（眞正演講的時候）就不一定說這個。」類似這樣的心理活動，都特別有效地凸顯了作品整體的喜劇性民間視角。

另一方面，《鄉村溫柔》還特別匠心地通過鄉村生活與主流政治之間發生的頻繁的糾葛，來展現民間生活與歷史的獨立性與封閉性。儘管政治本身經常是嚴酷的，但當它們漫延到鄉村時便完全民間化了。這一點在其它人的小說裏似很少涉及，有的作家曾寫了現代歷史上許多政治運動在民間衍化爲愚昧的暴力與殺戮的悲劇，但問題的另一面卻被忽略了。在更多的時候，民間生活其恒在和封閉的邏輯與法則，根本上就是拒絕來自官方和政治的外力作用的，它們對政治的接納，只不過是一種戲仿、借用，一種「假代」和「演義」。政治生活在許多時候變成了民間生活的「引子」、佐料、觸媒或假面，成了新的民間喜劇上演的藉口。從「識字班」一直到「文革」，儘管政治的風雲變來變去，農民的生活內容實際上卻從未改變。只不過是「語言的空殼」在嬉戲。農民雖然也會說「官話」——典型的如「劉老茄」之流雖然滿嘴的政治話語，可生活還是原始內容。不過這卻給農民貧乏的精神生活帶來了新鮮的刺激，使他們從中獲得了極大的樂趣。不難想像，正是在類似沂蒙山這樣的特別封閉的地方，民間卻有著最出人意料的政治熱情，或許正可從這裡得到解釋。车子鈴看到海上開來了一個「小火輪」，不假任何思索，就欣然下海，將船上的日本鬼子背上了岸；兒子车葛彰好不容易創了業，辦起了一個廠子，最終還是尋思著把它獻給「公家」，讓自己也借機搖身一變爲「公家人」，兩件事性質雖有天壤之別，但思維邏輯卻是相似的。概源於沂蒙山人的樸素、淳厚和善良，源於他們在封閉的生活方式中對外界的渴望。用小說中车葛彰的話講即是，「我們沂蒙山人對意識形態之類的事情特別感興趣，沒他的事兒他也亂激動。」「逮著個機會就樂哈樂哈，搞個政治運動什麼的也特別有積極性，文化活動更甭說，有時甚至就不惜代價。」這不僅是對當代社會生活中農民心理的深刻解析，同時也是對中國當代歷史的另一個角度的闡釋。民間社會正是用這樣奇怪的「參與」方式，起到了假代和偷梁換柱地拒絕現代政

治文化的作用，並延續了他們的民間社會的活力。

三、「解構」狀態的語言與文化活力

忍俊不禁、會心微笑、不覺啞然，甚至於捧腹噴飯，幾乎所有讀者對劉玉堂的小說產生興趣都是從其語言開始的，這和王朔有相似之處。所有的讀者都對劉玉堂的小說中獨有的語言活力懷著讚歎和激賞，認為它有不可抗拒的魅力。的確，劉玉堂的小說讓人喜讀、耐讀，具有喜劇一樣的輕鬆、幽默與活潑，它們並不以離奇的情節取勝，甚至也不刻意地完全圍繞刻畫人物去進行寫作，而是將筆力集中於人物的語言活動，將這些語言活動編進細節性的生活場景與人物關係之中，他自己對此也非常得意，得心應手地戲稱為「編織生活」——的確，生活就是被語言「編織」出來的。劉玉堂以他獨特語言方式，復活和再現了一幕幕民間生活情景和一個個生存著的鄉間人物。

那麼，劉玉堂小說語言的活力與魅力究竟因何而生呢？首先，我以為是在於他對作品中的人物——那些土生土長的農民、村鎮市井人物——的話語方式、生話語境的認同，以及對敘事「主體」習慣的知識優勢、語言優勢與角色心理優勢的自覺消除。這一點，在他以往的中短篇小說中就已有明顯的表現，他基本上放棄了敘事者所擁有的評判、分析、審視、歸類自己筆下人物的種種「特權」，消除了敘事者與人物之間支配與驅遣的緊張關係，而一任他們作為「草民」或種種有缺陷的小人物自由地表現、言說他們自己。人物處在「自動生長」和無壓制的狀態，他們源自民間的語言活力與風格就得到了完整的表現。所以，農民式的狡黠、機智，鄉野間的哩語、調笑，來自泥土的幽默和尖刻，便如同出岫的流雲，自如而輕巧地彌漫開來。然而，僅具以上特點還構不成劉玉堂小說語言的深層意義與特殊魅力；一個更加重要的原因，是在於他對當代中國鄉村社會語言狀態的深刻體悟與理解。概括地說，「農民說官話」是劉玉堂小說基本的話語方式——用農民的民間語境、理解方式來講述政治的、戰爭的、意識形態的、甚至是人文知識的話語，所產生的效果是奇特的「嬉戲」式的誤讀、戲仿、「驢唇不對馬嘴」式的拼接。而這種對語言的處理，正是從深層的意義上隱喻了當代中國文化、特別是鄉村民間文化同權力主流文化之間奇特的戲劇性的關係，語言的離間與變形、誤讀與雜糅的複雜狀態，正是中國當代社會主流與民間兩種文化之間親密又離間、共用

又互拒、融合又獨立、施暴又遊戲的複雜關係的集中映現。可以說，劉玉堂小說中的語言活力並不僅僅是一個語言風格問題，而是一個關乎中國當代民間社會及其文化狀況的深層命題。

為了說明的方便，這裡我把上述語言／文化的複雜關係分為暴力、誤讀、嬉戲和敞開等幾種情形。

首先是暴力問題。民間社會是各種外來暴力與控制力量的最終承受者，其語言的變遷就記錄了這種「被控」與「受虐」的過程。正如劉乃厚從日本鬼子的鎂光燈上知道了「照相」和「洗照片」是「怎麼個概念」，杏姑娘一見「公家人」就本能地發昏亂喊「睡覺覺」，「釣魚臺」人是從戰時拉鋸式的政治局勢中開始驚醒，並感受到世道的變遷的。這種情形在解放前尚比較單純，但解放後就變得複雜起來。事實上，自「識字班」時期開始，釣魚臺人就深刻地感受到了他們的語言和生活被修改和扭曲的命運，識字就是學習新的意識形態語言的過程，「封建尾巴不割的不准參加識字班」，識字伴隨著「剪辮子、鉸髻子」之類的革命行動，從革命行動中婦女們知道「團結」、「統一戰線」、「模範」一類的新詞兒，也知道了「韓作愛」不是什麼好名字。不過奇怪的是，釣魚臺人對外來語言與文化的強勢與暴力傾向幾乎從不抗拒，相反他們似乎很樂意接受這種改造，各個時期的政治話語都在他們的語言中留下了重重的擦痕，和嚴重的「政治後遺症」。牟葛彰的語言整個就是這樣一種有著嚴重後遺症的語言，他的不倫不類的「演講」，以及令人忍俊不禁的「旁白」中，都夾雜了大量無法溶解的政治話語，而這些話語，都形象地標識著他成長過程中所承受的意識形態的影響印記：「同志們好？吃飯了？」這是他的開場白中的第一句話，表面的滑稽背後，掩藏了深刻的語言離間與權力統治。「同志們好」顯然是官腔，是政治話語，它從一個本來只會說「吃飯了」的農民企業家嘴裏說出來，十分形象地表明政治意識在他頭腦中根深蒂固的統治——他既是很自願的，牟葛彰很願意耍此類的貧嘴；又是被強加的，按照這種邏輯他又將自己的廠子獻給了公家，這種複雜的關係很難作單面的解釋。

二是誤讀。誤讀是《鄉村溫柔》的語言中最具活力和趣味的因素。它體現為官方和民間雙向的誤解，以及民間對知識人文話語的誤用這樣三種情形。這點最集中形象地反映在劉老茄這一人物身上，他繼承了他爹劉乃厚「吹牛扒蛋又裝腔作勢」的性格，又逢上一個政治話語隨著政治運動鋪天蓋

地的時代，模仿政治話語和城裏人說話，便成了佔據「優越權」的神妙之法。劉老茄敏感地意識到這點，他無所不用其極地發揮他的小聰明，到處濫用「官方話語」——可他的話實在都是建立在誤讀基礎上的模仿，所以免不了滑稽可笑：他喜歡用城裏人的口吻，喝問村裏的陌生人「是哪個單位的」；他本是一個放豬的，張口卻總愛吹「形勢大好，表現有三」，「沂蒙山好，原子彈扔到這裡白塔弔」，他認為信仰共產主義就是「晚上也敢到墳地裏走一圈兒」……他的這些話雖然大都屬鸚鵡學舌、驢唇不對馬嘴，但卻很有代表性。而且在工作隊的「魯同志」那裡，他還被誤認為是「幽默」。魯同志認為「他探討形勢大好表現有三和沂蒙山好原子彈扔到這裡白搭弔的問題」，是「愛開玩笑，挺好玩兒」。這種雙向的語言誤讀，實際上是深刻地反映了意識形態與民間文化之間無法真正對接和溝通的一面。所謂的「響應」，在農民那裡不過是一場充滿喜劇色彩的深刻誤會、藝術化解和最終的拒絕。中國社會特別是農村的當代歷史的許多問題，似都可以從這裡尋找答案。還有牟葛彰與韓香草之間的對話，牟葛彰喜歡咬文嚼字，也反映了農民文化對知識分子文化的天然的敬畏感，及其之間的深刻距離。不過，作為知識女性的韓香草，倒是對牟葛彰的內心世界看得比較清楚透徹，而且作品的結局是他們兩人的結合。這是否暗示出了作者對民間文化選擇必然會走向知識和現代的一種寓意？

以誤讀為前提的使用，會導致話語語意的解構、顛覆或滑移狀態，實現語言的嬉戲、戲謔、戲仿、遊戲等效果。這同樣寓示著三種文化要素在當代中國鄉村複雜的和常常無效的、又在無效中帶給他們樂趣的碰撞和交流，也最大限度地給這部小說帶來了喜劇色彩。語言在劉玉堂筆下幾乎呈現了「狂歡」的狀態。不說劉復員將青蘿蔔和胡蘿叫做「老胡、小羅」，不說「韓作愛」這一普通的鄉村婦女名字無意間與文明語意中「做愛」一詞的巧合，單是敘事中常常冒出的「日出江花紅似火」一句，就同時潛在著三種語意可能，在不同語境裏，它兼具「紅色話語」、「白色話語」和「黃色話語」三種功能，夾雜著革命寓意、文人抒情和惡作劇式的罵人多重意思。生動地透示出當代中國鄉村文化語境的多重性。

語言的狂歡狀態，還極大地增加了作品深入和敏銳地觸及歷史痕跡的效能。諸如「小河流水清悠悠，莊稼蓋滿了溝；小河流水嘩嘩響，小芹我河邊洗衣裳；小河流水嘩啦啦，巧兒找合作社繳棉花……」之類，不僅僅是「雜

糅」式地引用了三段爲人們所熟的歌詞，而且深刻地喚起了人們各個時期的歷史記憶，並產生出不無滄桑感懷的喜劇意念。

總體看來，劉玉堂是通過對中國鄉村語言的「政治與歷史後遺症」的自覺關注，而從縱深處觸及了當代中國鄉村民間的歷史，觸及了政治與知識與民間三種文化之間複雜糾結的歷史關係，觸及了當代農民精神心理的構造，以及他們的心路歷程。像王朔對清理「城市民間」中的文化／語言中的歷史後遺症所作出的貢獻一樣，劉玉堂小說對於鄉村民間社會的內部構造與文化屬性的揭示的價值，也應當被予以充分的闡釋和承認。

後　記

　　1999 年 9 月的某天，我在濟南接待了專程從北京趕來的德國籍的學者安德麗亞‧雷曼施奈特女士，那時她還是海德堡大學漢學系的研究員，現在已經是瑞士蘇黎士大學的教授了。她的中文名字叫洪安瑞，是一位非常認眞和博學的學者，漢語也說得極好。大概是看了我在《鍾山》上的一篇題爲《十年新歷史主義文學思潮回顧》的文章，也許還有作家莫言的推薦——因爲她此前在北京訪問了莫言——這個話題與她正在進行的研究課題顯然有些關係，出於德國人特有的認眞，她專程來與我討論這方面的問題。彼此的理論旨趣當然是有差別的，但因爲對作品的閱讀和理論背景方面都有很多共同東西，所以我們的討論非常深入和融洽。她在濟南過了一天，第二天晚上冒著滂沱的秋雨，又乘車去南京造訪作家蘇童去了。

　　然後在 1999 年的年底，我突然接到了她的電話，問我有沒有興趣去海德堡大學去講一個學期的課，我感到意外，興奮之餘也頗也有些茫然，因爲說實話此前我沒有一點出國進行學術交流的經驗，對能否成行，一直將信將疑。但我終於領教了德國人的認眞，在她的促成下，我在次年的 7 月份終於接到了海德堡大學的副校長、古代學與東方學學院的主任蘇姍妮‧魏格林教授的正式邀請，是用授予我一筆學術獎學金的形式，請我到海德堡講授一個學期的題爲「新歷史主義與中國當代文學」的課程。經過一段時間的周折，在德方住北京的中德學術交流中心（DAAD）的幫助下才辦理了快速簽證，並於十月底「遲到」德國海德堡。

　　我關注當代的「新歷史小說」大約是從 1993 年前後開始的，但最初的幾年中，並沒有對這些現象作出比較整體和學術視點的研究，只是在其間的一

些文章中順便有粗淺的提及。直到 1996 年寫《中國當代先鋒文學思潮論》（江蘇文藝出版社，1997 年）一書時，才真正結合西方的新歷史主義理論，對當代中國出現的大量新歷史小說作了比較全面的研讀，並在此書中專門設了「新歷史主義文學思潮」一章予以討論。內容主要包括「第三代詩歌」中的新歷史主義意識、新歷史小說思潮的現象與脈絡，還有其新歷史主義的敘事特徵三部分。當時我並沒有什麼把握，對貿然提出「新歷史主義文學思潮」這一說法，也很有些不踏實，所以直到 1997 年才將這一部分內容作了一些推敲修改，先後投寄了兩家重要的雜誌，結果先遭拒，後被拖延。到 1998 年春時才忽然注意到，《鍾山》雜誌當年正以「思潮反思錄」的欄目發表系列文章，覺得恰好合適，就投寄了該刊，結果很快在第 4 期就發出。

至今我也不覺得這篇粗糙的文章有多麼成功，但是作為一種提法，它確引起了一些反響。後來我在網上讀到了莫言的一篇大約是在臺灣舉行的「兩岸作家大會」上的演講，叫做《我與新歷史主義文學思潮》，其中戲引了我關於評價他的作品的一些段落。後來又陸續有其它一些引用或詰問。這篇文章引發了我進一步的思考。特別是在海德堡大學給我提出了課程的題目之後，更不得不作了進一步的系統閱讀。歐洲學者、特別是洪安瑞女士對新歷史主義與敘事學問題的一些研究思想，也給了我許多有益的啟示。在為期四個多月的授課過程中，我陸續寫下了一些講義，對有些問題也有了重新的認識。回國後，又蒙友人和兄長李延青先生的敦促和花山文藝出版社的厚愛，陸續對這些講稿做了整理。成文之時不免誠惶誠恐，期待讀者對此進行鑒定和批評。

我很難說對西方的新歷史主義理論有多少深入的研究——雖然對於黑格爾、科林伍德、克羅齊、福柯、海登·懷特等人的歷史哲學也或多或少做了一些研讀，但我確信，在中國人的經驗和學理中早即富含著類似的因素，在中國歷史上豐富的史傳文學與世情小說中，也都有太多關於歷史的哲學感慨與探尋。我不是一個歷史的虛無主義論者，但卻對歷史的文本與書寫方式懷著深深的疑慮，這樣我相信對自己的東西也應該抱有反思和警惕，這並不妨礙我們對歷史的存在去作執著的追尋，對於一個現今的學人來說，這樣的一個理性意識是應該堅持的。在這樣的研究中，與其是在思考某些文學問題，還不如說是對自己的思想方法和意識、甚至是人生的記憶進行檢視，它給我的思想與精神的滋養可以說是非常多的。我由此能夠對過去的知識進行一次

重新的梳理，同時我也堅信，任何的「方法」在本質上都不應當僅僅從方法的層面上去理解，它的眞髓其實都是一種理想和情懷，不從這樣的角度去理解歷史、歷史主義和新歷史主義哲學，那都是舍本求末。

因此我試圖把我的研究變成一個精神的實踐，一個在文學、美學和歷史領域中貫穿著的人文理想與情懷的活動。但能否變成現實，我則完全沒有把握了，只能讓讀者去檢驗。

在最後，我要再次對促成這本書誕生和出版的朋友們致以誠摯的謝意，沒有你們的幫助就沒有現在的這些文字。

2002 年冬日
於濟南舜耕山下

修訂版後記

　　自己寫的書能夠再版，當然是一件值得高興的事情。至少它表明，自己寫下的東西還沒有馬上變成垃圾。2004 年秋，本書首次以《境外談文——中國當代文學中的歷史敘事》為題，作為「中國學者海外演講叢書」的一種在花山文藝出版社出版。印行的五千冊書不算多，但據說早已差不多賣光了。近年來間或還有朋友和學生來信褒獎或索要，但手中已沒有幾本存書了。這意味著，它或許還有一點點重新修訂和印行的價值。而此次剛好借助「北京師範大學中國文學海外傳播研究中心」所承擔的「985 項目」「中國文學海外傳播研究書系」出版的機會系列其間，我首先要感謝北師大各位同仁的寬宥和鼓勵。

　　2005 年初，我以忐忑的心態從山東北上，初至精英彙集的京師，我不得不更加留意檢點自己過往一些思維習慣與方法，重新從許多同行那裡學習治學之道，時而會為之前的文字而感到羞報。這次能夠使之重新面世，在我的動機裏，也是一個自我反思和修正的機會，所以我認真校對和重新刪定了原先的文字。雖仍有很多難以改棄的問題和毛病，但相較頭版，也許在觀點和細節討論上有些許豐富和提升。希望它能夠給讀者、同仁和朋友們一個新的面貌。當然，時過境遷，如今中國當代的小說，也早已不再像十多年前那樣充滿了對歷史的探求激情，作家們現在更為熱衷關注的是當下的現實，「新歷史主義」的話題確乎已是昨日黃花了。但不管怎麼說，現實和歷史永遠是互為鏡象和因果的，追索歷史永遠不會過時，因此對於追索歷史的文學作品的研究，也就仍有存在的理由。

2012 年新年，北京清河居